DAMEN
OPFER

Karres erster Fall

Kriminalroman

TIM SVART

Die Originalausgabe
DAMENOPFER
Ein Roman von Tim Svart (2014)
Auflage 2018

Coverdesign: ☐ Stuart Bache

Webseite, Impressum und Newsletter: www.timsvart.de
Mail: tim@timsvart.de
Twitter: @TimSvart
Facebook: www.facebook.com/svartbooks

ISBN-13: 978-1503344204
ISBN-10: 1503344207

Das Buch

Auf dem Gelände eines Beachclubs am Ufer des Essener Baldeneysees wird die Leiche einer jungen Frau entdeckt. Wer ist die Tote, die niemand zu vermissen scheint? Ihre Identität gibt den Ermittlern ein zunächst unlösbares Rätsel auf. Das Team des K3 steht vor einer mehr als kniffeligen Aufgabe. Nicht nur, dass die jüngsten Ereignisse in seinem privaten Umfeld Hauptkommissar Karrenberg alles abverlangen – zu allem Überfluss wird er nach dem Ausfall seines Chefs zum kommissarischen Leiter der Ermittlungseinheit ernannt. Als sich der Nebel endlich zu lichten scheint, sieht sich das Team mit einem neuen Fall konfrontiert. Oder gibt es eine Verbindung zwischen den Toten?

Während ihrer Ermittlungen stoßen Karre und sein Team auf ein Netz aus Geld, Macht, Liebe, Lügen, Betrug und Eifersucht. Je tiefer sie graben, desto mehr verstricken sich die Beteiligten in unsichtbaren Fäden.

Schließlich ist nichts, wie es scheint. Und dem Ermittlerteam bleibt nur wenig Zeit, das Schlimmste zu verhindern.

Der Autor

Der Autor Tim Svart, geboren 1976, arbeitet im Bankwesen und als freier Autor. Sein selbstverlegter Horrorthriller *Das Schloss* stand über zwei Monate an der Spitze der Amazon-Horror-Bestseller und schaffte den Sprung in die KINDLE-Top10. Die von ihm verfasste Lovecraft-Hommage Musik der Finsternis wurde als beste deutschsprachige Horror-/Mystery-Kurzgeschichte für den VINCENT PREIS nominiert. Neben einer eigenen Kurzgeschichtensammlung, einer Mystery-Novelle und diversen Beiträgen für Anthologieprojekte ist Damenopfer sein zweiter Roman. Tim Svart lebt in Essen, wo auch das Ermittlerteam um Hauptkommissar »Karre« Karrenberg angesiedelt ist.

ERSTER TAG

1

Er hatte kaum geschlafen. Wie so oft während der letzten Nächte. Hin und wieder war er auf dem unbequemen Metallstuhl eingenickt. Doch jedes Mal, wenn sein Kopf ruckartig zur Seite kippte, war er aus einem von Albträumen gezeichneten Dämmerzustand aufgeschreckt.

Jetzt, gegen sechs Uhr morgens, starrte er mit glasigen Augen auf die Schläuche, Kabel und Monitore, die in immer kürzeren Abständen zu einem unscharfen Durcheinander verschwammen. Nur gut, dass die zwischen ihm und der Kammer des Schreckens angebrachte Glasscheibe wenigstens das ständige Piepen der Geräte von ihm fernhielt. Auf der anderen Seite des Fensters hatte es ihn schier wahnsinnig gemacht. Schlimmer noch als das verhasste Ticken der Pendeluhr seiner Großeltern, welches gnadenlos das Ablaufen von Lebenszeit dokumentierte.

Wie klein und zerbrechlich ein Mensch neben all dem technischen Equipment wirkte. Sein Blick folgte den Schläuchen der Infusionen und Drainagen, die unter der blauen Decke, und letztendlich in dem darunter verborgenen Körper, verschwanden. Mit der einen Hand wischte er sich eine Träne aus dem Augenwinkel, während die andere den leeren Kaffeebecher zerquetschte, an dem er sich seit einer gefühlten Ewigkeit festklammerte. Selbst im Schlaf hatte er ihn nicht losgelassen.

Noch immer konnte und wollte er nicht glauben, was geschehen war. Alle Erklärungsversuche der Kollegen erschienen ihm so absurd und irreal. Im Gegensatz zu der erschreckend realen Umgebung des Krankenhauses.

Und den Blumen und Kränzen auf dem frischen Grab.

Unzählige Male hatte er selbst ähnliche Schreckensbotschaften überbringen müssen. Nachrichten wie jene, in deren Empfängerkreis auch er sich knapp zwei Wochen zuvor eingereiht hatte.

»Herr Karrenberg, Sie sollten nach Hause gehen. Sie brauchen dringend etwas Schlaf.«

Die Stimme, die ihn aus seinen Gedanken riss, gehörte der Nachtschwester. Sie war diejenige, die ihm gegen fünf Uhr den Becher mit rabenschwarzem, frisch aufgebrühtem Kaffee gebracht hatte.

»Ich sehe aus wie ein Zombie, oder?« Seine Stimme klang rau und brüchig. Er wusste, dass sie recht hatte, doch gleichzeitig fürchtete er, dass ihm daheim die Decke auf den Kopf fiel. Zum Glück war Freitag. Vielleicht erwies sich das bevorstehende Wochenende ja als gnädig genug, ihn für ein paar Stunden zur Ruhe kommen zu lassen.

Oder er würde sich einschließen und dem Vergessen mit Alkohol auf die Sprünge helfen.

Er blickte in ihre, in einem starken Kontrast zu den dunklen Haaren stehenden, blauen Augen. Ihr aufgesetztes Lächeln wirkte auf seltsame Weise beruhigend.

»So schlimm ist es nicht, aber eine Mütze Schlaf dürfte Ihnen guttun. Hier können Sie im Moment sowieso nichts ausrichten. Wir rufen Sie an, sobald es etwas Neues gibt.« Sie legte eine Hand auf seinen Unterarm und griff mit der anderen nach dem leeren Pappbecher. »Geben Sie her, ich werfe ihn weg. Und jetzt gehen Sie.« Sie wandte sich von ihm ab und verschwand durch eine automatische Schiebetür aus undurchsichtigem Glas.

Einer inneren Stimme folgend, zog er sein Telefon aus der Tasche seiner Jeans.

Sieben Anrufe in Abwesenheit.

Beim Blick auf die Liste der Nummern wunderte er sich, dass er weder das Klingeln noch das Vibrieren des Gerätes bemerkt hatte. Vermutlich war er doch für einen Moment eingenickt.

Dann erwachte das Gerät erneut zum Leben. Gleichzeitig erschien der Name des Anrufers auf dem Display.

Der Kommissar wischte mit dem Finger über das Display und nahm das Gespräch an.

»Ja?«, flüsterte er und wandte den Blick schuldbewusst von einem der auf das Handyverbot hinweisenden Schilder ab.

»Chef, Sie sollten sich dringend bei Hauptkommissar Bonhoff melden. Er ist stinksauer, dass Sie nicht zu erreichen waren und dass *er* deswegen als Erster aus dem Bett geklingelt wurde.«

Die Stimme, die durch den Miniaturlautsprecher des Smartphones in seinen Gehörgang drang, gehörte Corinna Müller. Die Fünfundzwanzigjährige war das Küken des Teams und arbeitete seit gut drei Jahren als Teamassistentin im K3, der Essener Ermittlungseinheit für Mord- und ungeklärte Todesfälle.

»Wo brennt´s denn?«

»Wenn ich ihn richtig verstanden habe, hat der Hund eines Joggers die Leiche einer Frau entdeckt. Er hat gesagt, ich solle umgehend dafür sorgen, dass das Büro besetzt ist. Ich habe ihn gefragt, ob er Sie auch informiert hat und er hat gesagt, Sie wären ihm ...« Sie zögerte einen Augenblick.

»Ja?«

»... scheißegal.«

»Das hat er gesagt?« Karre klang leicht amüsiert.

»Er hat gemeint, es wäre schließlich nicht seine Aufgabe, dafür zu sorgen, dass Sie Ihren Job vernünftig erledigen. Wenn Sie nicht erreichbar wären, würde er sich selbst um die Angelegenheit kümmern. Ich habe ihm schon gesagt, dass Sie im Augenblick ganz bestimmt andere Sorgen haben.« Sie zögerte, bevor sie weitersprach. »Chef, ich hätte Ihnen das nicht erzählen sollen, oder?«

»Haben Sie doch gar nicht. Also, wissen Sie, wo ich ihn finde?«

»Kennen Sie das *Haus am See*?«

»Ist das dieser Beachclub?«

»Genau. Scheinbar liegt die Tote auf dem Grundstück des Clubs.«

Die Flügel der Schiebetür am Ende des Ganges glitten auseinander und eine stämmige, in Schwesternkluft gekleidete Frau, betrat den Raum. Einige Tage zuvor hatte sie sich als Oberschwester Tina vorgestellt und dabei einen ruppigen, auf den zweiten Blick jedoch nicht minder herzlichen Eindruck hinterlassen. In diesem Moment jedoch verliehen ihr ihre funkelnden Augen den Charme eines wutschnaubenden Drachen.

»Hören Sie, Corinna. Ich muss Schluss machen. Handyverbot. Sagen Sie Bonhoff, ich bin spätestens in zwanzig Minuten bei ihm. Und ... danke.«

Ohne eine Antwort abzuwarten legte er auf und ließ sein Telefon zurück in die Hosentasche gleiten. Gerade noch rechtzeitig, bevor die Oberschwester zu einer Moralpredigt ansetzen konnte, eilte er über den menschenleeren Krankenhausflur davon.

2

Genervt und übermüdet steuerte er den Wagen durch den morgendlichen Berufsverkehr. Obwohl er unmittelbar an dem neben dem Uniklinikum liegenden Polizeipräsidium vorbeigefahren war, hatte er sich dagegen entschieden, seinen eigenen Wagen gegen einen Dienstwagen aus dem Fuhrpark des Präsidiums einzutauschen.

Eine verhängnisvolle Fehlentscheidung, wie sich nun herausstellte. Denn ohne das auf dem Dach montierbare Blaulicht steckte er gnadenlos im innerstädtischen Verkehrschaos fest. Die Bremsleuchten des vor ihm fahrenden Kleintransporters hatten schon vor Jahren den Geist aufgegeben und machten das permanente Anfahren und Abbremsen im zähen Stop and Go zu einem nervenaufreibenden Geduldsspiel.

Als sich die Blechlawine im Schritttempo an der Grugahalle und dem angrenzenden Messegelände vorbeischob, fiel sein Blick auf einen am Straßenrand montierten Werbebildschirm. Mit neongelben Buchstaben bewarben die Veranstalter eine in Kürze beginnende Fachmesse für internationale Braut-und Abendmode. In seinem Hals bildete sich ein dicker Kloß, als er darüber nachdachte, ob er Hanna jemals zu einem Traualtar führen würde. Dinge, die er bis vor wenigen Tagen nie hinterfragt und für selbstverständlich hingenommen hatte, schienen in unerreichbare Ferne gerückt.

Etwa zweihundert Meter voraus machte er im strömenden Regen die rotierenden Blaulichter mehrerer Polizei- und Krankenwagen aus, vor denen sich der Verkehr auf eine Fahrspur verengte. Drei endlos erscheinende Radioschnulzen und ein Dutzend abgedroschener Kalauer des leidlich witzigen Moderatorenduos später, hatte er das Nadelöhr erreicht. Vergeblich versuchte er, dem Fahrer des neben ihm fahrenden Geländewagens per Handzeichen die Idee des Reisverschlussverfahrens zu vermitteln. Als es ihm schließlich gelang, sich ohne Blechschaden vor dem Ungetüm einzufädeln, fiel sein Blick auf den auf der Rechtsabbiegerspur stehenden LKW. Die gelben Warnblinklichter des Blechmonsters flackerten nervös. Hinter den riesigen Reifen des Sattelschleppers drückten sich die Überreste einer Vespa in den Asphalt. Ein weißer Turnschuh lag unter dem mit Stahlträgern beladenen Hänger.

Das Unbehagen machte sich als leichtes Grummeln in der Magengrube bemerkbar, das sich binnen kürzester Zeit zu heftiger Übelkeit auswuchs. In Stoßwellen raste sie durch seinen Körper, auf seinen Unterarmen bildete sich Gänsehaut und kalter Schweiß trat auf seine Stirn. Zwei farblose Männer verschlossen einen ebenso farblosen Plastiksack. Als er in ihre versteinerten Gesichter blickte, verspürte er das dringende Bedürfnis, sich auf der Stelle zu übergeben.

Zu frisch und schmerzhaft waren die Erinnerungen. Zu allgegenwärtig die Bilder des Unfalls, welche die Kollegen der Autobahnpolizei ihm unter die Nase gehalten hatten. Er wandte seinen Blick ab und ließ sich mit der Blechlawine die Bundesstraße hinuntertreiben.

Der nächsten Toten entgegen.

Nachdem er die B224 eine Viertelstunde später in Richtung Baldeneysee verließ, hatte er freie Fahrt. Bei schönem Wetter bot die Strecke rund um den See ein Highlight für Motorrad- und Cabriofahrer. Jetzt wirkten die Straßen abseits der Hauptverkehrsadern verlassen und die farblose Landschaft verschwamm hinter Kaskaden dichten Regens.

Karre mochte seine Heimatstadt. Trotzt der nicht zu leugnenden Strukturprobleme. Denn entgegen aller Unkenrufe, waren es längst nicht mehr die rauchenden Schlote der Fabriken, Hütten und Zechen, die das Landschaftsbild prägten. Gerade hier in Essen befand sich der Strukturwandel in vollem Gange. So stellte sich die Großstadt inzwischen als Hauptsitz bedeutender Konzerne, insbesondere aus der Energie- und Stahlbranche, dar.

Eine Kehrseite des Wandels war das zunehmend ausgeprägte Nord-Süd-Gefälle innerhalb der Stadt sowie der angrenzenden Region. Während der Norden mehr und mehr zur multikulturellen Problemzone mit hoher Arbeitslosenquote mutierte, siedelten sich im Süden die Gut- und Spitzenverdiener mit ihren Familien an. Sie waren es auch, die die Grundstückspreise mit ihrer Geldspielt-keine-Rolle-Mentalität gnadenlos in den Himmel trieben. Hier war der Traum vom eigenen Haus mit Garten für Ottonormalverdiener längst zu einer unerreichbaren Utopie geworden.

3

Er steuerte seinen sechzehn Jahre alten Volvo den schmalen Anliegerweg am Seeufer entlang. Der Tatort war schon von weitem anhand der charakteristischen Ansammlung von Fahrzeugen zu erkennen. Streifen- und Krankenwagen, die Dienstfahrzeuge der Kripo-Kollegen und des Gerichtsmediziners sowie der silberne Kleinbus des Erkennungsdienstes. Kreuz und quer standen sie vor dem Grundstück, auf dem die Tote entdeckt worden war.

Ein Streifenwagen versperrte den Weg, sodass er nicht unmittelbar bis zum Tatort vorfahren konnte. Er parkte seinen Wagen neben einer Hecke und stieg aus. Noch immer schüttete es wie aus Eimern. Wenn er Corinna richtig verstanden hatte und die Tote im Freien lag, brauchte er keine allzu große Hoffnung auf die Spurensicherung zu setzen. Aller Wahrscheinlichkeit nach hatte der Regen die Grundreinigung des Tatortes bereits weitgehend erledigt.

»Guten Morgen, Herr Hauptkommissar«, grüßte ihn einer der Beamten. Er hob das an einem windschief in den trostlosen Himmel ragenden Holzpflock befestigte Flatterband an, das sich quer über das Grundstück zog. Karre bückte sich trotz seiner knapp ein Meter neunzig mühelos darunter hindurch.

»Wo liegt sie?«, fragte er und nickte dem Kollegen dankend zu.

»Da drüben am Seiteneingang. Sieht so aus, als wäre sie in den Treppenschacht gestürzt.«

»Wenn Sie das schon so genau wissen, hätte ich mir den Weg hierher besser gespart und in Ruhe einen Kaffee getrunken.« Ohne eine Antwort seines verdutzten Gegenübers in Uniform abzuwarten, stapfte er auf das einstöckige Fachwerkhaus zu.

»Himmel, wann haben die denn hier zum letzten Mal den Rasen gemäht?«, fluchte er mit einem Blick auf seine vom knöchelhohen Gras durchnässten Hosenbeine.

»Je später der Morgen, desto wichtiger die Gäste.« Götz Bonhoff kam ihm, mit einem Regenschirm bewaffnet, entgegen. »Der frühe Vogel ...«

»... kann mich mal«, unterbrach Karre den Kollegen. »Habt ihr schon was?«

»Außer, dass es so aussieht ...«

»... als sei sie die Treppe runtergefallen? Geschenkt. Lass mich mal einen Blick auf sie werfen.«

»Bitte. Tu dir keinen Zwang an«, zischte Bonhoff und deutete in Richtung eines in die Tiefe führenden Geländers, das parallel zur Hauswand verlief.

Karre wischte sich den Regen aus dem Gesicht und blickte in den vor einer Kellertür endenden Schacht. Die Tote, eine brünette Frau, die Karre auf Mitte zwanzig schätze, lag auf dem Rücken. Ihr rechtes Bein war offensichtlich gebrochen, denn der Unterschenkel war auf unnatürliche Weise seitlich abgeknickt. Ihr vom Regen durchtränktes Haar hatte sich auf dem Boden ausgebreitet und umgab ihren Kopf wie eine Korona. Oder wie ein Heiligenschein, dachte Karre, während sein Blick zu der Platzwunde an der rechten Schläfe wanderte.

»Wo ist Grass?«, fragte er den neben dem Treppenabgang stehenden uniformierten Beamten. Der rückte seine Mütze zurecht und antwortete einsilbig:

»Irgendwo hinten am Wagen. Wollte was nachsehen, glaub ich.«

Karre bückte sich unter einem weiteren Absperrband hindurch und stieg die Treppe hinunter. Stets darauf bedacht, keinem der mit weißer Kreide umrandeten Bereiche zu nahe zu kommen. Er wusste, wie allergisch die Kollegen des Erkennungsdienstes auf Ermittler reagierten, die sich in ihren Augen ohne die erforderliche Rücksicht auf eventuelle Spuren und Hinweise am Tatort bewegten.

Am Fuß der Treppe angekommen, betrachtete er die Tote. Sie trug ein eng geschnittenes Top, das die trotz ihrer zierlichen Gestalt recht üppigen Brüste auch in Rückenlage gut in Szene setzte. Der kurze Rock war hochgerutscht und gab den Blick auf die Spitze halterloser

13

Strümpfe frei. An ihrem linken Fuß trug sie einen knallroten Pumps mit beachtlichem Absatz aus glänzendem Metall. Den dazugehörigen zweiten Schuh hatte Karre etwa auf der Hälfte der Treppe passiert.

Er betrachtete das selbst im Tod ausgesprochen hübsche, gen Himmel gerichtete Gesicht. Der seit Stunden auf das Mädchen niederprasselnde Regen hatte die Schminke rund um die geöffneten Augen verlaufen lassen. Rinnsale schwarzer Tusche liefen die mit Resten von Rouge bedeckten Wangen hinunter. Der Anblick erinnerte Karre an das vom Regen verwaschene Gemälde eines Pierrots oder Harlekins.

Unwillkürlich dachte er an jenen Abend zurück, an dem Hanna zum ersten Mal geschminkt vor ihm gestanden hatte, um zur Geburtstagsparty einer Schulfreundin zu gehen. Er schob den Gedanken beiseite und konzentrierte sich wieder auf die zu seinen Füßen liegende Tote. Sie trug eine Halskette, deren mit Steinen besetzter Anhänger ebenso echt und teuer wirkte, wie die dazu passenden Ohrringe. Er würde ihren Schmuck auf Echtheit prüfen lassen. Entweder stammte die junge Frau aus einem reichen Elternhaus, oder sie hatte einen für ihr Alter ziemlich einträglichen Job.

Oder einen großzügigen Sponsor.

Er entschied, fürs Erste genug gesehen zu haben und stieg die Treppe empor. Oben angekommen, hielt er nach Paul Grass, dem Chef der gerichtsmedizinischen Abteilung Ausschau, konnte ihn aber nirgends entdecken. Stattdessen fiel sein Blick auf Götz Bonhoff, der ihm den Rücken zuwendend an der Seeseite des Grundstücks stand und eine Zigarette rauchte. Mit stoischer Ruhe blies er graue Rauchschwaden in die regnerische Morgenluft, zu der sich ein leichter, vom See her aufsteigender Nebel gesellte.

Auch wenn er selbst derzeit weiß Gott andere Sorgen hatte, würde er mit seinem Kollegen in einer ruhigen Minute ein klärendes Gespräch unter vier Augen führen müssen. Der ehemals so engagierte Ermittler war seit Wochen kaum wiederzuerkennen. War sein Verhalten wirklich nur auf die Tatsache zurückzuführen, dass Karre, wenn auch nur vorübergehend, an seiner Stelle zum Chef des Ermittlerteams ernannt worden war? War Bonhoff so sehr darauf versteift gewesen, als dienstältestes Teammitglied die Leitungsfunktion zugesprochen zu bekommen? Oder gab es noch etwas, das ihn belastete?

4

Karim Gökhan trat von hinten an ihn heran und riss ihn aus seinen Gedanken.

»Karre, kommst du mal, bitte? Der Chef von dem Laden ist eben eingetroffen. Er wartet drüben im Einsatzwagen.«

Gemeinsam gingen sie zu dem im früher üblichen Grün-Weiß lackierten Kleinbus, der mit geöffneter Schiebetür am Rand des Grundstücks parkte.

»Habt ihr mit dem Jogger gesprochen, dessen Hund die Leiche gefunden hat?«

Karim nickte. »Ja, aber er konnte uns nicht wirklich etwas dazu sagen. Außer, dass sein Labrador abgehauen ist und ihn direkt zu der Toten geführt hat.«

An einem Holztisch im Inneren des Wagens saß ein Mann. Karre schätzte, dass er nicht viel älter war als er selbst. Er verströmte den Duft nach Duschgel und Deodorant und seine dunkelblonden Haare hingen nass über seine Schultern. Er trug löchrige Jeans und ein T-Shirt, dessen ausgewaschener Look vermutlich eher auf einen modischen Trend als auf zu viele Waschgänge zurückzuführen war. An einem Lederriemen um seinen Hals baumelte die geschnitzte Miniaturausgabe eines Surfbretts. Als Karre sich durch die Tür ins Innere des Fahrzeugs duckte, streckte der Gast ihm seine mit zahlreichen Silberringen bestückte Hand entgegen.

»So eine Scheiße. Warum denn ausgerechnet vor meinem Laden?«

»Angenehm. Hauptkommissar Karrenberg. Kommissar Gökhan kennen Sie ja bereits.«

»Hanke. Michael Hanke.« Er blickte aus dem Fenster in Richtung des Absperrbandes. »Ich kann nicht glauben, dass mir jemand eine Leiche vor die Tür geschmissen hat. Wenn ich diese Sau erwische ...«

»Wie kommen Sie darauf, dass sie dorthin gelegt wurde?«

Hanke blickte die beiden Polizisten verständnislos an. »Na, das ist doch wohl klar, oder? Als ich gestern den Laden zugemacht habe, war sie noch nicht da. Und ich bin als Letzter gegangen.«

»Und woher wissen Sie, wo die Leiche gefunden wurde? Wir haben doch noch gar nichts dazu gesagt.« Karre entging nicht, dass Hanke den Blicken der Kommissare auswich und nervös mit den Ringen an seiner Hand spielte. Dabei hatte das Gespräch noch gar nicht richtig begonnen.

»Na, das hat doch der Polizist da drüben an der Absperrung gesagt, als ich ihn gefragt habe, was hier los ist.«

Karre warf seinem Kollegen einen kurzen Blick zu.

»Ich überprüfe das«, erwiderte dieser und verließ den Wagen.

»Glauben Sie mir nicht? Sie denken doch nicht etwa, dass ich was damit zu tun habe, oder? Hören Sie, als ich gestern gegangen bin, war da keine Tote.«

Karre deutete aus dem Wagenfenster hinüber zu einem

16

der uniformierten Beamten. »Hat er Ihnen auch gesagt, dass es sich bei der Toten um eine Frau handelt?«

»Scheiße, verflucht. Ja.«

Wenn der Kollege vom Streifendienst Hankes Aussage bestätigte, müsste man ihm dringend eine Auffrischung in ordnungsgemäßem Verhalten an Tatorten verpassen, dachte Karre, bevor er sich wieder voll und ganz auf das Gespräch konzentrierte.

»So, jetzt nochmal. Ganz ruhig und von vorne. Sie sagen, als Sie gestern gegangen sind, haben Sie keine Tote gesehen. Korrekt?«

»Ich habe nicht *keine Tote gesehen.* Da *war* keine Tote.«

»Wieso sind Sie so sicher? Könnte es nicht sein, dass Sie die Leiche nur nicht bemerkt haben? Schließlich liegt sie ja unten im Treppenschacht.«

»Nein, das ist nicht möglich. Ich schließe den Haupteingang des Lokals immer von innen ab und verlasse das Haus durch den Keller. Ich bin also die Treppe hinaufgegangen. Und da war keine Tote.«

»Wann haben Sie den Laden denn zugemacht?«

»Gestern war ziemlich viel los. War ja endlich mal vernünftiges Wetter. Die Letzten sind so um eins weg, als es angefangen hat, zu regnen. Ich hab dann noch aufgeräumt und bin gegen halb zwei nach Hause.«

Karre sah auf die Uhr. Es war kurz nach halb acht.

»Und Sie sind morgens immer so früh hier? Auch wenn Sie nachts erst spät Schluss gemacht haben?«

»Nein, aber morgen Abend wird´s rappelvoll. Pokalfinale. Hoffentlich hauen die Dortmunder den Weißwurstindianern so richtig eins auf die Fresse.«

»Public Viewing?«, fragte Karre. »Bei dem Wetter?«

»Wenn der Wetterbericht für morgen stimmt, wird sich die Veranstaltung wohl auf drinnen beschränken. Jedenfalls kann ich mir den Aufbau der Leinwand hier draußen bei diesem Mistwetter wohl sparen.«

»Wie läuft denn die Saison bisher?«

»Was glauben Sie denn? Das *Haus am See* ist in erster Linie ein Beachclub. Wenn´s regnet, verirrt sich hier kaum eine Menschenseele hin. Und Sie wissen ja selbst, wie beschissen das Wetter bis jetzt gewesen ist. Die paar guten Tage kann man an einer Hand abzählen. Da stehen die Konjunkturindikatoren für Biergärten nicht gerade auf Rekordniveau.«

Karre nickte verständnisvoll. »Herr Hanke, ich fürchte, ich habe eine schlechte Nachricht für Sie.«

»Jetzt sagen Sie nicht, dass ich meinen Laden morgen Abend nicht aufmachen kann. Wegen dieser …«, er verschluckte den Rest des Satzes und starrte den Kommissar mit weit aufgerissenen Augen an.

»Hängt davon ab, wie die Kollegen mit der Spurensicherung vorankommen. Aber der Kellergang ist definitiv tabu.«

»Das wäre ja nicht das Problem. Aber der Verdienstausfall würde mich echt in Schwierigkeiten bringen. Können Sie da kein gutes Wort für mich einlegen?«

Plötzlich wirkte der eben noch taffe Surferverschnitt vollkommen handzahm. Offenbar spürte er, dass es höchste Zeit war, die Tonart zu wechseln.

»Ich rede mal mit den Kollegen. Dann werden wir sehen, was wir für Sie tun können.«

»Danke. Sie sind übrigens herzlich eingeladen. Die Getränke gehen aufs Haus.«

»Vielen Dank. Ich werte das mal als unüberlegte, aber freundlich gemeinte Geste. Nicht als versuchte Bestechung.«

»Hey, das hab ich nicht gemeint.«

»Schon klar. Vergessen Sie´s. Mal sehen. Vielleicht komme ich auf ein Bierchen vorbei.«

»Machen Sie das. Sind wir fertig? Ich muss heftig ranklotzen, wenn ich bis morgen fertigwerden will.«

»Ja. Das heißt, eine Frage habe ich noch.«

In diesem Augenblick steckte Karim seinen Kopf durch die Wagentür. »Ich weiß zwar nicht, wieso dieser Anfänger gleich alles ausgeplaudert hat, aber zumindest hat er mir bestätigt, dass er mit Herrn Hanke über die Tote gesprochen hat.«

»Sag ich doch.« Hanke wirkte erleichtert.

»Eins irritiert mich trotzdem.« Karre beugte sich über den Tisch.

»Was?«

»Sie wissen, dass wir auf Ihrem Grundstück die Leiche einer Frau gefunden haben. Und trotzdem scheint es Sie nicht sonderlich zu interessieren, um wen es sich bei der Toten handelt. Haben Sie sich noch gar nicht gefragt, wer die Tote ist? Ob Sie sie vielleicht sogar kennen?«

»Ich ... Doch. Schon. Aber ... Wer ist es denn?«

»Bisher haben wir keinen Hinweis auf die Identität der Toten gefunden. Aber wenn Sie sich bereiterklären, einen Blick auf sie zu werfen, können Sie uns diesbezüglich vielleicht weiterhelfen. Selbstverständlich nur, wenn Sie sich das zutrauen. Der Anblick einer Leiche ist nicht jedermanns Sache.«

»Kein Problem. In meinem ersten Leben war ich Krankenpfleger. Da hab ich allerhand zu sehen gekriegt, was über den Horizont eines Normalbürgers hinausgeht.«

Inzwischen hatte der Regen wieder an Intensität zugenommen. Gnadenlos peitschte er ihnen ins Gesicht, während sie zu dem in der Nähe des Einsatzbusses geparkten Leichenwagen gingen. Eine geöffnete Transportwanne stand auf dem Boden neben dem Fahrzeug. Karre bedeutete einem der beiden in schwarze Anzüge gekleideten Männer, den Leichensack zu öffnen, in den die Frau inzwischen umgebettet worden war.

Während sich dieser bückte und den Reißverschluss gerade so weit aufzog, dass der Kopf der Toten sichtbar wurde, musterte Karre Hankes Gesicht. Als er schluckte, hüpfte sein Kehlkopf einmal auf und ab. Doch außer einem kurzen Augenblinzeln zeigte er keine Regung.

»Nie gesehen«, sagte er, und wandte sich ab.

»Sicher?«, fragte Karre und signalisierte dem Bestatter, den Leichensack zu verschließen.

»Ich kenn sie nicht. Ganz sicher. Sind wir fertig?«

»Ja. Zumindest vorerst. Ich danke Ihnen für Ihre Zeit, Herr Hanke. Aber halten Sie sich zu unserer Verfügung. Ich lasse Sie im Laufe des Tages wissen, ob Sie heute und morgen Abend frei haben und sich das Fußballspiel zuhause mit Ihren Freunden ansehen können.«

Hanke murmelte irgendetwas Unverständliches und verschwand in Richtung der Absperrung, vor der er seinen Wagen, einen BMW X5 der ersten Baureihe, abgestellt hatte.

»Was ist denn mit dir los?«, fragte Karim, als Hanke die Fahrertür hinter sich zugeknallt hatte. »So nickelig kenne ich dich ja gar nicht.«

»Ist wahrscheinlich alles etwas viel im Augenblick. Der Unfall, die Beerdigung. Die Sorgen um Hanna. Und dazu die endlosen Nächte im Krankenhaus. Ich hab schon überlegt, mich einfach krankzumelden, aber ich fürchte, dann fällt mir erst recht die Decke auf den Kopf. Und bei dir? Wie läuft´s bei dir und Sila?«

»Alles im Lot. Ich soll dich übrigens fragen, ob du mal wieder zum Essen kommen möchtest.«

»Danke. Das ist wirklich lieb, aber ich glaube, in meiner derzeitigen Verfassung gebe ich keinen guten Gast ab. Außer ihr wollt den ganzen Abend mit mir zusammen Trübsal blasen.«

»Ach komm schon. Morgen ist Fußball. Sila kocht und anschließend gucken wir uns an, wie die Bayern den Pott holen. Vielleicht bringt dich das ja für ein paar Stunden auf andere Gedanken. Was meinst du?«

»Also gut, meinetwegen. Aber sag hinterher nicht, ich hätte dich nicht gewarnt. Und wer das Ding gewinnt, wird sich erst zeigen.« Er boxte seinem Kollegen freundschaftlich auf den Oberarm.

»Prima, ich sag Sila gleich Bescheid.«

Karres Blick fiel auf seine Kollegin, Viktoria von Fürstenfeld. Sie stand gemeinsam mit Paul Grass, dem leitenden Gerichtsmediziner, am Treppenabgang und winkte zu ihnen herüber.

»Mach das. Aber lass uns vorher mal hören, ob Paulchen was für uns hat.«

5

»Kannst du schon was sagen?« Karre begrüßte den Gerichtsmediziner mit einem kräftigen Händedruck.

Der fünfzigjährige Paul Grass war mindestens eineinhalb Köpfe kleiner als Karre. Im Gegensatz zum kurzen, dunkelblonden Haar des Kommissars, glich der Kopf des Pathologen einer frisch polierten Bowlingkugel. Die abstehenden Ohren taten indes ihr Übriges, den Vergleich mit Yoda, dem Jedi-Meister, seit Jahren am Köcheln zu halten. Grass arbeite seit zwei Jahrzehnten in der gerichtsmedizinischen Abteilung der Essener Uniklinik und solange Karre ihn kannte, leitete er dieselbe.

»Wie lange kennen wir uns, mein Freund? Sieben Jahre? Du solltest allmählich wissen, dass ich ohne ordentliche Obduktion keine definitiven Aussagen tätige. Aber so wie es bis jetzt aussieht, scheint Genickbruch die wahrscheinlichste Todesursache zu sein. Und bevor du fragst. Ich tippe auf gestern zwischen 20:00 und 22:00 Uhr. Genauer kann ich es noch nicht sagen.«

»Genickbruch? Also vielleicht tatsächlich ein Treppensturz? Könnte es hier passiert sein?«

Grass schüttelte den Kopf. »Nein, dass sie hier gestorben ist, halte ich für ausgeschlossen. Aber vermutlich sollte es genau danach aussehen. Die Leichenflecken deuten darauf hin, dass sie einige Stunden nach Eintritt des Todes bewegt worden ist.«

Karre fingerte ein Pfefferminzbonbon aus der Hosentasche und steckte es in den Mund. »Das würde die Aussage von Hanke bestätigen, dass die Tote nicht dort gelegen hat, als er gestern Nacht den Laden abgeschlossen hat.«

»Hanke? Ist das der Besitzer?«, fragte Viktoria und schob eine blonde Haarsträhne hinter ihr Ohr, wobei Karres Blick den Brillantring an ihrem linken Ringfinger streifte.

»Ja, wir haben ihm eben ein bisschen auf den Zahn gefühlt.«

»Und?«

»Ziemlich nervös.«

»Was nicht unverständlich ist, oder? Schließlich wurde auf seinem Grundstück eine Leiche gefunden.«

»Jedenfalls scheint er die Wahrheit gesagt zu haben. Zumindest was die Tatsache angeht, dass die Leiche gegen ein Uhr nachts noch nicht hier gelegen hat.«

Karre wandte sich wieder dem Gerichtsmediziner zu.

»Kannst du in etwa sagen, wie viel Zeit zwischen dem Eintritt des Todes und dem Bewegen der Leiche vergangen ist?«

»Vielleicht vier bis fünf Stunden, grob geschätzt. Genaues werde ich dir nach der Obduktion sagen.«

»Ist dir sonst noch etwas aufgefallen?«

Grass nickte. »Ihr Körper ist mit Hämatomen geradezu

übersät. Außerdem sind zwei Fingernägel abgebrochen.«

»Also doch ein Sturz?«

»Kann sein. Oder ein Kampf. Vielleicht finden sich Hautpartikel unter den anderen Nägeln. Wie gesagt, ich muss mir das nachher in Ruhe ansehen.« Er nickte den beiden Bestattern zu, die daraufhin begannen, den stahl-grauen Transportsarg in den Leichenwagen zu verfrach-ten. »Ich gebe euch Bescheid, sobald ich mit der Lady fertig bin. Das heißt, von mir aus könnt ihr auch gleich dazukommen.«

»Danke, lass mal stecken. Ruf uns an, wenn du was Neues hast.«

»Und was unternehmen wir in der Zwischenzeit?«, frag-te Viktoria. »Bis jetzt wissen wir ja noch nicht einmal, wer die Tote ist.«

»Habt ihr schon einen Blick in den Laden geworfen?«

Viktoria nickte. »Sieht alles völlig normal aus. Komplett aufgeräumt. Fast zu perfekt, wenn du mich fragst. Falls der Mord im Haus begangen wurde, sind mit bloßem Au-ge jedenfalls keine Spuren mehr zu sehen.«

»Wäre aber auch ziemlich dämlich, die Frau in der Kneipe umzubringen und dann vor der eigenen Tür abzu-legen, oder?«, warf Karim ein.

»Kann schon sein. Ich möchte trotzdem, dass die Kolle-gen vom Erkennungsdienst sich dort drinnen umsehen. Und lass Hanke nicht hören, dass du seinen Club als Kneipe bezeichnest. Der Typ ist da bestimmt empfind-lich.«

Viktoria deutete auf den Haupteingang des Gebäudes. »Die sind schon drin. Ich habe darum gebeten, dass wir den Bericht bekommen, sobald er fertig ist.«

»Gut, dann sind wir durch.« Karre fuhr mit der Hand über sein unrasiertes Gesicht. Die letzten Nächte hatten sicht- und, wie er fürchtete, geruchstechnisch wahrnehm-

23

bare Spuren hinterlassen. »Ich brauche ne Dusche und ein frisches Hemd. Wir sehen uns nachher im Präsidium. Und sagt Corinna, sie soll reichlich Kaffee kochen. Ohne Koffein überstehe ich den heutigen Tag nicht.«

6

Gute zwei Stunden später betrat Karre, geduscht und mit frischem Hemd, das Gemeinschaftsbüro des K3 im ersten Stock des Polizeipräsidiums an der Büscherstraße.

Karim und Viktoria saßen auf der Kante eines hölzernen Schreibtisches, einem Relikt aus einem Land vor unserer Zeit, in dem Schlaghosen und Koteletten modern gewesen waren. Und in dem die weitläufige Meinung geherrscht hatte, es gäbe keinen Grund, weshalb jemand einen Computer besitzen, geschweige denn nutzen wollte. Ja selbst die inzwischen erfolgte Einführung derart zeitgemäßer Datenverarbeitungstechnik konnte über das gut vierzig Jahre alte Interieur nicht hinwegtäuschen. Doch die zahlreich vorhandenen Pläne zur Erneuerung der Einrichtung waren ein ums andere Mal den Sparmaßnahmen der Stadtoberen zum Opfer gefallen. So mussten sich die Ermittler des Kommissariats für Gewaltdelikte mit Mobiliar zufriedengeben, das eher an Zeitreisen ins Mittelalter erinnerte, als an moderne Polizeiarbeit à la CSI Miami.

Der Duft frischen Kaffees erfüllte den Raum und auf dem Tisch wartete ein Tablett mit einer Pyramide aus belegten Brötchen.

»Gibt´s was zu feiern?«, fragte Karre, während er sich seiner Jacke entledigte. Trotz des kurzen Weges vom Parkplatz zum Haupteingang des Präsidiums hatte der noch immer andauernde Regen den Stoff vollkommen durchnässt. »Habt ihr den Fall etwa schon gelöst?«

»Um ehrlich zu sein, wir haben noch nicht mal eine klitzekleine Idee, wer die Tote überhaupt ist. Keine Papiere, keine Vermisstenmeldung, keine Spuren.« Viktoria reichte ihm einen mit einem Plastikdeckel verschlossenen Pappbecher. »Pass auf, ist noch heiß.«

Karre entfernte den Deckel, warf ihn in den für Restmüll vorgesehenen Eimer neben dem Schreibtisch und inhalierte den aus dem Becher aufsteigenden Kaffeeduft.

»Wir haben was zu beißen besorgt. Nach den letzten Tagen könnte dir feste Nahrung nicht schaden.« Karim hielt ihm das Tablett hin und Karre griff nach einer mit Gouda belegten Brötchenhälfte. »Eigentlich wollten wir ja Mettbrötchen. Mit ordentlich Zwiebeln drauf. Aber nach dem Stress mit den Kollegen von der Sitte wollten wir dieses Mal etwas nehmen, das man nicht auf der ganzen Etage riecht.«

»Ihr seid echt die Besten. Danke. Wo steckt eigentlich Götz?«

»Keine Ahnung. Hat irgendwas von einem Termin erzählt. Ist vom Tatort aus direkt hingefahren. Ich hab ihn noch gefragt, was genau er vorhat, aber er hat's nicht rausgerückt.«

»Hundertpro was Privates.« Auch Viktoria griff nach einem Brötchen und ließ sich in einen der Schreibtischstühle fallen. »Er benimmt sich in letzter Zeit komisch. Keine Ahnung, was mit ihm los ist.«

»Er ist beleidigt, weil der Alte Karre zum Chef gemacht hat und nicht ihn.«

»Zum kommissarischen Chef«, korrigierte Karre seinen Kollegen.

»Wer weiß, ob er überhaupt wiederkommt. Mit einem Herzinfarkt ist nicht zu spaßen. Außerdem klingt das doch super: kommissarischer Kommissar.«

»Wenn schon, dann Hauptkommissar. So viel Zeit muss sein.«

»Wo er recht hat, hat er recht.« Viktoria legte ihr Brötchen zur Seite und griff nach zwei durchsichtigen Tüten, die neben dem Tablett auf dem Schreibtisch lagen. Eine davon reichte sie ihrem Chef.

»Wow, sehr schick. Lässt du dir deine neuen Schuhe jetzt direkt ins Büro liefern? Sind die von … Wie heißt das noch? Da wo alle Frauen vor Glück schreien?«

»Nein, sind sie nicht. Und nein, das sind auch nicht meine Schuhe. Allerdings habe ich mir schon gedacht, dass sie dir gefallen. Aber sie gehören zu unserer unbekannten Toten.«

»Ich weiß.« Karre griff nach der Tüte und betrachte den darin verpackten Pumps. Rotes Leder. Abgerundete Spitze. An der schwarzglänzenden Innenseite des Exemplars, das Karre in der Hand hielt, klebte ein schmaler Aufkleber mit einem goldenen Schriftzug: Dark&Lovely. Das Auffälligste aber war der Absatz, den Karre auf wenigstens zwölf Zentimeter schätze und der aus glänzendem Metall bestand. »Ziemlich extravagant, oder?«

»Und teuer.«

Karre sah Viktoria fragend an.

»Um die zweihundertfünfzig Euro wirst du dafür hinblättern müssen. Aber das Beste kommt noch.« Sie reichte Karre die Tüte mit dem zweiten Schuh. »Fällt dir was auf?«

Er betrachte abwechselnd beide Schuhe. »Ist das jetzt ein Rätsel? Sowas wie ein Suchbild, auf dem man den Fehler finden muss?«

»So in der Art.«

Noch einmal sah sich Karre die beiden Schuhe eingehend an. Von innen, von außen. Von innen, von … »Moment mal. Die wurden beide bei der Leiche gefunden?«

»Ich glaube, jetzt hat er´s«, witzelte Karim und klopfte

Karre anerkennend auf die Schulter. »Chef ist eben Chef.«

»Habt ihr schon mit Paul gesprochen?«

Viktoria und Karim nickten grinsend.

»Und was sagt er? Jetzt spannt mich doch nicht so auf die Folter.«

»Er sagt, sie passen.«

»Beide?«

»Ja. Unsere unbekannte Lady trägt unterschiedliche Schuhgrößen. Siebenunddreißig links, achtunddreißig rechts.«

»Lässt sich daraus nichts machen? Wir könnten mal nachsehen, wie oft so etwas vorkommt.«

»Schon erledigt. Gibt es aber tatsächlich häufiger, als man denkt. Jedenfalls ist das Internet voll von Foren, in denen sich Frauen über das Thema austauschen. Es gibt sogar Tauschbörsen für die entsprechenden Schuhe.«

»Ist denn das so ein Problem? Eigentlich fällt das doch nicht weiter auf.«

Viktoria nahm ihm die beiden Tüten aus der Hand und legte sie zurück auf den Schreibtisch. »Geh doch mal in ein Schuhgeschäft und versuche, zwei Schuhe mit unterschiedlichen Größen zu kaufen. Oder hast du das schon mal probiert?«

»Nein. Wozu auch.«

»Siehst du. Und genau das ist das Problem. Wenn du zwei unterschiedliche Größen brauchst, musst du in der Regel zwei komplette Paare kaufen. Niemand verkauft dir einen Schuh in der einen, und den zweiten in einer anderen Größe.«

»Was die Sache doppelt so teuer macht«, schlussfolgerte Karre.

»Ganz genau. Und davon abgesehen: Die Schuhe hier stammen von einem kleinen Exklusivlabel, nicht von einem Anbieter fürs Massengeschäft.«

»Was bedeutet das?«

»Dass du sie vermutlich nicht in jedem x-beliebigen Schuhgeschäft bekommst, sondern nur in wenigen Boutiquen.«

»Oder im Internet«, warf Karim ein. »Wenn sie die Schuhe dort gekauft hat, wird es uns nicht weiterhelfen. Wenn sie in einem richtigen Geschäft gekauft wurden, kann sich vielleicht jemand an eine Kundin erinnern.«

»Und wie kriegen wir raus, woher die Dinger stammen?«

Viktoria grinste: »Haben wir schon.«

»Ist nicht wahr. Lass hören.«

»Dark&Lovely.«

»Ich dachte, das wäre die Marke.«

»Ist es auch. Dahinter steckt eine kleine Manufaktur. Die produzieren vorwiegend Schuhe und Dessous. Aber auch gewisse Spielzeuge. Alles sehr exklusiv. Ihre Produkte vertreiben sie ausschließlich über handverlesene Shops, nicht über große Ketten. Es gibt nicht einmal einen Onlineshop.«

»Klingt nach einem Volltreffer.«

»Vielleicht. Jedenfalls habe ich dort angerufen und gefragt, ob ihre Produkte irgendwo hier in der Stadt erhältlich sind.«

»So wie du grinst, kann ich mir schon denken, was sie geantwortet haben. Wie viele Läden gibt es?«

»Einen. Außerdem noch zwei in Düsseldorf, einen in Bochum und einen in Dortmund.«

»Dann sollten wir mit dem in Essen anfangen. Vielleicht haben wir Glück. Hast du die Adresse?«

Viktoria zog einen Zettel aus der Hosentasche und winkte ihrem Chef damit zu. »Komm, lass uns shoppen gehen.«

»Und was mache ich solange?«, fragte Karim und schob sich den Rest seines Brötchens in den Mund.

»Du passt hier auf unsere Vorräte auf und machst Paul ein bisschen Druck. Wenn wir zurück sind, möchte ich was von ihm hören.«

7

Das Ladenlokal des *Black Romance* lag in einer Nebenstraße in der Essener City. Mit Dessous und Sexspielzeugen vollgestopfte Schaufenster, flankiert von roten und pinkfarbenen Neonröhren, prägten das Straßenbild des Viertels. Karre vermutete, dass es keine Erotikkette gab, die hier nicht mit einem Shop vertreten war. Erheblich unscheinbarer fügte sich das kleine Geschäft, dem sie einen Besuch abzustatten gedachten, ins Untergeschoss eines renovierungsbedürftigen Hauses.

»Wer hier einkaufen geht, kann doch nur einer bestimmten Profession nachgehen, oder?«, fragte Karre, während sie aus dem im Halteverbot abgestellten Audi des Polizeifuhrparks stiegen.

»Für so prüde hätte ich dich gar nicht gehalten.«

»Du willst mir doch wohl nicht weismachen, dass du in solchen Läden Klamotten kaufen gehst, oder?«

Viktoria lächelte und marschierte auf den Eingang des Geschäftes zu, ohne weiter darauf einzugehen. Ein helles Glöckchen verriet ihr Kommen, als die Tür nach innen schwang und Karre und Viktoria den Shop betraten. Entgegen Karres Erwartung handelte es sich nicht um einen typischen Sexshop, sondern um eine Boutique, die in erster Linie ausgefallene Schuhe und Dessous führte. Die junge Frau, die sie begrüßte, trug einen kurzen, schwarzen Rock und hochgeschnürte Lederstiefel. Das Auffälligste an ihrem Outfit war das eng geschnürte Korsett, das ihre ohnehin üppige Oberweite noch mehr betonte. Ihre feuerrote Lockenmähne sowie die Piercings in Nase und Unterlippe unterstrichen ihre durch und durch extravagante Erscheinung.

»Hallo. Herzlich willkommen in meinem bescheidenen Reich. Ich bin Melissa. Was kann ich für euch tun?«

»Ich suche ein neues Paar Schuhe«, preschte Viktoria vor, bevor Karre antworten konnte.

»Hast du an was Bestimmtes gedacht?«, fragte Melissa und bedeutete ihnen mit einer einladenden Handbewegung, ihr in den hinteren, von außen nicht sichtbaren Teil des Geschäftes zu folgen.

»Um ehrlich zu sein, ja. Ich hätte gerne etwas …« Viktoria schob eine gekonnte Kunstpause ein, die Karre schmunzeln ließ. »… Besonderes. Vielleicht ein bisschen verrucht. Weißt du, was ich meine?«

»Ich glaube schon.« Melissa zwinkerte ihr verschwörerisch zu. »Hast du eine konkrete Vorstellung?«

»Auf jeden Fall möchte ich viel Absatz. Mindestens zehn Zentimeter, eher mehr.«

»Und welche Farbe? Schwarz?«

»Ich habe an Rot gedacht.« Sie hakte sich bei Karre unter und legte ihren Kopf an seine Schulter. »Was hältst du davon, Schatzi? Rot ist doch cool, oder?«

»Da könnte ich was Passendes für dich haben. Einen Augenblick.« Melissa wandte sich ab und machte sich an dem hinter ihr aufragenden Regal zu schaffen.

»Was wird das denn?«, flüsterte Karre, sobald er die Verkäuferin außer Hörweite wähnte.

»Wart´s ab und lass mich machen. Ich hab da so eine Idee.«

»Ich meine nicht die Schuhe, sondern …«, er verstummte, als die Verkäuferin zu ihnen zurückkehrte.

»Wie wär´s mit dem hier?« Melissa hielt einen Pumps aus rotem Leder in der Hand und Karre erkannte das Modell sofort wieder.

»Der ist cool. Darf ich mal?«

»Selbstverständlich.«

Viktoria griff nach dem Schuh und betrachtete ihn von allen Seiten. »Was kostet der?«

»Also, ganz billig ist der Spaß nicht, aber der Schuh hat eine super Qualität. Ganz weiches Leder und überhaupt nicht vergleichbar mit der üblichen Massenware. Ich kann dir versichern, dass …«

»Wie viel?«, fragte Viktoria lächelnd.

»Zweihundertfünfundsiebzig.«

»Nicht schlecht«, raunte Karre und dachte dabei an die von seiner Kollegin abgegebene Schätzung.

»Nicht schlecht? Für den Preis sollte er schon euch beiden gefallen.«

»Keine Sorge, das tut er. Oder? Der ist doch wohl ein Volltreffer.«

»Keine Frage. Das ist er.«

»Welche Größe darf ich dir denn zum Anprobieren bringen?«

»Also, das ist das Problem. Ich müsste ihn in zwei verschiedenen Größen haben. Rechts und links, meine ich.«

Das Lächeln auf dem Gesicht der Verkäuferin fror augenblicklich ein. »Wollt ihr mich verarschen?«, fragte sie und riss Viktoria den Schuh aus der Hand. »Ihr wollt doch überhaupt nichts kaufen. Seid ihr von der Polizei?«

»Bingo«, sagte Karre und hielt Melissa seinen Ausweis unter die Nase. »Hauptkommissar Karrenberg. Das ist meine Kollegin, Kommissarin von Fürstenfeld.«

»Na prima. Und ich habe schon gedacht, was für ein reizendes Paar. Also, dann mal Butter bei die Fische. Was wollen Sie?«

»Warum haben Sie eben so aufbrausend reagiert?«, fragte Karre, dem nicht entgangen war, dass Melissa soeben das *Sie* eingeführt hatte.

»Aufbrausend? Wieso, ich verstehe nicht …«

»Oh doch.« Karre trat einen Schritt näher an Melissa heran. »Sie verstehen ziemlich gut. Als meine Kollegin erwähnte, dass sie diesen Schuh in zwei unterschiedlichen Größen haben möchte, sind Sie regelrecht aus der Haut gefahren. Und aus meiner Sicht kann das nur bedeuten, dass wir nicht die Ersten sind, die danach gefragt haben. Also?«

»Ich möchte aber nicht, dass meine Kunden Ärger kriegen. Diskretion ist alles, verstehen Sie?«

»Was das angeht, kann ich Sie beruhigen. Mehr Ärger, als Ihre Kundin gerade hat, geht nicht. Und kaufen wird sie hier auch nichts mehr. Sie wurde heute Morgen tot aufgefunden.«

»Ach du Scheiße.« Sämtliche Farbe wich aus dem ohnehin blassen Gesicht der Verkäuferin, als sie sich auf einen der herumstehenden Hocker plumpsen ließ. »Das konnte ich ja nicht ahnen. Aber wieso tot? Was ist denn …?«

»Das versuchen wir herauszufinden«, erklärte Viktoria. »Und dabei benötigen wir Ihre Hilfe. Ist alles in Ordnung?«

»Ja, schon. Ich weiß nur nicht, ob ich Ihnen weiterhelfen kann.«

»Können Sie sich daran erinnern, dass Sie Ihrer Kundin zwei Paar dieser Schuhe verkauft haben?«

Die Rothaarige nickte.

»In unterschiedlichen Größen?«

»Ja. Das heißt, ich habe sie für sie erst bestellen müssen. Ich hatte nur eine der beiden Größen da. Außerdem habe ich versucht, zwei entsprechende Einzelschuhe zu bekommen. Sie tat mir irgendwie leid. Zwei so teure Paar Schuhe. Das ist doch Wahnsinn.«

»Sie wollten sie einzeln bestellen, obwohl Sie damit weniger verdient hätten?«, mischte Karre sich in das Gespräch ein, obwohl er sich beim Thema Damenschuhe alles andere als sattelfest wähnte.

»Ja. Ich nenne das Kundenservice. Sie hat bei mir öfter eingekauft, da tut man, was man kann. Auch wenn's auf den ersten Blick zum eigenen Nachteil ist.«

»Das heißt, sie war eine Stammkundin?«

»Naja, auf jeden Fall hat sie fünf oder sechs Mal etwas gekauft. Und immer teure Sachen. Für ein paar hundert Euro.«

»Kennen Sie ihren Namen?« Karre merkte, dass er ungeduldig wurde. Vielleicht würde sich die Identität des Opfers in wenigen Sekunden klären. Doch die Ernüchterung folgte auf den Fuß.

»Nein, leider nicht.«

»Wie hat sie bezahlt?«

»Immer in bar.«

»Bar? Solche Beträge?«

»Ja. Sie kam immer mit so einem Typen vorgefahren. Vermutlich ihr Freund. Der ist aber nie mit reingekommen, sondern hat draußen im Wagen gewartet.«

»Konnten Sie das Fabrikat erkennen?«

Sie zuckte mit den Schultern. »Ich weiß nicht. Ich kenne mich da nicht so aus. Rot war er. Ne richtige Protzkarre. Vielleicht was Amerikanisches. Oder italienisch? Keine Ahnung. Sorry.«

»Kein Problem.« Viktoria legte ihr eine Hand auf die Schulter. »Haben Sie sonst noch Information für uns? Sagten Sie nicht, Sie hätten die Schuhe für sie bestellen müssen? Hat sie Ihnen nichts dagelassen? Eine Telefonnummer? Irgendetwas, damit Sie sie erreichen können?«

»Nein.« Sie schüttelte den Kopf und eine rote Strähne fiel ihr ins Gesicht. »Das heißt, warten Sie mal.«

Sie sprang auf und eilte durch den Laden zur Kasse, wo sie sich an einer Schublade zu schaffen machte.

Karre und Viktoria sahen sich fragend an. Dann folgten sie ihr.

»Irgendwo hier muss es sein … Warten Sie … Ah, hier.« Sie zog einen quadratischen Zettel hervor und reichte ihn Viktoria.

»Was ist das?«

»Ihre Handynummer.«

»Ihre Handynummer?«, entfuhr es Karre. »Sie haben ihre Handynummer? Warum in Herrgotts Namen sagen Sie das erst jetzt?«

Die Verkäuferin blickte beschämt zu Boden. »Tut mir leid. Aber es ist mir eben erst eingefallen. Als Sie das mit der Bestellung erwähnt haben.«

»Und ihren Namen haben Sie nicht aufgeschrieben?«

»Nein. Irgendwie ... ich weiß auch nicht. Ich glaube, sie hat mir ihren Vornamen gesagt, aber ich hab vergessen, sie noch einmal danach zu fragen. Irgendwas mit D. Oder T. Ich weiß echt nicht mehr. Tut mir leid.«

»Kein Problem. Sie haben uns schon sehr weitergeholfen. Und falls Ihnen noch etwas einfällt, rufen Sie uns bitte an. Jederzeit.« Viktoria reichte ihr ihre Visitenkarte.

»Also, vielen Dank.«

»Gern geschehen. Tun Sie mir den Gefallen und finden Sie den Mörder. So ein nettes Mädchen. Schrecklich. Man fühlt sich gleich unwohl, wenn man weiß, dass da draußen so ein Verrückter rumläuft, der junge Frauen ermordet.«

Die beiden Polizisten verließen das Geschäft und gingen zu ihrem Wagen. Auf halbem Weg blickte Karre noch einmal zurück. Melissa stand in der Tür und blickte ihnen hinterher. Karre wollte ihr noch etwas zurufen, verkniff sich im letzten Augenblick jedoch den Kommentar, mit keinem einzigen Wort einen Mord erwähnt zu haben.

Am Wagen angekommen, entfernte er das Knöllchen

unter dem Scheibenwischer, knüllte es zusammen und entsorgte es in den Rinnstein.

8

»Kein Name? Nur eine anonyme Ansage?« Karim schien enttäuscht und wippte mit seinem Drehstuhl vor und zurück wie der Zappel-Philipp kurz vor dem Herunterreißen der Tischdecke.

»Dies ist die Mailbox der Rufnummer ...« imitierte Karre die elektronische Frauenstimme, die beim Anrufen der Handynummer ertönt war, welche die Verkäuferin ihnen gegeben hatte. »Wäre wohl zu einfach gewesen. Die Mailbox geht übrigens sofort ran. Kein Freizeichen.«

»Das Handy wird aus sein« Viktoria legte den Kopf in den Nacken und strich sich mit den Fingern durch die herabhängenden Haare.

»Ich tippe auf *Akku leer*. Gehört ja einer Frau.«

Viktoria versetzte Karims Stuhl einen Tritt, sodass dieser ein Stück durch das Büro rollte.

Karre trank den Rest seines inzwischen kalten Kaffees. »Oder es liegt in einem Gulli oder Mülleimer.«

»Und jetzt?« Karim stoppte seine unfreiwillige Fahrt wenige Zentimeter vor einem Sideboard mit Aktenordnern und sah auf die Uhr. »Paul wird noch nicht so weit sein. Er hat versprochen, sich sofort zu melden, wenn er uns was Neues sagen kann. Geben wir Jo die Handynummer. Er soll rausfinden, wem das Handy gehört.«

»Ich geh mal zu ihm rüber. Hab eh noch was mit ihm zu besprechen. Außerdem soll er trotzdem versuchen, das Telefon zu orten. Vielleicht haben wir ja doch noch Glück.«

»Dann werfen Karim und ich mal einen Blick auf die Vermisstenanzeigen der letzten Zeit. Vielleicht werden wir da ja fündig.«

»Treffen wir uns hier anschließend wieder?«

»Tut mir leid, aber Sila und ich haben heute Nachmittag einen wichtigen Termin. Da kann ich sie nicht versetzen.« Karim blickte in die Gesichter seiner Kollegen. »Was denn? Jetzt seht mich nicht so an. Ihr werdet hoffentlich ein paar Stunden ohne mich klarkommen, oder?«

»Wir haben doch gar nichts gesagt«, erwiderte Karre. »Oder? Viktoria, sagst du vielleicht auch mal was? Unser Kollege wird offenbar von einem ziemlich schlechten Gewissen geplagt. Und das nur, weil er uns eiskalt hängenlässt.«

»Vielen Dank, aber verarschen kann ich mich alleine. Wirft jetzt jemand mit mir zusammen einen Blick auf die Vermissten? Vicky?«

Viktoria erhob sich aus ihrem Stuhl, band ihr Haar zu einem Pferdeschwanz zusammen und folgte Karim. Im Gehen wandte sie sich noch einmal zu Karre um: »Bestell Jo einen schönen Gruß. Er soll sich Mühe geben.«

9

Das Reich, in dem Joseph Talkötter, das Urgestein der Essener Kriminaltechnik, gemeinsam mit seinen beiden Kollegen residierte, lag im Untergeschoss des Präsidiums. In dem etwa zwanzig Quadratmeter großen, fensterlosen und von Neonröhren beleuchteten Raum, herrschte beinahe vollkommene Stille. Karre vernahm lediglich das sonore Brummen des Lüftungssystems. Seit Jahren vermutete er, dass das Lager des veralteten Ventilators eine Unwucht hatte, denn in regelmäßigem Rhythmus touchierte es das in die Wand eingelassene Gehäuse, was dieses mit einem metallischen Knirschen quittierte. Er schüttelte den Kopf. Keinen einzigen Tag könnte er in

Gegenwart dieses nervtötenden Geräusches vernünftig arbeiten.

Talkötter allerdings schien in dieser Hinsicht komplett abgestumpft. Er hockte an einem der ausladenden Tische und starrte gedankenverloren auf das winzige Display eines Gerätes, dessen Funktion er Karre vor geraumer Zeit einmal bis ins Detail erläuterte hatte, welche dieser aber wieder vergessen hatte. Von seinen Kollegen war weit und breit nichts zu sehen.

»Hast du deinen Sklaven frei gegeben? So großzügig kenne ich dich ja gar nicht.«

»Ja, spotte nur. Wirst schon sehen, was du davon hast.«

»Ist ja gut. Wo stecken sie denn?«

»Wurden vorhin zu einem LKW-Unfall auf der 40 abkommandiert. Bestimmt ist wieder so eine osteuropäische Zeitbombe hochgegangen. Du kennst das ja. Kein Profil auf den Reifen, marode Bremsen, meistens überladen. Eigentlich ein Wunder, dass so wenig passiert, wenn man überlegt, wie viele von denen hier im Pott mittlerweile unterwegs sind. Den offenen Grenzen sei Dank. Und wir müssen die Suppe auslöffeln.«

»Was machst du gerade?«, fragte Karre, der Talkötters Meinung zu dem Thema schon dutzende Male gehört hatte und deswegen nicht weiter darauf einging.

Der Kriminaltechniker wandte den Blick zum ersten Mal von dem Monitor ab und griff nach einer auf dem Tisch liegenden Brille. Die dicken Gläser verkleinerten seine Augen auf geradezu unheimliche Weise und verliehen ihm eine gewisse Ähnlichkeit mit einem Maulwurf. Eine Tatsache, die ihm, in Verbindung mit seiner unterirdischen Wirkungsstätte, einen entsprechenden Spitznamen eingebracht hatte.

»Sonderaufgabe für die Kollegen der OK. Die haben einen Rucksack sichergestellt. Und mit dem Inhalt könntest du problemlos ne Bombe bauen. Sie vermuten, dass es das gleiche Zeug ist, das damals in Bonn benutzt wurde.«

»Die Sache am Bahnhof?«

Talkötter nickte.

»Wo haben sie den Rucksack denn gefunden?«

»Weiß ich nicht. Hab ich natürlich auch gefragt, aber sie wollten´s mir partout nicht sagen. Höchste Geheimhaltung. Darum dürfte ich es dir auch nicht erzählen, selbst wenn ich´s wüsste.«

Karre sah ihn lauernd an.

»Aber ich weiß nix. Ehrlich. Jetzt sag mal lieber, was ich für dich tun kann. Geht´s um die Tote von heute Morgen?«

»Geht es. Ich brauche deine Hilfe.«

»Warum dachte ich mir das? Ohne uns wärt ihr komplett aufgeschmissen, oder?«

»Hab ich das jemals bestritten?«

»Nein, hast du nicht. Wisst ihr, wer sie ist?«

»Eben nicht. Aber wir haben eine Telefonnummer.«

»Okay, und was kann ich für euch tun? Um sie anzurufen, braucht ihr wohl keinen Techniker, oder?«

»Es ist eine Handynummer. Das Gerät ist aber offensichtlich ausgeschaltet. Jedenfalls geht sofort die Mailbox dran. Leider ohne Namen.«

»Und du willst wissen, wem das Gerät gehört?«

Karre nickte. »Außerdem könntest du dich mit dem Provider in Verbindung setzen. Er soll uns eine Liste aller ab- und eingehenden Gespräche schicken. Und du könntest versuchen, es zu orten. Ich weiß, die Chancen stehen schlecht, aber vielleicht haben wir ja Glück und jemand schaltet das Teil noch einmal ein.«

»Der Mörder?«

»Wer weiß. Die Hoffnung stirbt ja bekanntlich zuletzt. Hast du Zeit? Jetzt, meine ich?«

»Eigentlich nicht.« Er seufzte und deutete vielsagend auf das sich um ihn herum ausbreitende Chaos. »Aber für meine Lieblingsermittler mache ich das Unmögliche möglich. Gib her, ich schieb´s dazwischen. Sollte nicht besonders lange dauern. Vielleicht ne halbe Stunde. Ich ruf dich an, sobald ich fertig bin.«

Karre reichte ihm den Zettel mit der Telefonnummer.

»Super, vielen Dank. Jo?«

»Ja?«

»Ich hab da noch etwas anderes.«

»Dachte ich mir schon.« Er nahm seine Brille ab, kniff die Augen zusammen und sah Karre prüfend an. »Ich habe mich schon die ganze Zeit gefragt, wann du damit um die Ecke kommst.«

»Was denn?«

»Komm schon. Du weißt, dass ich dir helfe, wo ich kann. Aber du weißt auch, dass ich mich nicht gerne zum Narren halten lasse. Also, reden wir Tacheles. Es geht um den Wagen deiner Ex, stimmt´s?«

Karre schluckte. Jos Menschenkenntnis erstaunte ihn immer wieder. Wenn er sich an einer Sache festbiss und etwas Entscheidendem auf der Spur war, nahm sein Verhalten zeitweise autistisch anmutende Züge an. Karre schämte sich ein wenig für den Vergleich, konnte das Wesen seines Kollegen allerdings auch nicht treffender umschreiben. Und trotzdem überraschte Talkötter ihn ein ums andere Mal als äußerst aufmerksamer Beobachter. Denn einmal mehr hatte er einen Volltreffer gelandet.

»Kriegst du raus, wohin er gebracht wurde?«

Der Unfall, bei dem seine Exfrau ums Leben gekommen und ihre gemeinsame Tochter Hanna lebensgefährlich verletzt worden war, hatte sich während einer Fahrt nach Hamburg ereignet. Im Alleingang hatte seine Ex sich für den Umzug in den Norden der Republik entschieden. Von einem Tag auf den anderen, wie es schien. Und genau wie früher, hatte sie bei ihrer Entscheidungsfindung keinerlei Rücksicht auf die Belange der Menschen in ihrem Umfeld genommen. Denn auch Hanna war von den Umzugsplänen ihrer Mutter regelrecht überrollt worden, wie sie ihrem Vater kurz vor dem Aufbruch mitgeteilt hatte.

Unmittelbar nach dem schrecklichen Unfall, von dem sogar in den Abendnachrichten berichtet worden war, hatten die Kollegen der Autobahnpolizei den Audi A7 sichergestellt. Denn der laut offiziellen Verlautbarungen auf überhöhte Geschwindigkeit zurückzuführende Unfall, bei dem der Wagen von der Straße abgekommen war, sich mehrfach überschlagen hatte und gegen einen Baum geprallt war, hatte sich auf vollkommen gerader und trockener Strecke ereignet. So war es nur natürlich, das Wrack auf Spuren eines weiteren, an dem Unfall beteiligten Fahrzeugs, zu untersuchen. Auch die bisher vergebliche Suche nach Zeugen des Geschehens war nach Aussage der Kollegen in vollem Gange.

»Ich will ihn mir einfach mal ansehen.«

»Glaubst du, dass das eine gute Idee ist? Wie geht´s eigentlich Hanna? Irgendwelche Neuigkeiten?«

Karre schüttelte den Kopf. »Nein, leider. Ihr Zustand ist unverändert kritisch. Ich kann immer noch nicht glauben, dass das wirklich passiert ist.«

»Willst du den Wagen deshalb sehen?«

»Kann schon sein. Aber vor allem muss ich mir selbst ein Bild machen. Sandra war eine gute Autofahrerin. Ich kann nicht glauben, dass sie grundlos die Kontrolle verloren haben soll.«

»Was glaubst du denn, zu finden?«

»Jo, ich habe nicht die geringste Ahnung, aber ich muss es einfach tun. Wahrscheinlich finde ich gar nichts, aber dann habe ich es wenigstens probiert.«

»Also gut. Ich höre mich mal bei den Kollegen für dich um. Und wegen der anderen Sache melde ich mich. Und jetzt sei mir nicht böse, aber ich muss weitermachen.«

»Jo?«

»Mmh?« Sein Kollege hatte die Brille schon wieder aufgesetzt und sich seiner Arbeit gewidmet.

»Danke.«

»Kein Thema«, antwortete er abwesend. »Bring einfach mal wieder ne Flasche von dem schottischen Whiskey mit. Und jetzt raus mit dir.«

Ohne ein weiteres Wort zog Karre die Tür hinter sich ins Schloss und kehrte zurück ans Tageslicht.

10

»Boah, watt für ´ne Scheiße.« Karre atmete lautstark aus und starrte gedankenverloren auf die Wassermassen, die an der Fensterscheibe herunterrannen. Nach der für diese Jahreszeit ungewöhnlichen Hitze der letzten Tage brachte der Wetterumschwung zwar eine wohltuende Abkühlung, doch der kaskadenartige Dauerregen war der Verbesserung von Karres angeschlagenem Gemütszustand nicht gerade zuträglich.

Immerzu kreisten seine Gedanken um Hanna. Wieder und wieder glitt sein Blick auf das Display seines Handys. Ein schier unerträglicher Schwebezustand zwischen Hoffen und Bangen. Kein Anruf bedeute, dass sich ihr Zustand nicht wesentlich verbessert hatte. Dass sie noch immer im Koma lag. Allerdings war keine Nachricht gleichbedeutend mit der Tatsache, dass keine Verschlechterung eingetreten war. Eine Möglichkeit, welche die beteiligten Ärzte nicht nur nicht ausschlossen, sondern aufgrund der Schwere ihrer Verletzungen für durchaus wahrscheinlich hielten.

Hinzu kam die Tote vom See. Zwar waren erst wenige Stunden vergangen, doch die Tatsache, dass sie bisher nicht den geringsten Anhaltspunkt bezüglich der Identität der jungen Frau hatten, ließ Karres Optimismus hinsichtlich einer schnellen Aufklärung nicht gerade in den Himmel wachsen. Zwar belegte eine aktuelle Statistik, dass die Aufklärungsquote in Deutschland bei beachtlichen sechsundneunzig Prozent lag, aber sie besagte auch, dass Morde binnen 72 Stunden aufgeklärt werden mussten. Sonst drohten die Ermittlungen im Sande zu verlaufen. Die Gründe hierfür waren vielfältig. In Großstädten war der Erfolg vor allem eine Frage der Ressourcen. Oft kam es dazu, dass innerhalb des genannten Zeitraumes ein weiterer Mord begangen wurde, sodass die mit dem ersten Fall betrauten Kapazitäten reduziert werden mussten. So gesehen war es der denkbar schlechteste Start in eine Mordermittlung, wenn nicht einmal die Identität des Opfers kurzfristig aufgeklärt werden konnte.

Karre lehnte sich in seinem Stuhl zurück und betrachtete die leeren Umzugskartons neben seinem Schreibtisch. Trotz seiner interimistischen Beförderung hatte er den Umzug in das für den Leiter des Kommissariats vorgesehene Einzelbüro bisher vor sich hergeschoben. Neben der Tatsache, dass er sich schon immer gefragt hatte, wie man während laufender Ermittlungen einen aktiven Gedankenaustausch mit seinen Kollegen betreiben konnte, während man abgeschirmt in einem Glashaus hockte, wie ein Quarantänepatient in einem Isolierzimmer, gab es noch einen weiteren Grund: Ein angemessenes Maß an Respekt, das er gegenüber seinem Chef empfand und das ihn daran hinderte, in dessen Büro zu ziehen.

Aus seiner Sicht wäre es einer noch vor Eintritt des Todes beginnenden Leichenfledderei gleichgekommen, den

Platz seines langjährigen Vorgesetzten auch im räumlichen Sinne einzunehmen. Denn während Karres gesamter Zeit bei der Kriminalpolizei war der von allen nur *Aquarium* genannte Glaskasten untrennbar mit Willi Hellmann verbunden gewesen. Und trotz dessen Abwesenheit war der Geruch seiner Zigarren noch immer allgegenwärtig. Ein weiterer, wenngleich weniger sentimentaler Grund, warum Karre den Umzug bisher vermieden hatte. Denn die Einführung des offiziellen Rauchverbotes in den Räumlichkeiten der Essener Behörde hatte seinen Vorgänger nicht im Geringsten beeindruckt.

»Soll´n se mich doch in Rente schicken, wenn ihnen das nicht passt«, hatte er zu sagen gepflegt. Der Zigarrenhändler seines Vertrauens und Gott allein wussten, wie viele *Churchills* er im Laufe seiner Karriere in besagtem Glaskabuff geraucht hatte. So erschien es wie eine hinterhältige Laune des Schicksals, dass er in eben jenem Raum einen Herzanfall erlitten hatte, von dessen Folgen er sich allmählich erholte. Dennoch war es zum jetzigen Zeitpunkt vollkommen offen, wann, und ob überhaupt, er seinen Dienst wieder würde antreten können.

Während Karre seinen Gedanken nachhing, schraubte er geistesabwesend einen Kugelschreiber auseinander, dessen Gehäuse das Logo eines Beerdigungsunternehmers zierte. Nachdem er die erstaunlich vielen Einzelteile fein säuberlich auf seiner Schreibtischunterlage drapiert hatte, begann er damit, sie wieder zusammenzusetzen. Er lächelte, denn die Parallele zu seinem aktuellen Fall, ja eigentlich zu jedem Mordfall, schien ihm offenkundig. Irgendwie fügten sich alle Teile zu einem großen, funktionierenden Ganzen zusammen, wenn man sie denn nur an die richtige Stelle setzte. Nur, dass er bis jetzt das Gefühl hatte, längst nicht alle notwendigen Teile zusammengetragen zu haben. Von diesem Gedanken beseelt, griff er zum Telefonhörer und wählte die Nummer von Paul Grass.

11

»Kannst du es schon wieder nicht abwarten?«, bellte Grass ins andere Ende der Leitung. »Ich hab doch gesagt, ich melde mich, sobald ich mit der Kleinen fertig bin. Und überhaupt, früher bist du selbst vorbeigekommen und hast dir ein Bild gemacht. Bekommst du auf deine alten Tage etwa einen empfindlichen Magen, oder hast du als Chef keine Zeit mehr für sowas?«

»Hast du mal rausgeguckt? Ach nee, dein Leichenkeller hat ja keine Fenster. Sonst wüsstest du nämlich, dass es seit Stunden schüttet wie aus Eimern.«

»Dafür hab ich eine erstklassige Klimaanlage. Und untersteh dich, bei der nächsten Hitzewelle wieder stundenlang bei mir rumzuhängen und mich von der Arbeit abzuhalten. Nur, weil du es in deinem überhitzten Büro nicht aushältst.«

»Bei der nächsten Leiche ...« *Hanna*, schoss es ihm durch den Kopf. *Was wenn ...* Er wischte den Gedanken beiseite und setze alles daran, sich wieder auf das Gespräch mit Grass zu konzentrieren, »... komme ich wieder persönlich vorbei. Ich will ja nicht, dass du in deiner Gruft vollkommen vereinsamst.«

»Keine Sorge, ich habe hier unten nette Gesellschaft. Nur ein bisschen mehr Geduld würde dir ganz gut stehen. Aber du hast Glück, ich bin mit dem Mädel gerade eben fertig geworden.«

»Und? Gibt es neue Erkenntnisse?«

»Check mal deine Mails.«

»Meine E-Mails? Wieso ...«

»Mach schon.«

Karre entsperrte den Bildschirm, indem er das aktuelle Kennwort in die dafür vorgesehene Eingabemaske tippte:

Hanna05

Sekundenbruchteile später öffnete sich ein Hinweisfenster, das den Eingang einer neuen Nachricht meldete. Wie die hinter dem nichtssagenden Betreff *Bilder* vermerkte Uhrzeit des Maileingangs belegte, war diese bereits vor gut zehn Minuten eingetroffen. Karre fuhr mit dem Mauszeiger auf die Betreffzeile und öffnete die Mail mit einem Doppelklick. Mit leicht errötendem Gesicht las er den vor ihm auf dem Bildschirm erscheinenden Text:

HI KARRE,

DA ICH DAVON AUSGEHE, DASS DU DEINEN WERTEN HINTERN BEI DIESEM MISTWETTER NICHT FREIWILLIG ZU MIR RÜBERBEWEGEN, SONDERN BESTENFALLS ZUM TELEFONHÖRER GREIFEN WIRST (UND ZWAR BEVOR ICH DAZU KOMME, MICH WIE VERSPROCHEN BEI DIR ZU MELDEN), FINDEST DU IM ANHANG DIE ERSTEN BILDER DEINER UNBEKANNTEN TOTEN. ALLES WEITERE BEI MIR VOR ORT.

TODESGRÜßE AUS DEM LEICHENKELLER,
P.

»Und?«, fragte Grass in die noch immer herrschende Stille hinein. »Hat´s dir die Sprache verschlagen?«

»Was zum Teufel hast du gegen den Typen, der die Sache mit der Groß- und Kleinschreibung erfunden hat?«

»Dazu äußere ich mich nicht. Sonst hast du keine Fragen?«

»Lass hören, was du rausgefunden hast.«

»Also gut. Öffne das erste Foto.«

Karre klickte auf die Erste von insgesamt zehn angehängten Dateien. Das Bild, das auf dem Bildschirm erschien, zeigte eine Großaufnahme. Karre musste zweimal hinsehen, bis er erkannte, dass es sich um den Nacken der Toten handelte. Am oberen Rand des Bildes identifizierte Karre den Ansatz brauner Haare. Augenscheinlich hatte Grass das Bild aufgenommen, noch bevor er die Kopfrasur zur Freilegung potenzieller Kopfverletzungen vorgenommen hatte. Der untere Bereich des Fotos zeigte den in die Schulterpartie übergehenden Hals.

»Du solltest jetzt ihren Nacken sehen.«

»Ja«, bestätigte Karre.

»Hier liegt die Todesursache: Wie vermutet handelt es sich um eine Fraktur des Dens Axis samt zusätzlicher Ruptur des dazugehörigen Bandapparates.«

»Ah ja«, unterbrach Karre ihn, doch Grass ließ sich nicht aus dem Konzept bringen.

»Der Volksmund spricht von Genickbruch. Wobei genau genommen nicht eine Fraktur zum Tode führt, sondern die durch die Verletzung der Wirbel verursachten Kollateralschäden am Rückenmark.«

»Genickbruch«, wiederholte Karre. »Tatsächlich.« Er vergrößerte einen Ausschnitt des Bildes und betrachtete ihn. »Hast du eine Idee, wie es dazu gekommen ist? Ich meine, hat ihr jemand …«

»… den Hals umgedreht?«

»Ja, sowas in der Art.«

»Nein, ich glaube nicht. Für mich sieht es eher nach einem Sturz aus. Dafür sprechen auch mehrere Platzwunden am Kopf. Unter ihren Fingernägeln konnte ich jedenfalls nichts finden, was auf Handgreiflichkeiten hindeutet.«

»Es wäre also denkbar, dass sie auf der Treppe gestürzt ist, wo sie entdeckt wurde?«

»Wenn man die Verletzung isoliert betrachtet, dann ja.«

»Aber?«

»Ich sagte ja schon, dass sie nach ihrem Tod definitiv bewegt worden ist. Und zwar nicht unmittelbar nach dem Sturz, sondern erst Stunden später. Drei bis vier, schätze ich.«

»Jemand hat sie also getötet, einige Zeit verstreichen lassen und sie erst dann dorthin gebracht, wo sie gefunden wurde?«

»So sieht es aus. Mach mal das nächste Bild auf.«

Karre minimierte das aktuelle Fenster und öffnete den zweiten Dateianhang. Erneut erschien ein Foto. »Leichenflecken.«

»Exakt. Zwar sieht es so aus, als habe der Täter versucht, sie wieder in dieselbe Position zu legen, in der sie nach ihrem Tod gelegen hat. Aber aufgrund der Kleidung konnte er die Flecken nicht sehen, sodass er den Körper der Toten nicht exakt an ihnen ausrichten konnte.«

»Und darum passen die Flecken nicht zur Fundposition.«

»So ist es.«

»Halten wir also fest: Unsere schöne Unbekannte wurde an einem uns bisher nicht bekannten Ort getötet. Vermutlich, indem sie irgendwo hinuntergestoßen wurde. Sie lag mehrere Stunden an diesem Ort, bevor ihr Mörder sie von dort weggeschafft hat. Wenn wir der Aussage von Hanke, dem Besitzer des Beachclubs, glauben können, muss die Tote dort nach ein Uhr nachts abgelegt worden sein. Aber warum hat der Täter sie ausgerechnet dorthin gebracht? Warum ist er das Risiko eingegangen, dabei erwischt zu werden, mit einer Leiche durch die Gegend zu fahren. Und: Wo wurde sie tatsächlich getötet?«

»Das nächste Bild.«

»Bitte?«

»Sieh dir das nächste Bild an.«

Karre tat, wie ihm geheißen. Das dritte Bild zeigte die Großaufnahme eines Unterarms. »Sind das auch Leichenflecken?«

»Nein, wenn du genau hinsiehst, kannst du die leichten Abschürfungen sehen.«

»Gibt es noch mehr davon?«

»Ja. Und zwar an allen vier Extremitäten.«

»Könnten sie von einem Sturz stammen?«

»Ich glaube, davon können wir ausgehen. Sie ist gestürzt, oder wurde gestoßen. Anschließend wurde ihre Leiche weggeschafft und am Fundort abgelegt.

»Ja, so weit waren wir schon. Und die anderen Bilder?«

»Kannst du dir in einer stillen Stunde ansehen. Sie zeigen die Leichenflecken und weitere Hautverletzungen. Jeweils aus unterschiedlichen Perspektiven. Außerdem habe ich die Platzwunde am Kopf fotografiert. Aber ich habe noch mehr für dich. Einen echten Kracher.«

»Einen Kracher? Und der wäre?«

»Dazu musst du vorbeikommen, auch wenn´s regnet. Das möchte ich dir gerne live zeigen.«

12

Obwohl der durch ein Wäldchen führende Schleichweg lediglich einen Fußmarsch von wenigen Minuten bedeutet hätte, entschied sich Karre aufgrund des anhaltenden Regens für den Umweg über die Hauptstraße. Allerdings legte er die Strecke zum gerichtsmedizinischen Institut der Uniklinik nicht zu Fuß, sondern mit dem Wagen zurück. Auf der vergeblichen Suche nach einem Parkplatz drehte er mehrere Ehrenrunden auf dem einer Kleinstadt gleichenden Klinikgelände. Schließlich parkte er entnervt, und trotz des ausgewiesenen Halteverbotes, direkt vor dem einstöckigen Flachdachbau, in dem Grass seinem morbiden Job nachging.

Selbstklebende Folie an einer doppelflügeligen Glastür erweckte auf den ersten Blick den Anschein von Milchglas, löste sich an den Rändern aber bereits in Wohlgefallen auf. Die sterblichen Überreste hunderter Mücken und Fliegen hafteten an den sich aufrollenden Ecken, wie an einem Fliegenfänger. Einige der Tiere befanden sich in einem noch immer währenden Todeskampf, in dem sie mit verzweifelten Flügelschlägen versuchten, der heimtückischen Falle zu entkommen. Eine unter dem Vordach montierte Neonröhre flackerte indes im spärlichen Tageslicht und verlieh dem in ihrem Schein ablaufenden Drama apokalyptische Züge.

Karre öffnete die Tür und fand sich vor einem durch eine Glasscheibe abgetrennten Empfangsbereich wieder. Ein Typ in einem ehemals weißen Kittel hockte reglos auf einem Drehstuhl hinter dem Holztresen und starrte in eine vor ihm liegende Zeitschrift. Als Karre mit den Fingerknöcheln gegen die Scheibe klopfte, schreckte er aus seinem lethargischen Zustand auf. Mit übertriebener Hektik riss er sich ein Paar Kopfhörer aus den Ohren. Es schien, als fühlte er sich beim Nichtstun ertappt, denn mit hochrotem Kopf schlug er das Magazin zu, auf dessen Cover sich eine barbusige Blondine vor einer an Kitsch kaum zu überbietenden Photoshop-Kulisse räkelte. Er lächelte verlegen und ließ die Lektüre unter dem Tresen verschwinden.

»Ist der Professor da?«, fragte Karre.

»In seinem Büro, glaub ich«, erwiderte der Mann, auf dessen Kittel ein aufgebügeltes Namensschild prangte. Es wies seinen Träger als *Peter* aus, ließ allerdings offen, ob es sich dabei um einen Vor- oder Nachnamen handelte.

Noch bevor Karre sich auf den Weg in den fensterlosen Keller machte, hatte *Peter* seine Zeitschrift unter dem Tresen hervorgeholt und sich in seine Parallelwelt perfekt proportionierter Körper zurückgebeamt.

Karre klopfte an die Bürotür am Ende des Ganges. Ohne die Aufforderung zum Eintreten abzuwarten, betrat er das Reich von Paul Grass. Dieser saß an seinem Schreibtisch und starrte mit zusammengekniffenen Augen auf die Tastatur des vor ihm stehenden Computers. Bedächtig ließ er seine Zeigefinger über einzelnen Buchstaben kreisen, um dann und wann wie ein Raubvogel zuzuschlagen.

»Oh, welch seltener Anblick. Der Professor höchstpersönlich verfasst einen Bericht am PC? Dauert´s heute deshalb so lange?« Und mit einem schelmischen Grinsen fügte er hinzu: »Übrigens kann man die Großbuchstaben auf so einem Ding ausschalten.«

Grass blickte auf und wischte Schweißtropfen von seiner Stirn. »Hör bloß auf. Oder hast du noch mehr tolle Ratschläge auf Lager? Meine Assistentin hat sich krankgemeldet. Und was ist mit dir? Hat die Neugier dich doch hergetrieben?« Er schob die Tastatur beiseite und erhob sich von seinem Stuhl.

Wie jedes Mal fragte sich Karre, ob der Tisch zu groß für Paul Grass, oder ob Paul Grass zu klein für den Tisch war. Doch in Wahrheit lag es wohl an dem Kellerraum, der für die Abmessungen des Möbelstücks deutlich unterdimensioniert war. So wirkten die Proportionen zwischen allen Beteiligten auf seltsame Art surreal. Der Arbeitsplatz des Gerichtsmediziners weckte in Karre jedes Mal Assoziationen an die Geschichte der geschrumpften Alice in einem zu groß geratenen Wunderland.

»Dann lass mal hören, was du entdeckt hast. Liegt sie im Kühlschrank?«

»Nein, ich dachte mir, dass du kommen würdest.« Er führte Karre in einen Raum, der erheblich großzügiger bemessen war, als das dazugehörige Büro. Die weißgekachelten Wände reflektierten das von der Decke herabscheinende Neonlicht und wirkten auf Karre kalt und abweisend. Das beständige Surren eines Gebläses erfüllte die Stille wie die Geräusche sich auf einer Leiche versammelnder Insekten.

»Schön kühl hier. Und so trocken. Viel erträglicher als der Mist da draußen.«

»Ja, wir tun alles, um es unseren Gästen so angenehm wie möglich zu machen.«

Die Tote lag auf dem linken dreier Edelstahltische in der Mitte des Raumes. Ein weißes Tuch bedeckte ihren Körper.

»Hallo, schöne Frau. Besuch für Sie«, scherzte Grass für Karres Geschmack eine Spur zu pietätlos. Er war den zuweilen recht flapsigen Umgang des Kollegen mit den ihm überlassenen Toten schon seit Beginn ihrer Zusammenarbeit gewohnt. Zunächst hatte er ihn als reichlich befremdlich empfunden, war inzwischen jedoch davon überzeugt, dass ein Mann, der sein Berufsleben fast ausschließlich in der Gesellschaft von Leichen verbrachte, gar nicht anders konnte, als sie wie lebende Menschen zu behandeln.

»Voilà, Mesdames et Messieurs. Ich präsentiere, die Leiche.« Mit einer flüssigen Handbewegung zog Grass das Tuch zur Seite und entblößte den Oberkörper des Leichnams mit einer Leichtigkeit, mit der ein Bühnenzauberer im Varieté seinem Publikum eine soeben von den Zersägten auferstandene Jungfrau präsentiert.

Nun wurde es selbst Karre allmählich zu viel. »Paul, es reicht. Die Dame hat mehr Respekt verdient. Meinst du nicht?«

»Ist ja schon gut«, antwortete Grass mit leicht eingeschnapptem Unterton. »Also, kommen wir zur Sache.«

»Wieso liegt sie auf dem Bauch?«, fragte Karre, der eine das Gesicht gen Decke richtende Tote erwartet hatte.

»Wie du weißt, kann auch ein Rücken zuweilen entzücken. Und der hier ganz besonders.«

Karre nickte. »Ja, sieht hübsch aus. Aber du hast mich sicher nicht hierhergelockt, um mir das zu zeigen, oder?«

»Nein.« Grass ging zu einem mit teuer aussehenden Geräten zugestellten Arbeitstisch. Er griff nach einem Glasröhrchen, kehrte zu Karre zurück und reichte es ihm.

»Was ist das?«

»Wonach sieht´s aus?«

Karre hielt das Röhrchen ins Licht und betrachtete seinen Inhalt mit zusammengekniffenen Augen. In letzter Zeit hatte er häufiger das Gefühl, sich ernsthaft mit dem Gedanken an eine Lesebrille auseinandersetzen zu müssen. Bisher hatte er das Thema allerdings immer wieder beiseitegeschoben. Ließen seine Augen ihn noch vor seinem vierzigsten Geburtstag im Stich? Zugegeben, auch erste graue Haare stellten sich bereits ein, waren aber bis dato ein so seltenes Phänomen, dass er sie morgens vor dem Spiegel kurzerhand ausriss. »Ich weiß nicht. Könnte ein Splitter sein.«

»Bingo. Genauer gesagt, ein Metallsplitter. Mit grauen Farbpartikeln.«

»Und woher hast du den?« Karre betrachtete die Tote. »Aus ihrem Rücken?«

»Aus einer kleinen Wunde am Hinterkopf.« Grass trat an den Tisch heran und deutete auf eine Stelle, an der die Haare der Toten von getrocknetem Blut zusammenklebten.

»Was glaubst du, wovon der Splitter stammt?«

»Wenn die Todesursache ein Sturz ist, könnte er zum

Beispiel von einer Treppenstufe, einem Geländer oder einer Fußleiste stammen. Aber pass auf, ich hab noch was Besseres.« Er nahm Karre das Glasröhrchen aus der Hand und ging zurück zu seinem Arbeitstisch, wo er es ablegte. Dann griff er nach einem länglichen Gegenstand.

»Was ist das? Eine Lampe?«

»Nicht so ungeduldig. Du wirst es gleich erleben.« Er betätigte einen in die Wand eingelassenen Schalter, woraufhin die Neonröhren an der Decke erloschen. Bis auf die spärliche Notbeleuchtung lag der Raum im Dunkeln.

»Was jetzt? Machen wir es uns gemütlich?«

Anstelle einer Antwort nahm Grass das Ding in seiner Hand in Betrieb.

»Eine Schwarzlichtlampe?« Noch immer hatte Karre keinen Schimmer, worauf der Rechtsmediziner hinauswollte.

Dieser beugte sich über die Tote und hielt die Lampe über die fahle Haut ihres Nackens.

»Ich werd bekloppt. Was ist das denn? Und vor allem, wie bist du darauf gekommen?«

»Zu deiner zweiten Frage: Intuition. Ich habe winzige Spuren entdeckt, die mich dazu verleitet haben, es auszuprobieren. Man kann sie sehen, zumindest wenn man die Haut sehr sorgfältig untersucht. Aber um ehrlich zu sein: Wäre der Nacken aufgrund der Verletzung nicht so wichtig gewesen, weiß ich nicht, ob ich es entdeckt hätte.«

»Sowas hab ich noch nie gesehen. Ein unsichtbares Tattoo?«

»Was du hier siehst, ist der letzte Schrei bei jungen Leuten. Frag mal deine Tochter.« In dem Augenblick, in dem die Worte ihm über die Lippen kamen, schluckte er schwer. »Scheiße. Tut mir leid, Karre. Ist mir so rausgerutscht. Ich wollte nicht ...«

»Schon gut. Mach dir keinen Kopf. Erzähl weiter.«

Aufgrund seines Fauxpas noch immer sichtlich geknickt, fuhr der Mediziner fort: »Ich hab mich im Netz schlaugemacht. Es handelt sich um ein sogenanntes UV-Tattoo. Der Quatsch kommt aus Amerika. Woher sonst. Der Gag daran ist, dass es bei normalem Tageslicht unsichtbar ist. Erst unter Schwarzlicht leuchtet es. Zum Beispiel in der Disco.«

»Interessant. Wenn das so neu ist, wie du sagst, gibt es ja vielleicht nicht so viele Tattoo-Studios, die solche Dinger anbieten.«

»Weiß ich nicht, aber ich könnte mir vorstellen, dass der Markt noch recht überschaubar ist.«

»Dann sollten wir rausfinden, wo sie es hat machen lassen. Mit etwas Glück erhalten wir ja einen Hinweis auf ihre Identität. Hast du eine Idee, was es bedeutet? Die Symbole, meine ich. Sehen aus, wie chinesische Schriftzeichen.«

»So etwas in der Art vermute ich auch. Aber um was genau es sich handelt – keine Ahnung.«

»Hast du ein Foto davon?«

»Ich schick´s dir per Mail.«

»Danke, du bist der Größte.«

Kurz darauf passierte Karre die Eingangspforte. Im Vorbeigehen verabschiedete er sich von *Peter*, der den Gruß entgegen jeder Erwartung trotz seiner Kopfhörer erwiderte, ohne dabei von seinem Magazin aufzublicken.

13

Karre kehrte ins Präsidium zurück und fand das K3-Büro verwaist vor. Bonhoffs Schreibtisch erschien ihm unverändert, der Monitor war ausgeschaltet. Es sah nicht so aus, als habe der Kollege seinem Arbeitsplatz zwischenzeitlich einen Besuch abgestattet.

Auch Karim schien bereits Feierabend gemacht zu haben, was vollkommen in Ordnung war. Manchmal glaubte Karre, dass Karim und Viktoria die einzigen Menschen in seinem beruflichen Umfeld waren, die über ein intaktes Privatleben verfügten. Und er hoffte für sie, dass dies auch so bliebe. Denn die Belastungen, die ein Job bei der Polizei und insbesondere in einem der speziellen Ermittlungsteams mit sich brachte, waren nicht zu unterschätzen. Überstunden, Wochenendeinsätze, gepaart mit einer nur allzu überschaubaren Vergütung. Das alles war dem Familienfrieden in vielen Fällen nicht gerade zuträglich. Ganz zu schweigen von der psychischen Belastung, die der Job zuweilen nach sich zog. Die wenigsten Ermittler waren derart abgebrüht, dass sie die oftmals grausamen Erlebnisse des Tages daheim vor der Wohnungstür abstreifen und unbelastet in den Feierabend starten konnten.

Sein Blick wanderte hinüber zu Viktorias Arbeitsplatz. Ihre weiße Jeansjacke hing über der Lehne des Schreibtischstuhls. Das grüne Monitorlämpchen verriet, dass sich ihr Rechner in den Sleep-Modus geschaltet hatte, ohne heruntergefahren worden zu sein. Die zum Cabrio seiner Kollegin gehörenden Schlüssel lieferten den endgültigen Beweis, dass sie das Büro noch nicht verlassen hatte.

»Hi!«

Er fuhr herum. »Du solltest nach Hause gehen. Was machst du überhaupt noch hier?«

»Wie es der Zufall so will, habe ich eben zwei eisgekühlte Cokes aus dem Automaten gezogen.« In ihrer rechten Hand schwenkte sie die beschlagenen Glasflaschen. »Willst du eine?«

»Ich meinte eigentlich, wieso du nicht längst Feierabend gemacht hast.«

»Ich wollte noch kurz mit dir reden. Was Jo und Paul

gesagt haben.«

»Als dein Chef sollte ich dich nach Hause schicken. Schließlich habe ich eine Fürsorgepflicht gegenüber meinen Mitarbeitern.«

»Als mein Chef solltest du dich lieber freuen, so engagierte Ermittler zu haben. Karim wäre auch hier, aber er musste dringend weg. Irgendwas hat er Sila versprochen, was sie heute Abend zusammen machen wollen.« Sie reichte ihm die Getränke. »Machst du auf?«

Karre ging zu seinem Schreibtisch und zog einen schwarz-gelben Flaschenöffner in Form eines Fußballspielers aus der Schublade. Kohlensäure entwich mit einem lauten Zischen, als er die Kronkorken entfernte. Er gab Viktoria eine der beiden Flaschen zurück. »Prost. Und danke. War ne gute Idee.«

»Das ist meine Art der Fürsorge«, lächelte sie und trank einen großen Schluck.

Während Karre von seinen Gesprächen mit Talkötter und Grass berichtete, lauschte Viktoria seinen Ausführungen, ohne ihn ein einziges Mal zu unterbrechen. Auch nachdem er geendet hatte, schwieg sie einen Augenblick, bevor sie sagte:

»Ich kann mich morgen gerne um die Sache mit der Tätowierung kümmern. Was die chinesischen Zeichen bedeuten, meine ich. Und wo sie das Tattoo möglicherweise hat machen lassen.«

»Ja, das wäre gut.«

»Bis jetzt tappen wir völlig im Dunkeln. Karim und ich haben den halben Tag damit verbracht, die Vermisstenanzeigen der letzten Zeit durchzugehen. Bundesweit.«

»Fehlanzeige?«

»Total. Wer auch immer die Frau ist, bisher scheint sie niemand zu vermissen. Auch heute ist nichts reingekommen.«

»Vielleicht ergibt sich ja was aus der Handynummer.«

»Keine Ahnung. Aber mein Gefühl sagt mir, dass uns die auch nicht weiterbringen wird.«

»Wie kommst du darauf?«

»Ist nur so ein Gefühl. Begründen kann ich´s nicht. Aber warten wir ab, was Jo morgen zu berichten hat. Eventuell findet er ja doch eine Spur.« Nach einer kurzen Pause, in der sie einem bestimmten Gedanken nachzugehen schien, fügte sie hinzu: »Hast du schon mal darüber nachgedacht, dass sie möglicherweise gar nicht aus Deutschland stammt?«

»Du meinst, dass sie hier nicht gemeldet ist?«

»Vielleicht wird sie deshalb von niemandem vermisst. Wäre doch denkbar, dass sie zum Beispiel aus Osteuropa kommt und sich hier illegal aufhält.«

»Und als Prostituierte gearbeitet hat?«

»Könnte doch sein.«

»Im Prinzip schon.«

»Aber?«

»Hat die Verkäuferin in dem Klamottenladen irgendeine Andeutung gemacht, dass die Frau einen ausländischen Akzent hatte?«

»Nein. Muss aber nichts heißen. Wir haben schließlich nicht danach gefragt.«

»Das stimmt. Allerdings gab es bisher ja auch keinen Grund zu dieser Vermutung.«

»Und die Sache mit dem dicken Wagen und dem Typ, der auf sie gewartet hat, würde auch passen.«

»Ja, es lebe das Klischee. Aber gerade deshalb sollten wir uns nicht zu schnell auf diese Richtung einschießen. Außerdem bezweifle ich, dass eine junge Frau aus Osteuropa, die hier illegal als Prostituierte arbeitet, so viel Geld für Klamotten und Schmuck ausgeben würde.« Karre blickte auf die Uhr. Es war kurz vor sieben. Er griff zum

Telefon und wählte eine Nummer.

»Wen rufst du an?«

»Paul.« Nach wenigen Sekunden legte er wieder auf. »Schon weg. Ich frage ihn morgen früh, ob es irgendwelche Hinweise gibt, dass die Frau aus Osteuropa stammen könnte.«

In diesem Augenblick klingelte Viktorias Mobiltelefon. Sie stellte ihr Getränk auf dem Tisch ab, zog das Handy aus der Tasche ihrer Jeans und betrachtete einen Augenblick lang das erleuchtete Display.

»Sorry, bin gleich zurück.« Sie erhob sich und ging in Richtung der Tür. Sie nahm das Gespräch erst an, als sie das Büro verließ und die Tür hinter sich zuzog.

Karre lehnte sich in seinem Stuhl zurück, schloss die Augen und trank einen großen Schluck des noch immer eiskalten Getränks. Erst jetzt wurde ihm bewusst, dass er den ganzen Tag über lediglich einen Becher Kaffee getrunken hatte. Ganz zu schweigen davon, dass die Brötchen am Morgen seine letzte feste Nahrung gewesen waren. Eine Erkenntnis, die sein Magen justament mit einem lautstarken Knurren quittierte.

Kurz darauf kehrte Viktoria zurück.

Ihr Gesichtsausdruck konnte nur unschwer verbergen, dass sie sich über irgendetwas ärgerte.

»Alles in Ordnung?«

»Ja. Alles prima.« Sie griff nach ihrer Cola. »Wo waren wir stehengeblieben?«

Karre sah sie eine ganze Weile an, ohne etwas zu sagen. Sie arbeiteten seit über vier Jahren zusammen und hatten sich vom ersten Moment an sehr gut verstanden. Er kannte sie gut, wenngleich sie ihn besser zu kennen schien. In manchen Situationen fühlte er sich in ihrer Nähe wie eine Glaskugel, in deren Innerem sie nach Belieben in seinem Seelenleben lesen konnte. Doch manchmal, obgleich sehr viel seltener, ging es ihm ähnlich. So wie in diesem Augenblick.

Er ertappte sich dabei, sie noch immer anzusehen. Ihr blondes, mit leuchtend hellen Strähnen durchsetztes Haar, hatte sie zu einem Pferdeschwanz zusammengebunden. Nur eine einzelne Haarsträhne hing ihr keck ins Gesicht. Die dezente Sonnenbräune ihres letzten Urlaubs stand ihr gut und machte sie noch attraktiver. Dennoch spürte er, dass etwas nicht stimmte.

Sie wich seinem Blick aus und sah für den Bruchteil einer Sekunde auf den Ring an ihrem Finger. Auf den Ring, der ihm schon am Morgen während der Tatortbesichtigung aufgefallen war. Ihr flüchtiger, fast scheuer Blick, währte nur einen kurzen Moment, doch er fiel Karre an diesem Tag bereits zum vierten oder fünften Mal auf.

»Neuer Schmuck?« Er versuchte, die Frage möglichst beiläufig klingen zu lassen, doch in Wahrheit war ihm klar, was der Ring zu bedeuten hatte. Bevor Viktoria antworten konnte, ergänzte er deshalb: »Hat er dich gefragt?«

Mit *er* war Max, eigentlich Maximilian Engelhardt, gemeint. Sohn des Inhabers von Engelhardt & Partner, der namhaftesten Steuerkanzlei der Stadt. Es war wohl nur durch eine seltsame Laune des Schicksals zu erklären, dass sich hinter dem im Namenszug aufgeführten Partner unter anderem Karres Exfrau Sandra verbarg. Oder wenigstens verborgen hatte, bis sie sich, wenige Tage vor ihrem tragischen Unfalltod, dazu entschieden hatte, bei Engelhardt auszusteigen und ihre berufliche Karriere als Partnerin einer alteingesessenen Hamburger Kanzlei fortzusetzen.

Karre wusste aus Erzählungen, dass Viktoria und Max sich als Teenager auf einem Charity-Sommerfest kennengelernt hatten. Dessen Schirmherrin war Viktorias Mutter, Gräfin Katharina von Fürstenfeld, gewesen. Und neben den übrigen einhundert Oberen der Essener Gesellschaft hatte sie auch das Ehepaar Christina und Stephan Engelhardt samt Sohnemann Max und Tochter Sophie eingeladen. Für Karre, der Max einige Male bei gemeinsamen Unternehmungen mit den Kollegen und deren Anhang erlebt hatte, verkörperte Max den Inbegriff des gelangweilten Millionärssohns. Jeans, Polohemd mit aufgestelltem Kragen, einen für sein Alter viel zu teuren Wagen nebst entsprechender Uhr. Hinzu kam das von seinem Vater finanzierte Jurastudium an der Privatuni Witten-Herdecke. Einzig die Tatsache, dass Max es geschafft hatte, neben Golfspielen und Wochenendausflügen nach Monaco und St. Moritz, zwei deutlich überdurchschnittliche Staatsexamen abzuliefern, nötigte Karre einen gewissen Respekt ab. Und auch den vorgezeichneten Weg zum Eintritt in die Kanzlei seines Vaters, bestehend aus Weiterbildungen zum Steuerberater und Wirtschaftsprüfer, schien Max planmäßig zu beschreiten.

War es also verwunderlich, dass Max um Viktorias Hand angehalten hatte?

Mitnichten.

Die Traumhochzeit der ehemaligen Teenagerfreunde aus nobelstem Hause war die logische Konsequenz ihrer seit nunmehr vier Jahre währenden Beziehung. Und dennoch überraschte Karre diese Neuigkeit. Er hatte von Beginn an gefunden, dass die beiden nicht wirklich zusammenpassten. Maximilian, der klischeebeladene Sohn aus reichem Hause, der alles dransetzte, in die Fußstapfen seines Vaters zu treten. Und Viktoria, die sich entgegen dem Willen ihrer Eltern, insbesondere aber dem ihrer Mutter, für ein gutbürgerliches Leben und ein Kriminalistikstudium in Kiel entschieden hatte, das sie mit Bravour bestand. Seit ihrem ersten Tag war die attraktive Blondine ein gern gesehenes und von den Kollegen hochgeschätztes Mitglied des K3.

Etwa ein Jahr nach ihrem Einstieg hatte Karre sie nach einer Betriebsfeier gefragt, warum sie ihr berufliches Heil ausgerechnet im Kriminaldienst suchte. Neben einem geheimnisvollen Lächeln hatte er aber nur eine philosophisch angehauchte Antwort erhalten. Seither wusste er, dass es irgendein Ereignis in Viktorias Vergangenheit gab, welches sie zu ihrer Entscheidung bewogen hatte. Um was genau es sich dabei handelte, hatte sie allerdings für sich behalten.

»Gefragt?« Wieder warf sie dem Ring an ihrem Finger einen kurzen Blick zu. »Wieso?«

»Ach komm schon. Du kommst mit so einem Klunker daher, von dem du deinen Blick keine zwei Minuten am Stück losreißen kannst. Glaubst du im Ernst, dass mir das nicht auffällt?«

Sie lächelte, aber es wirkte nicht echt. »Ja, er hat mich gefragt.«

»Und warum guckst du dann, als hätte es dir die Petersilie verhagelt? Ist doch toll. Lass dich drücken, ich freu mich für dich.«

Dem Versuch, sie in den Arm zu nehmen, wich sie mit einer geschmeidigen Bewegung aus.

»Was ist los? Da könnte man ja glatt meinen, dass du ihn gar nicht heiraten willst. Aber du hast doch *ja* gesagt, oder? Na klar hast du das, sonst hätte er dir ja kaum den Ring geschenkt.«

»Ich *habe* ja gesagt.«

»Aber?«

»Irgendwie bin ich mir nicht sicher, ob es die richtige Entscheidung ist.«

»Ein bisschen Panik vor so einem Schritt ist normal. Was ist los mit dir? So kenne ich dich ja gar nicht. Du machst dir doch sonst nicht gleich ins Hemd.«

»Ich weiß. Es ist nur so …« Sie zögerte, aber anstatt etwas zu sagen, ließ Karre ihr die Zeit, die richtigen Worte zu finden. »Irgendwie habe ich in letzter Zeit immer öfter das Gefühl, dass wir gar nicht wirklich zusammenpassen. Wir sind so … verschieden.«

Das Gefühl habe ich seit dem Beginn eurer Beziehung, dachte Karre, entschied sich aber, es für sich zu behalten.

»Ich weiß«, fuhr Viktoria fort, »dass das gemein ist. Aber manchmal glaube ich fast, er will mich nur heiraten, damit er in Zukunft als Herr von und zu rumlaufen kann.«

»Er würde deinen Namen annehmen?«

Sie nickte. »Maximilian von Fürstenfeld. Geht´s noch besser? Und das als zukünftiger Chef der größten Steuerkanzlei der Stadt.«

»Aber du bist dir nicht sicher.«

Sie schüttelte langsam den Kopf. »Manchmal habe ich das Gefühl, dass es ihm wirklich nur noch um das *von* im Namen geht. Um das Prestige. Dass er mich gerne an seiner Seite hat und sich damit brüstet, sich eine Adelige an Land gezogen zu haben. Dass wir aber eigentlich überhaupt keine gemeinsamen Interessen mehr haben. Er hängt ständig mit seinen Kumpels auf Partys rum, wo sich alle selbst feiern, saufen und kiffen.«

»Max kifft?«

»Nein, das tut er nicht. Jedenfalls nicht, dass ich wüsste.«

»Kann ich mir bei ihm auch nicht wirklich vorstellen.«

»Und wenn er nicht weggeht, büffelt er ständig für seine Prüfungen, was ja okay wäre. Auf der anderen Seite beschwert er sich aber darüber, dass ich meinen eigenen Job ernst nehme und so viele Überstunden mache. Er versteht einfach nicht, dass ich keine Lust habe, den ganzen Tag zu Hause zu sitzen und mit meiner Mutter überkandidelte Kaffeekränzchen zu organisieren. Und wenn sie zehnmal für einen guten Zweck sind. Ich bin davon überzeugt, dass das was wir hier tun, ganz sicher nicht weniger gut für die Allgemeinheit ist. Nur eben nicht so standesgemäß. Zumindest in den Augen meiner Mutter. Und Max? Die beiden tröten bei dem Thema neuerdings grundsätzlich in das gleiche Horn.«

»Hmm. Klingt kompliziert.«

»Keine Ahnung. Vielleicht mache ich es mir auch schwerer, als es eigentlich ist.« Sie trank den letzten Schluck ihrer Cola und stellte die leere Flasche auf dem Schreibtisch ab. »Ich hätte jetzt riesen Lust auf so ne richtig fettige Currywurst mit Pommes Majo. Lass uns doch rüber ins Curry gehen. Was hältst du davon? Du siehst auch so aus, als könntest du was zu essen gebrauchen.«

Obwohl die Aussicht auf einen abendlichen Imbiss in Gesellschaft der attraktiven Kommissarin durchaus ihre Reize hatte, entschied sich Karre nach kurzem Abwägen dagegen. »Tut mir leid, aber ich wollte noch ins Krankenhaus zu Hanna.« Er ging nicht davon aus, dass es irgendwelche Neuigkeiten gab, denn dann wäre er augenblicklich verständigt worden. »Ich hätte ein verflucht schlechtes Gewissen, wenn ich heute nicht mehr nach ihr sehen würde. Beim nächsten Mal gerne. Aber heute passt´s einfach nicht.«

»Kein Problem.«

Karre sah sie fragend an. Er war sich nicht sicher, ob Viktoria ihm das gemeinsame Essen tatsächlich nur angeboten hatte, weil sie sich um ihn sorgte. Er hegte den leisen Verdacht, dass es ihr durchaus nicht ungelegen käme, noch nicht nach Hause fahren zu müssen. Ein Verdacht, der sich mit ihrer nächsten Frage weiter erhärtete.

»Ehrlich. Ist schon okay. Möchtest du vielleicht, dass ich mitkomme?«

»Ins Krankenhaus?«

»Warum nicht. Du weißt, dass ich Hanna mag. Ist aber

auch nicht schlimm, wenn du nicht willst. Ich dachte ja nur, dass du vielleicht …«

»Danke für das Angebot. Vicky, ich weiß das wirklich zu schätzen. Dass du und Karim für mich da seid, meine ich. Aber ich glaube, heute Abend gehe ich lieber alleine … Versteh mich nicht falsch, das soll keine Abfuhr sein, aber solange ihr Zustand so ist, wie er ist …«

Sie legte den Zeigefinger auf die Lippen. »Du musst mir nichts erklären. Wenn du mich irgendwann dabeihaben möchtest, sag Bescheid. Aber so ist es auch in Ordnung. Okay?«

»Okay. Und noch mal danke. Vicky?«

Sie lächelte und streifte sich die blonde Strähne aus dem Gesicht.

»Wenn du jemanden zum Reden brauchst … Du kannst jederzeit zu mir kommen. Nur das mit dem Krankenhaus, also …«

»Hey, nochmal zum Mitschreiben: Du musst mir das nicht erklären. Es ist absolut in Ordnung.«

»Ganz sicher?«

Sie nickte. »Jetzt mach, dass du hier rauskommst.«

»Und du? Du solltest auch zusehen, dass du Land gewinnst.«

»Ich suche noch ein paar Adressen wegen der Tätowierung raus, damit ich morgen direkt losziehen kann. Treffen wir uns hier gegen Mittag wieder? Oder möchtest du, dass ich vorher zur Besprechung komme?«

»Nein, ich hab dir ja schon alles erzählt. Ich erwarte nicht, dass es bis morgen früh bahnbrechende Neuigkeiten gibt. Falls doch, können wir ja telefonieren.«

»Alles klar. Und jetzt verschwinde.«

14

Es war kurz vor 22 Uhr und der Himmel öffnete nach einer einstündigen Verschnaufpause erneut seine Schleusen, als Karre die Tür zu seiner Wohnung aufschloss. Die Hitze der letzten Tage hing noch immer unter den Dachschrägen, während dicke Regentropfen ein regelrechtes Trommelfeuer auf den verzinkten Gauben des renovierten Altbaus veranstalteten.

Sein Abstecher ins Krankenhaus hatte erwartungsgemäß keine neuen Erkenntnisse gebracht. Hannas Zustand blieb unverändert kritisch, wie es die diensthabende Ärztin ausdrückte. Etwas mehr als eine Stunde hatte er am Bett seiner Tochter gesessen, ihre Hand gehalten und ihr von den Geschehnissen seines Arbeitstages berichtet. So wie er es auch vor dem Unfall während ihrer in zweiwöchentlichem Rhythmus stattfindenden Übernachtungsbesuche getan hatte. Wenn sie zusammen Spaghetti mit extradicker Tomatensoße, frischem Basilikum und geriebenem Parmesan gekocht hatten.

Seine Gedanken kreisten um einen noch nicht allzu weit zurückliegenden Abend, kurz nach Hannas sechzehntem Geburtstag. An jenem Freitag war sie nicht mit der üblichen Flasche Cola, sondern mit einem Chianti zu ihrem gemeinsamen Nudelabend aufgekreuzt. Den edlen Tropfen hatte sie, wie sie später zugab, aus Sandras gut sortiertem Weinkeller entwendet. Karre beäugte ihr Mitbringsel und nach anfänglichem Zögern, willigte er ein. Letztlich war es ihm lieber, seiner Tochter verantwortungsbewussten Umgang mit Alkohol zu vermitteln, als sie ihre Erfahrungen im Rahmen unkontrollierter Saufgelage im Kreise anderer Teenager machen zu lassen.

Doch Karre war nicht naiv genug zu glauben, dass es eine Garantie gab, das Unglück aus dem Leben des eigenen Kindes fernhalten zu können. Diese Tatsache hatten ihm die Ereignisse der letzten Tage mehr als eindringlich vor Augen geführt.

Er durchquerte den Flur, betrat die Küche und öffnete den Kühlschrank. Allerdings konnte er sich weder für das eingetrocknete Fleischwurstende noch für den pelzigen Gouda erwärmen. Mangels echter Alternativen entschied er sich für den Rest einer vor drei Tagen gelieferten Peperoni-Pizza und eine Flasche Krombacher. Im Wohnzimmer ließ er sich in einen Schwingsessel fallen, der vom schwedischen Hersteller als Modell *Poäng* angepriesen wurde. Unter dem Druck seiner Daumen schnappte der Metallbügel der Bierflasche nach hinten. Begleitet von einem lauten Plopp sprang der daran befestigte Porzellanzapfen gegen den Flaschenhals. Karre ließ einen großen Schluck des eiskalten Bieres seine Kehle herunterrinnen, bevor er die Flasche neben sich auf dem Holzdielenboden abstellte und sich der Pizza widmete.

Obwohl er keinerlei Appetit verspürte, schob er sich ein durchgeweichtes Teigstück in den Mund. Während er lustlos darauf herumkaute, kreisten seine Gedanken um die unbekannte Tote. Irgendwo da draußen musste es jemanden geben, der sie vermisste. Und wer konnte schon sagen, wie lange sie tatsächlich von der Bildfläche verschwunden gewesen war?

War sie vor ihrem Tod vielleicht gefangengehalten worden? Und falls dem so war, wieso fiel ihr Verschwinden niemandem auf? Auf der anderen Seite: Wie schnell hätte er bemerkt, wenn Hanna verschwunden wäre? Wenn sie von einem Treffen mit Freunden nicht nach Hause gekommen wäre? In der Regel hatte sie sich maximal ein oder zweimal pro Woche bei ihm gemeldet. Aber Sandra hätte ihr Verschwinden erheblich früher bemerkt.

Nur war die Frau, deren Identität nach wie vor ein ungelöstes Rätsel darstellte, kein Teenager mehr, sondern schätzungsweise Mitte zwanzig. Und die führte vermutlich ihr eigenes Leben und meldete sich nicht jeden Abend bei ihren Eltern zurück. Eine vollkommen normale Entwicklung, die auch Hanna früher oder später durchmachen würde, wenn …

Kalter Schweiß breitete sich auf seiner Stirn aus.

Ja, wenn sie sich denn gänzlich von den Folgen des Unfalls erholte. Noch während die Bilder von Hanna und der Toten vor seinen Augen verschwammen, klingelte das Telefon.

Die Stimme aus dem Hörer, die ihn über Hannas Tod informierte, klang heiser und krächzend. »Sie ist tot.«

Tot, tot, hallten die Worte in seinem Kopf wider und verfolgten ihn bis in die frühen Morgenstunden hinein.

ZWEITER TAG

1

Nach einer Nacht quälender Fieberträume, in denen sein Unterbewusstsein ihm ein ums andere Mal Hannas Tod vorgaukelte, betrat Karre das Büro gegen 6:30 Uhr in dem festen Glauben, noch keinen seiner Kollegen anzutreffen. Der Plan sah vor, zunächst in Ruhe einen Kaffee zu trinken, bevor er sich der Leitung der angesetzten Teambesprechung widmete.

Jedenfalls insoweit, wie das Team anwesend war.

Mit Viktoria hatte er verabredet, dass sie sofort mit den Besuchen der infrage kommenden Tattoo-Studios beginnen sollte. Allerdings hatte sie ihn wenige Minuten zuvor telefonisch über die neuesten Ergebnisse ihrer Nachforschungen unterrichtet. Und diese klangen durchaus vielversprechend.

Was mit Bonhoff war, wusste er nicht. Seit gestern hatte er sich weder blicken lassen, noch abgemeldet.

Folglich blieb Karim.

Und der saß, eine Tasse dampfenden Kaffee in den Händen haltend, an seinem Schreibtisch.

»Himmel, wie machst du das? Es ist Samstagmorgen, gefühlt mitten in der Nacht, und du siehst aus, wie das blühende Leben. Hast du kein Zuhause?«

»Guten Morgen, Chef. Ich freue mich auch, dich zu sehen. Willst du einen Kaffee? Ist noch welcher in der Kanne. Frisch aufgebrüht.«

»Da lasse ich mich nicht zweimal bitten.« Karre ging zu der auf einem Raumteiler platzierten Kaffeemaschine und füllte den ihm angestammten Becher bis zum Rand mit dem tiefschwarzen Lebenselixier.

»Gibt´s was Neues von Hanna?«, fragte Karim, während er beobachtete, wie sein Chef vorsichtig an dem heißen Getränk nippte.

»Nein. Nichts.« Den Inhalt des Traums, der ihn in der Nacht mehrfach aus dem Schlaf gerissen hatte, behielt er für sich. »Wo ist Götz? Hat er sich gemeldet, oder müssen wir ihn vermisst melden?«

»Ich habe ihn gestern Abend angerufen, um ihn zu fragen, ob er heute Abend zum Essen zu uns kommen möchte.«

»Und?«

»Er hat gesagt, dass es ihm nicht gut geht. Er will Montag zum Arzt gehen, wenn es bis dahin nicht besser ist. Für heute ist er jedenfalls raus.«

»Na gut, ich denke, das kriegen wir auch alleine hin. Viel können wir ohnehin nicht machen, solange wir nicht wissen, wer die Tote ist.«

»Immerhin kennen wir vermutlich ihren Vornamen.«

»Vicki hat dich auch schon informiert?«

»Ja, wir haben telefoniert. Sie möchte gleich die Tattoo-Studios auf ihrer Liste abklappern.«

Karre nickte. »Ist schon ein lustiger Zufall, dass sie eine alte Studienfreundin hat, die sich mit chinesischen Zeichen auskennt.«

»So wie ich das verstanden habe, stammen die Eltern ihrer Freundin aus China.«

»Wie auch immer. Auf jeden Fall wissen wir jetzt, dass die Tote mit hoher Wahrscheinlichkeit Danielle heißt.«

»Was hat Jo gesagt? Irgendwelche neuen Erkenntnisse?«

»Nein, die Handyspur ist tot. Die Nummer gehört zu einer namentlich nicht registrierten Prepaidkarte. Die gibt's mittlerweile in jedem gut sortierten Supermarkt. Und laut Provider wurde von dem Gerät nur eine einzige Telefonnummer angerufen, die ebenfalls zu einer Prepaidkarte gehört.»

»Und Paul? Hat er was rausgefunden?«

Während der nächsten Minuten gab Karre die Erläuterungen des Gerichtsmediziners so gut er konnte wieder. Denn wie Karim berichtete, hatte Viktoria ihre Ausführungen auf die Entdeckung der Tätowierung und die erfolgreiche Entschlüsselung der tätowierten Schriftzeichen beschränkt.

Karim hörte ihm zu, ohne eine einzige Zwischenfrage zu stellen. Erst nachdem Karre geendet hatte, fasste er die Situation noch einmal zusammen: »Dann ist Vicky im Moment unsere einzige Chance. Wenn sie über die Tätowierung nichts rauskriegt, stehen wir nach wie vor mit leeren Händen da. Die Vermisstenanzeigen haben nichts ergeben. Ich habe den Kollegen gesagt, dass sie sich unbedingt melden sollen, sobald irgendetwas Neues reinkommt. Und Paul ist sich sicher, dass das Opfer erst nach

Eintritt des Todes an den Fundort gebracht wurde?«

Karre nickte und betrachtete das Vereinsemblem des BVB auf seiner Tasse.

»Bleibt also die Frage, wie die Tote zum See gekommen ist.«

»Und wo sie gestorben ist.«

»Wenn wir das wissen, kennen wir auch ihren Mörder. Warum sonst hätte er sie vom Tatort wegschaffen sollen. Oder was meinst du?«

»Das sind verflucht viele Fragen.«

»Und ziemlich wenig Antworten.«

2

Viktoria betrachtete das Schaufenster, faltete die ausgedruckte Liste mit den Adressen der größten Tattoo-Studios der Stadt zusammen, und ließ sie in ihrer Jackentasche verschwinden. Für den ersten Anlauf hatte sie sich auf große, zu Franchise-Ketten gehörende Studios beschränkt, die auf ihrer Homepage ausdrücklich mit UV-Tattoos warben. Zu diesen zählte auch das am Rande der Fußgängerzone in der Essener Innenstadt liegende *Evermore Studio*. Hätte sie tatsächlich den Wunsch nach einer Tätowierung verspürt, wäre ein solcher Laden ihre erste Wahl gewesen. Dementsprechend hoffte sie, dass auch Danielle eine ähnliche Entscheidung getroffen hatte.

Danielle.

Während sie das ausgestellte Foto eines aufwendigen Tribal-Tattoos auf einem nahezu vollständig entblößten Frauenkörper betrachtete, hallte der Name unentwegt in ihrem Kopf wider. Wie das Echo in einer dunklen Höhle voller ungelöster Rätsel. Es war eine Angewohnheit von ihr, die Toten bei ihrem Namen zu nennen und sie nicht, wie viele ihrer Kollegen, als *die Tote*, *die Leiche* oder *das Op-*

fer zu bezeichnen.

Sie hatte ihren Wagen auf dem nahegelegenen Kopstadtplatz abgestellt und die rund zweihundert Meter trotz eines leichten, seit den frühen Morgenstunden anhaltenden und nicht enden wollenden Nieselregens, zu Fuß und ohne Schirm zurückgelegt. Als ein dicker Wassertropfen von der Dachrinne stürzte und mittig auf ihre Stirn klatschte, wischte sie das ihr ins Gesicht laufende Regenwasser mit dem Handrücken beiseite, riss sich von dem Schaufenster los und betrat das Geschäft.

Ein muskulöser Typ, mit kahlrasiertem Schädel und einem Bart im Henriquatre-Look, trug seine tätowierten Arme dank eines ärmellosen Shirts werbewirksam zur Schau. Viktoria ertappte sich dabei, wie sie die im Rhythmus zuckender Oberarmmuskeln tanzenden Abbilder drachenähnlicher Kreaturen betrachtete.

»Hi. Ich bin Jim. Willkommen bei *Evermore*.«

Viktoria sah sich um und atmete die angenehm kühle Luft ein. Aus einem ihr unerfindlichen Grund hatte sie beim Betreten des Studios etwas anderes erwartet: drückende Hitze, die sich mit dem Geruch von Angstschweiß und dem an eine Mischung aus Insektenschwarm und Zahnarztbohrer erinnernden Surren der Tätowiernadeln vermischte. Doch dem war nicht so. Stattdessen umfing sie eine beinahe technisch anmutende Sterilität.

»Ist dein erstes Mal, oder?«, fragte der Typ und trat lächelnd hinter einem Tresen hervor. Er war etwa Mitte dreißig und versprühte trotz seiner imposanten Erscheinung eher den Charme eines routinierten Verkäufers, als den eines Tattookünstlers auf der Suche nach einer menschlichen Leinwand.

»Ist das so offensichtlich?«

»Nach einigen Jahren im Geschäft siehst du auf den ersten Blick, wer sich vorher noch nie in ein Tattoo-Studio verirrt hat.«

»Bei der Erkennung von Polizeibeamten sind Sie nicht so erfahren, oder?«, fragte Viktoria lächelnd und hielt ihrem Gegenüber ihren Polizeiausweis unter die Nase.

Augenblicklich gefror das Verkäuferlächeln und die Augen verengten sich zu Schlitzen. »Polizei? Ich hab nichts angestellt. Wir arbeiten absolut sauber und professionell. Und Minderjährige tätowieren wir auch nicht ohne die Zustimmung der Erziehungsberechtigten.«

»Keine Panik. Es geht nicht darum, dass Sie etwas ausgefressen haben. Mein Name ist Viktoria von Fürstenfeld. Ich bin Kommissarin bei der Essener Kriminalpolizei. Wir untersuchen den Tod einer jungen Frau.«

»Und wie kann ich Ihnen dabei helfen? Damit hab ich nix zu tun.«

»Davon gehe ich aus.« Viktoria schmunzelte innerlich. Bei diesen Typen war es immer dasselbe. Kam man herein, duzten sie einen, und sobald sie spitzkriegten, dass man von der Polizei kam, erinnerten sie sich plötzlich an längst vergessene Höflichkeitsformen.

Die Gesichtszüge des Mannes entspannten sich ein wenig. »Was wollen Sie dann von mir?«

»Ich brauche Ihre Hilfe.«

»Meine Hilfe?« Eine Spur Zweifel schlich sich in seinen Ausdruck. Offenbar traute er entweder der Polizei im Allgemeinen, oder Viktoria im Besonderen, nicht so recht über den Weg.

»Wie gesagt, wir untersuchen den Tod einer jungen Frau, deren Identität wir bisher nicht klären konnten.«

»Und sie hat eine Tätowierung?« Er schien sich darüber zu freuen, dass er zu verstehen glaubte, wie der Hase lief, denn allmählich kehrte das selbstsichere Verkäuferlächeln auf sein Gesicht zurück. »Das ist der Grund, warum Sie hier sind, stimmt´s? Sie hatte ein Tattoo.«

»Sie stechen doch auch diese Dinger, die im Dunkeln leuchten, oder?«, fragte Viktoria, ohne weiter auf Jims Fragen einzugehen.

»Im Dunkeln? Sie meinen unter Schwarzlicht? *Diese Dinger* nennt man UV-Tattoos.« Er sah Viktoria schweigend an und fuhr fort, als sie nicht antwortete. »Ja, sowas machen wir. Ist derzeit der letzte Schrei.«

»Können Sie sich an alle Tätowierungen erinnern, die Sie so machen?«

Er rieb sich das Kinn, während er seine Antwort sorgfältig abwog.

Viktoria vermutete, dass ihn weniger die Frage beschäftigte, ob er sich an alle Tätowierungen erinnerte, als vielmehr, ob die eine oder andere Aussage ihn nicht doch in Schwierigkeiten bringen konnte.

»Vielleicht nicht an alle«, sagte er schließlich und seinem Gesichtsausdruck nach zu urteilen, war er mit dem gefundenen Kompromiss zufrieden. »Aber an die auffälligeren schon. Und an die bei besonders hübschen Frauen. An Sie könnte ich mich mit Sicherheit erinnern.«

»Prima, dann bin ich zuversichtlich, dass Sie mir helfen können. Die Dame, um die es geht, ist nämlich ausgesprochen attraktiv.« Jedenfalls war sie es bis zu dem Moment, in dem ihr jemand das Genick gebrochen und sie eine Treppe hinuntergestoßen hat. Ihre wenig empathische Bemerkung behielt sie jedoch für sich. Sie zog ein Foto aus der Jackentasche, auf dem eine Großaufnahme der Nacken-Tätowierung der Toten zu erkennen war. »Können Sie mir sagen, ob das von Ihnen stammt?«

»Hmm.« Wieder rieb er sich das Kinn und überlegte einen Augenblick, bevor er antwortete. »Kann schon sein.«

Viktoria sah ihn fragend an.

»Naja, von denen hab ich schon ein paar Stück gemacht. Aber diese chinesischen Dinger sehen für mich alle gleich aus. Oft suchen die Kunden vorher ein Symbol im Internet aus und bringen es mit hierher. Meistens sind es Namen, Sternzeichen. Sowas in der Art halt. Aber nur anhand des Fotos kann ich Ihnen beim besten Willen nicht sagen, ob das von mir ist. Kann schon sein, könnte aber genauso gut jeder andere gemacht haben. Wissen Sie, was das Zeichen bedeutet?«

»Wir vermuten, dass es sich um ihren Vornamen handelt. Danielle.« Während sie den Namen aussprach, beobachtete sie die Reaktion des Tätowierers und registrierte ein kurzes Zucken seiner Augenlider. Und genau darauf hatte sie gesetzt. Der Name war vermutlich nicht allzu häufig und wenn er Danielle das Tattoo gemacht hatte, hatte er mit Sicherheit mit ihr über dessen Bedeutung gesprochen. Und bei ihrer attraktiven Erscheinung konnte er sich hoffentlich noch daran erinnern.

»Danielle«, wiederholte er gedankenverloren. »Sie haben nicht zufällig ein Foto, oder? Von dem Mädel, meine ich.«

Für einen Augenblick zögerte Viktoria. War Jims Frage nach dem Bild in einem ernsthaften Interesse zu helfen begründet? Oder wurde er von einer morbiden Neugier getrieben, die viele Menschen entwickelten, wenn man sie zu einem Mordfall befragte. Letztendlich entschied sie, ihm das Foto zu zeigen.

Paul Grass hatte das Porträt aufgenommen, nachdem er Danielle seinen Möglichkeiten entsprechend hergerichtet hatte, sodass sie auf der Aufnahme beinah so aussah, als schliefe sie.

Viktoria hielt ihm das Foto hin.

Ohne danach zu greifen, starrte Jim es an. »Scheiße«, murmelte er schließlich und machte unwillkürlich einen Schritt rückwärts.

»Darf ich aus Ihrer Reaktion schließen, dass Sie die Frau kennen?«, fragte Viktoria und steckte das Foto zurück in ihre Tasche.

Jim nickte. »Ich bin mir ziemlich sicher, dass sie hier war und dass ich ihr das Tattoo selbst gestochen habe. Ist aber schon ne Weile her. Ein halbes Jahr bestimmt.«

»Sind Sie sicher?«

Wieder nickte er. »Ja. Todsicher.« Er verzog das Gesicht, als er die ungeschickte Wortwahl bemerkte.

»Wieso plötzlich so überzeugt? Eben haben Sie doch noch gesagt …«

»Ich weiß«, unterbrach er sie unwirsch. »Ich habe Ihnen aber auch gesagt, dass ich mich an manche Kunden besser erinnere, als an andere. Und an Danielle erinnere ich mich, weil sie am selben Tag Geburtstag hat, wie meine Schwester.«

»Moment mal.« Jetzt war es Viktoria, die ihre Aufregung ob des offensichtlich gelandeten Volltreffers nur schwer verbergen konnte. »Sie wissen sogar, wann sie Geburtstag hat? Wieso das?«

Ohne ihr sofort zu antworten, trat Jim hinter den Tresen, bückte sich und förderte einen dicken Ordner zutage, den er auf der gläsernen Arbeitsplatte ablegte. »Kommen Sie, ich zeig´s Ihnen.«

»Was ist das?« Viktoria trat an den Ladentisch heran.

»Haftungsausschlüsse«, verkündete Jim. »In jedem Tattoo-Studio müssen die Kunden einen Haftungsschluss unterschreiben. Zumindest, wenn der Betreiber nicht total verblödet ist.«

»Und auf dem werden die persönlichen Daten Ihrer Kunden notiert?«

Jim nickte. »Genau. Wir müssen also nur den Ordner durchsehen und dann wissen Sie, wer Ihre unbekannte Tote ist. Und wissen Sie, was am besten ist?«

»Nein, aber ich bin sicher, Sie werden es mir verraten.«

»Wir bewahren die Haftungsausschlüsse der normalen

Tattoos und der UV-Tattoos getrennt voneinander auf, weil wir dafür unterschiedliche Formulare benutzen. Und das bedeutet, dass wir sie ziemlich schnell finden sollten.« Kaum hatte er den Satz beendet, begann er, die in dem vor ihm liegenden Ordner abgehefteten Bögen durchzusehen.

Und wahrhaftig dauerte es keine Minute, bis er die Metallbügel des Ordners aufschnappen ließ und das oben aufliegende Blatt Papier herausnahm.

»Bitte, da haben wir sie. Danielle Teschner. Geboren am 11. Mai 1987. Die Tätowierung hat sie sich letztes Jahr stechen lassen. Am 17. November, um genau zu sein. Ihre Anschrift habe ich auch. Muss ja schließlich alles seine Ordnung haben.«

»Sehr gut.« Viktoria streckte ihre Hand nach dem Zettel aus.

»Ich hab Ihnen doch gleich gesagt, dass wir hier keinen Schmu machen.«

Viktoria lächelte, ließ sich eine Kopie des Haftungsaschlusses anfertigen und verließ das Tattoo-Studio. Damit stand fest, um wen es sich bei der Toten vom See handelte. Sie hatten ihren ersten Durchbruch erzielt und konnten loslegen.

Die Jagd auf Danielles Mörder war eröffnet.

3

Trotz des Wochenendes und des schlechten Wetters, einer Kombination, die viele Menschen dazu verleitete, zuhause zu bleiben, hatten sie Glück. Der Parkplatz, auf dem Karre den Audi A4 abstellte, lag in unmittelbarer Nähe des Hauseingangs. Sie stiegen aus dem Wagen und Karre blickte an der grauen Fassade des Mehrfamilienhauses empor, dessen Anschrift Danielle Teschner bei

Evermore als Wohnadresse angegeben hatte. Dabei fiel sein Blick auf die zahlreichen Linden, deren Kronen in spinnwebartige Netze gehüllt waren, in denen sich schwarze Wolken Millionen winziger Raupen tummelten.

»Sieht unheimlich aus, oder?«, fragte Viktoria. Ein plötzlich einsetzender Windstoß versetzte die Baumwipfel in Bewegung. Ein Schwall dicker Wassertropfen löste sich aus dem Geäst und prasselte auf das Dach und die Motorhaube des abgestellten Wagens.

»Gespinstmotten«, entgegnete Karre, der sich schon auf den Weg zur Haustür gemacht hatte. »Sehen schlimmer aus, als sie sind.«

Viktoria fuhr mit der Hand durch ihr offenes Haar und überprüfte ihre Schultern auf herabgefallenes Kriechgetier. Mit schnellen Schritten schloss sie zu Karre auf, der bereits in dem überdachten Hauseingang in Deckung gegangen war und auf sie wartete.

Karre inspizierte Viktorias Jacke. »Nichts zu sehen. Scheint, dass die Viecher nicht auf dich stehen und stattdessen lieber auf den Bäumen bleiben.«

»Ist auch besser so. Für sie und für mich.«

Er grinste und widmete sich den am Klingelbrett angebrachten Namensschildern. »Sieht nicht so aus, als würde sie hier wohnen.«

»Die Anschrift stimmt aber mit ihrer aktuellen Meldeadresse überein. Das habe ich überprüft.«

»Vielleicht ist sie erst vor kurzem ausgezogen?«

»Bitte nicht. Wir waren so nah dran. Ich habe wirklich gedacht, wir hätten eine handfeste Spur.«

Karre überlegte und drückte dann kurzerhand den vermutlich zu einer im Erdgeschoss liegenden Wohnung gehörenden Klingelknopf mit der Aufschrift *Schwarz*. »Fragen wir einfach mal nach, ob uns hier jemand etwas zu Frau Teschner sagen kann.«

Als sich nichts tat, drückte Karre erneut. Dieses Mal eine Spur länger. Durch das nicht sonderlich massiv anmutende Türblatt hörte er den schrillen Ton der Türglocke im Inneren des Hauses.

Nach einer gefühlten Ewigkeit ertönte ein Summen. Karre drückte die Tür nach innen und sie betraten das mit gesprenkeltem Steinteppich ausgelegte Treppenhaus. Schweigend stiegen sie die zu den zwei im Erdgeschoss liegenden Wohnungen führenden Stufen hinauf. Die Klingel, die Karre auf gut Glück ausgewählt hatte, gehörte offenbar zur rechten zweier im Laufe der Jahre ausgeblichener Holztüren.

Ein junger Mann, den Karre auf etwa Ende zwanzig taxierte, blickte schlaftrunken und mit einer gehörigen Portion Misstrauen durch die, einen Spaltbreit geöffnete, Tür. Boxershorts, ein zerknittertes T-Shirt und ein chaotisch durcheinandergeratener Haarschopf ließen darauf schließen, dass die Nacht für ihn erst von wenigen Augenblicken auf unfreiwillige Weise zu Ende gegangen war.

»Watt is´n los? Brennt´s? Oder warum veranstaltet ihr so früh am Tag so einen Radau?«

»Herr Schwarz?«, fragte Karre.

»Wer will das wissen?« Die Gegenfrage glich eher einem schläfrigen Grunzen, als dass sie so cool und einschüchternd wirkte, wie es ihr Urheber vermutlich beabsichtigt hatte.

»Und?«, fragte Karre, nachdem er seinen Polizeiausweis gezückt und sich und seine Kollegin mit knappen Worten vorgestellt hatte.

»Was, und?«

»Der Name.«

Augenblicklich nahm ihr Gegenüber Haltung an. Von militärischer Anmut zwar noch weit entfernt, hing er immerhin nicht mehr in dem abgenutzten Türrahmen, wie der sprichwörtliche Schluck Wasser in der Kurve. »Ja, Thomas Schwarz. Was wollen Sie von mir? Ich hab nix ausgefressen.«

»Darum geht es auch nicht.«, entgegnete Viktoria beschwichtigend.

»Wie kann ich Ihnen dann helfen?«

»Wir sind auf der Suche nach Danielle Teschner. Sie ist unter dieser Anschrift offiziell gemeldet. Kennen Sie die Dame?«

»Danielle Teschner?« Ein kurzes Aufflackern seiner Augen verriet, dass er Namen nicht zum ersten Mal hörte. Dann nahm sein Gesicht erneut den schlaftrunkenen Ausdruck an, der Karre an den Basset-Blick von Sylvester Stallone erinnerte.

Er wiederholte den Namen und rieb mit der Hand über seine unrasierte Gesichtshaut.

»Sie kennen sie?«, hakte Viktoria nach.

»Ja, aber die wohnt hier nicht mehr.«

»Welche Wohnung war denn ihre?«

»Die hier. Wieso interessiert Sie das?«

»Und wie lange ist das her?«

»Ungefähr zwei Monate.« Er schloss für einen kurzen Moment die Augen. »Nein, warten Sie. Drei. Ist echt Wahnsinn, wie die Zeit vergeht. Was wollen Sie denn von ihr?«

»Haben Sie eine Idee, wo Frau Teschner jetzt wohnt?«, fragte Karre.

»Nee, hab ich nicht. Aber Sie können es ja mal bei ihrer besten Freundin probieren. Die weiß sowas bestimmt.«

»Und Sie haben nicht zufällig den Namen und die Adresse dieser Freundin?«

»Nein, Mann. Ich hab keine Ahnung, wo die wohnt. Kann ich jetzt wieder ins Bett gehen? Ich hatte eine lange Nacht.«

»Was ist denn los? Schatz, kommst du? Ich war noch nicht fertig mit dir!« Die quietschende Frauenstimme drang aus einem im hinteren Teil der Wohnung liegenden Raum, bei dem es sich wohl nur um das Schlafzimmer handeln konnte.

»Ja! Warte! Bin gleich wieder da!« Schwarz warf einen kurzen Blick in die Wohnung, bevor er sich mit einem schiefen, leicht peinlich berührt wirkenden Grinsen, erneut den beiden Polizisten zuwandte.

»Der Name?«, hakte Viktoria nach.

»Was?« Schwarz musterte sie und gab sich nicht die geringste Mühe zu verbergen, dass er durchaus Gefallen an dem fand, was er sah.

»Der Name der Freundin.«

»Ach so, ja. Mella. Eigentlich Melanie.«

»Und weiter? Wenn Sie sich weiter jedes Wort aus der Nase ziehen lassen, können wir Sie auch gerne für eine offizielle Befragung mit aufs Revier nehmen. Dann müssen Sie die Fortsetzung Ihres Schäferstündchens allerdings für die nächsten sechs bis acht Stunden auf Eis legen.«

»Nein, keine Ahnung.« Nach einem erfolglosen Versuch, Karres bohrendem Blick standzuhalten, fügt er hinzu: »Wenn ich´s wüsste, würde ich es Ihnen sagen. Ehrlich.«

»Ist in letzter Zeit noch Post für Frau Teschner angekommen? Irgendwelche Werbung vielleicht?«

»Post? Nee. Keine Post. Wieso?« Schwarz war anzusehen, dass er die Sinnhaftigkeit der Frage erheblich anzweifelte.

»Danke, Herr Schwarz. Sie haben uns sehr geholfen. Einen schönen Tag noch.« Viktoria lächelte süffisant, während sie sich zum Gehen wandte.

4

»Wie bist du denn so schnell auf die Idee mit dem Nach-
sendeantrag gekommen?«, fragte Karre und warf Viktoria
einen kurzen Seitenblick zu. Sie hatten den Wagen unmittelbar an der Hauptstraße gegenüber einer Pizzeria abgestellt und folgten einem zu den Eingängen mehrerer
Wohnhäuser führenden Schotterweg. Das dichte Blatt-
werk beeindruckender Kastanienbäume am Rande des
Weges schützte sie vor dem noch immer anhaltenden Regen.

»Als Max und ich vor zwei Jahren zusammengezogen
sind, haben wir es genauso gemacht. Da siehst du erstmal,
bei wem deine Adresse überall hinterlegt ist. Bei den
meisten hätte ich nie daran gedacht, sie über unseren
Umzug zu informieren. Und bei vielen hätte ich es besser
nie getan.« Sie lachte kurz auf. »Die hätten ihre Rechnungen auch für sich behalten können.«

Nachdem sie vom Haus von Thomas Schwarz weggefahren waren, hatte Viktoria versucht, bei der Post Informationen bezüglich eines von Danielle Teschner
gestellten Nachsendeantrages einzuholen. Und tatsächlich
hatte sie wenige Minuten später die erhoffte Auskunft
erhalten. Da die neue Anschrift lediglich ein paar Auto-
minuten von Schwarz entfernt lag, hatten sich Karre und
Viktoria direkt auf Weg gemacht.

»Ziemlich trostlose Gegend, oder?«, fragte Viktoria in
das brüllende Motorengeräusch eines über die Hauptstraße donnernden Lastwagens hinein.

»Zumindest könnten die Hütten mal einen neuen Anstrich vertragen.« Karre betrachtete die grauen Fassaden
der in Reihe gebauten Häuser. Regen und die von der
stark befahrenen Straße herrührenden Abgase hatten dem
ehemals vermutlich hellgrauen Anstrich übel zugesetzt.

Besonders entlang der weiß abgesetzten Fenster verliefen tiefschwarze, senkrechte Schlieren. Karre erinnerten sie an durch Tränen ruiniertes Augen-Make-up, was die deprimierende Wirkung des Wohnblocks auf ihn nicht unerheblich verstärkte. Inhaltslose, unterhalb der Fenster über die gesamte Hausbreite verlaufende Schmierereien, die deren Urheber wohl als Output künstlerischer Freiheit ansahen, gaben den Häusern den Rest.

»Hier muss es sein.« Viktoria deutete auf einen Hauseingang, neben dem eine auf die Wand aufgemalte 29 zu sehen war. Ein Witzbold hatte der zweiten Ziffer einen Kringel hinzugefügt und mit wenigen zusätzlichen Strichen dafür gesorgt, dass anstelle einer Neun nun ein riesiger Phallus an der Hauswand prangte.

Karre blieb vor dem rechts neben der Tür in die Wand eingelassenen Klingelbrett stehen und überflog die insgesamt sechzehn Namensschilder. »Hier ist es«, sagte er schließlich, auf einen maschinengeschriebenen Schriftzug deutend. Bauer. Ganz offensichtlich war der Name *Teschner* erst nachträglich in rundlich geschwungener Mädchenschrift hinzugefügt worden.

Wenige Augenblicke, nachdem Karre die Klingel betätigt hatte, ertönte ein lautes Summen. Er drückte gegen den silbernen Knauf, woraufhin die Tür nach innen schwang. Die Ausläufer eines aus Werbeprospekten bestehenden Gebirges erstreckten sich über den gesamten Eingangsbereich. Karre schob einen Teil des Papierberges mit dem Fuß beiseite und ließ die Tür hinter Viktoria zurück ins Schloss fallen. »Das Tolle an derart anonymen Mehrfamilienhäusern ist, dass sich niemand für irgendetwas verantwortlich fühlt.«

»In meiner alten Wohnung wäre mir ein Hauch von Anonymität durchaus recht gewesen«.

Der Lage der Klingel nach befand sich ihr Ziel in der

obersten Etage und so machten sie sich an den Aufstieg. In jedem Stockwerk, das sie erklommen, passierten sie ein kreisrundes Milchglasfenster.

»Wieso?«, fragte Karre, während der sich darüber wunderte, wie ein studierter Architekt auf die Idee kam, Fenster einzusetzen, durch die man nicht hindurchgucken konnte. Denn das trübe Glas ließ nicht mehr von dem ohnehin nur spärlich vorhandenen Tageslicht in das saubere, aber unübersehbar nach Renovierung lechzende Treppenhaus fallen, als unbedingt nötig. So wirkte das Innere des Gebäudes schummrig und wenig anheimelnd. Ein Umstand, an dem auch das funzelige Licht der immerhin auf jeder zweiten Etage funktionierenden Beleuchtung nichts ändern konnte.

»Meine letzten Nachbarn haben sich in alles und jedes eingemischt. Ich glaube, die haben sogar Buchführung betrieben, wie gründlich welche Mietpartei den Flur fegt oder wer wann seinen Briefkasten leert. Ob jemand spät nach Hause kommt, ohne die Haustür abzuschließen. Ob ein Auto in der Nachbarschaft vielleicht mal wieder eine Wäsche vertragen könnte.«

»Klingt anstrengend.«

»Ätzend. Das kann ich dir sagen. Obwohl die auch nur zur Miete gewohnt haben, haben sie sich aufgespielt, als gehöre ihnen das ganze Haus.«

Als sie das Ende des Treppenhauses erreicht hatten, fanden sie sich auf einer kleinen Galerie wieder. Im Gegensatz zu den übrigen Etagen, auf denen sich jeweils zwei Wohnungen befanden, gab es hier nur eine einzige, zur Dachgeschosswohnung führende Tür.

Eine junge Frau von sportlich schlanker Statur, die Karre in etwa auf das gleiche Alter schätzte wie Danielle Teschner, lehnte entspannt im Rahmen der geöffneten Tür. Sie trug eine Mischung aus Jogging- und Hausanzug aus grau-weiß gestreiftem Frottee und hatte ihre noch nassen Haare im Nacken zu einem Knoten zusammengerafft. Auch ohne die sonst vermutlich zu ihrem Outfit gehörende Schminke, war die Attraktivität der etwa einen Meter sechzig kleinen Person kaum zu übersehen.

»Guten Tag, sind Sie Frau Bauer?«, fragte Viktoria, und bevor sie ihren Dienstausweis zücken konnte, antwortete die junge Frau bereits.

»Ja, Melanie Bauer. Kommen Sie doch rein. Gut, dass Sie da sind. Allerdings hätte ich nicht so schnell mit Ihnen gerechnet. Ihre Kollegen sagten, dass im Laufe des Tages jemand vorbeikäme.«

Karre und Viktoria sahen sich fragend an.

Viktoria fand schließlich zuerst ihre Sprache wieder. »Wovon sprechen Sie? Welche Kollegen?«

»Na, Sie sind doch von der Polizei, oder?«

Die beiden Polizisten bestätigten die von Melanie Bauer geäußerte Vermutung durch ein kurzes Nicken.

»Ich habe vor ungefähr einer halben Stunde bei der Polizei angerufen und eine Vermisstenanzeige aufgegeben.«

»Eine Vermisstenanzeige?«, wiederholte Viktoria.

Karre ergänzte: »Geht es um Danielle Teschner?«

Jetzt war es Melanie Bauer, in deren Blick ein gehöriges Maß Unverständnis lag. »Ja, natürlich. Aber das habe ich Ihren Kollegen doch …

Wieso …

Sagten Sie nicht eben, Sie sind von der Polizei?«

»Frau Bauer, ich bin Hauptkommissar Karrenberg. Das ist meine Kollegin, Kommissarin von Fürstenfeld. Dürften wir bitte einen Augenblick reinkommen?«

Nun war es blanke Panik, die Melanie Bauer ins Gesicht geschrieben stand. Und vollkommen unvermutet füllten sich ihre Augen mit Tränen. Sie taumelte einige Schritte zurück in den Flur ihrer Wohnung.

Karre und Viktoria folgten ihr.

»Sagen Sie mir, dass ihr nichts Schlimmes passiert ist. Bitte sagen Sie, dass ich mir keine Sorgen machen muss.«

»Frau Bauer«, setzte Viktoria vorsichtig an. »Es tut uns unendlich leid, aber ich fürchte, wir haben eine wirklich schlimme Nachricht für Sie.«

Schluchzend fiel die junge Frau auf die Knie und vergrub das Gesicht in den Händen. Viktoria kniete sich neben sie und signalisierte Karre mit einem stummen Kopfnicken, im am Ende des Flurs liegenden Wohnzimmer auf sie zu warten.

Er verstand und folgte dem Verlauf der langgezogenen Diele. In einer Ecke schraubte sich ein Katzenkratzbaum über mehrere, plüschbezogene Ebenen bis hinauf zur Zimmerdecke. Auf der obersten Etage hockten zwei Katzen, deren pechschwarze Körper in dem nur spärlich beleuchteten, fensterlosen Flur mit der dunklen Umgebung ihres Verstecks verschmolzen. Einzig die gelben Augen mit den kreisrunden Pupillen verrieten die Tiere, die Karre aus luftiger Höhe und mit sichtbarer Skepsis musterten. Ohne die Tiere weiter zu beachten, setzte er seinen Weg fort.

Im Gegensatz zu dem dunklen Flur offenbarte sich das geräumige Wohnzimmer als geradezu lichtdurchflutet. Beide Längsseiten des Wohnraumes verfügten über in die Dachkonstruktion eingelassene Gauben. Highlight der Konstruktion bildeten über die gesamte Breite des Raumes verlaufende, bodentiefe Fensterflächen. Auf der einen Seite schloss sich eine überraschend weitläufige Loggia an, während die andere einen beeindruckenden Ausblick in Richtung Innenstand freigab. Trotz des verhangenen Himmels schälten sich die Silhouetten des Rathauses und des RWE-Turms aus der grauen Nebelsuppe.

Beeindruckt von dem sich vor ihm öffnenden Panorama, zog Karre sein Mobiltelefon aus der Hosentasche und betätigte eine der vorbelegten Kurzwahltasten. Während er dem Freizeichen lauschte, sah er sich in dem modern und durch den Einsatz von Pastelltönen hell und freundlich wirkenden Raum um. Er kam nicht umhin, beim Anblick der mädchenhaften Einrichtung an das Jugendzimmer seiner eigenen Tochter zu denken.

Zwar hatte er die von Sandra angemietete und in einem der teuersten Stadtteile von Essen liegende Bauhausvilla nur wenige Male betreten, doch durch die Farbgestaltung, die weißen Möbel und die bonbonfarbenen Gardinen, war die Ähnlichkeit geradezu frappierend.

Der Gedanke an Hanna versetzte ihm einen Stich.

»Hallo? Karre? Bist du das?« Karims Stimme holte ihn zurück in die Realität.

»Wusstest du von der Vermisstenanzeige?«, zischte Karre *sotto voce* ins Mikrofon seines Mobiltelefons.

»Woher …?«

»Wusstest du davon? Ja oder nein.«

»Ja, aber ich …«

»Seit wann?«

»Wenn du mich endlich mal zu Wort kommen ließest, wüsstest du es schon. Ich habe die Meldung vor knapp einer Minute auf den Tisch bekommen und wollte euch just in dieser Sekunde informieren. Aber woher weißt *du* davon?«

»Wir sind bei ihr«, flüsterte Karre und sah sich um. Von Viktoria und Melanie Bauer war noch nichts zu sehen.

»Bei wem? Bei Danielle Teschner?«

»Bei Melanie Bauer.«

»Das ist doch die, die die Anzeige aufgegeben hat.«

»Exakt.«

»Aber woher …«

In dem Augenblick betraten die beiden Frauen das

Wohnzimmer.

»Später. Ich muss jetzt Schluss machen. Ich melde mich. Nichts für ungut.« Er legte auf und schob das Telefon zurück in die Hosentasche, bevor er sich zu den Frauen an einen niedrigen Couchtisch setzte.

Er sah durch das gläserne Schiebeelement hinaus auf die Dachterrasse. Bei schönem Wetter bot sie mit den in Terrakottatöpfen aufgestellten Orangen-, Zitronen- und Olivenbäumchen mit Sicherheit eine kleine Oase. Einen Ort der Abgeschiedenheit, der in schwindelnder Höhe und für Außenstehende uneinsehbar oberhalb einer dem Stadtbild nicht eben schmeichelnden Wohngegend schwebte.

Doch an Tagen wie diesen offenbarte der Blick nach draußen die gleiche Trostlosigkeit, die Karre einige Minuten zuvor beim Anblick der grauen Hausfassaden empfunden hatte. Und gegen die eisige Stimmung, die mit dem Überbringen der Todesnachricht in der Wohnung Einzug gehalten hatte, vermochten auch die lebensbejahenden Farben der Inneneinrichtung nichts auszurichten.

Viktoria griff nach einer fliederfarbenen Wolldecke, die neben ihr auf dem Sofa lag, und breitete sie über die Schultern der zusammengekauerten Melanie Bauer aus.

»Frau Bauer«, begann sie zögernd. Im Lauf der Jahre hatte sie immer wieder Gespräche wie dieses geführt, und doch stellte sich keine Routine ein. Jedes Mal aufs Neue kostete es sie eine gehörige Portion Überwindung, die für die Hinterbliebenen der Opfer schmerzlichen, für die Aufklärung eines Verbrechens indes unerlässlichen Fragen zu stellen. »Wir wissen, wie schwer das für Sie ist, aber dürfte ich Sie bitten, einen Blick auf ein Foto zu werfen?«

Melanie Bauer nickte und wischte sich eine Träne aus dem Gesicht. »Sieht sie ... schlimm aus?« Sie hauchte die

Frage mehr, als dass sie sprach.

Viktoria schüttelte den Kopf und griff nach ihrer Hand. »Nein. Ganz bestimmt nicht. Aber Sie müssen das nicht tun, wenn Sie sich nicht dazu in der Lage fühlen.«

Sie schwieg einen Augenblick, bevor sie antwortete. »Doch, ich möchte sie sehen. Bitte zeigen Sie mir das Bild.«

Viktoria griff in die Innentasche ihrer Jacke und zog das Foto von Danielle Teschner daraus hervor. »Sind Sie sicher?«

Stummes Nicken.

Viktoria überreichte Melanie Bauer das Bild.

Mit zitternden Fingern griff die junge Frau danach und betrachtete es, ohne etwas zu sagen. Ihre Unterlippe begann zu beben und Sekunden später liefen erneut dicke Tränen über ihr Gesicht.

Viktoria nahm ihr das Bild aus der Hand und steckte es zurück in ihre Jacke.

»Wer hat das getan?«, flüsterte Melanie Bauer mit tränenerstickter Stimme. »Und warum?«

»Ist das Ihre Freundin?«

Karre war froh, dass Viktoria die traurige Aufgabe übernommen hatte. Zu allgegenwärtig waren die Erinnerungen an den Abend, an dem zwei Kollegen vor seiner eigenen Tür gestanden hatten, um ihn über den Unfall von Sandra und Hanna zu informieren.

Melanie Bauer nickte. »Ja, das ist Danielle.«

»Sind Sie sicher?«, fragte Viktoria. Mehr als einmal hatte sie es erlebt, dass befragte Angehörige dermaßen unter Schock standen, dass sie nicht in der Lage waren, das ihnen gezeigte Bild wirklich zu erfassen. In solchen Situationen kam es vor, dass ihre Beobachtungen eher von ihren Erwartungen bestimmt wurden, als von dem, was tatsächlich auf dem Foto zu sehen war.

»Absolut. Und glauben Sie mir, ich wünschte, es wäre anders.« Resigniert ließ sie sich gegen die Rückenlehne der Couch fallen und schlang die Arme um ihre angezogenen Beine.

»Frau Bauer«, begann Karre. »Wir müssen Ihnen ein paar Fragen stellen. Glauben Sie, dass Sie die Kraft dazu haben?«

»Ja.« Sie blickte von einem zum anderen. »Was möchten Sie wissen?«

»Woher kannten Sie Frau Teschner?«

»Wir sind«, sie verbesserte sich, »*waren* wohl das, was man Sandkastenfreundinnen nennt. Unsere Eltern waren Nachbarn. Das heißt, meine Eltern und Danielles Mutter. Ihr Vater ist kurz nach ihrer Geburt durchgebrannt und hat sich nie wieder gemeldet. Wir kennen uns seit über zwanzig Jahren.«

»Und Sie hatten die ganze Zeit über Kontakt?«

»Naja, vielleicht nicht die ganze Zeit, aber im Grunde genommen schon.«

»Wie genau meinen Sie das?«

»Nach der Schule hat Danielle mit dem Studium begonnen. Journalismus und Medienwissenschaften. Außerdem hat sie nebenbei gejobbt. Sie hat zwar ein bisschen was geerbt, als ihre Mutter vor drei Jahren an Krebs gestorben ist, aber im Großen und Ganzen musste sie sich das Geld für ihr Studium komplett selbst verdienen. Das hat die Sache natürlich auch ein bisschen verzögert. Das mit den Prüfungen und Klausuren meine ich.«

»Was haben Sie nach der Schule gemacht?«

»Eine Ausbildung zur Fotografin. Das wollte ich schon, seit ich ein kleines Kind war. Meine erste Kamera hat mir mein Vater geschenkt. Da war ich vier Jahre alt. Und seitdem hat mich die Leidenschaft fürs Fotografieren nicht mehr losgelassen. Übrigens läuft in Düsseldorf gerade eine sehr interessante Ausstellung. Fotos von Bryan Adams. Hauptsächlich Porträtaufnahmen anderer Promis.«

»Bryan Adams? *Der* Bryan Adams?« Karre mochte die Musik des Kanadiers. Von der Tatsache, dass er als Fotograf aktiv war, hatte er allerdings noch nichts gehört. »Er fotografiert? Das wusste ich gar nicht.«

»Die wenigsten wissen das. Aber er ist gut. Ich habe mir die Ausstellung schon zweimal angesehen. Und nachdem sie aufgrund des Erfolges verlängert wurde, konnte ich Danielle endlich überzeugen, mit mir hinzugehen.«

»Wann waren Sie dort?«

»Gar nicht. Wir wollten heute gehen. Deswegen habe ich ja auch bei Ihren Kollegen angerufen und die Vermisstenanzeige aufgegeben.«

»Hätte es denn nicht sein können, dass sie Ihre Verabredung einfach vergessen hat?«

»Ja klar, aber wir haben einen Kalender. Einen, der sich über das Handy synchronisiert. Wissen Sie?«

Karre nickte. Für das Team des K3 hatte er erst vor kurzem für eine ganz ähnliche Vernetzung der Kollegen untereinander gesorgt. »Für gemeinsame Termine?«

»Ja, das ist superpraktisch, wenn man zusammenwohnt. Damit die eine weiß, wo die andere gerade steckt. Oder für fällige Rechnungen, die die Wohnung betreffen. Auf jeden Fall steht die Ausstellung für heute in unserem Kalender, sodass Danielle es eigentlich nicht vergessen konnte.«

»Und weil sie sich nicht gemeldet hat, haben Sie die Polizei informiert?«, fragte Viktoria.

»Ich hatte seit drei oder vier Tagen nichts von ihr gehört, was eigentlich nicht so ungewöhnlich ist. Aber als sie mich einfach versetzt hat und ich sie auf ihrem Handy noch immer nicht erreichen konnte, kam mir die Sache spanisch vor.«

»Kam es öfter vor, dass Ihre Freundin für mehrere Tage vom Erdboden verschwunden ist?«, wollte Karre wissen.

»So würde ich es nicht unbedingt nennen. Ich meine, wir haben zusammengewohnt. Keine Beziehung geführt. Da kam es durchaus vor, dass die eine oder andere von uns mal für ein paar Tage bei einem Freund übernachtet hat.«

»Hatte Frau Teschner denn aktuell einen Freund?«

»Das ist tatsächlich etwas seltsam.«

»Seltsam?« Karres Interesse war geweckt.

»Naja, seit zwei oder drei Monaten gab es da wohl jemanden.«

»Jemanden? Das heißt, Sie kennen ihn nicht?«

»Genau das ist es ja, was ich so eigenartig finde. Wir haben immer total offen über so etwas geredet. Aber um ihren Neuen hat Danielle ein riesiges Geheimnis gemacht. Irgendetwas muss da faul gewesen sein.«

»Wie kommen Sie darauf?«

»Ich weiß nicht, es ist nur so ein Gefühl. Vielleicht war er deutlich älter als sie. Oder verheiratet.«

»Oder beides?«

Sie sah Karre nachdenklich an. »Möglich. Um ehrlich zu sein, habe ich nie so wirklich darüber nachgedacht. Es war zwar irgendwie anders als sonst, aber mehr eben auch nicht.«

»Und Sie haben Frau Teschner nie darauf angesprochen?«

»Ich hab´s ein paar Mal versucht, aber Danni hat dann immer nur gelacht und ausweichende Antworten gegeben. Also hab ich´s gelassen. Sie wird´s mir schon erzählen, wenn sie´s für richtig hält, hab ich gedacht. Wenn ich geahnt hätte …« Wieder schossen ihr Tränen in die Augen.

Viktoria legte ihr die Hand auf den Oberschenkel. »Hey, Sie haben sich nichts vorzuwerfen. So etwas kann man nicht ahnen oder vorhersehen. Niemand kann das.« Sie zog ein Taschentuch aus ihrer Handtasche und reichte es Melanie Bauer.

»Danke.« Sie faltete das Tuch auseinander und schnäuzte sich die Nase.

»Frau Bauer, wie genau kam es eigentlich dazu, dass Sie und Frau Teschner sich eine Wohnung teilen?«

»Die Wohnung gehört mir. Meine Eltern haben sie vor vielen Jahren für mich gekauft und vermietet. Inzwischen ist sie fast komplett abbezahlt. Als ich zu Hause ausgezogen bin, haben sie dem Mieter gekündigt.«

»Wie lange ist das her?«

»Knapp fünf Jahre. Glauben Sie, dass das etwas mit Danielles Tod zu tun haben könnte?«

Karre schüttelte den Kopf. »Nein, das denke ich nicht. Und wie kam es, dass Frau Teschner bei Ihnen eingezogen ist?«

»Sie hat ein paar Semester in Hamburg studiert und ist vor eineinhalb Jahren zurück nach Essen gekommen. Damals habe ich hier mit meinem damaligen Freund gewohnt. Danielle wollte sich eine kleine Wohnung nehmen, ist dann aber durch Zufall auf die Möglichkeit gestoßen, in eine Art Zweier-WG zu ziehen.«

»Eine Zweier-WG? Rein platonisch? Und das hat funktioniert?«

»Eben nicht. Sie hat Thomas in der Uni kennengelernt. Er hat Informatik studiert, sie – wie gesagt – Journalismus. Zu der Zeit hat Danielle noch in einem Zimmer im Studentenwohnheim gewohnt, wollte dort aber nicht dauerhaft bleiben. Thomas hat ihr erzählt, dass er einen neuen Mitbewohner sucht. Oder eine Mitbewohnerin. Danielle ist dann ruckzuck bei ihm eingezogen.«

»Und es hat gefunkt«, ergänzte Viktoria.

»Genau. Die beiden sind von Anfang an gut miteinander ausgekommen. Von daher kam es nicht überraschend, dass sie irgendwann ein Paar waren.«

»Und nachdem die Beziehung in die Brüche gegangen ist, ist Frau Teschner zu Ihnen gezogen?«

»Ja. Ich hatte mich kurz vorher ebenfalls von meinem Partner getrennt, sodass es überhaupt kein Problem war, dass Danni hier eingezogen ist. Ursprünglich war es ja auch nicht als Dauerlösung geplant, aber es hat super funktioniert. Also haben wir beschlossen, es dabei zu belassen.«

»Das Ganze ist erst ein paar Monate her?«

»Zwei oder drei. Ja.«

»Sagen Sie, dieser Freund. Thomas. Bei ihm handelt es sich nicht zufällig um Thomas Schwarz, oder?«

Melanie Bauer sah Karre verblüfft an. »Doch. Sie kennen ihn? Glauben Sie etwa, dass er …?« Sie schüttelte den Kopf. »Nein, nicht Thomas. Nie im Leben.«

Zumindest hat er es nicht für nötig gehalten, seine Beziehung zu Danielle Teschner zu erwähnen, dachte Karre und warf Viktoria einen vielsagenden Blick zu.

»Dürfen wir einen Blick in das Zimmer Ihrer Freundin werfen? Hatte sie ein eigenes?«

»Sicher. Kommen Sie. Sie können sich gerne umsehen.«

»Wissen Sie, warum die Beziehung zu Thomas Schwarz in die Brüche gegangen ist?«, fragte Karre, während sie den Flur entlanggingen. Die beiden Katzen hatten ihre Aussichtsplattform verlassen und sich in einen anderen Teil der Wohnung verzogen.

»Nicht so genau. Ich vermute, wegen der üblichen Differenzen, die es mehr oder weniger in jeder Beziehung gibt. Nichts Besonderes. Vielleicht hat sie aber auch mit ihm Schluss gemacht, weil sie einen anderen kennengelernt hat.«

»War Ihre Freundin diejenige, die die Sache beendet hat?«

»Soweit ich weiß schon.«

»Hat Danielle Ihnen nie davon erzählt?«, wollte Viktoria wissen. »Immerhin war sie Ihre beste Freundin und ist nach der Trennung hier eingezogen.«

»Ich weiß, es klingt seltsam. Aber wir haben nie wirklich darüber gesprochen.« Melanie Bauer öffnete eine Tür am anderen Ende des Flurs und forderte Karre und Viktoria auf, einzutreten. »Bitte. Sehen Sie sich um.«

Der lebensfrohe Stil der Wohnung setzte sich auch im Zimmer von Danielle Teschner fort. Weiß und freundliche Pastelltöne dominierten die Wände. Das helle Mobiliar bestand aus einem Bücherregal, einem Kleiderschrank und einem dazu passenden Schreibtisch. Einfach, aber zweckmäßig. Bei der Couch handelte es sich offensichtlich um ein ausziehbares Modell, das gleichzeitig als Bett diente.

»Sie haben etwas von einem Nebenjob gesagt, mit dem Danielle ihr Studium finanziert hat. Wissen Sie, was genau sie gemacht hat?« Karre setzte sich auf die Couch und sah sich die auf einem der Regalbretter stehenden Fotos mit unterschiedlichen Aufnahmen von Danielle Teschner an. Mal war sie noch ein Kind, dann bereits eine junge Erwachsene. Auf einigen Aufnahmen war nur sie alleine zu sehen, andere zeigten sie gemeinsam mit ihrer Freundin. Oder mit einer Frau, die vermutlich ihre Mutter war.

Sein Blick blieb an einem Foto hängen, auf dem sie sich nackt an einem Sandstrand räkelte, ohne dass das Bild schmuddelig wirkte, da die entscheidenden Stellen durch ihre Gliedmaßen verdeckt wurden.

Melanie Bauer folgte Karres Blick. »Das Bild habe ich gemacht. Ein Kurztrip nach Mallorca.«

»Haben Sie Frau Teschner öfter fotografiert?«

Sie nickte. »Ich habe Ihnen ja schon erzählt, dass ich nach der Schule eine Ausbildung zur Fotografin gemacht habe. Ich betreibe ein Fotostudio. Klein, aber fein.« Sie lächelte.

»Was für Aufnahmen machen Sie?«, fragte Karre, der bei einem Fotostudio in erster Linie an biometrische Passbilder mit seltsamen Gesichtsausdrücken der abgelichteten Personen denken musste.

»Eigentlich alles. Hochzeiten, Babys. Aber auch Aktfotografie. Mit Danielle habe ich eine Setcard erstellt.«

»Eine Setcard?«

»Ja. Sie hat gemodelt. Nicht regelmäßig, aber immer wieder mal. Es hat offenbar gereicht, um ganz gut über die Runden zu kommen.«

»Sieht ganz so aus«, mischte Viktoria sich in das Gespräch ein. Sie stand vor dem geöffneten Kleiderschrank und hatte eine der Schubladen aufgezogen. »Wenn ich mir die Garderobe Ihrer Freundin so ansehe, scheint sie ziemlich viel Geld für Klamotten ausgegeben zu haben.«

»Naja, ein bisschen muss man schon investieren, um in der Modelbranche Fuß zu fassen. Etwas unglücklich war nur die Sachen mit ihren Schuhen.«

»Sie meinen, wegen der unterschiedlichen Größen?«

Der Blick von Melanie Bauer verriet, dass der Informationsstand der beiden Polizisten sie einmal mehr überraschte. »Ja, genau. Sie musste die meisten Schuhe doppelt kaufen. In zwei verschiedenen Größen. Außerdem hat sie einen Großteil von dem Zeug da erst in den letzten Wochen angeschleppt. Ich denke, Ihr neuer Freund war sehr spendabel.«

»Frau Bauer, verstehen Sie mich nicht falsch, aber die Kleidung, die Ihre Freundin trug, als wir sie gefunden haben, war auffallend sexy und aufreizend.« Sie bückte sich und entnahm der geöffneten Schublade einen Hauch von schwarzer Seide und aufwendig gestalteter Spitze.

»Und teuer«, ergänzte Karre.

»Ja, das auch.« Viktoria faltete das reizvolle Dessous zusammen und legte es zurück an seinen Platz. »Halten Sie es eventuell für möglich, dass Ihre Freundin nicht nur gemodelt hat? Ich meine, dass sie vielleicht …«

»Niemals!«, entfuhr es Melanie Bauer, deren Gesicht vor Empörung augenblicklich rot anlief. »Nie und nimmer hat Danielle sich prostituiert. Das ist es doch, was Sie ihr unterstellen wollen, oder?«

»Hören Sie, niemand möchte Ihrer Freundin etwas unterstellen. Wir versuchen lediglich herauszufinden, in welchen Kreisen sich Frau Teschner kurz vor ihrem Tod bewegt hat und wer gegebenenfalls ein Interesse an ihrem Tod gehabt haben könnte.«

Melanie Bauer ließ sich neben Karre auf die Ausziehcouch sinken. »Bitte entschuldigen Sie. Natürlich tun Sie nur Ihre Pflicht. Aber ich kann mir absolut nicht vorstellen, dass Danielle so etwas getan hat.«

»Wir wollen hier ja auch nichts behaupten. Allerdings müssen wir den wenigen Spuren nachgehen, die wir bisher haben.«

Sie nickte und blickte in Richtung des noch immer geöffneten Kleiderschranks.

»Haben Sie eventuell eine Idee, über welche Agentur Ihre Freundin ihre Modeljobs bekommen hat?«

»Nein. Das heißt, sie hat es mal erwähnt, glaube ich.« Sie überlegte einen Augenblick, schüttelte jedoch den Kopf. »Ich kann mich beim besten Willen nicht dran erinnern.« Dann stand sie auf und ging in Richtung der Tür. »Brauchen Sie mich noch? Ich möchte mich hinlegen.«

Karre schüttelte den Kopf. »Kein Problem, Sie haben uns erstmal alles gesagt, was wir wissen wollten.« Er stand auf und reichte ihr seine Visitenkarte. »Sollte Ihnen noch etwas einfallen, können Sie jederzeit anrufen.«

»Danke. Sehen Sie sich in Ruhe um. Ziehen Sie nur die Tür ins Schloss, wenn Sie gehen.«

»Das machen wir«, sagte Viktoria und schloss den Kleiderschrank.

Gerade als Melanie Bauer das Zimmer verlassen wollte, stellte Karre ihr noch eine letzte Frage: »Bevor wir Sie entlassen, könnten Sie uns bitte noch kurz sagen, wo Sie Freitagabend gegen 22:00 Uhr waren?«

»Ist das die Zeit, zu der ...« Sie schluckte schwer. »Da war ich zuhause. Alleine. Das heißt, mit meinen beiden Katzen und einer Flasche Weißwein. Ich hatte mir Sushi mitgebracht.« Ihr Gesicht nahm einen schockierten Ausdruck an, als ihr die Bedeutung ihrer belanglos klingenden Antwort bewusst wurde. »Jetzt habe ich kein Alibi, stimmt´s?«

Karre schüttelte den Kopf. »Nein, aber das ist kein Grund zur Sorge. Jedenfalls im Moment nicht.« Er lächelte, war sich aber nicht sicher, ob die Geste die erhoffte Zuversicht vermitteln konnte. »Legen Sie sich hin. Wir sehen uns noch um und verschwinden dann. Können Sie uns eine Telefonnummer geben, unter der wir Sie erreichen?«

»Sicher.« Sie schrieb etwas auf einen Zettel, den Viktoria ihr reichte, und verabschiedete sich von den beiden Polizisten.

Nachdem sie die Tür hinter sich geschlossen hatte, sahen sich Karre und Viktoria an.

»Dann lass uns mal sehen, ob wir hier noch etwas Interessantes finden.«

»Du das Bücherregal, ich den Schreibtisch?«

»Abgemacht.«

»Und dann?«

»Statten wir Thomas Schwarz einen zweiten Besuch ab.«

5

Dieses Mal hatten sie weniger Glück. Und das gleich in doppelter Hinsicht. Der einzige freie Parkplatz lag gut und gerne fünfhundert Meter von Schwarzs Wohnung entfernt. Aufgrund der Enge der Straße war es unmöglich gewesen, den Wagen in zweiter Reihe zu parken. So kämpften sich Karre und Viktoria gezwungenermaßen zu Fuß durch den Regen. Hinzu kam, dass Schwarz offenbar nicht zu Hause war. Jedenfalls öffnete trotz hartnäckigen Klingelns niemand die Tür.

»Scheint nicht da zu sein«, stellte Viktoria fest.

»Oder er kommt nicht aus dem Bett.«

»Vielleicht hat er nach dem Coitus interruptus vorhin ja die Klingel abgestellt.«

»Und jetzt? Machen wir für heute Feierabend?«

»Wir könnten es ja mal bei den Nachbarn versuchen. Wo wir sowieso schon hier sind. Vielleicht haben die ja etwas Spannendes zu erzählen.«

Karre betrachtete das Klingelbrett. »Diese Wohnung müsste eigentlich direkt gegenüber von Schwarz liegen.«

Er deutete auf einen Namen: Grimmhausen. »Was meinst du?«

»Probieren wir´s.«

Wenige Sekunden nach dem ersten Klingeln ertönte das Geräusch des Türöffners.

Die Frau, die in der Tür stand, erinnerte Karre an eine aus der Feder Disneys entstammende Eule. Ihre kreisrunde Hornbrille wäre in der Mitte des letzten Jahrtausends niemandem aufgefallen und ihr zu klein proportionierter Spitzmund klappte unentwegt auf und zu. Sie lehnte mit ausgebreiteten Armen im Rahmen ihrer Wohnungstür und musterte die beiden Polizisten. Ein brauner Häkelponcho erweckte den Anschein entfalteter Flügel.

»Frau Grimmhausen?« Karre fiel es sichtlich schwer, beim Anblick der Frau ein Schmunzeln zu unterdrücken.

»Wer will das wissen?« Ihre Stimme lag etwa zwei Oktaven tiefer, als Karre sie sich vorgestellt hatte.

»Hauptkommissar Karrenberg. Das ist meine Kollegin, Kommissarin Viktoria von Fürstenfeld. Wir ermitteln im Auftrag der Kriminalpolizei Essen. Dürften wir bitte kurz hereinkommen? Wir würden Ihnen gerne ein paar Fragen stellen. Es geht um Ihren Nachbarn, Herrn Schwarz.«

»Eigentlich passt es mir gerade überhaupt nicht, aber wenn es sein muss.«

»Es dauert nicht lange«, versuchte Viktoria die Dame zu beruhigen. »Nur ein paar kurze Fragen.«

»Also gut. Kommen Sie rein.«

Als Karre den Fuß über die Türschwelle heben wollte, schossen die Flügel der Eule erneut in Abwehrhaltung nach oben.

»Besitzen Sie ein Handy?« Ihre Augen funkelten misstrauisch.

»Bitte?« Karre war irritiert.

»Ein Handy, Sie wissen schon, eines dieser kleinen, vollkommen überflüssigen …«

»Ich weiß, was ein Handy ist«, entfuhr es Karre, eine Spur aggressiver, als es dem Erfolg ihrer Mission dienlich gewesen wäre.

»Bin ich eigentlich verpflichtet, Sie hereinzulassen?« Die Eule sah sie lauernd durch ihre dicken Brillengläser an.

Viktoria ahnte, dass Karre kurz vor der Explosion stand, und griff ein. »Nein, natürlich müssen Sie uns nicht in Ihre Wohnung lassen. Wir können uns auch in aller Ruhe auf dem Präsidium unterhalten.« Der Satz verfehlte seine Wirkung nicht.

Die Eule legte die Flügel an. »Schon gut, kommen Sie rein. Aber bitte schalten Sie Ihr Dingsda, Ihr Telefon, aus.«

Karre setzte zu erneutem Protest an, als Viktoria ihm zuraunte: »Ist doch egal. Schalt es einfach aus.«

Er sah sie fragend an, zog das Gerät aber ohne weiteren Protest aus der Tasche und tat, wie ihm geheißen. Während er sein Handy aus der Tasche zog und es ausschaltete, sah er seine Kollegin fordernd an.

»Was denn?«, flüsterte sie. »Um des lieben Friedens willen.«

»Und was ist mit deinem?«

»Hat sie danach gefragt? Also belassen wir es dabei, oder?«

Sie folgten Frau Grimmhausen ins Wohnzimmer, in dem sich seltsame Dinge und Nippes jeglicher Art in bis unter die Decke reichenden Regalen stapelten.

Sie bat Karre und Viktoria, Platz zu nehmen.

»Herr Schwarz hat etwas ausgefressen?« Sie beugte sich zu Karre hinüber und flüsterte: »Er hat hoffentlich niemanden umgebracht? Etwa seine Freundin?«

Karre runzelte die Stirn. »Wie kommen Sie darauf, dass jemand ermordet wurde? Soweit ich mich erinnere, haben wir nichts dergleichen erwähnt.«

»Hören Sie, das ist das zweite Mal innerhalb weniger Stunden, dass Sie hier im Haus auftauchen und Fragen stellen. Kurz nach ihrem ersten Besuch hat mein lieber Herr Nachbar mit seiner Liebschaft im Schlepptau das Haus geradezu fluchtartig verlassen und ist seitdem nicht wieder aufgetaucht. Folglich liegt es doch auf der Hand, dass Sie ihn nicht wegen eines falsch geparkten Wagens suchen, oder?«

Karre nickte stumm und wartete, bis sie von sich aus weitersprach, was nach wenigen Sekunden der Fall war.

»Mir war schon immer klar, dass er nicht ganz koscher ist.« Mit einem dezenten Kopfnicken deutete sie in Richtung der gegenüberliegenden Wohnung.

»Sie scheinen über die Gewohnheiten ihrer Nachbarn ja ganz gut Bescheid zu wissen«, stellte Karre fest und erntete umgehend finstere Blicke beider Frauen.

»Wie meinen Sie das? Wenn Sie damit andeuten wollen, dass ich hinter anderen herspioniere … Also, solche Unverschämtheiten muss ich mir nicht gefallen lassen.«

»Mein Kollege möchte gar nichts *andeuten*«, versuchte Viktoria Frau Grimmhausen zu beschwichtigen. »Aber vielleicht können Sie uns weiterhelfen, indem Sie uns etwas über Herrn Schwarz erzählen. Kennen Sie ihn gut?«

»Gott bewahre. Er gehört ganz bestimmt nicht zu der Sorte Mensch, die man besonders gut kennen müsste. Nichts als Ärger haben wir hier im Haus mit ihm. Und meinen Mann, Gott habe ihn selig, hat er auch auf dem Gewissen. Wenn Sie mich fragen, ist es allerhöchste Zeit, dass er aus dem Verkehr gezogen wird. Bevor er noch mehr Unheil anrichten kann.« Erneut verfiel sie in einen verschwörerischen Flüsterton: »Wen hat er denn umgebracht?«

Karre ignorierte die Frage. Eine andere Aussage hatte sein Interesse geweckt. »Habe ich das richtig verstanden? Sie sagten, Herr Schwarz habe ihren Mann auf dem Gewissen? Wie genau meinen Sie das?«

»Das ist eine längere Geschichte.«

»Dann hätten wir gerne die Kurzform.«

Sie runzelte die Stirn. »Also gut, ich will es versuchen. Wissen Sie, der Schwarz hat seine Wohnung mit diesem ganzen neumodischen Schnickschnack vollgestopft. Lauter elektronisches Zeug und natürlich alles ohne Kabel. Angeblich braucht er das für seinen Schmuddelkram.«

»Schmuddelkram?«, fragte Karre.

»*Weppseiten*, oder wie das heißt. Soweit ich weiß, stellt er dauernd irgendwelches Zeug ins Internet.« Wieder flüsterte sie. »Pornos, und so. Jedenfalls hat der ganze Ärger begonnen, unmittelbar, nachdem Schwarz eingezogen war. Und dann hat er auch noch eines von seinen Flittchen hier ins Haus geholt.«

»Flittchen?« Viktoria sah sie überrascht an. »Sprechen Sie von seiner Freundin?«

»Keine Ahnung. Woher sollte ich wissen, ob sie seine Freundin war. Die hat er doch sowieso dauernd gewechselt. Ich spreche von dem jungen Ding, das ständig mit unerhört kurzen Kleidchen und hohen Absätzen durch das Treppenhaus gestakst ist. Meistens zu nachtschlafender Zeit, wenn unbescholtene Bürger versuchen, ihrem wohlverdienten Schlaf nachzugehen.«

Ihr Blick nahm eine Spur von Wehmut an. »Ja, früher war das hier so ein friedliches, ehrenwertes Haus. Zu der Zeit, als die Linnemanns noch hier gewohnt haben, meine ich.«

»Frau Grimmhausen, ich fürchte, wir kommen ein wenig vom Thema ab.«

»Oh, ja. Bitte entschuldigen Sie. Ich weiß natürlich, dass Ihre Zeit sehr wertvoll ist und Sie sich bei Ihren Ermittlungen nicht von dem Geschwätz einer in die Jahre gekommenen Dame aufhalten lassen wollen. Und ich habe meine Zeit ebenfalls nicht gestohlen.«

Karre ging über die Bemerkung hinweg. »Sie sprachen von Problemen. Was für Probleme waren das?«

»Es fing damit an, dass wir, vor allem aber mein lieber Mann, plötzlich unter Schlafstörungen litten. Er wachte oft auf und konnte schlecht wieder einschlafen. Tagsüber war er nervös, gereizt und irgendwie unruhig. Er hatte sich sehr verändert. Das alles passierte zu der Zeit, in der wir mit unserer Firma expandierten. Was lag also näher, als unsere Probleme auf den ganzen Stress zu schieben. Aber auch, als sich in der Firma alles eingespielt hatte, trat bei ihm keine Besserung ein. Wir setzten uns mit einem befreundeten Baubiologen in Verbindung. Er inspizierte unsere Wohnung und den Rest des Hauses und stellte fest, dass schnurlose Geräte elektrische Strahlenfelder aussendeten.«

»Elektrische Strahlenfelder?« Karre ahnte schon, wie die Geschichte weiterging.

»Jeder weiß, dass Telefone und andere schnurlose Geräte solche Felder verursachen. Fachleute sprechen von Elektrosmog.«

Karre seufzte. Er hatte es kommen sehen.

»Wollen Sie die Geschichte hören, oder langweile ich Sie?«, fragte Frau Grimmhausen leicht gereizt.

»Ja bitte, fahren Sie fort«, übernahm Viktoria die Antwort, weil sie mögliche Konsequenzen von Karres mangelndem Einfühlungsvermögen fürchtete.

»Unser Bekannter identifizierte diverse Geräte in der von Schwarz gemieteten Wohnung als Quellen des Elektrosmogproblems. Wir wollten mit ihm darüber reden und ihm vorschlagen, welche Möglichkeiten es gäbe, die Strahlung seiner Geräte zu vermeiden.«

»Und? War er interessiert?«, fragte Karre. Er vermied es ihr mitzuteilen, wie er selbst auf einen derartigen Besuch reagiert hätte.

»Schwarz? Da kennen Sie ihn aber schlecht. Der hat lauthals losgelacht und so getan, als wären wir völlig bescheuert. Und dann hat er uns die Tür vor der Nase zugeschlagen.«

»Verstehe. Und, wie ging die Sache weiter?«, wollte Viktoria wissen.

»Da sich Schwarz auf keine weiteren Gespräche zu dem Thema einlassen wollte, mussten wir uns wohl oder übel damit abfinden. Wir haben unsere Wohnung komplett mit einer sündhaft teuren Spezialfarbe gestrichen, um wenigstens so viel Strahlenbelastung wie möglich abzuhalten.«

»Aber dann war doch alles in Ordnung, oder?« Karre war, das Happy End der Geschichte kurz vor Augen, leichtsinnig geworden und bekam umgehend die Quittung für seinen Optimismus.

»Sie haben ja keine Ahnung! Das alles war doch nur der berühmte Tropfen auf den heißen Stein. Tag und Nacht waren wir grauenhaftester Strahlenbelastung ausgesetzt.«

Karre wollte fragen, warum sie nicht in eine andere Wohnung gezogen waren, biss sich aber auf die Zunge und schwieg.

»Und dann, vor etwa acht Monaten, wurde bei meinem Mann ein Gehirntumor festgestellt. Und jetzt können Sie ja mal überlegen, woher der wohl gekommen sein könnte!«

»Von ... der ... Strahlung?«, fragte Karre.

»Natürlich von der Strahlung. Woher denn sonst? Jedenfalls habe ich Herrn Schwarz damit konfrontiert, aber er wollte immer noch nichts davon wissen. Auf den Tag genau vor zwei Monaten ist mein Mann verstorben.«

»Das tut uns leid«, sagten Karre und Viktoria im Chor.

»Eigentlich hatte ich mir vorgenommen, die Wohnung zu verkaufen, auch wenn es meinen Mann nicht mehr lebendig macht. Aber wie es aussieht, scheinen sich manche Dinge ja von selbst zu regeln.«

»Wie bitte?«, entfuhr es Karre.

»Naja, wenn Schwarz für den Rest seines Lebens ins Gefängnis wandert, meine ich.«

»So schnell schießen die Preußen nicht. Wir stehen mit unseren Ermittlungen ja noch am Anfang.«

»Und dass Herr Schwarz etwas mit der Sache zu tun hat,

steht überhaupt nicht fest«, ergänzte Viktoria. »Aber wir müssen allen möglichen Spuren nachgehen.«

»Was haben Sie denn sonst noch vom Privatleben Ihres Nachbarn mitbekommen?«, hakte Karre nach.

»Frauen«, entgegnete die Grimmhausen und seufzte. »Immer wieder Frauen. Jedenfalls seitdem dieses Flittchen weg war. Jedes Wochenende eine andere und manchmal sogar unter der Woche. Und Sie glauben nicht, was die da in seiner Wohnung veranstaltet haben.«

»Und Sie wissen das?« Karre sah sie fragend an.

»Es war ja nicht zu überhören. Da waren garantiert Drogen im Spiel. Man liest ja immer wieder von solchen Exzessen. Und genug Geld hat er ja offenbar.«

»Hatte er Freitagabend vielleicht auch Damenbesuch?«

»Keine Ahnung. Wie gesagt, ich hatte Migräne und lag früh im Bett. Aber wundern würde es mich nicht. Kann ich sonst noch etwas für Sie tun? Ich bin nämlich, wie ich eingangs sagte, in Eile.«

Karre überlegte. Eine Sache interessierte ihn tatsächlich noch. »Was für ein Unternehmen betreiben Sie eigentlich?«

»Kosmetik. Meine Firma produziert und vertreibt Kosmetikprodukte auf rein ökologischer Basis.«

Das passt ja, dachte Karre, entschied sich aber einmal mehr zu schweigen.

»Sagen Sie, Herr Kommissar, bekommen Sie eigentlich schnell fettige Haare?«

Die ihm wie aus dem Nichts vor die Füße fallende Frage brachte Karre aus dem Rhythmus. »Wie bitte?«

»Sie haben Mischhaut«, stellte Frau von Grimmhausen mit sachlich monotoner Stimme fest. »Mischhaut macht sich durch eine fettige, oftmals auch feuchte Stirn-, Nasen- und Kinnpartie bemerkbar. Die anderen Gesichtspartien neigen dagegen eher zu Trockenheit. Bei Ihnen habe ich es sofort gesehen: glänzende Haut, besonders am Kinn. Außerdem erweiterte Poren im sogenannten T-Bereich. Ihre Gesichtshaut wirkt ein wenig blass und hat einen gräulichen Schimmer. Aber wenn Sie sich einen Moment gedulden. Ich hole Ihnen rasch ein Pröbchen einer hervorragenden Creme. Garantiert ökologisch einwandfrei!«

Mit diesen Worten verschwand sie in einem Nebenzimmer. Durch den Türspalt sah Karre, dass es sich um ein Arbeitszimmer handelte. Er sah Viktoria an und flüsterte: »Bei der sind doch sämtliche Schrauben locker, oder?«

Bevor Viktoria etwas erwidern konnte, tauchte Frau Grimmhausen wieder auf. Sie drückte Karre ein weißes Plastiktöpfchen in die Hand, dessen Rückseite mit einem aufgeklebten Beipackzettelersatz versehen war.

»Wenn Sie es ausprobiert haben und zufrieden sind, was garantiert der Fall sein wird, können Sie sich gerne an mich wenden. Ich mache Ihnen einen Spezialpreis. Wenn Sie mich jetzt bitte entschuldigen.« Mit einer eindeutigen Geste komplimentierte sie Karre und Viktoria in Richtung der Wohnungstür.

In der Diele blieb Karres Blick an einem rosafarbenen Werbeflyer hängen, der mit einer Stecknadel an einer Pinnwand befestigt worden war. Er musste die Überschrift zweimal lesen, bevor er glaubte, was er da sah:

Workshop für natürliche Monatshygiene.

»Sagen Sie«, begann er vorsichtig und deutete auf den Zettel. »Veranstalten *Sie* solche Workshops?«

»Ja, aber es ist nur ein Hobby. Ich gebe die Kurse für junge Frauen, um sie für das Mülllaufkommen konventioneller Hygieneartikel zu sensibilisieren. Kostenlos. Mein bescheidener Beitrag für das Wohl der Allgemeinheit. In den Workshops geht es um die Idee Müll reduzierender

Monatshygiene.«

»Und was genau tun Sie bei diesen Veranstaltungen?«

»Wir nähen Mehrwegbinden und überlegen uns Wege, die Idee wieder populärer zu machen. Früher war so etwas ganz normal. Aber heutzutage leben wir in einer reinen Konsum- und Wegwerfgesellschaft. Austausch statt Monolog, lautet mein Motto. Die Kurse werden sehr gut angenommen.«

Sie wandte sich an Viktoria.

»Wissen Sie, Stoffbinden kann man sehr einfach selber herstellen. Entweder aus gekauftem Baumwollstoff oder, noch preiswerter, aus ausrangierten Geschirrhandtüchern. Vielleicht mögen Sie ja einmal in einen meiner Workshops kommen?«

»Ja, mal sehen.« Mehr Begeisterung konnte Viktoria für die Einladung nicht aufbringen.

Frau Grimmhausen geleitete sie bis zur Wohnungstür, um sie zu verabschieden. »Ich möchte Ihnen noch einmal für Ihr Verständnis danken. Wissen Sie, viele Menschen glauben, dass sie ohne ihr Handy nicht mehr leben können, dabei reden sie sich ihre Abhängigkeit bloß ein. In Wirklichkeit bringen die Teufelsdinger sie ins Grab. Auf die eine oder andere Weise. Also nochmals recht herzlichen Dank für Ihr Verständnis.«

Just in diesem Moment klingelte Viktorias Mobiltelefon.

Karre hatte seinerseits zu einer Verabschiedung angesetzt, als die Wohnungstür wenige Millimeter vor seiner Nase ins Schloss krachte.

Er sah Viktoria an. »Die häkelt bestimmt auch ihr Klopapier selbst«.

Viktoria versetzte ihm einen Stoß mit dem Ellenbogen. »Möglich. Jedenfalls sieht es so aus, als müssten wir unser Gespräch mit Herrn Schwarz vertagen.«

»Wenn er nicht die Flucht ergriffen hat, wie seine

Nachbarin zu wissen glaubt.«

»Hältst du das für wahrscheinlich?«

»Nicht wirklich.«

Sie erreichten die Haustür und traten hinaus in den strömenden Regen.

6

Eine Viertelstunde nachdem er Viktoria am Präsidium abgesetzt und den Dienstwagen gegen seinen Volvo eingetauscht hatte, betrat Karre die Intensivstation.

Schweißtropfen bildeten sich auf seiner Stirn, während er die hinter großen Scheiben liegenden Zimmer passierte. Vorhänge schützten die Patienten vor den Blicken neugieriger Besucher. Eine Einrichtung, deren Notwendigkeit er zumindest in Frage stellte, denn vermutlich ging es den meisten Angehörigen wie ihm. In Sorge um Freunde oder Verwandte hatten sie Weißgott anderes im Sinn, als sich ihre Nasen an Schmerz und Krankheit offenbarenden Schaufenstern plattzudrücken.

Bevor er Hannas Zimmer betrat, desinfizierte er seine Hände an dem dafür vorgesehenen Flüssigkeitsspender. Eine Prozedur, die bereits nach wenigen Tagen zu einer unterbewussten Routine geworden war. Wenigstens blieb ihm der lindgrüne Kittel erspart, der zu Doktor Brinkmanns Zeiten zur obligatorischen Ausstattung der Besucher derartiger Stationen gezählt hatte und der die Atmosphäre noch eine Spur gespenstischer hätte erscheinen lassen.

Im Zimmer selbst herrschte angenehme Kühle. Und bedrückende Stille, die lediglich vom regelmäßigen Piepen der Überwachungsgeräte unterbrochen wurde. Monitore visualisierten die von einer Vielzahl von Messgeräten angezeigten Vitalwerte: Herz- und Atemfrequenz, Blutdruck, Körpertemperatur, die Sauerstoffsättigung des Blutes.

Beim Anblick des über einen Luftröhrenschnitt eingeführten Plastikschlauchs überkam Karre eine Gänsehaut. Ein Trachealtubus, wie ihm die Krankenschwester erklärt hatte, der Hanna beim Atmen unterstützte. Auch nach vielen Stunden am Bett seiner Tochter hatte er sich an die Geräusche der Beatmungsmaschine nicht gewöhnt.

Er trat an das Bett, beugte sich über sie und drückte ihr behutsam einen Kuss auf die Stirn. Dann rückte er den Stuhl zurecht, der ihm während der letzten Tage und Nächte ein ums andere Mal als Schlafplatz gedient hatte, und setzte sich.

»Wir wissen jetzt, wer sie ist. Nur ein kleiner Fortschritt, aber immerhin. Du weißt ja, wie das läuft. Mühsam nährt sich das Eichhörnchen.«

Bei seinem letzten Besuch hatte er ihr von der damals unbekannten Toten berichtet. Es half ihm und, davon war er überzeugt, auch ihr, wenn er bei seinen Besuchen von den alltäglichen Dingen da draußen erzählte. So wie er es bei ihren früheren Treffen getan hatte. Vielleicht half es seiner Prinzessin bei der Entscheidung, aus ihrem Dornröschenschlaf zu erwachen. Der Welt eine zweite Chance zu geben und ins Hier und Jetzt zurückzukehren.

Anfangs hatte er noch gezögert, ihr ausgerechnet von Mord und Totschlag zu berichten. Auf der anderen Seite, was hätte er sonst zu erzählen gehabt? Schließlich handelte es sich genau dabei um sein Leben, seinen Alltag. Und für Hanna waren die Geschichten der Verbrecher, denen Karre Tag und Nacht hinterherjagte, nichts Neues. Schon immer hatte er ihr mehr erzählt, als es die Regeln des Polizeidienstes eigentlich zugelassen hätten.

Und vielleicht auch, als es gut für seine Tochter gewesen war. Hanna hatte schon immer großes Interesse an seiner

Arbeit gezeigt. Doch war das wirklich der Grund gewesen, warum er ihr davon erzählt hatte? Oder waren die Gespräche über seine Arbeit vielmehr eine reinigende Selbsttherapie, die es ihm ermöglichte, sich seine eigenen Probleme von der Seele zu reden?

Bei seinem zweiten Besuch nach dem Unfall hatte er sich dafür entschieden, ihr Geschichten aus ihrer Kindheit zu erzählen. Unvergessliche Anekdoten, die sich trotz oder gerade wegen der wenigen Zeit, die sie nach seiner Trennung von Sandra miteinander verbracht hatten, auf ewig in sein Gedächtnis eingebrannt hatten. Doch die Tränen, die bei den aufkommenden Erinnerungen aus ihm herausbrachen, hatten seine Stimme erstickt. Also hatte er es gelassen und sich wieder den Dingen des Alltags zugewandt.

Seines Alltags.

Er bemühte sich, den Gedanken zu vertreiben, was ihm alles andere als leicht fiel. Hatte er sich erst einmal im Kopf eingenistet, wurde man ihn ohne weiteres nicht wieder los. Ähnlich den Schatten, die er als kleiner Junge in der Dunkelheit seines Zimmers ausgemacht hatte und die mit jeder verstreichenden Minute zu immer gewaltigeren Monstern heranwuchsen. Weder die beschwichtigenden Worte seiner Eltern, noch die unter seinem Kopfkissen versteckte Notfalltaschenlampe hatten sie besiegen und dauerhaft aus seiner Welt verbannen können.

Nun waren sie zurückgekommen. Obwohl das aus dem Flur durch die Glasscheiben fallende Licht den Raum erhellte, ließen sie sich nicht vertreiben.

Finster und bedrohlich lauerten sie an Hannas Bett, und jedes Mal, wenn seine Aufmerksamkeit nachließ, streckten sie ihre langen, klauenhaften Finger nach ihr aus. Er schreckte hoch, als sein Kopf zur Seite kippte und ihn jemand an der Schulter berührte.

Die schwarzhaarige Krankenschwester, die Karre während seiner letzten Besuche immer wieder mit Kaffee versorgt hatte.

Jennifer.

Er kannte nur ihren auf ein an die Schwesternkluft gepinntes Schild eingestanzten Vornamen. Einerseits kam es ihm seltsam vor, andererseits suggerierte es ein Vertrauensverhältnis, für das es eigentlich keine vernünftige Erklärung gab.

»Ich wollte mich nur kurz verabschieden. Ich habe Feierabend.«

Erst jetzt fiel ihm auf, dass sie ihren hellblauen Schwesternkittel bereits gegen Jeans und ein T-Shirt mit der ihm nichtssagenden Aufschrift *F. A.* eingetauscht, und die Clogs durch schicke, weiße Sneaker ersetzt hatte. Ihr sonst zu einem Pferdeschwanz gebundenes oder hochgestecktes Haar fiel offen über ihre Schultern. Er registrierte den dezenten Duft eines sommerlich frischen Parfums, der im Gegensatz zu den sterilen Krankenhausgerüchen eine willkommene Abwechslung bot.

»Werden Sie heute Abend noch etwas unternehmen?«, fragte sie. »Sie sollten ausgehen. Ich glaube, das tut Ihnen gut. Wissen Sie, viele Angehörige von Patienten fühlen sich schuldig, wenn sie sich für eine Weile von ihren Sorgen ablenken. Dabei ist es wichtig, um Kraft zu tanken. Hanna hilft es nicht, wenn Ihnen zuhause die Decke auf den Kopf fällt.«

Karre blickte in die tiefblauen Augen der Krankenschwester. Sie war erheblich jünger als er. Mindestens zehn Jahre. Trotzdem hatte sie im Laufe der Jahre eine Routine im Umgang mit Familienangehörigen entwickelt, die er selbst sich in manchen Situationen seines Jobs nur wünschen konnte. Er dachte daran, wie er Viktoria oder

Karim vorzuschicken pflegte, wenn es darum ging, Angehörigen die Nachricht vom Tod eines geliebten Mitmenschen zu überbringen. So sehr er die Polizeiarbeit und die Jagd nach Mördern und Verbrechern liebte, in diesem emotional anspruchsvollsten Teil seines Jobs lag nicht gerade seine größte Stärke.

»Also, was ist ihr Plan?«

Sie ließ einfach nicht locker.

»Ich bin bei Freunden eingeladen.« Er überlegte kurz, den Begriff *Freunde* durch *Kollegen* zu ersetzen, entschied sich aber dagegen. »Das Endspiel, wissen Sie?«

»Bayern oder Dortmund?«, fragte sie.

»Das ist doch wohl keine Frage, oder? Schlimm genug, dass der Gastgeber Bayernfan ist.«

Nehmen Sie´s ihm nicht übel. Jeder macht mal einen Fehler. Ich wünsche Ihnen viel Spaß. Trotz allem.« Sie warf Hanna einen Blick zu. »Und du mach keine Dummheiten, Süße. Wir sehen uns morgen Mittag.«

»Ich weiß aber noch nicht, ob ich hingehe«, fügte Karre hinzu, obwohl er das Gespräch eigentlich schon als beendet angesehen hatte.

»Ach Quatsch. Natürlich gehen Sie. Und richten Sie ihrem Freund aus, er soll sich mal einen gescheiten Verein suchen.«

»Mach ich.«

»Versprochen? Dass Sie hingehen, meine ich.«

»Sie sind ganz schön hartnäckig.«

Lächelnd zuckte sie mit den Schultern und verließ den Raum. Während sie die Tür ins Schloss zog, drehte sie sich noch einmal um. »Machen Sie´s gut. Wir sehen uns.«

»Danke«, erwiderte Karre und sah ihr hinterher.

Kurz darauf verabschiedete er sich von Hanna, dann fuhr er nach Hause. Er wollte sich frischmachen, bevor er sich auf den Weg machte. Schließlich hatte er eine Nachricht zu überbringen.

Versprochen war versprochen.

7

Zweieinhalb Stunden später hatte Karre geduscht und sein Hemd gegen ein bequemes T-Shirt getauscht. Zwar stand ihm der Kopf ganz und gar nicht nach einem ausgelassenen Fußballabend, aber es erschien ihm unhöflich, die gutgemeinte Einladung von Karim und Sila abzulehnen. Außerdem musste er zugeben, dass ihm ein wenig Gesellschaft in der aktuellen Situation guttat. Allemal besser jedenfalls, als sich zuhause vor dem Fernseher dem Alkohol hinzugeben und sich damit abzufinden, dass ihm die Decke auf den Kopf fiel.

Bewaffnet mit zwei Flaschen Rotwein, die er unterwegs in Jacques´ Wein-Depot besorgt hatte, stieg er die Stufen zur Erdgeschosswohnung empor. Karim hatte Sila vor fünf Jahren kennengelernt und sie kurz darauf seinen Kollegen vorgestellt. Seitdem pflegten sie alle auch abseits der beruflichen Pfade ein ungezwungenes, freundschaftliches Verhältnis. Vor einem Jahr hatten die beiden geheiratet. Endlich, wie Karre fand. Denn selten hatte er ein Paar gekannt, das derart harmonierte, wie Karim und seine Frau.

Mit rund dreihundert Gästen war es eine für türkische Traditionen eher überschaubare Hochzeitsfeier gewesen, zu der auch Viktoria mit ihrem Freund Max und Karre eingeladen worden waren.

Und Hanna.

Karre schloss einen kurzen Moment die Augen, als er an den unbeschwerten Abend dachte, der eine Ewigkeit weit zurückzuliegen schien.

Lediglich Götz Bonhoff hatte sich und seine Frau entschuldigt. Wegen anderer privater Verpflichtungen, wie er es ausgedrückt hatte. Wenn Karre darüber nachdachte, hatte Götz schon damals begonnen, sich vom Rest des Teams abzusondern. Nur beschränkten sich die ersten Anzeichen einer solchen Entwicklung zu jener Zeit auf private Gelegenheiten, wohingegen sie mittlerweile auch den beruflichen Alltag betrafen.

»Hör auf zu grübeln. Schön, dass du trotz allem gekommen bist. Ich freu mich.« Sila hatte sich ihm unbemerkt genähert und stellte sich auf die Zehenspitzen, um ihm einen Kuss auf die Wange zu drücken. »Das mit dem Unfall tut mir so unendlich leid. Wie geht´s Hanna? Warst du bei ihr?«,

»Ja. Nichts Neues«, erwiderte er einsilbig und fügte hinzu: »Leider. Trotzdem danke für eure Einladung. Ein bisschen Ablenkung kann bestimmt nicht schaden.« Er hielt ihr die Tüte mit dem Wein hin. »Ich hab was zu trinken mitgebracht.«

»Hast du Angst, dass es bei uns nicht genug gibt?«

»Ganz sicher nicht. Aber ich dachte, zum Essen wäre ein Schluck Wein nicht schlecht. Außerdem wollte ich nicht mit leeren Händen auftauchen.«

»Das ist lieb von dir, danke. Aber mach das mit Karim aus. Da halte ich mich raus.«

»Spätestens, wenn die Bayern eins auf den Deckel kriegen, wird er auf Raki umschwenken.«

»Lass ihn das nicht hören. Er ist absolut davon überzeugt, dass der große FC Bayern den Pot nach München holt.«

»Dass du ihm diese Flause nach fünf Jahren immer noch nicht ausgetrieben hast, nehme ich dir echt übel, weißt du das?«

»Ich glaube, dazu braucht es mehr als eine wenig fußballinteressierte Ehefrau.«

»Vielleicht sollten wir ihm zum nächsten Geburtstag eine Gehirnwäsche schenken.«

»Worüber wird denn hier getuschelt? Habt ihr Geheimnisse hinter meinem Rücken?« Karim hatte sich zu ihnen in die Diele gesellt und begrüßte seinen Kollegen mit einer kurzen Umarmung. Dann musterte er die Tüte in Karres Hand. »Oh, Verpflegung. Gibt´s die zum Essen? Oder hast du dir Munition für die Stunde der Niederlage mitgebracht?«

»Warten wir es ab, mein Lieber.« Er klopfte ihm auf die Schulter, so als könne Karim schon vor Anpfiff eine Portion Aufmunterung vertragen und überreichte ihm die Tüte mit den Flaschen.

»Komm mit ins Wohnzimmer. Das Essen ist gleich so weit.«

»Bin ich der Erste?«

Karim schüttelte den Kopf. »Vicky ist schon da. Sie hilft Sila in der Küche.«

»Da sind die Mädels doch gut aufgehoben.«

»Vorsicht. Wenn sie das hören, kannst du direkt fünf Euro ins Chauvi-Schwein schmeißen. Bier?«

»Klar.«

Karim verschwand in Richtung der Küche.

»Sag mal«, begann Karre, als Karim kurz darauf mit zwei Flaschen Veltins zurückkehrte, »wo ist eigentlich Max? Wollte er nicht mitkommen?«

»Vicki hat ihn entschuldigt. Er ist mit seinen Kumpels zum Fußballgucken verabredet. Hatte keinen Bock auf die Arbeitskollegen seiner zukünftigen Frau.«

»Sie hat´s dir erzählt?«

»Ja. Scheint etwas kompliziert zu sein.«

»Könnte daran liegen, dass ihr Auserwählter nicht gerade für seine unkomplizierte Art berühmt ist.«

»Eher berüchtigt. Für das Gegenteil.«

116

»Naja, sie muss wissen, was sie tut.« Karim reichte Karre das Bier. Und während die beiden Männer sich gegenseitig zuprosteten, fragte er: »Wie war´s eigentlich bei Schwarz? Habt ihr was aus ihm rausbekommen?«

Karre berichtete von ihren Besuchen bei Thomas Schwarz, dem Gespräch mit seiner Nachbarin und dem Treffen mit Melanie Bauer. »Eventuell kannst du mal einen Blick auf das Zeug werfen, das wir aus Danielle Teschners Zimmer mitgenommen haben. Besonders viel ist es nicht, aber möglicherweise ist ja was dabei, das uns weiterbringt. Mich würde zum Beispiel interessieren, was das für eine Agentur ist, bei der sie beschäftigt war.«

»Kein Thema. Ich sehe es mir morgen Nachmittag an. Reicht das?«

Karre nickte und nahm einen Schluck von seinem Bier. »Ich glaube sowieso nicht, dass wir sonntags viel ausrichten können. Wir setzen uns am Montagmorgen zusammen und überlegen, wie wir weitermachen.«

»Männer, das Essen ist fertig!«

»Komm, lass uns rübergehen.«

Durch eine Schiebetür gelangten sie in das zwischen Küche und Wohnraum liegende Esszimmer. Die massive Platte des ovalen Tisches, an dem locker acht bis zehn Personen Platz nehmen konnten, bog sich förmlich unter der Menge der angerichteten Speisen. Die oft zitierte türkische Gastfreundschaft spiegelte sich bei Karim und Sila in einer mit viel Liebe dargebotenen Tafel wider.

»Ihr seid doch verrückt. Wer soll denn diese Berge essen?«

»Ich hab auch schon gefragt, wen sie sonst noch so eingeladen haben.« Viktoria kam aus der Küche. Sie trug eine bunt gemusterte, mit Peperoni gefüllte, Steingutschüssel. Aus eigener Erfahrung wusste Karre, dass es besonders die harmlos erscheinenden, dunkelgrünen Schoten in sich hatten. Sie stellte die Schüssel an einer der letzten freien Stellen ab. Unmittelbar daneben entdeckte Karre eine flache Glasschale mit *Enginar*, in Orangensaft und Olivenöl geschmorten und mit Erbsen, Karotten und Kartoffeln gefüllten Artischockenböden. Dazu gesellte sich eine Platte mit Grillspießen aus mariniertem Lammfleisch und nach traditionellen Rezepten gefertigten Frikadellen. Außerdem tummelten sich auf dem Tisch kleine Schalen mit yoghurtbasierten Cremes, eine Schüssel mit *Fava*, Behältnisse mit Salaten oder Gemüse sowie ein Korb mit diversen Brotsorten.

Im Laufe der Zusammenarbeit mit Karim hatte Karre über Grundkenntnisse hinausgehendes Wissen und eine nicht zu leugnende Leidenschaft für die Spezialitäten der türkischen Küche entwickelt. Gelegentlich kam es vor, dass Sila ihrem Mann die eine oder andere Leckerei mit zur Arbeit gab. In Mengen, mit denen man nicht nur ein fünfköpfiges Team, sondern das halbe Präsidium hätte verpflegen können. Silas unbestreitbar hervorragende Kochkünste hatten dazu geführt, dass die kleinen Köstlichkeiten inzwischen im gesamten Kollegenkreis einen legendären Ruf genossen.

Sila war neben ihren Mann getreten, der liebevoll seinen Arm um ihre Hüfte legte. »Vielleicht habt ihr euch schon gefragt, was der Grund für unsere gemütliche Zusammenkunft ist. Das Endspiel, na klar. Aber es gibt noch etwas anderes. Wir wollten euch etwas erzählen.«

Karre stellte sein Bier auf dem Tisch ab und musterte abwechselnd Karim und dessen Frau. Unbewusst war es ihm schon bei der Begrüßung aufgefallen, doch er hatte seiner Beobachtung keine weitere Beachtung geschenkt. Doch je mehr er darüber nachdachte, desto offensichtlicher erschien es ihm. Für Silas freudestrahlenden Gesichtsausdruck konnte es nur einen Grund geben. Er warf

Viktoria einen kurzen Blick zu und ihr Lächeln verriet, dass sie die gleiche Vermutung hatte.

»Dann spann uns nicht so auf die Folter, sag schon. Habt ihr im Lotto gewonnen?«

»Viel besser.« Sila legte den Kopf an Karims Schulter. »Wir bekommen ein Baby.«

»Mensch, das ist ja toll.« Karre umarmte zuerst Sila und dann seinen Kollegen. Er hatte gewusst, dass die beiden sich Nachwuchs wünschten, und freute sich, dass es so schnell geklappt hatte.

»Herzlichen Glückwunsch! Wann ist es denn soweit?«, wollte Viktoria wissen, die die beiden ebenfalls umarmte.

»Mitte Dezember.«

»Toll, ich freu mich ja so für euch. Komm her und lass dich drücken.«

»Ich finde, das sollten wir mit einer Runde Raki begießen. Was meint ihr?«, schlug Karim vor und verschwand in der Küche, ohne eine Antwort abzuwarten.

»Wisst ihr schon, was es wird?«

Sila schüttelte den Kopf. »Nein, dazu ist es zu früh. Und eigentlich ist es ja auch nicht so wichtig. Aber ich weiß, dass Karim gerne einen Sohn hätte. Auch wenn er das niemals zugeben würde.«

»Lasst uns rüber zum Fernseher gehen«, schlug Karim nach dem Essen vor. »Die Übertragung fängt jeden Moment an.«

»Sollen wir noch schnell beim Abräumen helfen?«, fragte Karre. »Sila, es war wieder einmal phantastisch. Du bist und bleibst die Beste.«

»Darum habe ich sie ja geheiratet.«

»Nicht nur deswegen, hoffentlich.« Sila knuffte ihm in die Seite.

»Lasst das die Mädels machen.« Viktoria begann, die leeren Teller aufeinanderzustapeln, während Sila die ersten

Schüsseln zurück in die Küche trug.

»Das lassen wir uns doch nicht zweimal sagen.« Karim stand auf und wandte sich Karre zu. »Wir wär´s mit einem Anstoßbier?«

»Guter Plan«, antwortete Karre und ging hinüber ins Wohnzimmer, an dessen Wand ein großer Flatscreen montiert war. Mit einem wohligen Seufzer ließ er sich auf die einladende Eckcouch fallen.

In der Halbzeitpause, es stand eins zu eins, nachdem die Dortmunder die zwischenzeitliche Bayernführung durch einen Elfmeter ausgeglichen hatten, trat Karre hinaus auf die überdachte Terrasse. Sein Blick wanderte über den wolkenverhangenen Himmel. Immerhin hatte es aufgehört zu regnen. Fischreiher, die an einem in der Nähe gelegenen Überlaufbecken der Abwasserentsorgung ihre Heimat gefunden hatten, zogen ihre Kreise. Die Kombination aus Bier und Raki zeigte erste Wirkung. Sie versetzte ihn in einen Zustand angenehmer Leichtigkeit. Vielleicht war es doch richtig gewesen, den Abend hier zu verbringen und sich mit Sila und Karim über die tollen Neuigkeiten zu freuen, anstatt alleine zu Hause zu sitzen und Trübsal zu blasen.

»Was denkst du?« Ohne dass er es bemerkt hatte, war Viktoria neben ihn getreten. Sie hielt ein Glas Raki in der Hand. Die Eiswürfel klirrten, als sie einen Schluck von der trüben, mit Wasser verdünnten, Flüssigkeit trank.

»Eigentlich nichts Bestimmtes.«

»Hanna?«, fragte sie und er nahm den an Lakritz erinnernden Geruch von Anis in ihrem Atem wahr.

»Ich kann es einfach nicht ausblenden. Tut mir leid, wenn ich euch mit meiner Stimmung den Abend vermiese.«

»So ein Quatsch. Niemand erwartet von dir, dass du eine ausgelassene Party feierst. Ich freue mich, dass du gekommen bist. Es wäre nicht gut gewesen, alleine zuhause zu hocken. Denk nicht darüber nach.«

Da war sie wieder, ihre Fähigkeit, durch ihn hindurchzusehen. Anfangs war sie ihm manchmal befremdlich, vielleicht sogar ein wenig unheimlich vorgekommen, doch mit der Zeit hatte er sich daran gewöhnt. »Wahrscheinlich hast du recht«, erwiderte er und prostete ihr mit seinem Bier zu.

»Darf ich dich mal was fragen?«

»Na klar, das weißt du doch.«

»Es ist ziemlich privat. Außerdem ist der Zeitpunkt für die Frage etwas unpassend.«

Er sah sie abschätzend an. »Geht es um Max? Um eure Verlobung?«

»Nicht direkt.«

»Aber indirekt schon?«

»Ja. Irgendwie.« Nach einer kurzen Pause fügte sie hinzu: »Wie war das damals, bei Sandra und dir?«

»Was genau? Als wir uns verlobt haben?«

Viktoria nickte und nippte an ihrem Glas. »Ihr ward verdammt jung, oder?«

»Dreiundzwanzig. Und wenn Sandra nicht schwanger gewesen wäre, hätten wir uns mit Sicherheit mehr Zeit gelassen. Wer weiß, ob wir überhaupt geheiratet hätten.«

»Was glaubst du denn, woran eure Beziehung gescheitert ist. An Hanna?«

Langsam und gedankenverloren schüttelte er den Kopf. »Ein Kind kann weder etwas dafür, dass seine Eltern zu dämlich waren, vernünftig zu verhüten, noch dafür, dass sie eigentlich viel zu jung für eine Familie waren. Schau, Sandra steckte mitten in ihrem Jurastudium und ich war damals als junger Polizist noch im Streifendienst. Jeder von uns hatte seine Träume und Ziele und beides wurde durch ein Baby nicht gerade leichter umsetzbar. Sandra ist dann zuhause geblieben und hat ihr Studium an einer Fernuni fortgesetzt, während ich das Geld für uns verdient habe. Wir konnten keine großen Sprünge machen, aber durch die Zulagen für Nacht- und Wochenendschichten war es in Ordnung. Außerdem haben uns ihre Eltern hier und da unterstützt.«

»Aber es hat trotzdem nicht funktioniert?«

Karre blickte nachdenklich in den Abendhimmel. Es war viel dunkler, als es zu dieser Jahreszeit hätte sein sollen. Regenverhangene Luft kroch unter sein Hemd. Kalt wie eine Natter, nur auf die richtige Gelegenheit zum Zubeißen wartend.

Gänsehaut.

»Nein, hat es nicht.« Er trank einen Schluck Bier. »Ist dir nicht kalt?« Er betrachtete Viktoria. Ihre dunkelblauen Jeans schmiegten sich perfekt an ihren Körper. Unter dem weißen Kapuzensweater zeichneten sich ihre sanften Kurven ab. Die legere Freizeitkleidung machte sie in seinen Augen noch attraktiver als der gewohnte Arbeits-Chic.

Obwohl er sie wirklich gern hatte, hätte er ihre Unterhaltung lieber beendet. Denn auch ohne die dramatischen Ereignisse der letzten Tage, gehörte die viele Jahre zurückliegende Episode seines kläglich gescheiterten Familienlebens nicht unbedingt zu seinen Lieblingsthemen.

»Möchtest du lieber reingehen?« Vermutlich hatte sie schon damit gerechnet, dass das Gespräch für Karre zu Ende war, doch unvermittelt sprach er weiter:

»In den folgenden Jahren haben wir uns sehr auseinandergelebt. Ich habe Tag und Nacht gearbeitet, um alles auf die Reihe zu kriegen und endlich den Sprung zur Kripo machen zu können.

Und Sandra hat ein Jahr nach Hannas Geburt ihr Präsenzstudium wieder aufgenommen. Unsere Tochter hat mehr Zeit bei Sandras Eltern verbracht, als bei uns. Und wenn Sandra und ich zwischen Nachtschichten, Klausuren und Büffelei mal Zeit zusammen verbracht haben, gab es meistens Streit über völlig belanglose Dinge.

Am Ende war die Trennung nur konsequent. Und erstaunlicherweise haben wir uns danach besser verstanden als vorher. Natürlich habe ich meinen Möglichkeiten entsprechend für Hanna und Sandra gesorgt. Obwohl das theoretisch nicht mal nötig gewesen wäre. Sandras Eltern sind nicht gerade arm und sie haben wirklich alles getan, es Sandra so leicht wie möglich zu machen. Sie konnte sich trotz Hanna voll in ihr Studium stürzen, was sie ja auch mit Bravour gemeistert hat.«

Viktoria lehnte sich gegen das Geländer, schloss die Augen und atmete die kühle Abendluft ein.

Karre beobachtete, wie sich ihr Brustkorb im gleichmäßigen Rhythmus ihres Atems hob und senkte. »Und bei euch? Ihr hättet doch die besten Voraussetzungen.«

»Ich hab´s dir ja erzählt. Ich bin mir nicht sicher, ob er der Richtige ist.«

»Man sieht nur mit dem Herzen gut. Das Wesentliche ist für die Augen unsichtbar.« In dem Augenblick, in dem er es aussprach, wunderte er sich selbst, aus welchem unsichtbaren Zylinder er das berühmte Zitat, ohne darüber nachzudenken, hervorgezaubert hatte. Noch mehr jedoch verblüffte ihn Viktorias nicht minder spontane Antwort:

»On ne voit bien qu'avec le cœur. L'essentiel est invisible pour les yeux.«

»Bitte?«

»Antoine de Saint-Exupéry. Der kleine Prinz.«

»Du musst auf das hören, was dein Herz dir sagt. So wie es jetzt ist, kannst du jede Entscheidung ohne große Konsequenzen treffen. Mit jedem weiteren Schritt wird das Umkehren schwieriger.«

»Du bist zeitlebens für das verantwortlich, was Du Dir vertraut gemacht hast«, zitierte Viktoria eine weitere Stelle aus dem kleinen Prinzen.

»Eben. Wenn du ihn liebst und mit ihm zusammen sein willst, dann heirate ihn. Wenn dir eine so bedeutsame Entscheidung im Moment Angst macht, ist das in Ordnung. Sag ihm, du brauchst Zeit. Wenn du aber daran zweifelst, dass er der Richtige ist, dann sollest du ihn auch nicht heiraten. Jedenfalls nicht jetzt. Ganz egal übrigens, was deine oder seine Eltern dazu sagen. Es geht um euer Leben. Und in erster Linie um deins. Deine Mutter ist nicht diejenige, die ihn heiratet, Kinder mit ihm bekommt und, so wahr Gott will, den Rest ihres Lebens mit ihm verbringt.«

Viktoria stieß einen lauten Seufzer aus. »Das klingt so einfach.«

»Es *ist* so einfach. Vertraue auf das, was dein Herz dir sagt.«

»Kommt ihr? Es geht weiter!«, rief Karim ihnen aus dem Inneren der Wohnung zu. »Oder seid ihr da draußen schon festgefroren?«

Viktoria stieß sich vom Geländer ab. »Lass uns reingehen. Und, Karre?«

»Was?«

»Danke. Es tut gut, mit jemand Außenstehendem darüber zu sprechen.«

Schweigend folgte er seiner Kollegin. Aus einem ihm unerfindlichen Grund und trotz der Richtigkeit ihrer Aussage spürte er die Enttäuschung, dass sie ihn einen *Außenstehenden* genannt hatte.

8

Karre sank auf den Beifahrersitz von Viktorias Mini. Es

war kurz nach Mitternacht. Er hatte den Frust über den Sieg des FC Bayern, der die Entscheidung durch ein Tor von Arjen van Robben in der 88. Spielminute herbeigeführt hatte, mit reichlich Bier hinuntergespült.

Karim hatte es sich zudem nicht nehmen lassen, mit ihm zusammen mehrere Raki auf den Sieg *seines* Teams zu trinken, sodass sich in Karres Körper neben einer wohligen Wärme eine nicht zu leugnende Bettschwere ausbreitete.

Schweigend und gegen den sich auf ihn herabsenkenden Schlaf ankämpfend, starrte er aus dem Seitenfenster des Wagens. Das Licht der Laternen spiegelte sich auf dem regennassen Asphalt menschenleerer Straßen wider. Ein Taxi raste an ihnen vorbei und, trotz der gerade auf rot umspringenden Ampel, über die vor ihnen liegende Kreuzung hinweg.

Viktoria schüttelte den Kopf. »Eigentlich müsste man hinterherfahren und den Fahrer aus dem Verkehr ziehen. Solche Typen meinen doch, für sie gelten keine Verkehrsregeln. Nur weil sie ein Taxischild auf dem Dach spazieren fahren.«

Karre gähnte und sah, wie die roten Lichter des Taxis in der Dunkelheit verschwanden.

»Wie machen wir morgen weiter?«

»Ich wollte noch einmal beim Ex von Danielle Teschner vorbeischauen. Bestimmt war er heute nur einen draufmachen. Public Viewing oder so.«

»Hast du was dagegen, wenn ich mitkomme?«

»Natürlich nicht. Aber meinst du nicht, dass du den Sonntag zu Hause verbringen solltest? Du könntest die Zeit nutzen, dir ein paar Gedanken über deine Entscheidung zu machen. Oder mit deinem Schatz darüber sprechen, was in dir vorgeht.«

»Ich wäre bei der Befragung von Schwarz aber gerne

dabei. Außerdem: Wie kommst du an dein Auto, wenn ich dich nicht abhole? Einer muss dich ja hinfahren.«

»Ich könnte ein Taxi nehmen.«

»Sag doch einfach, dass du mich nicht dabeihaben willst.«

Karre kannte diesen Tonfall. Es wurde Zeit, einzuschwenken oder wenigstens etwas diplomatischer zu werden. Denn eigentlich gab es keinen vernünftigen Grund, sie nicht mitzunehmen. Schließlich war es ihre Entscheidung, was sie mit ihrem Sonntag anstellte. »Wann holst du mich ab? Gegen zehn?«

»Abgemacht.« Sie lächelte zufrieden.

»Ich freue mich für Sila und Karim«, sagte Karre, nachdem sie einige Minuten schweigend durch die Nacht gefahren waren.

»Ja, die beiden sehen wirklich glücklich aus.«

Wieder dachte er, dass sie vielleicht die Einzigen in seinem Team waren, die ein erfülltes Privatleben hatten. Viktoria schien derzeit alles andere als glücklich zu sein und über Bonhoffs Situation konnte er zum jetzigen Zeitpunkt nur Mutmaßungen anstellen. Und sein eigenes Leben? Er zog sein Mobiltelefon aus der Hosentasche und warf einen schuldbewussten Blick auf das Display.

Hanna. Was wenn …

Keine Anrufe in Abwesenheit.

Erleichtert steckte er das Gerät weg.

»Glücklicher als wir alle zusammen. Mann, unsere Abteilung ist vielleicht ein seelischer Trümmerhaufen. Wir sollten mal eine kollektive Gruppentherapie beantragen.«

»Keine schlechte Idee.« Sie setzte den Blinker und steuerte den Wagen in eine der von der Hauptstraße abzweigenden Nebenstraßen. »Genug zu tun gäb´s bei uns mit Sicherheit. War es eigentlich okay für dich, dass Sila und Karim von ihrer Schwangerschaft erzählt haben? Ich meine, wegen Hanna.«

»Klar, sind doch tolle Neuigkeiten.« In Wahrheit war er jedoch selbst nicht ganz sicher, ob die Nachricht seine Stimmung gehoben oder noch weiter nach unten gezogen hatte. Denn obwohl er sich ehrlich für die beiden freute, blieb eine Spur von Traurigkeit. »Hier kannst du mich rauslassen. Das restliche Stück gehe ich zu Fuß.«

»So ein Quatsch, ich kann dich doch bis zur Haustür fahren.«

»Ein bisschen frische Luft wird mir ganz guttun. Ehrlich. Lass mich aussteigen.«

»Wie du magst.« Sie brachte den Wagen neben einer leeren Parkbucht zum Stehen.

»Danke, dass du für mich das Taxi gespielt hast.«

»Ist kein Ding. Wir sehen uns morgen um zehn?«

»Morgen um zehn. Aber nur, wenn du wirklich willst. Du kannst auch gerne ...«

»Mach, dass du nach Hause kommst. Raus jetzt!«

Nach einer kurzen Umarmung stand Karre auf der Straße und warf die Wagentür ins Schloss. Er beobachtete, wie Viktoria den Mini wendete und mit aufheulendem Motor in die Nacht davonrauschte. Als die roten Rückleuchten des kleinen Flitzers hinter der nächsten Straßenecke verschwanden, machte er sich daran, die letzten zweihundert Meter zu seiner Haustür zu Fuß zurückzulegen.

Die Luft war kalt und klar und roch nach feuchtem Laub. Dicke Tropfen fielen aus den Kronen der Bäume und klatschten um ihn herum auf den Bürgersteig. Irgendwo schrie ein Vogel. Er hatte keine Ahnung, um was für ein Tier es sich dabei handelte. Er hatte sich nie um solche Dinge gekümmert. Wie um so vieles andere, das sein Leben außerhalb des Polizeidienstes betraf.

Während er den Rest des Weges zurücklegte, kramte er

den Haustürschlüssel aus seiner Hosentasche. Gerade als er ihn ins Schloss stecken wollte, fiel ihm eine aus seinem Briefkasten ragende Zeitung auf. Eigentlich hatte sie dort nichts zu suchen, denn das Abonnement der Printausgabe hatte er schon vor mehr als einem halben Jahr abbestellt und gegen den Bezug einer elektronischen Ausgabe für sein iPad getauscht. Eine Entscheidung, die nicht nur die sich in seiner Wohnung anhäufenden Altpapierberge dramatisch reduzierte, sondern ihn jeden Monat bares Geld sparen ließ.

Er betrachtete die dicke Papierrolle, die den Briefkastenschlitz vollständig ausfüllte. Lange konnte sie noch nicht dort stecken, denn der nächste Regenschauer, und davon gab es dieser Tage mehr als reichlich, hätte die herausragende Hälfte binnen Minuten aufgeweicht. Ein weiterer Grund, warum er sich von der Papiervariante der Zeitung verabschiedet hatte.

Dieses Exemplar hingegen machte einen vollkommen unversehrten Eindruck. Abgesehen davon, dass die stellenweise scharfen Metallkanten des Briefkastens der Titelseite vermutlich die üblichen Beschädigungen zugefügt hatten. Wie dem auch sei, die Druckausgabe konnte nicht für ihn bestimmt sein. Vermutlich hatte der schusselige Zeitungsbote wieder einmal den falschen Briefkasten erwischt.

Er zog sie heraus und betrachtete sie. Gerade als er sie in den Briefkasten eines Nachbarn stecken wollte, von dem er wusste, dass er die WAZ regelmäßig in gedruckter Form erhielt, fiel sein Blick auf das im Zeitungskopf abgedruckte Datum. Zu seinem Erstaunen handelte es sich nicht um die aktuelle Publikation, sondern um ein älteres Exemplar. Genau genommen um die Ausgabe des Tages nach dem Unfall.

Erst jetzt fiel ihm auf, dass die zusammengerollte Zeitung unüblicherweise von einer unbedruckten Papierbanderole zusammengehalten wurde. Da er nichts weiter mit der Zeitung anzufangen wusste, klemmte er sie sich unter den Arm. Er würde zu einem späteren Zeitpunkt einen Blick darauf werfen.

Er betrat seine Wohnung und legte den Schlüsselbund samt Handy, Portemonnaie sowie der ominösen Zeitung auf den Tresen der zum Wohnzimmer hin offenen Küche. Einmal mehr erinnerte ihn der Anblick des trostlosen Innenlebens seines Kühlschrankes daran, unbedingt etwas Essbares besorgen zu müssen. Siedend heiß fiel ihm ein, dass morgen Sonntag war. Und da er keine Lust hatte, in einen der sieben Tage die Woche geöffneten Supermärkte am Hauptbahnhof zu fahren, schmolz die Liste potenzieller Nahrungsmittellieferanten wieder einmal auf den Hungernotruf, Joey's Pizza und den Griechen um die Ecke zusammen.

Er nahm eine Flasche Bier aus dem Kühlschrank, griff nach der auf dem Tresen liegenden Zeitung und ging ins Wohnzimmer. Dort ließ er sich in seinen Lieblingssessel fallen und schaltete den Fernseher ein.

Das Zweite zeigte eine Zusammenfassung des Fußballspiels, während sich auf der Mehrheit der Privatsender Teenie-Horrorschocker aus den Achtzigern mit unzweideutigen Werbeeinschüben schlüpfriger Telefondienstleister abwechselten. Er zappte durch dutzende unbrauchbarer Kanäle und blieb an einem im Ersten laufenden Agententhriller hängen. Ein noch junger Roger Moore bandelte gerade mit einer schwedischen Schönheit namens Maud Adams an. Als begeisterter Anhänger der Filmreihe wusste Karre, dass es sich bei der Frau um die Tochter eines britischen Gangsterbosses handelte, die auf den geheimnisvollen Filmnamen *Octopussy* hörte.

Nachdem er ein paar Minuten geistesabwesend auf den

Fernseher gestarrt hatte, stellte er die Bierflasche auf dem Tisch ab und widmete sich der mysteriösen Zeitung. Es erschien ihm absolut rätselhaft, wer die mehrere Tage alte Gazette in seinem Briefkasten platziert hatte.

Und warum?

Der Unfall hatte sich eine gute Autostunde von Essen entfernt ereignet und war als winzig kleine Randnotiz im Lokalteil erwähnt worden. Wohl kaum ein Grund für jemanden, ihm Tage später ein Exemplar dieser Ausgabe zuzustellen.

Er betrachtete die Papierbanderole. Es handelte sich nicht um eine echte Banderole, sondern lediglich um ein um die Zeitung gewickeltes Stück Papier. Die Enden wurden auf der Rückseite von einem Streifen durchsichtigen Klebebandes zusammengehalten. Behutsam zog er die Papierrolle aus dem Verschlussband hervor. Und als er die auf die Innenseite des Papiers aufgedruckten Buchstaben entdeckte, war er auf einen Schlag hellwach.

Mit zitternden Fingern löste er eine Ecke des Klebestreifens und zog ihn vorsichtig ab. Zwar war es ein wenig kniffelig und sein alkoholisierter Zustand machte es nicht leichter, das Klebeband zu lösen, ohne dabei das Papier zu beschädigen, doch schließlich gelang es ihm.

Er faltete das Blatt auseinander und starrte auf die schwarzen Druckbuchstaben:

KOMMEN SIE ZUM GRAB.
SONNTAG, 12:00 UHR.

Eine Mischung aus Schwindel und Übelkeit schwappte durch seinen Körper. Wer zum Henker hatte ein Interesse, ihm eine derartige Botschaft zu schicken? Und warum so eine Geheimnistuerei? Dass es bei der ganzen Sache um Sandra ging, stand außer Frage. Denn ganz offensichtlich war die Wahl der Zeitungsausgabe alles andere als Zufall gewesen. Und dementsprechend bestand nicht die Spur eines Zweifels, welches Grab der anonyme Überbringer der Nachricht meinte.

Karre legte das Papier beiseite und schlug den Lokalteil auf. Er wusste genau, an welcher Stelle die knappe Notiz zu finden war. Dennoch wollte der oder die geheimnisvolle Unbekannte es ihm offenbar besonders leicht machen, denn der Absender hatte den Artikel mit einem neongelben Textmarker eingekreist:

Essenerin stirbt bei Autounfall.
Bei einem Unfall auf der A1 kam am Wochenende eine neunundreißigjährige Anwältin aus Essen ums Leben. Der Wagen der Juristin kam auf gerader Strecke von der Straße ab, durchbrach die Leitplanke, überschlug sich mehrfach und prallte gegen einen Baum. Ihre sechzehnjährige Tochter überlebte mit schwersten Verletzungen. Die Unfallursache konnte bisher nicht eindeutig geklärt werden. Auch die mögliche Beteiligung eines weiteren Fahrzeugs ist bislang unklar. Die zuständigen Behörden ermitteln.

Karre starrte auf den Artikel, während die Buchstaben vor seinen Augen tanzten und verschwammen. Die in einer quälenden Endlosschleife in sein Gehirn projizierten Bilder wechselten wie die Szenen eines mit hektischen Schnitten versehenen Musikvideos. Stroboskopartige Blitze rissen sie aus nachtschwarzer Dunkelheit, in der sie Sekundenbruchteile später wieder verschwanden. Nur, um kurz darauf erneut zu erscheinen.

Sandra. Wagen. Hanna. Grab. Krankenhaus.

Als es ihm zu viel wurde, faltete er die Zeitung zusammen, griff nach der Bierflasche und erhob sich aus seinem

Sessel. Vor dem Zubettgehen machte er einen kurzen Abstecher in die Küche. Auf dem Weg dorthin trank er den letzten Schluck und stellte die Flasche auf der Arbeitsplatte neben dem Kühlschrank ab. Was auch immer hier vor sich ging, es bestätigte sein Bauchgefühl, dass es bei Sandras Unfall nicht mit rechten Dingen zugegangen war.

Irgendetwas stimmte nicht.

DRITTER TAG

1

Zwanzig Minuten nachdem Viktoria Karre abgeholt hatte, standen sie erneut vor dem Haus, in dem sich die Wohnung von Thomas Schwarz befand.

Als Karre an einem der Fenster im Erdgeschoss das Gesicht von Frau Grimmhausen entdeckte, winkte er ihr freundlich zu. Augenblicklich wurde die einen Spaltbreit aufgezogene Gardine zugezogen.

»Die neugierige Schlange. Kein Wunder, dass sie über alles Bescheid weiß, was hier im Haus vor sich geht.«

»Wie gesagt, mit solchen Nachbarn habe ich auch meine Erfahrungen gemacht. Glaubst du, er ist schon wach? Ich schätze ihn eher als Langschläfer ein.«

»Das ist mir egal. Ich will von ihm hören, warum er uns nichts von seiner Beziehung zu Danielle Teschner erzählt hat. Mal sehen, was er uns zu sagen hat.«

Viktoria drückte den Klingelknopf. Wie nicht anders zu erwarten, musste sie zwei weitere Male schellen, bevor nach einer gefühlten Ewigkeit das vertraute Summen ertönte.

Das äußere Erscheinungsbild von Thomas Schwarz unterschied sich an diesem Morgen nur unwesentlich von ihrem ersten Besuch. Er trug Boxershorts und T-Shirt. Selbst am Durcheinander seiner Haare hatte sich nichts geändert. Lediglich seine Augen wirkten noch eine Nuance kleiner als am Vortag, was die Vermutung einer anstrengenden Nacht nahelegte. Die Alkoholfahne, die ihnen entgegenschlug, bestätigte den Verdacht.

»Der sieht so aus, wie ich mich fühle«, flüsterte Karre.

»Sie schon wieder?«

»Ja, tut uns leid, aber schön, dass Sie sich an uns erinnern. Dürften wir bitte kurz hereinkommen?«

»Nee. Dürfen Sie nicht. Oder haben Sie so einen Beschluss, dass ich Sie reinlassen muss?«

»Nein. Jedenfalls noch nicht. Aber ich könnte mir vorstellen, dass es durchaus in Ihrem Interesse ist, wenn Ihre Nachbarin nicht jedes Wort von dem mitbekommt, was wir zu besprechen haben.« Karre beugte sich vor und fuhr in verschwörerischem Flüsterton fort. »Ich glaube nämlich, sie ist ziemlich neugierig. Bestimmt lauert sie gerade jetzt hinter ihrer Wohnungstür und versucht, so viel wie möglich von unserem Gespräch aufzuschnappen.«

Schwarz nickte. »Da könnten Sie recht haben. Die NSA ist nichts gegen diese Verrückte. Die stiftet hier im Haus einen Unfrieden, das können Sie sich nicht vorstellen.«

Komisch, dasselbe hat sie von dir behauptet, dachte Karre, behielt es aber für sich.

Schwarz trat einen Schritt zur Seite und bat sie herein. »Geben Sie mir eine Minute. Ich ziehe mir kurz etwas an. Sie können drüben im Wohnzimmer warten.« Er deutete auf eine Tür am anderen Ende des Flurs.

»Das machen wir. Danke.« Karre und Viktoria folgten dem Verlauf der Diele und betraten den dahinterliegenden Raum. Offenbar handelte es sich um eine spiegelverkehrte Ausführung der gegenüberliegenden Wohnung, die sie bei ihrem gestrigen Gespräch mit Frau Grimmhausen betreten hatten.

Allerdings nutze Schwarz einen Teil des Wohnzimmers gleichzeitig als Arbeitszimmer. Das Zentrum der Arbeit bildete ein riesiger Schreibtisch. Karre kannte das aus dem schwedischen Einrichtungshaus seines Vertrauens stammende Modell, auf dem er vier monströse Flachbildschirme samt der dazugehörigen Tastaturen sowie einen Farblaserdrucker entdeckte. Auf einem von herumliegenden Büchern und Fachzeitschriften umgebenen Berg, bestehend aus mit kryptischen Zeichenfolgen bedruckten Papieren, thronte ein Laptop. Sämtliche Geräte, mit Ausnahme des Druckers, trugen das Logo in Form eines angebissenen Apfels.

Karre, selbst ein Fan der Marke, hatte sich immer gefragt, wie man auf die abstruse Idee kam, seine Computerfirma nach einem Stück Obst zu benennen. Eine Frage, deren Beantwortung auch einen Typen namens Forrest Gump sichtlich überfordert hatte. Bezüglich der kuriosen Namensgebung war Karre im Laufe der Jahre eine Vielzahl unterschiedlicher Theorien zu Ohren gekommen. Angefangen von dem Wunsch, den eigenen Firmennamen im Telefonbuch vor dem damaligen Konkurrenten Atari zu platzieren bis hin zu der Vermutung, dass Steve Jobs seinem bekennenden Vegetarismus auch im Logo seines Unternehmens Ausdruck verleihen wollte. Selbst über eine Anlehnung an seine Lieblingsband, die Beatles, und deren Vertrag mit Apple Records, munkelte die Fachwelt.

»Ziemlich teures Zeug, oder?«, unterbrach Viktoria Karres kurzen Ausflug in die Welt des verstorbenen Ausnahmeunternehmers.

»Ja, nicht schlecht für einen Studenten.« Karre überschlug den möglichen Wert des sich vor ihnen auf dem Tisch ausbreitenden Equipments und kam schließlich auf einen fünfstelligen Betrag.

»Vielleicht ist an der Geschichte seiner Nachbarin tatsächlich was dran«, mutmaßte Viktoria.

»Du meinst die Sache mit den Pornoseiten?«

»Bitte entschuldigen Sie, es hat etwas länger gedauert.« Schwarz betrat das Wohnzimmer und musterte sie. Anstelle der Boxershorts trug er modisch durchlöcherte Armani Jeans, während er das T-Shirt durch ein weißes Polohemd ersetzt hatte, auf dessen Brust die norwegische Flagge prangte. Ein leichter Hauch von Deo und Eau de Toilette lag in der Luft. Seine Haare waren noch immer strubbelig, ließen aber durchaus die Idee einer Frisur erkennen. »Ich hoffe, Sie haben sich nicht gelangweilt?«

Karre deutete auf den Schreibtisch. »Nein, ganz und gar nicht. Ziemlich imposant. War bestimmt nicht billig.«

»Allerdings. Aber nur Idioten geben sich mit billigem Werkzeug ab. Das, was man bei der Anschaffung spart, steht in keinem Verhältnis zu dem Ärger, den man anschließend damit hat.«

»Das heißt, Sie nutzen die Sachen beruflich?«, erkundigte sich Viktoria.

Schwarz nickte und fuhr sich mit der rechten Hand durchs Haar.

»Was genau machen Sie denn? Soweit wir gehört haben,

studieren Sie.«

»Informatik und Kommunikationswissenschaften«, präzisierte Schwarz. »Aber ich habe mir nebenher eine kleine Firma aufgebaut. Und, bei aller Bescheidenheit, sie wirft ganz gut was ab.«

»Offensichtlich.« Noch einmal betrachtete Karre die stylischen Geräte. »Womit verdient Ihre Firma denn so viel Geld, dass Sie sich all das Zeug hier leisten können?« Karre war sich durchaus bewusst darüber, dass Schwarz seine Frage als Provokation auffassen musste, aber er wollte ihn aus der Reserve locken.

»Ich programmiere Webseiten.«

»Und was für Seiten sind das? Beschäftigen Sie sich mit einem bestimmten …« Er legte eine Kunstpause ein, bevor er weitersprach. »… Milieu?«

»Diese alte Schnepfe«, murmelte Schwarz.

»Wie bitte?«

»Was hat sie Ihnen erzählt?«

»Wer denn?«, stellte Karre sich unwissend.

»Na, meine Lieblingsnachbarin. Die Grimm.«

»Grimmhausen«, korrigierte Viktoria ihn.

»Von mir aus auch das. Für mich ist sie jedenfalls eher die Hexe aus einem Grimmschen Märchen. Die Alte hat doch ein ganzes Bataillon von Schrauben locker.«

Karre musste sich bemühen, sein inneres Grinsen nicht zu offensichtlich nach außen zu zeigen, war er doch unlängst zu einem ähnlichen Urteil gekommen.

»Diese geistesgestörte Ökotussi. Was glauben Sie, was die hier für einen Terror wegen meiner Computer veranstaltet. Faselt ständig was von Elektrosmog, Strahlung und was weiß ich was alles. Und als ihr Mann gestorben ist, hat sie endgültig den Verstand verloren. Hängt den lieben langen Tag am Fenster und schnüffelt anderen Leuten hinterher. Ich glaube, in der ganzen Straße gibt es niemanden, der in ihren Augen kein schwerkrimineller Umweltverbrecher ist. Fragen Sie mal die Tanja Kolodinski aus dem Nachbarhaus. Vor ein paar Wochen hat die Grimm ihre Mülltüten draußen in den Tonnen kontrolliert. Und alles, was ihrer Ansicht nach nicht richtig einsortiert war, hat sie nachts vor Tanjas Haustür gekippt. Nur, damit Sie mal eine Vorstellung haben, was diese Verrückte so treibt. Zumindest, wenn sie nicht gerade ökologisch unbedenkliche Frauenbinden häkelt.«

»Sie wissen davon?«

»Natürlich. Sie hat doch jeder jungen Frau in der Straße einen Flyer in den Briefkasten geschmissen oder unter den Scheibenwischer geklemmt.«

Schwarz warf Viktoria einen kurzen Blick zu, die schweigend den Kopf schüttelte. »Ich sag doch, die ist völlig irre. Aber eigentlich waren wir ja bei meinen Webseiten stehengeblieben. Also, was hat sie Ihnen erzählt?«

»Dass Sie Pornoseiten betreiben«, gab Karre zu, ohne lange um den heißen Brei herumzureden.

»Pornoseiten?« Er grinste und sein unmittelbar darauffolgendes Lachen wirkte auf Karre durchaus authentisch. »So etwas in der Art dachte ich mir. Das ist zwar mehr als lächerlich, aber mich wundert es nicht, dass die Alte da keine Unterschiede macht.«

»Es stimmt also nicht?«

»Nein. Natürlich nicht.«

»Womit genau verdienen Sie denn ihr Geld?«, fragte Karre und in seiner Stimme schwang eine Spur Ungeduld mit. Ihm missfiel, dass die Unterhaltung für seinen Geschmack zu sehr in scheinbaren Belanglosigkeiten dahinplätscherte.

»Zunächst einmal programmiere ich Webseiten, ich betreibe sie nicht. Das ist ein himmelweiter Unterschied. Allein die Haftungsfrage ...«

»Ja, schon gut. Das verstehe ich. Und weiter?«

»Weiter?«

»Was sind das für Webseiten? Seiten mit pornografischem Inhalt?«

»Nein, verdammt. Und selbst wenn. Das ist doch nicht verboten.«

»Aber Sie machen es trotzdem nicht?«

Er schüttelte den Kopf und seufzte. »Wollen Sie einen Kaffee?«

»Nein danke. Erzählen Sie bitte weiter.«

»Wie gesagt, ich programmiere Webseiten. Und im Laufe der Jahre habe ich mich auf das Erstellen von Kontaktbörsen spezialisiert.«

»Was genau sind das für Seiten?«, fragte Karre.

»In erster Linie Single- und Datingbörsen aller Art. Aber auch Plattformen für professionelle Agenturen.«

»Zum Beispiel?«

»Modelagenturen, Begleitagenturen. So etwas eben. Wissen Sie, was cool ist?« Er grinste wie ein kleiner Junge, der seinen Eltern von einer großartigen Idee berichtet. »Wenn Sie das Grundgerüst für eine solche Seite einmal erstellt haben, können Sie es immer wieder benutzen und individuell an die Wünsche jedes Auftraggebers anpassen.«

»Klingt nach einem cleveren Geschäftsmodell.«

Schwarz nickte. »Sagen Sie, warum genau sind Sie eigentlich hier? Sie kommen doch nicht an einem Sonntagmorgen hierher, um mich zu meinen Webseiten zu befragen. Hat es was mit Danielle zu tun?«

»Sie kannten sie gut, oder?«

»Kannten? Wieso kannten?« Ein leichter Ausdruck von Panik legte sich auf sein Gesicht.

»Frau Teschner wurde in der Nacht von Donnerstag auf Freitag Opfer eines Gewaltverbrechens.«

Schwarz wurde blass. »Ich wusste, dass so etwas früher

oder später passieren würde.« Er ließ sich auf die Couch sinken und schloss für einen Moment die Augen. Als er sie wieder öffnete, fragte er: »Was ist passiert?«

»Sie wurde ermordet.«

»Ermordet?«, wiederholte Schwarz und sah die beiden Kommissare abwechselnd an.

»Es tut uns leid, aber wir müssten Ihnen ein paar Fragen stellen.«

»Wie bitte? Ach so, ja. Sicher. Machen Sie ruhig. Ich … ich muss das erstmal verdauen. Was genau ist denn passiert? Und wer macht so etwas?«

»Das herauszufinden ist unsere Aufgabe. Deshalb sind wir hier.«

»Und wie kann ich Ihnen helfen?«

»Warum haben Sie uns verschwiegen, dass Sie und Frau Teschner eine Beziehung hatten?«

Schwarz überlegte einen Augenblick, bevor er antwortete. »Naja, ich wusste ja nicht, dass das wichtig ist. Sie haben mir ja nicht gesagt, was Sie von Danielle wollten.«

»Wie lange waren Sie ein Paar?«

»Nur ein paar Monate. Sie ist bei mir eingezogen, weil ich einen Mitbewohner gesucht habe. Wir haben uns in der Uni kennengelernt und waren uns sympathisch. Irgendwann hat´s gefunkt.«

»Aber es hat nicht funktioniert?«

»Nein. Ich habe ihr gesagt, dass wir nicht zusammenpassen, und habe sie gebeten, auszuziehen. Ist ja schließlich immer noch meine Wohnung.«

»Sie waren also derjenige, der die Beziehung beendet hat?«

»Ja. Ist das denn wichtig?«

»Wir versuchen einfach, uns ein möglichst genaues Bild von Frau Teschners Leben zu machen.«

»Verstehe.«

Viktoria hatte ihr iPhone aus der Tasche geholt und begonnen, sich Notizen zu machen.

»Ah, Sie wissen, was gut ist. Auch eine Apple-Jüngerin?«
Sie sah lächelnd auf, ohne auf die Frage einzugehen.

»Herr Schwarz«, nahm Karre das Gespräch wieder auf.
»Wieso wohnen Sie nicht alleine? Leisten könnten Sie sich die Wohnung doch, oder?«

»Ist das nicht offensichtlich? Wenn ich nicht in der Uni bin, sitze ich den Rest des Tages vor meinen Rechnern. Da ist es eine nette Abwechslung, wenn man eine hübsche Mitbewohnerin hat.«

»Das heißt, Sie legen es drauf an, mit ihren Mitbewohnerinnen in der Kiste zu landen?«

»So krass würde ich das jetzt nicht ausdrücken, aber wenn beide Seiten Spaß daran haben, warum nicht?«

»Und wie genau war es bei Danielle? Warum haben Sie mit ihr Schluss gemacht?«

»Wir haben nicht zusammengepasst. Sie wollte ständig weggehen, Party machen und so. Dafür hatte ich aber weder Zeit noch Lust.«

»Gab es böses Blut bei der Trennung?«
Er schüttelte den Kopf. »Nein, überhaupt nicht. Wir waren uns einig, dass es nicht passt und Danielle ist zu der Freundin gezogen, von der ich Ihnen gestern erzählt habe.«

»Die allerdings behauptet, dass Danielle diejenige war, die die Beziehung beendet hat.«

»Das ist gelogen.«

»Welchen Grund könnte sie haben, uns in dieser Hinsicht etwas vorzumachen?«

»Keine Ahnung. Das sollten Sie sie fragen.«

»Wo waren Sie Donnerstagnacht?«

Schwarz sah Karre mit weit aufgerissenen Augen an.
»Wollen Sie von mir ein Alibi haben?«

»Es könnte sich für Sie unter Umständen als hilfreich erweisen.«

»Hören Sie, ich habe mit Danielles Tod nichts zu schaffen.«

»Im Moment behauptet ja auch niemand etwas anderes. Also, wo waren Sie in der Nacht von Donnerstag auf Freitag?«

»Ich war hier.«

»Kann das jemand bezeugen.«

»Nein. Ich war alleine und habe mir zwei Videofilme angesehen.«

»Und was ist mit ihrer neuen Mitbewohnerin?«

»Steffi? Die war unterwegs. Mit ein paar Kommilitoninnen. Sie können gerne mit ihr reden. Das heißt, im Moment schläft sie noch. Soll ich sie wecken?«

»Nein, fürs Erste reicht uns Ihre Aussage. Aber wir kommen möglicherweise darauf zurück.«

»Kann ich sonst noch etwas für Sie tun?«

»Sie sagten vorhin, Sie hätten gewusst, dass so etwas passieren würde. Wie genau haben Sie das gemeint?«

Schwarz überlegte. Er schien genau abzuwägen, wie er die Frage beantworten sollte. »Wissen Sie«, begann er schließlich. »Danielle war recht freizügig im Umgang mit Männern. Verstehen Sie mich nicht falsch, ich möchte ihr nichts unterstellen. Aber vielleicht hat sie es manchmal ein bisschen übertrieben.«

»Was genau?«

»Ihr Auftreten. Die Art, wie sie sich gekleidet hat. Manchmal war es etwas *too much*, wenn Sie verstehen, was ich meine.«

»Aber Sie fanden es doch auch sexy, oder? Sonst wären Sie doch vermutlich nicht mit Frau Teschner liiert gewesen.«

»Klar fand ich das anfangs klasse. Mal ehrlich, welcher

Mann fährt nicht auf Highheels und kurze Röcke ab. Vor allem bei einer Frau wie Danielle. Aber irgendwann wurde mir das zu viel. Ich war mir nicht mehr sicher, ob ich ihr vertrauen kann.«

»Sie meinen, ob Sie der Einzige waren, zu dem Frau Teschner sexuelle Kontakte unterhielt?«

»Ja.«

»Gab es denn konkrete Anzeichen dafür?«

»Nicht wirklich. Außer, dass sie recht oft alleine mit ihren Freundinnen unterwegs war.«

»Haben Sie jemals kontrolliert, ob es wirklich nur Freundinnen waren?«

»Sie meinen, ob ich ihr hinterhergeschnüffelt habe? Nein, das habe ich nicht.«

»Das heißt, es war nur eine Vermutung?«

Er nickte.

»War das auch der Grund, warum Sie die Beziehung zu Frau Teschner beendet haben?«

»Ja. Es hat einfach keinen Sinn gemacht. Jedes Mal wenn sie alleine mit ihren Mädels ausgegangen ist, habe ich mich gefragt, was sie wohl den ganzen Abend macht und mit wem sie sich wirklich trifft.«

Karre sah Viktoria schweigend an. Als sie den Kopf schüttelte, beendete er das Gespräch: »Vielen Dank, Herr Schwarz. Wir haben erstmal keine weiteren Fragen. Falls Ihnen noch etwas einfällt, das uns weiterhelfen könnte, wären wir Ihnen dankbar, wenn Sie uns anrufen.« Er reichte Schwarz seine Karte. Der nahm sie entgegen, warf einen kurzen Blick darauf und legte sie auf den Couchtisch.

Als sie bereits in der Tür standen, wandte Viktoria sich noch einmal um. »Ach, Herr Schwarz?«

»Was?«

»Welche Filme haben Sie sich denn angesehen?«

Eine Sekunde lang musterte er sie mit zusammengekniffenen Augen. »*Evil* und danach *The Lost.* Das sind ...«

»Vielen Dank.« Viktoria lächelte. »Ich denke, wir sehen
uns.«

2

Verschlungene Pfade führten den Mann durch das Labyrinth aus Steinen unterschiedlichster Formen und Größen. Erst auf den zweiten Blick offenbarte sich dem
Besucher das sich hinter der chaotisch anmutenden Anordnung verbergende System. Grauer Schotter knirschte
unter seinen Schuhen, während er vom Hauptweg abbog
und sich Richtung Osten orientierte.

Ein sonores Brummen erfüllte die feuchtwarme Luft. Es
war ihm derart vertraut, dass er seinen Blick nicht mehr
suchend gen Himmel richtete. Seit Anfang der Siebziger
Jahre drehte der am Mülheimer Flughafen stationierte
Zeppelin seine Runden über den angrenzenden Stadtge-
bieten. Und zum ersten Mal seit über vierundzwanzig
Stunden hatte sich die geschlossene Wolkendecke so weit
gelichtet, dass den Rundflügen nichts entgegenstand.

Die zarten Strahlen der Mittagssonne fielen auf sein Gesicht. Ein Konzert liebeshungriger Vögel und der Duft
feuchter Erde erfüllten die Luft. Die Stimmung, die er in
sich aufsog, war geprägt von Ruhe und Frieden. Eine Insel des Schweigens abseits des Lärms und Schmutzes der
Stadt. Nichts und niemand wagte, die Ruhe der an diesem, auf groteske Weise beinahe idyllisch anmutenden
Ort, zu stören.

Seine Schritte führten ihn zu dem provisorisch aufgestellten Holzkreuz im Schatten einer Esche. Dutzende
Kränze stapelten sich auf dem frischen Grab. Symbole
auch über den Tod hinaus währender Solidarität und

Verbundenheit von Angehörigen, Freunden, Geschäftspartnern und Kollegen. Zeichen der Anteilnahme, die weder den Toten, noch deren Hinterbliebenen halfen, die aber trotzdem auf ihre ganz eigene Weise Trost zu spenden vermochten. Die Unwetter hatten an den Blumen deutliche Spuren hinterlassen. Regen hatte den überwiegenden Teil der Blüten zerstört. Ein ehemals prachtvolles Stillleben, das sinnbildlich die Vergänglichkeit des Seins dokumentierte. So wie die Erinnerung an die einst bildschöne Frau, die gut zwei Meter unter dem dahinwelkenden Blütenmeer ihre letzte Ruhestätte gefunden hatte.

Auch mit Ende dreißig war sie ausgesprochen attraktiv und sich ihrer Wirkung auf Männer bewusst gewesen. Er konnte kaum glauben, dass es fast siebzehn Jahre her war, dass er sie zum Traualtar geführt hatte. Und beinahe ebenso lange, dass ihre Ehe rechtsgültig geschieden worden war.

C'est la vie.

Zusammen hatten sie nicht funktioniert. Vorher - und auch nachher - als gute Freunde, das hatte geklappt. Nicht nur ihrer gemeinsamen Tochter zuliebe, sondern als ehrliche Freundschaft. Und nun stand er an ihrem Grab, war der mysteriösen Einladung eines Unbekannten gefolgt, der möglicherweise über bedeutende Informationen verfügte.

Wusste der Überbringer der anonymen Nachricht mehr zu dem rätselhaften Unfall? Und warum hatte er ihn hierher bestellt? Genauso gut hätte er sein Wissen telefonisch oder per Email übermitteln, oder seine Ausführungen anstelle der Einladung zu einem Treffen in den Briefkasten werfen können.

Eine auf einem Ast des Baumes hockende Krähe legte den Kopf schief und blickte ihn mit schwarzen Knopfaugen an. Sie faltete ihre Flügel auseinander und erhob sich krächzend gen Himmel. Er nahm sie kaum wahr. So wie alles um ihn herum verschwamm, wenn er sich diesem Ort näherte. Sein Weg über den Friedhof glich der Fahrt durch einen Tunnel ohne Ausfahrten. Durch eine kilometerlange Röhre, an deren Ende sich das ersehnte Licht nicht als rettende Öffnung, sondern als die Scheinwerfer entgegenkommender Fahrzeuge entpuppen.

Die in das Holz des Kreuzes eingravierten Buchstaben und Zahlen dokumentierten mit schmerzlicher Nüchternheit die Vergänglichkeit des menschlichen Seins.

Er ließ den Blick umherwandern.

Niemand zu sehen. Niemand, bis auf ...

Der Typ, der wenige Meter von ihm entfernt auf der vermoosten Holzbank im Schatten der Zypressen saß und über den Rand seiner Zeitung zu ihm herüberstarre, war ihm bisher nicht aufgefallen. Er trug einen beigefarbenen Columbo-Trenchcoat und eine verspiegelte Pilotensonnenbrille. Der Schatten des tief ins Gesicht gezogenen Schirms einer Baseballkappe tat sein Übriges, die Gesichtszüge des Mannes zu verbergen.

Doch das alles musste nicht zwangsläufig etwas bedeuten. Schräge Vögel gehörten zum normalen Erscheinungsbild einer Großstadt. Bei den von Langeweile geplagten Zeitgenossen, die in Cafés oder auf Parkbänken abhingen und nichts weiter taten, als das Leben ihrer Mitmenschen zu beobachten, handelte es sich um eine nicht gerade vom Aussterben bedrohte Spezies. Warum also sollte sich nicht eines dieser Exemplare auf einem Friedhof herumtreiben?

Doch das entscheidende Detail bildete die Zeitung. Noch immer hielt Columbo sie auseinandergefaltet gut sichtbar in die Höhe. So war es nicht zu übersehen, dass es sich um die gleiche Ausgabe handelte, die wenige Stunden vorher den Weg in Karres Briefkasten gefunden hatte.

Er wandte sich vom Grab ab und bewegte sich langsam in Richtung der Parkbank. Als er den Mann erreicht hatte und der keine Anstalten machte, ihn zu sich zu bitten, ließ er sich ungefragt neben ihm auf der Bank nieder.

Mit stoischer Ruhe faltete Columbo seine Zeitung zusammen und legte sie auf seinen Oberschenkeln ab. »Schön, dass Sie es einrichten konnten«, sagte er, ohne Karre anzusehen.

»Reine Neugier.«

»Hauptkommissar Karrenberg.« Es war eine Feststellung, keine Frage.

»Da Sie wissen, mit wem Sie es zu tun haben: Verraten Sie mir, mit wem ich die Ehre habe?«

»Das tut nichts zur Sache. Fürs Erste. Bis ich weiß, dass ich Ihnen vertrauen kann.«

»Wozu die Maskerade?«

»Zu Ihrer Sicherheit.«

Karre, der ernsthaft in Betracht zog, gerade gründlich auf den Arm genommen zu werden, sah ihn verblüfft an. »Zu *wessen* Sicherheit?«

Der andere nickte in seine Richtung. »Sie werden verstehen. Später. Es wäre gefährlich, wenn man uns zusammen sieht.«

»Wer? Himmel, wovon reden Sie?«

Columbo legte den Zeigefinger auf die Lippen und sah sich um. »Pst.«

Jetzt erinnerte er Karre an den Straßenverkäufer aus der Sesamstraße, der mit dubios anmutenden Geschäftspraktiken versuchte, Buchstaben und Zahlen an den Mann zu bringen. Unentwegt die Exklusivität des Angebotes betonend.

He, Du! – Wer, ich? – Pssssst! – Wer, ich? – Genaaaau ...

»Ich habe Informationen für Sie.«

»Ach so? Und wozu haben Sie einen solchen Aufzug inszeniert?«

Wieder sah der Unbekannte, alias Columbo, sich um. Entweder war der Vogel hochgradig paranoid oder Karre verkannte den Ernst der Lage. Was um Himmelswillen war der Typ? Ein Spinner? Ein Wichtigtuer? Oder jemand, der wirklich etwas wusste? Etwas, dass Karres ohnehin bestehende Vermutung bestätigte, dass es sich bei dem Unglück mitnichten um einen gewöhnlichen Unfall gehandelt hatte. Sein Blick wanderte zu dem Holzkreuz, was dem Fremden nicht entging.

»Ich sagte doch, es ist gefährlich.«

»Sie hätten mir eine E-Mail zukommen lassen können. Oder einen Brief. Meine Adresse kennen Sie ja.«

»Es ist wichtig, dass wir uns gegenseitig vertrauen. Darum wollte ich Sie kennenlernen. Wissen Sie, wir beide haben etwas gemeinsam.«

»So? Was denn?«, fragte Karre, der beim besten Willen keine Idee hatte, um was genau es sich dabei handeln könnte.

»Wir sind auf der Suche.«

»Ah. Und wonach?«

»Nach Informationen. Und Antworten« jetzt flüsterte Columbo.

»Okay.« Karre wurde allmählich ungeduldig. Falls der Typ ihn verarschen wollte, würde er ihn kennenlernen. »Wenn wir bitte zur Sache kommen könnten?«

»Nicht so schnell, mein Freund. Ich habe Sie hierher gebeten, weil ich Ihnen ein Geschäft vorschlagen möchte.«

»Wenn Sie glauben, dass ich Ihnen Geld dafür bezahle, dass Sie mir irgendetwas erzählen, von dem ich nicht einmal weiß, worum es sich überhaupt handelt, sind Sie schief gewickelt.«

»Es geht nicht um Geld.«

»Sondern?«

»Manus manum lavat.«

»Hören Sie, wir können uns gerne unterhalten, aber des Lateinischen bin ich nicht mächtig.«

»Eine Hand wäscht die andere«, erwiderte Columbo mit monotoner Stimme. »Quid pro quo. Das bedeutet ...«

»Danke, das Zitat ist mir bekannt.« Allerdings brachte Karre es eher mit Anthony Hopkins in seiner Paraderolle des kannibalistischen Serienmörders Hannibal Lecter in Verbindung, als mit einer Handpuppe aus der Sesamstraße oder dem Kultkommissar der 70er. Dennoch verstand er, worauf der seltsame Vogel hinauswollte. »Was genau wollen Sie?«

»Sie ermitteln im Mord an einer jungen Frau, die in dem Beachclub gefunden wurde, oder?« Ohne eine Reaktion seines Gegenübers abzuwarten, fuhr er fort. »Die Identität der Toten wurde von der Polizei bisher nicht bekanntgegeben.«

Karre nickte. Es war richtig, dass man nach sorgfältiger Abwägung des Für und Wider beschlossen hatte, den Namen der Toten zumindest vorerst nicht preiszugeben. »Der Name spielt für die Öffentlichkeit keine Rolle. Für die laufenden Ermittlungen könnte sich die Bekanntgabe aber durchaus als Nachteil erweisen.« Allerdings war es wohl nur eine Frage der Zeit, bis sich eine der im Laufe der Ermittlungen befragten Personen der Presse gegenüber verplappern würde. Bis zu diesem Zeitpunkt war es jedoch gut, so viele Informationen wie möglich zurückzuhalten. »Ich kann Ihnen den Namen nicht geben.«

»Der Name interessiert mich nicht.«

Karre sah ihn überrascht an. »Sondern?«

»Ich will ein Foto des Opfers. Exklusiv.«

»Ausgeschlossen.«

»Dann sehe ich mich leider ebenfalls außer Stande, etwas für Sie zu tun. Quid pro quo.«

»Was für Informationen haben Sie mir denn anzubieten? Und: Wie sind Sie daran gekommen?«

»Sobald ich das Foto bekomme, sage ich Ihnen alles, was ich weiß.«

»Alles worüber?«, fragte Karre, obwohl er sich die Antwort schon denken konnte.

Der Columbo-Verschnitt deutete auf das frische Grab. »Interessiert es Sie gar nicht, wie es zu dem Unfall kommen konnte? Fragen Sie sich nicht in jeder freien Sekunde, warum der Wagen auf gerader, trockener Fahrbahn ins Schleudern gekommen ist?« Er hielt einen Augenblick inne, bevor er flüsternd hinzufügte: »Wie geht es Ihrer Tochter? Ist sie über den Berg?«

»Lassen Sie gefälligst Hanna aus dem Spiel«, zischte Karre. »Wer sind Sie und warum glauben Sie, dass Sie Zugang zu mehr Informationen haben, als die ermittelnden Behörden.«

»Ich habe nie behauptet, über *mehr Informationen* zu verfügen. Ich spreche von *anderen*. Und ich bin bereit, sie mit Ihnen zu teilen. Unter gewissen Umständen jedenfalls.«

»Sie sind Journalist.«

»Spielen wir jetzt *Was bin ich*? Sagen wir, ich bin jemand, der bemüht ist, die Öffentlichkeit über Dinge zu informieren, mit denen andere gerne hinter dem Berg halten möchten.«

»Was wissen Sie über den Unfall?«

»Sie kennen die Regeln.«

»Woher weiß ich, dass ich Ihnen vertrauen kann? Welche Garantie habe ich, dass Sie mir wirklich etwas liefern können, das ich nicht schon längst kenne?«

»Es gibt keine Garantie. Sie können mir glauben – oder Sie lassen es bleiben.«

Karre schwieg und beobachtete eine Krähe. Sie ließ sich auf dem Ast eines Baumes nieder und faltete ihre Flügel zusammen. Dann hackte sie mit ihrem Schnabel auf einen Fleischbrocken ein, den sie kurz zuvor vermutlich von einem am Straßenrand liegenden Tierkadaver abgerissen hatte. Beim Beobachten der Gewalt, die der Vogel beim Zerlegen seiner Beute an den Tag legte, bekam Karre nicht übel Lust, dem Kerl die gewünschte Information kurzerhand aus dem Leib zu prügeln.

Doch seine innere Stimme riet ihm zu einem diplomatischeren Ansatz. Nicht zuletzt deshalb, weil jahrelange Erfahrung ihn gelehrt hatte, dass eine verärgerte Presse sich als nachhaltiges Problem erweisen konnte. Andererseits hatte er nicht vor, sich von einem wichtigtuerischen Pressefuzzi erpressen zu lassen.

»Haben Sie sich den Wagen schon angesehen?«, beendete Columbo die Gesprächspause.

Karre, der seinen Blick noch immer nicht von dem schwarzen Vogel abgewandt hatte, dachte an den Kollegen der Kriminaltechnik. Jo hatte für ihn in Erfahrung bringen wollen, wohin das Wrack von Sandras Audi A7 nach dem Unfall gebracht worden war. Allerdings hatte er sich bisher nicht gemeldet, was vermutlich jedoch nichts zu bedeuten hatte. Schließlich war Wochenende.

»Was ist mit dem Wagen?«

»Was ist mit dem Foto?«

»Nur mal angenommen, ich könnte Ihnen ein Foto der Toten besorgen. Was würden Sie damit tun? Es veröffentlichen?« *Was für eine dämliche Frage*, ärgerte Karre sich über sich selbst. Was sonst sollte er damit anstellen wollen?

»Ich muss gehen.« Columbo schob die zwischen Ihnen liegende Zeitung zu Karre hinüber. »Lesen Sie und schicken Sie mir das Bild. Ich wünsche Ihnen einen schönen

Sonntag. Übrigens, das mit Ihrer Frau und Ihrer Tochter tut mir leid.«

»Exfrau. Sie war meine Exfrau«, erwiderte Karre, ohne darüber nachzudenken, warum er den Irrtum des anderen überhaupt richtigstellte.

»Finden Sie heraus, weshalb sie sterben musste. Vorher werden Sie keinen Frieden finden.« Mit diesen Worten stand er auf und ging davon, ohne sich ein einziges Mal umzusehen.

Karre war wie versteinert auf der Bank sitzengeblieben. Erst nachdem sein Gesprächspartner der Biegung des Weges gefolgt und hinter einer Gruppe Zypressen verschwunden war, griff er nach der Zeitung und schlug sie auf.

Wie vermutet, fand er die handgeschriebene Notiz unterhalb des kurzen Unfallberichts im Lokalteil. Seufzend betrachtete er die knappe Aufforderung, das gewünschte Foto der Toten an eine im Anschluss genannte E-Mail-Adresse zu senden. Er fotografierte die Nachricht mit seinem Smartphone ab und entsorgte die Zeitung in den neben der Bank stehenden Papierkorb.

Dann machte er sich ebenfalls auf den Weg zu seinem Wagen.

3

Es war kurz nach siebzehn Uhr, als Karre die Tür zu seiner Wohnung aufschloss. Nach dem mysteriösen Treffen auf dem Friedhof war er zu Hanna ins Krankenhaus gefahren, wo es erwartungsgemäß keine Neuigkeiten gegeben hatte.

Weder gute, noch schlechte.

Nach wie vor war sie nicht bei Bewusstsein und wurde künstlich beatmet. Er hatte ein kurzes Gespräch mit dem verantwortlichen Chefarzt geführt. Dieser teilte ihm mit, dass er aufgrund des kritischen Gesamtzustandes der Patientin entschieden hatte, die schon mehrere Male verlegte Operation einer komplizierten Fraktur an Hannas rechtem Unterschenkel, erneut aufzuschieben.

Er stellte die weiße Plastiktüte des Chinaimbisses auf dem Wohnzimmertisch ab und förderte deren Inhalt zutage: eine Aluminiumschale samt Deckel, in eine Papierhülle verpackte Holzstäbchen sowie zwei Flaschen Tsingtao Bier.

Er würde nie verstehen, wie die chinesischen Köche es fertigbrachten, dass das Essen regelmäßig kälter war als dessen Verpackung. Während er lustlos in gebratenen Nudeln mit Huhn herumstocherte und mit den Essstäbchen einige auf seinen Schoß gefallene Bambussprossen aufsammelte, ging er in Gedanken die Begegnung auf dem Friedhof durch.

Doch so sehr er sich auch damit auseinandersetzte, es lief immer auf dieselben Fragen hinaus: Wer war der Typ, die Promenadenmischung aus Columbo und dem Sesamstraßenonkel?

Und woher wusste er das, was er zu wissen vorgab? Hatte er in irgendeiner Form mit der Sache zu tun?

Und wozu die Heimlichtuerei?

Hin- und hergerissen von der Chance, mehr über die Umstände zu erfahren, die Sandra unter die Erde und Hanna in einen Schwebezustand zwischen der Welt der Lebenden und der der Toten gebracht hatten, dachte er über das Angebot nach.

Doch bevor seine Überlegungen zu einer Entscheidung führten, griff er nach seinem Handy und suchte in den gespeicherten Kontakten die Mobilnummer von Jo Talkötter. Sekunden später wurde die Verbindung aufgebaut und er lauschte dem Freizeichen.

Währenddessen wanderte sein Blick durch das Wohnzimmer. Aufräumen war angesagt. Dringend. Denn seitdem er einen bedeutenden Teil seiner ohnehin mehr als
spärlich bemessenen Freizeit bei Hanna im Krankenhaus
verbrachte, waren die der alltäglichen Lebenserhaltung
gewidmeten Aufgaben und Abläufe erheblich ins Hinter-
treffen geraten. Vielleicht sollte er sich um die Einstellung
einer Putzfrau bemühen. Ein guter Hausgeist, der sich
darüber hinaus um seine Einkäufe und seine Wäsche
kümmerte. Der Vorrat frisch gewaschener und gebügelter
Hemden war auf den niedrigsten Stand seit dem Auszug
bei seinen Eltern vor rund zwanzig Jahren gesunken.
Ganz zu schweigen von allen anderen Kleidungsstücken,
die sich nicht nur im Schlafzimmer zu gewaltigen Bergen
auftürmten. Auf dem Tresen, der die offene Küche zum
Wohnzimmer hin abgrenzte, sowie auf der dahinter verlaufenden Arbeitsplatte, wechselten sich Stapel schmutzi-
gen Geschirrs mit leeren Bier- und Wasserflaschen ab.

Zumindest die pfandfreien PET-Flaschen könnte man
mal entsorgen, dachte er.

Könnte man.

Müsste mal einer.

Als Jo auch nach dreimaligem Klingeln nicht abgehoben
hatte, schaltete sich die Mailbox ein.

Guten Tag, dies ist die Mailbox …

»War ja klar«, fluchte Karre und killte die Verbindung.

Ein Foto, ging es ihm durch den Kopf. Der Kerl war lediglich an einem Foto von Danielle Teschner interessiert.
Ohne Schwierigkeiten konnte er ihm die gescannte Version eines der privaten Bilder von Danielle zukommen lassen, die Viktoria und er am Vortag aus dem Zimmer der
Toten mitgenommen hatten.

Er musste nur ins Präsidium fahren und eines der Bilder
einscannen.

Er blickte auf seine Armbanduhr. Einfacher als jetzt konnte es nicht mehr werden. Weder Karim noch Viktoria, ganz zu schweigen von Corinna Müller, ließen sich am Sonntagabend im Büro blicken. Er stellte die Aluminiumschale auf dem Tisch ab und deckte sie mit dem dazugehörigen Pappdeckel ab.

Es würde nicht lange dauern. In spätestens einer Dreiviertelstunde wäre er zurück. Dann konnte er sich noch immer Gedanken darüber machen, auf den Deal einzusteigen, oder ihn abzublasen. In diesem Augenblick vibrierte das auf dem Tisch liegenden Telefon.

Karre griff nach dem Gerät, um das Gespräch entgegenzunehmen. »Jo. Danke für den schnellen Rückruf.«

»Keine Ursache.«

»Ich hoffe, ich störe nicht?«

»Du störst nie. Ich liege nur gerade im Whirlpool und habe mir von zwei knackigen Schönheiten den Rücken massieren lassen.«

»Na, dann geht´s ja. Ich wusste gar nicht, dass es in deiner Junggesellenbude einen Pool gibt. Von dem Rest ganz zu schweigen.«

»Naja, um ehrlich zu sein sitze ich am Rechner und zocke ne Runde Sims 3.«

»Ach, daher die Strandschönheiten.« Karre musste grinsen. Zwar machte er sich nichts aus Computerspielen, aber sein Kollege aus der Kriminaltechnik hatte ihm davon berichtet, dass seine virtuelle Familie in ihrem neuesten Abenteuer auf einem Inselparadies in der Südsee weilte. »Dann pass auf, dass du dir keinen Sonnenbrand holst.«

»Keine Sorge, hab mich von den beiden Mädels gut einölen lassen. Aber wo brennt´s denn bei dir, mein Lieber? Ist was mit Hanna?«

»Nein, alles unverändert. Aber danke der Nachfrage. Es

geht um den Wagen.«

»Verstehe.«

»Hast du was rausgekriegt? Wohin er gebracht wurde, meine ich?«

»Eigentlich wollte ich dir das erst nach dem Wochenende erzählen.«

»Das heißt, du weißt etwas?«

»Naja, wie man´s nimmt.«

»Jo, bitte keine Ratespielchen. Bitte sag einfach, was du rausgefunden hast.« Er hörte ein gequältes Seufzen am anderen Ende der Leitung.

»Also, es ist so. Bei dem Unfall ... auf der Autobahn.«

»Jo, bitte.«

»Okay. Also, da muss irgendetwas schiefgegangen sein.«

»Es ist etwas *schiefgegangen*?«

»Ja, beim Abholen des Wagens. Eigentlich sollten die Kollegen der Kriminaltechnik in Münster mal einen Blick drauf werfen. Weil der Unfall ja bei Münster passiert ist.«

»Schon klar. Und weiter?«

»Jemand vor Ort muss einen Fehler gemacht haben.«

Karre, der nicht die geringste Idee hatte, was beim Abschleppen eines Unfallwagens schiefgehen konnte, rückte nervös in seinem Sessel hin und her. »Wovon um alles in der Welt, redest du?«

»Der Wagen ist weg.«

»Weg? Wie, weg?«

»Na weg eben.«

»Willst du damit sagen, Sandras Audi ist nie bei den Münsteraner Kollegen angekommen?«

Es folgte ein kurzes Schweigen, bevor Jo mit resigniertem Tonfall weitersprach. »Es sieht ganz danach aus. Karre, ich hab alles probiert. Der Wagen ist wie vom Erdboden verschwunden.«

Karre sank gegen die Lehne seines Sessels. Er hatte es

gewusst. Irgendetwas an der Geschichte mit dem Unfall war faul. Irgendjemand hatte seine Finger im Spiel und wollte offenbar verhindern, dass Einzelheiten zu den genauen Umständen ans Licht kamen. »Weiß man denn, wer den Wagen abgeholt hat?«

»Das wollte ich natürlich rausfinden. Aber alles, was man mir sagen konnte, ist, dass es nach einem regulären Abschleppunternehmen ausgesehen hat.«

»Aber der Wagen ist nie bei der Polizei angekommen?«

»Nein. Nach dem, was ich herausgefunden habe, nicht.«

»Und was wurde deswegen unternommen? Ist man der Sache nachgegangen? Gibt es eine interne Ermittlung?«

»Das ist ein heikles Thema. Aber es sieht so aus, als habe man versucht, die Angelegenheit auf möglichst kleiner Flamme zu halten. So nach dem Motto: Es gibt keine Hinweise, dass es bei dem Unfall nicht mit rechten Dingen zugegangen ist, also lass uns auch keinen Staub aufwirbeln. Deshalb ist dort niemand besonders auskunftsfreudig. Ich hab wirklich alles probiert, aber mehr ist nicht rauszukriegen.«

»Ich glaube, das reicht mir schon.«

»Ehrlich?«

»Ich denke, ja. Jo, du hast was gut bei mir. Und jetzt lass deine animierten Mädels nicht unnötig warten.«

»Alles klar. Dann einen schönen Sonntagabend noch. Schaust du dir den Tatort an?«

»Ganz sicher nicht. Ich hab die Woche über genug Tatort. Dir auch einen schönen Abend. Und nochmal danke! Wir sehen uns.«

Karre wartete einen Augenblick, bis Talkötter die Verbindung unterbrochen hatte. Dann erhob er sich aus seinem Sessel, durchquerte das Wohnzimmer und griff nach dem auf der Küchentheke liegenden Wagenschlüssel. Das Gespräch mit Jo hatte seine letzten Bedenken ausgeräumt.

Er wusste, was er zu tun hatte.

4

Erwartungsgemäß war er der Einzige gewesen, der sich am Sonntagabend in den Räumen des Kriminalkommissariats aufhielt.

Aus den aus Danielle Teschners Zimmer stammenden Bildern hatte er eines der unverfänglichen ausgesucht. Es zeigte eine junge Frau in Jeans und T-Shirt, die lässig an einem Baumstamm lehnte und in die Kamera lächelte. Es hatte nichts mit den aufreizenden Fotos gemein, die Melanie Bauer von ihrer Freundin angefertigt hatte. Keines davon hätte er dem Pressegeier zum Fraß vorgeworfen.

Die Angelegenheit war ohnehin schon heikel genug. Wenn herauskam, dass er einem Pressevertreter ein Foto des Opfers zugeschanzt hatte, ohne dass es dazu ein offizielles Vorgehen gab, gäbe es mächtig Ärger. Ganz zu schweigen von der Tatsache, dass der Grund für sein Handeln ein rein persönlicher war und nichts mit den Ermittlungen im Fall Teschner zu tun hatte.

Er hatte das Bild auf den Fotokopierer im Materialraum gelegt und sich die eingescannte Version an einen eigens für diesen Zweck eingerichteten Mail-Account geschickt. Von dort hatte er sie an das E-Mail-Postfach gesandt, das der Journalist ihm auf dem Friedhof per Zeitung übermittelt hatte. Und es schien, als habe er den ganzen Abend auf Karres Nachricht gelauert, denn die Antwort hatte nur wenige Sekunden auf sich warten lassen.

Zunächst irritiert, was er mit der empfangenen Information anfangen sollte, hatte er das allwissende Online-Orakel namens *Google* bemüht und umgehend ein Ergebnis erhalten, das seine Neugierde weiter anfeuerte. Trotz aller Bedenken erschien es ihm richtig, sich unkonventioneller Mittel zu bedienen, wenn die offiziellen Dienstwege nicht zum Ziel führten.

Im abendlichen Verkehr hatte die Fahrt in den Norden der Stadt knappe zwanzig Minuten in Anspruch genommen. Karre parkte seinen Wagen neben einer gut zwei Meter hohen, mit Graffiti vollgeschmierten Backsteinmauer. Der Besitzer des dahinterliegenden Geländes fürchtete wohl neugierige Besucher, denn mehrere Bahnen hochglänzenden Stacheldrahtes zierten die Mauerkrone.

Doch dank seines virtuellen Google-Rundflugs über das Grundstück wusste Karre, was sich auf der anderen Seite des Sichtschutzes verbarg. Doch auch ohne dieses Wissen wäre offenkundig gewesen, dass es sich bei dem dahinter liegenden Areal um einen Schrottplatz handelte: Das Gebirge ausgeschlachteter Autowracks überragte die Blicke abwehrende Wand um ein Vielfaches.

Während er dem Verlauf der Mauer folgte, verspürte er eine unterirdische Anspannung. Sie ergriff Besitz von ihm und äußerste sich in einem unangenehmen Grummeln in der Magengegend. Zwar hatte sein Informant ihm außer der Adresse keinen weiteren Hinweis gegeben, welche Art von Information er hier vorfinden würde. Doch die Tatsache, dass es sich um einen Autofriedhof handelte, ließ nur einen einzigen Schluss zu, weshalb er Karre hierher gelotst hatte.

Er blieb vor einem eisernen Tor stehen, dessen oberes Drittel ebenfalls ein Stacheldraht sicherte, der in einem dichten Netz mit den senkrecht verlaufenden Metallstreben verwoben war. Eine schwere Eisenkette verband beide Torflügel miteinander und hielt unerwünschte Besucher fern. Jedenfalls solche, für die ein Vorhängeschloss ein nicht mit angemessenem Aufwand zu überwindendes Hindernis darstellte. Die nicht bereit waren, sich bei einer halsbrecherischen Kletteraktion an einem Stück NATO-Draht den Hosenboden oder Schlimmeres aufzureißen.

Was die Überwindbarkeit der Hürde betraf, entlockte das verwendete Schloss Karre kaum mehr als ein müdes Schmunzeln. Denn das eigentlich Bemerkenswerte am Öffnen eines solchen war die Einfachheit, mit der es mit ein wenig Übung zu bewerkstelligen war. Er zog ein schwarzes Lederetui aus der Gesäßtasche, öffnete den Reißverschluss und entnahm dem Futteral einen feinen Metallhaken. Einen an die Sonde eines Zahnarztes erinnernden Hook, der zum Öffnen nicht allzu komplexer Schließvorrichtungen taugte. Er griff nach dem Schloss und führte den Haken behutsam in die für den Schlüssel vorgesehene Öffnung. Die Kunst des Nachschließens bestand darin, den Schließmechanismus während des Vorgangs nicht zu beschädigen und keine Hinweise auf das heimliche und im Regelfall unerlaubte Eindringen zu hinterlassen.

Mit routinierten Handgriffen bewegte er den Hook über die Schließstifte im Inneren des Schlosses. Karre wusste, dass der Erfolg seiner Aktion bei der verwendeten Technik in einem nicht unerheblichen Maße vom Faktor Glück mitbestimmt wurde. Denn das Haken war zwar die schnellste Methode, sich ohne den Einsatz eines Bolzenschneiders Zutritt zu verschaffen, aber eben auch die am wenigsten zuverlässigste.

Doch das Schicksal stellte sich auf seine Seite. Bereits nach ein paar Sekunden sprang der durch die Endglieder der Kette geführte U-Bügel mit leisem Klicken auf.

Karre entfernte die Kette, drückte einen der beiden Torflügel nach innen und schob sich durch die Öffnung. Sicherheitshalber brachte er das Schloss wieder an seiner angestammten Position an. Sollte der Besitzer des Schrottplatzes wider Erwarten auftauchen, musste er ja nicht schon vor dem Betreten des Grundstücks sehen, dass sich dort jemand Zutritt verschafft hatte.

Nachdem er sich über Luftaufnahmen im Internet schlaugemacht hatte, fiel ihm die Orientierung nicht schwer. Zu seiner Linken, entlang der Backsteinmauer, türmten sich bunte Blechquader, bei denen es sich um die sterblichen Überreste zahlloser Autos handelte. Sie alle hatten ihre letzte Fahrt lange hinter sich. Die am anderen Ende des Areals stehende Schrottpresse hatte ihnen allen eine einheitliche Form verpasst. Unmittelbar vor ihm tat sich ein Gebirge ausgemusterter Fahrzeuge auf, die den Weg zur Einheitsform noch vor sich hatten.

Hier herrschte das blanke Chaos.

Kreuz und quer lagen Wagen unterschiedlichster Fabrikate, Bauart und Größe aufeinander. Teils äußerlich in erstaunlich guter Verfassung, teils bis an den Rand der Unkenntlichkeit entstellt. Ein Schauer lief ihm bei der Vorstellung über den Rücken, welche Schicksale die einzelnen Karossen mit ihren ehemaligen Besitzern verknüpften. Sein Blick fiel auf einen BMW im oberen Drittel des Berges, dessen Dach bis auf Höhe der Motorhaube eingedrückt war und der Gedanke an das eigentliche Ziel seiner Mission riss ihn aus seiner Lethargie.

Er sah zurück zum Eingangstor, um sich zu vergewissern, noch immer alleine zu sein. Dann folgte er einer schmalen Gasse zwischen dem Blechgebirge und den gepressten Blechwürfeln hindurch in den hinteren Bereich des Geländes. Laut der Internetbilder befanden sich dort zwei Gebäude. Bei dem kleineren, einer im Mondlicht bläulich schimmernden Bretterbude mit abblätternder Farbe und mit alten Tageszeitungen abgeklebten Fenstern, handelte es sich vermutlich um ein Büro. Karre betrachtete die runtergekommene Hütte und fragte sich, wie viel Papierkram und administrative Aufgaben das Betreiben eines Schrottplatzes wohl mit sich brachte.

Der größere der beiden Bauten, den Karre in dem Augenblick entdeckte, als er die gegenüberliegende Seite des Schrottberges erreichte, entpuppte sich als eine stattliche Halle. Die olivgrüne Blechfassade und das an der Frontseite montierte Schwingtor erinnerten Karre an einen Flugzeughangar à la Steve McQueen auf dem Airport von Santa Paula in den USA. Um die Illusion perfekt zu machen, fehlte lediglich noch ein mit blubberndem V8-Motor vorfahrender Shelby-Mustang.

Wie Karre feststellte, war das Tor der Halle mit einem Diskusschloss verriegelt worden. Es war weitaus schwieriger zu knacken, als das am Eingangstor angebrachte Vorhängeschloss. Möglicherweise sollte das, was sich auf der anderen Seite der Tür befand, besser vor den Blicken Dritter geschützt werden, als das übrige Gelände.

Zwar dauerte es ein paar Sekunden, bis sich der gewünschte Erfolg einstellte, doch letztlich stellte auch dieses Schloss keinen würdigen Gegner dar.

Karre trat durch das Tor und zog es hinter sich zu.

5

Im Inneren der Halle war es kühler und dunkler als draußen. Doch nachdem sich seine Augen an die dämmrige Umgebung gewöhnt hatten, genügte das durch schmale Fensterschlitze im oberen Bereich der Wände fallende Mondlicht, um sich auch ohne zusätzliche Lichtquelle zurechtzufinden. Dennoch zog er seine LED-Lampe aus der Hosentasche und ließ ihren Strahl durch die Halle wandern.

Schwerelos umherwirbelnde Staubkörner vollführten einen geräuschlosen Tanz und verliehen dem Raum eine beinahe mystische Atmosphäre. Und doch war die Illusion der friedlichen Komposition nicht vollkommen. Denn ein unterschwelliger Geruch, zu schwach, dass Karre ihn genauer hätte charakterisieren können, jedoch zu allgegenwärtig, um ihn zu ignorieren, beraubte die Szenerie ihres Zaubers.

Darauf bedacht, jedes unnötige Geräusch zu vermeiden, setzte er einen Fuß vor den anderen. Dennoch erzeugten seine Schritte in der hohen, etwa zwanzig mal zwanzig Meter großen Halle ein unangenehmes Echo.

Ein mit KFZ-Teilen vollgestopftes, bis an die Hallendecke reichendes Regalsystem, bedeckte die meterhohen Wände. Karre betrachtete sie kurz, widmete sich dann aber den in der Mitte der Halle abgestellten Fahrzeugen.

Bei der linken der insgesamt drei Luxuskarossen handelte es sich um einen schwarzen Hummer. Der Chromgrill des Ungetüms mit den breiten Kühlrippen blitze gefährlich auf, als Karre den Strahl seiner Lampe darübergleiten ließ. Langsam näherte er sich dem Wagen und umrundete ihn. Wie ein auf Beute lauerndes Ungeheuer stand er im Halbdunkel der Halle. Nur darauf wartend, die unbändige Kraft mehrerer hundert PS mit tiefem, furchteinflößendem Motorgrölen in die Welt hinausschreien zu können. Die Seiten- sowie die Heckscheibe der Bestie waren tiefschwarz getönt und machten einen Blick in das Innere unmöglich.

Neben dem Hummer parkte ein Mercedes SLS AMG. Die mattgraue Lackierung und die Hai-ähnliche Schnauze verliehen dem ersten Benz-Flügeltürer seit dem legendären Uhlenhaut-Coupé 300 SL tatsächlich das Aussehen eines gefürchteten Ozeanräubers. In letzter Sekunde widerstand Karre dem Impuls, mit der Hand ehrfürchtig über den Kotflügel zu streichen und auf der Aluminiumhaut des Fahrzeugs verräterische Abdrücke zu hinterlassen.

Bei dem dritten Wagen handelte es sich um einen BMW 760iL der E66er Baureihe. Im direkten Vergleich mit den beiden anderen Protzschlitten, wirkte die in Orientblau-Metallic lackierte, über zwei Tonnen schwere und 445 PS starke Limousine geradezu bieder und zurückhaltend.

Karre betrachtete den für seinen Geschmack für einen Schrotthändler durchaus bemerkenswerten Fuhrpark, als er ein Geräusch vernahm. Der von ihm als gequältes Seufzen oder Fiepen wahrgenommene Laut entstammte einer der hinteren Ecken der Halle. Er schritt zwischen dem Mercedes und dem BMW hindurch und ging in die Richtung, in der er den Ursprung des Geräusches wähnte.

Dann erklang es erneut. Erheblich lauter als beim ersten Mal. Außerdem schien es mehr als einen Urheber zu geben. Als er sich der Rückwand der Halle näherte, fielen ihm mehrere Vorhänge aus schwerem, schwarzen Stoff auf. Sie spannten sich über die gesamte Hallenbreite und reichten von der Decke bis zum Boden. Auf diese Weise schufen sie die Illusion einer massiven Wand. Karre schob die sich überlappenden Kanten zweier Vorhangstücke beiseite. Zu seiner Überraschung war der dahinterliegende Bereich mindestens noch einmal halb so groß, wie der eigentliche Hauptteil. Doch im Gegensatz zum Hauptraum herrschten hier chaotische Zustände. Überall standen Kartons, Holzkisten und verbeulte Fässer.

In einer Ecke, hinter einem Stapel profilloser Autoreifen, türmten sich prall gefüllte Müllsäcke zu einem Hügel auf, der Karre um gut und gerne einen Meter überragte. Unmittelbar daneben zeichneten sich die ungleichmäßigen Umrisse eines Gegenstandes unter einer blauen Stoffpersenning ab. Möglicherweise handelte es sich um ein Boot oder einen Anhänger.

Trotz aller Bemühungen gelang es Karre nicht, in der Anordnung des kreuz und quer herumstehenden Gerümpels irgendein System auszumachen. Alles schien mehr oder weniger willkürlich in diesem Bereich der Halle abgeladen worden zu sein. Ebenso wenig konnte er sagen, ob es sich um ein End- oder lediglich um ein Zwischenlager handelte, aus dem die gesammelten Abfälle mehr oder weniger regelmäßig abtransportiert wurden.

Hinzu kam, dass der unangenehme Geruch, den Karre beim Betreten der Halle wahrgenommen hatte, hier unerträgliche Ausmaße annahm. Und auch hinsichtlich seiner Ursache konnte sich Karre inzwischen ein deutlich klareres Bild machen.

Unverkennbar handelte es sich um den beißenden Gestank vor sich hinmodernder Exkremente und verfaulenden Fleisches.

Erneut setzte das Winseln ein. Eindeutig hatte es seinen Ursprung hinter den Müllsäcken. Karre zog seine Dienstwaffe und umrundete so leise wie möglich die gestapelten Säcke. Unmittelbar dahinter befand sich eine Holzbox mit etwa einem Meter hohen Wänden. Ihre Grundfläche betrug gerade einmal einen Quadratmeter und in ihrem Inneren schmiegte sich ein gutes Dutzend junger Hunde aneinander.

Soweit Karre erkennen konnte, war der Großteil der Tiere am Leben, viele aber in einem erbärmlichen Zustand. Mehrere Tiere waren bereits vor längerer Zeit verendet, denn der Verwesungsprozess war erheblich fortgeschritten. Neben den anklagenden Lauten der Welpen wurde die Luft vom Brummen hunderter Fliegen erfüllt, die sich immer wieder auf den Kadavern der toten Tiere niederließen.

Karre steckte seine Pistole zurück ins Halfter und beugte sich über den Rand der Kiste. In diesem Augenblick ertönte nur unweit von ihm entfernt das Kläffen eines Hundes.

Eines ausgewachsenen Hundes.

Während er herumfuhr, flog der monströse Rottweiler schon auf ihn zu. Da Karre sofort klar war, dass die Zeit bis zum Zusammenstoß mit dem Tier nie und nimmer ausreichte, seine Pistole erneut aus dem Halfter zu ziehen, duckte er sich zur Seite.

Er wusste, was als Nächstes passierte. Der Körper des schweren Tieres prallte gegen den seinen, brächte ihn aus dem Gleichgewicht und riss ihn mit sich zu Boden. Anschließend schlüge das vor Wut rasende Tier seine Zähne in seinen Oberarm. Oder schlimmer noch, es versetzte ihm wie ein Raubtier einen tödlichen Nackenbiss.

Doch nichts dergleichen geschah.

Stattdessen prallte das Tier mit lautem Scheppern gegen die Gitterstäbe eines Zwingers. Der Hund, bei dem es sich vermutlich um einen Elternteil der in der Kiste vor sich hinvegetierenden Welpen handelte, stürzte zu Boden. Für den Bruchteil einer Sekunde lag er benommen auf dem Steinboden seines Gefängnisses, befreite sich jedoch augenblicklich aus seiner Schockstarre und rappelte sich auf. Nur, um erneut die Zähne zu fletschen und seinen Unmut gegenüber dem nächtlichen Besucher kundzutun. Doch dieses Mal blieb das verräterische Kläffen aus. Stattdessen verfiel das Tier in ein leises Knurren und zog sich in eine hintere Ecke des Zwingers zurück. Ohne Karre dabei auch nur für den Bruchteil einer Sekunde aus den Augen zu lassen.

Während Karre dastand, das Tier mit zusammengekniffenen Augen beobachtete und darauf wartete, dass sich sein Puls allmählich wieder auf einer normalen Frequenz einpendelte, vernahm er erneut ein Geräusch. Es handelte sich um Schritte, die sich ihren Weg durch die Halle suchten und die gleichen Echos verursachten, wie Karre sie zuvor bei sich selbst bemerkt hatte.

Er fluchte innerlich, war allerdings alles andere als überrascht. Denn dass der nächtliche Tumult, den er während der letzten Minuten veranstaltet hatte, früher oder später irgendjemand auf den Plan rief, der nach dem Rechten sah, stellte keine Überraschung dar.

Während er den sich nähernden Schritten lauschte und zu dem Ergebnis kam, dass es sich bei dem nächtlichen Besuch vermutlich um mehr als nur eine Person handelte, sah er sich nach einem geeigneten Versteck um.

Sein Blick fiel auf die blaue Persenning.

Er warf dem noch immer verstörten Rottweiler einen kurzen Blick zu, legte den Zeigefinger auf die Lippen als besiegele die Geste einen Pakt des Schweigens zwischen ihm und dem Tier, und eilte mit wenigen Schritten in Richtung des ausgemachten Verstecks.

Die aus Stoff bestehende Abdeckung erwies sich als erheblich schwerer, als vermutet. Im Gegensatz zu einer Kunststoffplane begann das Material jedoch nicht lautstark zu knistern, als er den Rand nach oben bog. Bevor er sich versteckte, warf er einen kurzen Blick auf den darunter verborgenen Gegenstand.

Und starrte ungläubig auf das Wrack eines granatroten Audi A7.

Besonders viel konnte er auf die Schnelle nicht erkennen, da sich der Großteil des Fahrzeugs unter der Plane befand. Und ihm blieb nicht genügend Zeit, seine Entdeckung hier und jetzt einer näheren Inspektion zu unterziehen. Doch das, was er sah, reichte, um ihm das Blut in den Adern gefrieren zu lassen.

Bei dem Überschlag des Fahrzeugs war das Dach auf der Fahrerseite beinahe bis auf den Türschacht heruntergedrückt worden. Auf dieser Seite hatte Sandra gesessen.

Und war noch am Unfallort verstorben. Karre schluckte einen dicken Kloß hinunter und hob die Plane ein Stück weiter an. Für ihn bestand nicht der Hauch eines Zweifels daran, dass es sich bei dem vor ihm stehenden Wrack um Sandras Wagen handelte. Um den Wagen, der vom Unfallort weggeschafft worden war und der, anstatt in der kriminaltechnischen Untersuchung zu landen, scheinbar vom Erdboden verschluckt worden war.

Etwas weniger schlimm, jedenfalls soweit er das trotz der aufliegenden Persenning beurteilen konnte, hatte es die Beifahrerseite des Fahrzeugs erwischt.

Hannas Seite.

Warum um alles in der Welt hatte er sich so unnachgiebig gezeigt, als Hanna ihn angebettelt hatte, bei ihm in Essen bleiben zu können. Warum hatte er nicht auch nur einen einzigen Augenblick darüber nachgedacht, ob seine Tochter mit ihren sechzehn Jahren nicht nur alt, sondern auch reif genug gewesen wäre, bei ihrem Vater zu bleiben?

Ohne ihr eigenes Leben den Karriereplänen ihrer Mutter unterwerfen zu müssen.

Ein kurzer Blick in den mit Krümeln des Sicherheitsglases übersäten Innenraum bestätigte, was er ohnehin schon vermutet hatte: Sowohl der Fahrer- und Beifahrer-, als auch die Kopf- und Seitenairbags waren bei dem Unfall ausgelöst worden.

Ihn schauderte, als er die blutverschmierten Kunststoffsäcke betrachtete.

Aus Richtung des schwarzen Vorhanges ertönte ein lautes Poltern. Karre wollte sich flach auf den Boden fallen lassen und unter den Unterboden des zerstörten Fahrzeugs kriechen. Doch just in dieser Sekunde vernahm er hinter sich eine Stimme.

»Ey, hier ist einer.«

Die Stimme des jungen Mannes ließ Karre auf der Stelle herumfahren. Sofort blendete ihn der Strahl einer auf sein Gesicht gerichteten Taschenlampe. Regungslos stand er da und versuchte blinzelnd, mehr als nur schemenhafte Umrisse des anderen zu erkennen.

Vergeblich.

Schützend hielt er sich den Unterarm vor die Augen.

»Was meinst du damit? Hier ist einer?«

Es war die Stimme einer Frau. Und irgendwie kam sie Karre bekannt vor.

»Nimm die Lampe runter«, fauchte er und zu seinem eigenen Erstaunen, reagierte sein Gegenüber sofort, indem er den grellweißen Strahl auf den Betonboden richtete.

»Danke«, sagte er, und nachdem seine Augen sich an die schlagartig zurückgekehrte Dunkelheit gewöhnt hatten, fügte er hinzu: »Könnt ihr mir mal verraten, was ihr hier treibt?« Abwechselnd blickte er von einem zum anderen. Insgesamt waren es vier Personen, die nun schweigend einen Halbkreis um Karre bildeten. Da jeder von ihnen eine schwarze Skimaske trug, konnte er nur anhand ihres Körperbaus vermuten, dass es sich um drei Männer und eine Frau handelte.

»Ich denke, die gleiche Frage könnten wir Ihnen auch stellen, oder?«

Karre versuchte, durch den schmalen Schlitz der Maske einen Blick auf die Augen der Frau zu werfen, was ihm bei dem spärlich vorhandenen Licht aber nicht gelang. »So wie ich das sehe, sitzen wir alle im gleichen Boot.«

»Was soll das denn heißen?«, fragte der stämmigste der Männer, dessen speckigen Stiernacken Karre trotz der Maskerade erkennen konnte. Und wie sich wenig später herausstellen sollte, war er auch derjenige der Vier, den der Herrgott mit der geringsten Portion Verstand bedacht hatte.

»Dass wir alle vermutlich keine gern gesehenen Gäste auf diesem Schrottplatz sind. Oder irre ich mich da? Was zum Teufel wollt ihr hier überhaupt?«

»Die Hunde«, antwortete die Frau. Sie hatte ebenfalls eine Taschenlampe eingeschaltet und leuchtete damit in Richtung der Holzkiste.

»Die Hunde?«, fragte Karre.

»Ja. Wir haben einen Hinweis bekommen, dass hier Hunde unter ziemlich miesen Bedingungen gehalten werden. Darum sind wir hier rein.«

»Um sie rauszuholen«, ergänzte der Dicke.

»Macht ihr öfter so einen Scheiß?« Karre hatte sich erneut der Frau zugewandt. Noch immer konnte er ihre Stimme nicht zuordnen, war aber davon überzeugt, ihr schon einmal begegnet zu sein.

»Klar.« Es sprach ein Spargeltarzan mit Bassstimme.

Seine Intuition verriet Karre, dass es sich bei ihm vermutlich um den Anführer der Gruppe handelte. »Irgendjemand muss sich ja um die armen Kreaturen kümmern.«

»Was ihr hier macht ist illegal«, antwortete Karre.

»Und was ist mit Ihnen?«, fragte der Dritte im Bunde. »Haben Sie ne Einladung?«

Noch während Karre nach einer passenden und möglichst unverfänglichen Erklärung suchte, hörte er, wie im vorderen Bereich der Halle das Schwingtor aufgerissen wurde. Schwere, schnelle Schritte folgten. Auch jetzt schien es sich um mehr als nur eine einzelne Person zu handeln. Wer immer da im Anmarsch war, sie gaben sich nicht die geringste Mühe, ihr Kommen zu verheimlichen.

»Boss, hier ist keiner.«

»Das kann nicht sein. Sieh gefälligst richtig nach!«

Karre konnte nicht sehen, was sich im Hauptteil der Halle abspielte, den nachfolgenden Befehl aber verstand er dafür umso deutlicher.

»Ihr zwei sichert das Tor. Und wehe, euch geht einer durch die Lappen. Wir gehen nach hinten. Los, macht schon. Oder muss ich euch Beine machen?«

»Scheiße, und was jetzt?«, flüsterte die Frau.

»Wir verschwinden. So schnell wie möglich.« Karre sah von einem zum anderen. Die Körperhaltung jedes Einzelnen verriet, dass es um die Selbstsicherheit, die sie alle noch vor wenigen Sekunden an den Tag gelegt hatten, nicht mehr sonderlich gut bestellt war.

»Wir sind zu viele, um uns hier zu verstecken.«

Er überlegte einen Moment.

»Wie seid ihr reingekommen? Durch das Haupttor?«

Falls dem so war, hatten sie alle ein gewaltiges Problem, aber Karre hoffte inständig, dass es einen weiteren Zugang zur Halle gab.

Der Spargeltarzan schüttelte den Kopf. »Es gibt einen Seiteneingang.« Er deutete in die Richtung, aus der die Gruppe zuvor gekommen war.

»Gut, den nehmen wir. Wenn die Kerle uns hier entdecken, werden sie alles andere als zimperlich mit uns umgehen.«

Karre deutete mit einem Kopfnicken in Richtung der Bohnenstange. »Du gehst vor. Du kennst den Weg, oder?«

Der Lange nickte. »Los, kommt. Er hat recht. Sehen wir zu, dass wir verschwinden.«

»Und was ist mit den Hunden?«, meldete sich der Dicke zu Wort. »Die wollt ihr doch wohl nicht einfach hierlassen. Die brauchen dringend einen Tierarzt.«

»Vergiss die Hunde«, zischte Karre. »Es sei denn, du möchtest Bekanntschaft mit diesen Typen machen. Aber dann brauchst *du* einen Arzt.«

»Oder einen Bestatter«, ergänzte die Frau. »Und jetzt weg hier.«

Ohne ein weiteres Wort verschwand die Bohnenstange im Dunkel zwischen dem Müllberg und der Welpenbox. Karre und der Rest der Gruppe folgten ihm schweigend, während das Geschrei ihrer Verfolger stetig an Lautstärke zunahm.

Hintereinander schoben sie sich durch einen schmalen Gang. Rechts und links stapelten sich Holzkisten mehrere Meter hoch. Zu gerne hätte Karre einen Blick auf den Inhalt der Kisten geworfen, doch dazu blieb ihnen keine Zeit.

Offenbar waren ihre Verfolger im hinter dem Vorhang liegenden Raum angekommen, denn der Rottweiler im Zwinger begann, aufgeregt zu bellen. Wie es schien, hatte er sich von dem Zusammenprall mit seinem Gefängnis erholt oder in einem der Herbeieilenden eine ihm vertraute Person erkannt.

»Lass den Hund raus!«, hörte Karre einen erneuten Befehl in unverkennbar militärischem Tonfall.

Sie erreichten den Ausgang. Im Gegensatz zu dem Schwingtor auf der Vorderseite des Gebäudes handelte es sich um eine normale Metalltür. Sie war nicht verschlossen und kurz darauf standen sie im Freien.

»Und jetzt?«

»Wir sind über den Zaun geklettert.«

»Dann los, wir haben keine Zeit. Es sei denn, einer von euch ist scharf drauf, eine Runde mit dem Köter zu spielen.«

Zu Karres Überraschung war es lediglich ein Maschendrahtzaun, der die Rückseite des Geländes gegen unerwünschte Besucher sicherte, und keine Mauer. Vermutlich war der Eigentümer des Schrottplatzes davon ausgegangen, dass sich niemand durch das hinter dem Areal liegende Wäldchen schlug, um sich auf diesem Wege Zutritt zu verschaffen.

Mit wenigen Schritten erreichten sie den Zaun.

»Ich zuerst.« Mit kleinen, vor Panik glänzenden Augen blickte der Dicke zurück in die Richtung, aus der sie gekommen waren. Das aufgebrachte Bellen des Rottweilers nahm stetig an Lautstärke zu. Vermutlich hatte das Tier längst ihre Fährte aufgenommen und sann auf Rache für seinen Brummschädel.

Mit verblüffender Leichtigkeit kletterte der Fettwanst auf einen Reifenstapel. Dafür plumpste er auf der anderen Seite des Zauns zu Boden, wie ein von der Decke geschnittener Sandsack.

Der dritte der Männer, derjenige, der bisher kaum ein Wort gesagt hatte, folgte ihm.

Karre schüttelte innerlich den Kopf und raunte der Frau zu:

»Ladies first.«

Und während sie den Stapel Autoreifen mit der Geschmeidigkeit einer Katze erklomm, streifte sein Blick über die Wellblechfassade der hinter ihnen liegenden Halle.

»Seid ihr hier über den Zaun geklettert?«, fragte Karre den Anführer der Gruppe.

»Auf den Zentimeter genau kann ich das nicht sagen, aber so ungefähr schon. Warum?«

»Weil es dann kein Wunder ist, dass wir Besuch bekommen haben.« Er deutete auf den durch die überstehende Dachkante geschützten Bereich der Hallenwand. Das rote Licht, das in regelmäßigen Abständen aufleuchtete, war selbst aus der Distanz gut zu erkennen.

»Shit. Ist das ne Kamera?«

»Allerdings. Und ich wette, sie ist direkt an ein Alarmsystem angeschlossen.«

»Scheiße. Das haben wir gar nicht bemerkt.«

»Ist jetzt auch nicht mehr zu ändern«, zischte Karre.

»Los, weiter.«

Die Frau schrie auf. Eben noch hatte sie sich auf der Oberkante des Zauns befunden und war beim Versuch, das letzte Stück mit einem Sprung zu überwinden, mit dem Fuß hängengeblieben und kopfüber zu Boden gestürzt.

»Scheiße. Bist du okay?« Ohne eine Antwort abzuwarten, machte sich der Lange ebenfalls an den Aufstieg.

Dann schoss der Rottweiler wie ein schwarzer Blitz durch die Hintertür der Halle. Inzwischen hatte auch der Spargeltarzan den Gipfel des Reifenberges erreicht.

Einen Blick auf den heranschießenden Hund werfend, begann auch Karre, zu klettern.

Eine heftige Erschütterung ließ Zaun und Reifenstapel erzittern. Aus vollem Lauf hatte der Hund zum Sprung angesetzt und krachte gegen die Reifen. Karre schwang sich über den Zaun und glitt auf der anderen Seite hinab. Dort widmete er sich, gemeinsam mit dem Langen, der Frau. Sie hockte auf dem Boden und hielt sich das rechte Handgelenk.

»Was ist passiert?«

»Bin mit dem Fuß hängengeblieben und hab mich beim Fallen mit den Händen abgestützt. Anfängerfehler.« Sie zuckte mit den Schultern. »Lasst uns abhauen.«

»Geht´s denn?«, fragte der Lange. »Oder brauchst du einen Arzt?«

»Nein, das kann ich ...« Sie brach den Satz ab, denn der Rottweiler hatte den Reifenstapel umrundet und knurrte sie mit hochgezogenen Lefzen durch die Maschen des Drahtzaunes hindurch an.

»Was denn?«

»Ist egal. Nichts wie weg hier.«

Gemeinsam rannten sie durch das an den Schrottplatz angrenzende Wäldchen. Dünne Äste schlugen Karre ins

Gesicht, er stolperte über eine Wurzel und hätte um ein Haar das Gleichgewicht verloren. Er fragte sich, ob die verhinderten Hundebefreier den Weg kannten, oder ob auch sie orientierungslos auf gut Glück durch das dichte Gestrüpp irrten.

Doch ehe Karre sich versah, erreichten sie den Rand des Waldstückes und standen in der verlassenen Seitenstraße eines Gewerbegebietes. Unmittelbar vor ihnen parkte ein camouflagefarbener VW-Bus älteren Semesters.

»Was ist mit Ihnen?«, fragte der Lange. »Sollen wir Sie ein Stück mitnehmen?«

Karre schüttelte den Kopf. »Danke, ich komme schon klar.«

»Sicher? Ist überhaupt kein Problem.«

»Lass ihn doch, wenn er nicht möchte.« Noch immer rieb die Frau ihr lädiertes Handgelenk.

»Ihr solltet jetzt wirklich von hier verschwinden.« Karre deutete in den Wald, in dem die grellweißen Lichtkegel mehrerer Taschenlampen auftauchten.

»Okay, dann los.« Der Lange entriegelte die Seitentür den VWs und forderte die anderen mit einer knappen Geste zum Einsteigen auf.

»Machen Sie′s gut«, sagte er, bevor er das Fahrzeug umrundete und sich auf den Fahrersitz schwang. Der Wagen startete mit einem ohrenbetäubenden Knattern und verschwand Sekunden später in der alles verschlingenden Dunkelheit.

Karre warf einen letzten Blick auf das Wäldchen. Die wie Laserschwerter durch das Unterholz schneidenden Lichter waren bedrohlich nähergekommen. Zudem hörte er die aufgebrachten Stimmen seiner Verfolger.

Auch für ihn war es allerhöchste Zeit, zu verschwinden.

VIERTER TAG

1

Im Präsidium herrschte schon geschäftiges Treiben. Nach einer viel zu kurzen Nacht eilte Karre die Gänge zur morgendlichen Teambesprechung entlang. Als er das Vorzimmer des K3-Büros betrat, empfing Corinna ihn mit frisch aufgebrühtem Kaffee, den sie ihm mit einem knappen »Guten Morgen« überreichte.

Seit dem Unfall von Sandra und Hanna hatte sich die unbekümmerte, flapsig fröhliche Art gegenüber ihrem Chef regelrecht in Luft aufgelöst. Eine Beobachtung, die Karre während der letzten Tage auch bei anderen, ihm nahestehenden Personen machte.

Vermutlich taten sie sich schwer im Umgang mit der durch den Unfall heraufbeschworenen Situation: Tag für

Tag die gleichen Fragen nach Karres und nicht zuletzt nach Hannas Befinden zu stellen. Ohne dabei wie der sensationslüsterne Zuschauer einer Reality-Soap zu wirken, der seine Energie aus dem Unglück anderer zieht, wie ein Vampir aus dem Blut seiner Opfer. Oder zu schweigen, ohne teilnahmslos zu erscheinen. Ohne den Eindruck zu erwecken, die Probleme seiner Mitmenschen von der eigenen Insel der Glückseligkeit aus, lediglich als störenden, dunklen Fleck am Horizont wahrzunehmen, den zu ignorieren leichter fiel, als sich mit ihm auseinanderzusetzen. Die Wanderung auf dem schmalen Grat erforderte eine gehörige Portion Feingespür für die seelische Verfassung seiner Zeitgenossen und stellte den überwiegenden Teil der Menschheit offenbar vor kaum lösbare Probleme. Und so konnte Karre es ihnen nicht einmal übelnehmen, wenn sie mit seiner Situation nicht umzugehen wussten.

Er hatte ja selbst keine Ahnung, wie er sich in einer ähnlichen Lage hätte verhalten sollen.

Dankend nahm er Corinnas Kaffee entgegen und betrat das Gemeinschaftsbüro. Trotz des seit Tagen regelmäßigen Regens kam ihm die Luft im Inneren des Gebäudes noch immer warm und stickig vor und trieb ihm erste Schweißtropfen auf die Stirn.

Zu seiner Überraschung hatten es auch Viktoria und Karim trotz der frühen Morgenstunde nicht mehr zuhause ausgehalten. Die Gründe hierfür mochten vielschichtig sein, doch Karre unterstellte für sich im Geiste, dass sie auf rein berufliche Ursachen zurückgingen.

Die beiden standen über den Bildschirm gebeugt an Karims Schreibtisch und steckten verschwörerisch ihre Köpfe zusammen. Nach einer knappen Begrüßung stellte Karre den dampfenden Kaffee auf dem Tisch ab und warf seine Jacke über die Lehne des Schreibtischstuhls.

»Neuigkeiten?«, fragte er und blickte Karim über die Schulter. Der Monitor zeigte eine Slideshow mit Bildern einer quicklebendigen Danielle Teschner.

»Nein.« Viktoria warf ihm einen kurzen Blick zu. »Bei dir?«

Karre schüttelte wortlos den Kopf, während er die Abfolge der Fotografien auf dem Bildschirm betrachtete. Auf Anhieb erkannte er, dass sie allesamt aus der Sammlung von Schnappschüssen stammten, aus der Karre das Foto für seinen fragwürdigen Deal abgezweigt hatte. Und just in dem Augenblick, in dem er nach der Kaffeetasse griff, erschien die digitalisierte Version jenes Bildes, dessen Papierabzug er bei seinem Präsidiumsbesuch am Vorabend an sich genommen, eingescannt und anschließend vernichtet hatte. »Wer hat das gemacht?«

»Keine Ahnung«, antwortete Viktoria. »Vielleicht ihre Freundin. Melanie Bauer. Woher sollen wir das wissen? Wer solche Bilder eben so macht. Warum fragst du?«

»Nein. Ich meine nicht, wer die aufgenommen hat, sondern wer sie digitalisiert hat.«

»Das war ich.« Karim sah ihn an. In Stimme und Ausdruck lag eine deutlich wahrnehmbare Portion Unverständnis. »Ich habe gedacht, das ist besser, als mit den Papierabzügen rumzuhantieren. Gibt es damit ein Problem?«

Karre tat sich schwer, auf die Schnelle eine unverfängliche Erklärung herbeizuzaubern. »Ich habe mich lediglich gefragt, ob es nicht sinnvoller gewesen wäre, sie vom Computer der Toten auf einen Stick zu ziehen, anstatt sie alle einzeln zu scannen.«

»Grundsätzlich schon, aber im Zimmer der Toten gab es keinen Computer. Vielleicht hatte sie einen Laptop, aber der war nicht dort. Außerdem, was soll die Fragerei? Hast du Angst, dass ich meine Arbeitszeit nicht optimal einsetze? Ich kann das Arbeiten am Wochenende auch gerne einstellen.« Er schwieg einen Moment, bevor er fortfuhr. »Karre, bist du sicher, dass du hier sein solltest? Vielleicht fährst du besser nach Hause. Oder zu Hanna ins Krankenhaus.«

»Nein, ist schon gut. Vergiss, was ich gesagt habe. Wie war das mit dem Laptop? Ihr habt keinen gefunden, sagst du? Dass eine junge Frau in Danielle Teschners Alter keinen Computer besitzt, ist doch höchst unwahrscheinlich, oder?«

»Allerdings«, ergänzte Viktoria. »Zumal sie Journalismus studiert hat.«

»Karim, haben wir inzwischen eine Spur von ihrem Wagen? Vielleicht hat sie den Computer in ihrem Auto aufbewahrt.«

Karim schüttelte den Kopf. »Ihr Wagen wurde zur Fahndung ausgeschrieben, aber es gibt noch keine Spur. Laut Zulassungsstelle handelt es sich um einen roten Golf III VR6, 96er Baujahr.«

»Ziemlich heißes Gerät. Wie viel PS? Hundertsiebzig?«

»Vierundsiebzig«, präzisierte Karim. »Und sauteuer im Unterhalt. Säuft wie ein Loch und die Versicherung ist fast nicht bezahlbar. Aber Geld scheint bei ihr ja nicht das Problem gewesen zu sein.«

»Hast du bei den Sachen in ihrem Zimmer sonst noch etwas gefunden?«

Karim zuckte die Achseln. »Viel war es nicht.« Er griff in einen Pappkarton, der neben der Schreibtischunterlage auf dem Tisch stand, und nahm einen Stapel durch einen roten Plastikheftstreifen zusammengehaltener Blätter heraus.

»Kontoauszüge?«, fragte Karre und griff nach den Papieren.

»Ich habe mir die monatlichen Einnahmen angesehen.«

»Und? Irgendetwas Auffälliges?«

»Wie man´s nimmt. Zum einen gab es in unregelmäßigen Abständen immer wieder Zahlungen von unterschiedlichen Zeitungsverlagen. Ich nehme an, für Artikel, die sie als Freelancer geschrieben und verkauft hat. Alles in allem kamen dabei aber nur geringe Beträge zusammen. Selten mehr als zweihundert Euro im Monat. Interessanter sind die Zahlungen von einem Unternehmen namens *Your Girl*.«

»Your Girl?«

»Ja. Ich hab mir deren Webseite angesehen. Der Namenszusatz lautet: Begleitung mit Niveau.«

»Also ein Escort-Service?«

»Gemäß der Selbstdarstellung der Agentur bieten sie *niveauvollen Begleitservice für alle Gelegenheiten und Anlässe*.«

»Und sexuelle Dienste?«

»Angeblich nicht. Jedenfalls nicht offiziell.«

»Aber sie schließen es nicht aus, oder?«

Karim lächelte. »Alles kann, nichts muss.«

»Steht das auf der Webseite?«

»Nein, aber so wird´s wohl laufen. Oder glaubst du, eine Frau wie Danielle Teschner nimmt so einen Job an und lehnt dann ein paar Hunderter extra ab, wenn sich der Abend dafür die eine oder andere Stunde in die Länge zieht?«

»Also bitte.« Viktoria räusperte sich lautstark. »Wie könnt ihr dem Mädel denn so etwas unterstellen?«

»Würdest du so ein unmoralisches Angebot ausschlagen, wenn der Typ nicht nur reich, sondern auch noch einigermaßen attraktiv ist?«, fragte Karim und duckte sich augenblicklich, als Viktoria ausholte und zu einem ausladenden Schlag ansetzte.

»Ich hau dir gleich eine!«

»Ist ja schon gut. Hab dich nicht so.«

»Nehmen wir mal an«, unterbrach Karre die beiden Streithähne, »dass Danielle Teschner tatsächlich nicht nur für so eine Agentur gearbeitet hat, was die Zahlungen ja eindeutig belegen, sondern dass sie dem einen oder anderen Kunden durchaus auch gewisse Sonderleistungen angeboten hat. Und unterstellen wir weiter, dass ihr Freund, damals noch Thomas Schwarz, davon nichts erfahren sollte, weil er es bestimmt nicht gerade prickelnd gefunden hätte.«

»Und du meinst, er hat es doch spitzgekriegt?«, fragte Viktoria.

»Wäre doch möglich. Früher oder später kommt so etwas immer raus.«

»Und wenn das der wahre Grund für die Trennung der beiden war, dann lief vielleicht doch nicht alles so Friede, Freude, Eierkuchen ab, wie Schwarz uns weismachen wollte«, fasste Karim zusammen.

»Okay, dann sollten wir auf jeden Fall mit dem Chef der Agentur reden«, schlug Viktoria vor.

»Und zwar, bevor wir Thomas Schwarz dazu befragen. Ich möchte genau wissen, wie lange Danielle für diese Firma gearbeitet hat und was für Aufträge sie angenommen hat. Außerdem brauchen wir eine Liste ihrer Kunden.«

»Eine Sache gibt es da noch. Etwas, das nicht so ganz zu unserer Theorie passt.«

»Und das wäre?« Karre leerte seinen Kaffee und stellte die Tasse zurück auf Karims Schreibtisch.

»Scheinbar hat sie den Job in der Agentur kurz vor ihrer Trennung von Schwarz aufgegeben.«

»Woher weißt du das?«

»Die letzte Zahlung hat sie vor fast vier Monaten erhalten.«

»Und danach?«

»Nur noch die Überweisungseingänge der Zeitungsverlage und gelegentlich ein paar Hundert Euro. Meistens gegen Ende des Monats und gerade soviel, dass sie ihren Mietanteil für die Wohnung überweisen konnte. Die Beträge wurden bar auf das Konto eingezahlt.«

»Vielleicht hat sie jemanden kennengelernt, der ihr das Geld gegeben hat? Jemand, der genug Kohle hat, um seine neue Freundin auszuhalten?«

Auf Viktorias Theorie folgte kurzes Schweigen.

»Du denkst an den geheimnisvollen Freund, den Melanie Bauer erwähnt hat?«

»Liegt doch nah, oder?«

»Vielleicht hast du recht. Aber warum hat sie ihren Job in der Agentur sofort aufgegeben? Bei Schwarz hat sie es schließlich auch nicht getan.«

»Weil ihr ihre neue Liebe wichtiger war?«

»Karim, deine romantische Ader ehrt dich, aber das glaube ich nicht. Vielleicht lag der Unterschied zu Schwarz darin, dass ihr Neuer von Anfang an von ihrer Tätigkeit wusste und ihr klargemacht hat, dass er damit nicht einverstanden ist?«

»Und woher hätte er das wissen sollen?«

Viktoria schnippte mit dem Mittelfinger und Daumen ihrer rechten Hand. »Vielleicht, weil die beiden sich kennengelernt haben, während sie ihrem Job nachging. Er könnte ihr Kunde gewesen sein.«

»Okay.« Karres Augen weiteten sich. Eine innere Stimme gab ihm das Gefühl, auf der richtigen Fährte zu sein. Zum ersten Mal seit der Entdeckung der Leiche hatten sie möglicherweise eine Spur, die sie weiterbringen konnte.

»Und als es zwischen den beiden funkt, kündigt sie ihren Agenturjob und gibt ihrem Freund den Laufpass. Währenddessen steckt ihr Neuer ihr ab und an Geld zu, damit sie auch ohne ihren Job über die Runden kommt.

Was meint ihr?«

»Wir sollten sofort zu der Agentur fahren und uns eine Kundenliste besorgen.«

»Das übernehme ich.« Viktoria war blitzartig aufgestanden und hatte ihre Jacke vom Schreibtisch gefischt.

»Ich möchte nicht, dass du alleine fährst«, bremste Karre den Vorstoß seiner Kollegin aus.

»Ich glaube, dass ich als Mädchen bei so einer Agentur bessere Chancen habe, etwas herauszufinden. Und wenn es auf die nette Tour nicht klappt, kann ich meine beiden Jungs ja immer noch zu Hilfe holen. Abgemacht?«

»Also gut, aber sei vorsichtig. Karim, du fährst zu Schwarz und fragst ihn, ob er etwas über den Computer seiner Exfreundin weiß.«

»Kein Problem. Und was ist mit dir? Kommst du nicht mit?«

»Ich habe noch etwas anderes zu erledigen. Wir treffen uns in ungefähr zwei Stunden wieder hier und überlegen, wie wir weitermachen. Vielleicht haben wir dann ja schon etwas, das uns weiterbringt. Okay?«

Die beiden nickten und ehe Karre sich versah, waren sie aus dem Büro Richtung Dienstwagenausgabe gestürmt.

2

Ihr blieb noch Zeit, denn das Büro der Agentur *Your Girl* in der Essener Innenstadt öffnete erst in einer halben Stunde. Das Café auf der gegenüberliegenden Straßenseite sah einladend aus und sie beschloss, sich die Wartezeit mit einem Kaffee zu verkürzen.

Sie betrat das Ladenlokal und sah sich nach einem freien Tisch um. In der Luft hing der Duft frischen Kaffees, durchsetzt mit den Aromen warmer Brötchen und des angeblich von der Großmutter des Betreibers höchstpersönlich gebackenen Käsekuchens.

Zu ihrer Linken beugten sich drei Typen der Marke *Hausbesetzer* in Strickpullis an einem runden Tisch über einen Laptop.

In einem grünen Ohrensessel hockte ein junges Ding von höchstens siebzehn oder achtzehn Jahren und fütterte ein Neugeborenes. Völlig ungeniert hatte das Mädchen sein T-Shirt in die Höhe gelupft und entblößte, für alle übrigen Gäste gut sichtbar, eine prallgefüllte Milchbar.

Zwei Frauen saßen an dem rotlackierten Holztisch in der linken hinteren Ecke des Gastraumes. Während die eine lustlos mit einem Löffel in einem grauen Müslibrei herumstocherte, redete die andere ohne Punkt und Komma auf sie ein. Unterbrochen wurde ihr, wie ein Anfall von Logorrhö wirkender Sprechschwall, lediglich durch kurze Pausen, während derer sie an einem Glas Mineralwasser nippte. Vermutlich um zu verhindern, dass ihre Zunge von dem permanenten Gequassel austrocknete und am Gaumen kleben blieb.

Viktoria wählte einen freien Tisch am Fenster.

Eine italienische Popschnulze floss zäh und süß wie Sirup aus den Lautsprechern. Draußen quälten sich Fahrzeuge Stoßstange an Stoßstange über die vierspurige Straße. Ein Typ mit abgeschnittenen Jeans und T-Shirt quetschte sich mit einer dunkelblauen Vespa zwischen den wartenden Autos hindurch und wäre um Haaresbreite von einem spurwechselnden Minitransporter von den Rädern geholt worden. Dessen Fahrer kommentierte das Manöver mit einem ausdauernden Hupen, woraufhin der Kradfahrer ihm den Mittelfinger zeigte und mit aufheulendem Motor bis zur nächsten roten Ampel davonschoss.

»Hi, was willst du trinken?«, fragte eine Frau mit einem guten Dutzend silberner Ringe in Nase, Ohren und Unterlippe. Ihre Haare hatten die gleiche Farbe wie das auf das schwarze Poloshirt gestickte, orangefarbene Logo des Cafés.

Viktoria bestellte einen Latte macchiato, ohne einen Blick auf die Karte geworfen zu haben.

»Was dazu? Wir haben selbstgebackenen Käsekuchen. Kann ich empfehlen.«

Viktoria schüttelte den Kopf. »Nein danke.«

»Oder das kleine Frühstück? Die Brötchen sind ganz frisch.«

»Der Kaffee reicht. Danke.«

Der Karottenkopf verschwand, ohne etwas zu erwidern. Viktoria sah sich im Café um.

Am Tisch neben ihr saßen zwei Frauen, die sie auf Anfang zwanzig schätzte. Sie saßen in einer engen Nische hinter einem Gummibaum, sodass sie Viktoria beim Hereinkommen nicht gleich aufgefallen waren. Die eine der beiden kehrte ihr den Rücken zu. Die Kommissarin sah lediglich die schwarzen Locken, die wie ein Wasserfall über die nackten Schultern fielen. Ihre Freundin hatte lange, wasserstoffblonde Haare und eine für ihre zierliche Figur üppige Oberweite, die sie durch das knappe Oberteil übertrieben in Szene setzte. Die Proportionen erinnerten Viktoria an die Barbiepuppen, mit denen sie als Kind gespielt hatte. Bis heute fragte sie sich, wessen Männerphantasie die Anatomie der Spielzeug-Ladys entsprungen war. Gott hatte schon seine Gründe gehabt, Frauen zu erschaffen, die aufrecht stehen konnten, ohne durch das Gewicht ihres Busens vornüber zu kippen.

»Du willst das echt durchziehen?«, fragte die Schwarzhaarige und schob eine auf dem Tisch liegende Zeitschrift in Richtung ihrer Tischnachbarin.

»Na klar«, sagte Barbie, ohne auch nur eine Sekunde über die Antwort nachzudenken. »Fett Kohle kassieren für Sex mit reichen Mackern ist doch ne coole Sache. Sex brauche ich doch sowieso. Viel und hart.« Sie kicherte und strich sich eine Haarsträhne aus dem Gesicht.

»Du meinst, du schlägst zwei Fliegen mit einer Klappe?«

»Logo.« Mit weit geöffnetem Mund kaute sie auf einem Kaugummi. »Wenn du ein paar tausend Scheine im Monat dafür bekommst, mit stinkreichen Typen in teure Restaurants, ins Theater oder zu Geschäftsessen zu gehen, ist das der perfekte Job. Und wenn so ein Abend dann mit dem einen oder anderen in der Kiste endet, habe ich nichts dagegen.«

»Ich weiß nicht.«

»Na komm schon. Spiel nicht die Moralische. Du bist doch selbst total sexsüchtig.«

»Jetzt übertreibt nicht so. Außerdem suche ich mir die Typen selbst aus. Und ich lasse mich dafür nicht bezahlen.«

»Ist das jetzt gut oder schlecht?«, grinste Barbie.

»Hä?«

»Dass du kein Geld dafür bekommst. Wäre doch cool, oder? Stell dir vor, du würdest für jeden deiner One-Night-Stands ein paar Hunderter kassieren.«

»Soweit ich weiß, nennt man das in unserem Kulturkreis Prostitution«, sagte der Lockenkopf und raffte die langen Haare mit beiden Händen zu einem Pferdeschwanz zusammen, den das Mädel aber sofort wieder auseinanderfächerte.

»Na komm schon. Du weißt, dass das Quatsch ist. Es geht darum, den Kunden eine angenehme Begleitung zu bieten. Und wenn am Ende eines schönen Abends ein erotisches Abenteuer steht, ist das doch nicht schlimm. Im Gegenteil.«

»Die haben dich ja schon total eingefärbt. Ich hoffe nur, du verrennst dich da nicht in irgendetwas, das dir später leidtut.«

»Mach dir mal keine Sorgen, ich weiß, worauf ich mich einlasse.«

»Na hoffentlich. Was machst du denn, wenn dich so ein alter, notgeiler Sack nach ein paar Gläsern Champus mit auf sein Zimmer nehmen will und dir sagt, dass du seinen Schwanz lutschen sollst?«

Barbie grinste. Sie nuckelte an einem dicken, roten Strohhalm und machte eine eindeutige Bewegung mit ihrer Zungenspitze. Dann leerte sie das Glas mit einem kräftigen Zug, woraufhin ein lautes Schlürfen den Raum erfüllte. Sie lachte auf, die andere schüttelte den Kopf. »Jetzt warten wir mal ab, wann die sich wieder melden und dann sehen wir weiter. Aber ich fänd´s cool.«

»Na dann komm, du Heldin«, sagte die Schwarzhaarige. »Ich muss los.«

Sie nahmen ihre Handtaschen, gingen zur Theke und bezahlten ihre Getränke.

Viktoria schaute den beiden jungen Frauen nach, als sie das Café verließen. Ihr Blick wanderte zu der Zeitschrift, die noch auf dem Tisch der Mädchen lag. Sie beugte sich über ihre Stuhllehne und griff nach dem Magazin. Der Anzeigenteil war aufgeschlagen und eine der Annoncen war mit rotem Filzstift eingekreist worden:

Hast du Lust auf einen aufregenden Nebenjob?
Wir suchen niveauvolle Mädchen mit Ausstrahlung. Unsere bezaubernden Mitarbeiterinnen begleiten anspruchsvolle Klienten beim Shopping, Sightseeing, bei Theaterbesuchen, Geschäfts- und Urlaubsreisen oder bei Geschäftsessen.
Du bist mindestens 21 Jahre alt, charmant, verfügst über sehr gute Allgemeinbildung?
Du liebst das gute Gespräch und willst dich auf das viel-

seitige Abenteuer Begleitservice einlassen?
Dann melde dich unter ...

Viktoria blickte auf ihre Armbanduhr.

Es wurde Zeit, der Agentur einen Besuch abzustatten. Sie legte drei Euro auf den Tisch, steckte die Zeitung ein und verließ das Café.

Eine Welt *guter Gespräche* und *vielseitiger Abenteuer* wartete nur darauf, von ihr erobert zu werden.

3

Karre passierte die weißen Reihenbungalows und blieb vor dem Haus mit der Nummer einundzwanzig stehen. Er zögerte einen Moment, bevor er in den von Lavendel und Schmetterlingsflieder gesäumten Kopfsteinpflasterweg einbog, der vor einer Tür aus verdunkeltem Glas endete.

Vor seinem Herzinfarkt war Willi Hellmann ein echtes Arbeitstier gewesen. Zwölf- bis Vierzehnstundentage im Präsidium waren für den engagierten Leiter des K3 keine Seltenheit. Nur wenige Stunden, bevor ihn der Herzanfall ereilt hatte, hatte Karre ihm in seinem Büro einen Besuch abgestattet. Während der folgenden Unterhaltung war er von Hellman zum vorläufigen Leiter der Einheit gemacht worden. Karre hatte sofort gespürt, dass mit seinem Chef etwas nicht stimmte, als dieser von *kleineren gesundheitlichen Problemen* sprach, die ihm eine vorübergehende Auszeit abverlangten. An einen ausgewachsenen Herzinfarkt hatte er dabei vermutlich weniger gedacht.

Er drückte den Klingelknopf und lauschte dem Gong im Inneren des Hauses. Wenige Augenblicke später öffnete sich die Tür.

»Hallo Karre.«

Die Frau, die ihm öffnete, war Ende fünfzig. Seitdem sie sich kannten, hatte Karre sie für ihr junggebliebenes Aussehen bewundert, aber heute wirkte ihr Gesicht auf beunruhigende Weise alt und müde. Er bezweifelte, dass es an ihren zu einem Dutt zusammengerafften Haaren und der Kochschürze mit dem altmodischen Blümchenmuster lag.

Auch ihre Augen hatten sich verändert. Innerhalb weniger Wochen schienen sie jenen Glanz verloren zu haben, der symbolhaft für die Lebensfreude der quirligen Ehefrau seines Chefs gestanden hatte.

»Ist Willi da?«

»Klar. Er sitzt auf der Terrasse, du kennst ja den Weg. Ich muss zurück in die Küche, mich um meinen Kuchen kümmern. Wir haben heute Nachmittag Gäste. Zum ersten Mal seit ...« Sie schluckte. Ihr fiel es sichtlich schwer, über die angeschlagene Gesundheit ihres Mannes zu sprechen.

Die beiden erinnerten Karre an eines der Finkenpärchen, bei denen der eine nicht ohne den anderen kann.

»Leni?« Karre betrat die Diele des Hauses und zog die Haustür hinter sich ins Schloss. Der Duft frischgebackenen Kuchens erfüllte die Luft und vermischte sich mit dem dezenten Aroma von Orangenölreiniger.

Sie wich seinem Blick aus und betrachtete stattdessen Karres Hand auf ihrem Unterarm.

»Ist alles in Ordnung? Ihm geht es doch gut, oder?«

»Seine Genesung verläuft optimal. Jedenfalls sagen das seine Ärzte.«

»Aber irgendetwas bedrückt dich.«

»Dass man euch aber auch nie etwas vormachen kann. Jetzt bin ich seit fast vierzig Jahren mit einem Polizisten verheiratet, aber daran, dass ihr Gedanken lesen könnt, habe ich mich nie gewöhnt.«

»Ich wünschte, es wäre so. Das würde uns vieles leichter machen. Also, was ist los? Ist es wegen Willi? Hat er wieder mit dem Rauchen angefangen?«

»Nein, ich kann es selbst kaum glauben, aber es sieht so aus, als würde er den Rat seiner Ärzte beherzigen.«

Das strenge Rauchverbot, dass die Ärzte ihm schon Jahre vor, aber erst recht nach seinem Herzanfall auferlegt hatten, war für den kettenrauchenden Chefermittler vermutlich der härteste Einschnitt in sein bisheriges Leben gewesen. Während er sich bisher allerdings weder um den medizinischen Rat noch um das im Präsidium herrschende Rauchverbot geschert hatte, schien er nach dem erhaltenen Warnschuss zu einem radikalen Wandel seiner Gewohnheit bereit zu sein.

»Was ist es dann?«

»Nur so ein Gefühl. Irgendetwas scheint ihn zu bedrücken. Und ich bin mir nicht sicher, ob es mit dem Infarkt zusammenhängt oder mit etwas völlig anderem. Tue mir aber den Gefallen und sprich ihn nicht darauf an. Ich möchte nicht, dass er sich aufregt.«

»Versprochen.«

»Es ist nett von dir, dass du vorbeikommst, um nach ihm zu sehen. Er wird sich freuen.«

»Um ehrlich zu sein, gibt es noch einen weiteren Grund für meinen Besuch. Ich brauche seinen Rat.«

»In einer laufenden Ermittlung? Geht es um das tote Mädchen vom See? Ich weiß nicht, ob das eine gute Idee ist. Ich denke, er ist noch nicht so weit.«

Karre schüttelte den Kopf. »Darum geht es nicht. Wir kommen schon klar. Es ist eher etwas Persönliches.«

»Geht es um den Unfall?«

Karre nickte. »Du hättest ganz sicher auch eine gute Polizistin abgegeben.«

»Ne, lass mal. Das wäre nichts für mich. Mir wird schon

ganz schlecht, wenn ich von Mord und Totschlag lese. Euren Job würde ich keine drei Tage durchhalten. Kommt ihr voran? Bei der Sache mit dem Mädchen.«

»Woher weißt du davon? Ich habe noch gar nicht gesehen, dass die Zeitungen darüber berichtet haben.«

»Heute Morgen stand was im Lokalteil. Ein ziemlich großer Artikel. Mit Bild. Ich frage mich immer wieder, wer so etwas tut. Sie war noch so jung. Und bildhübsch.«

»Ein Foto?« Obwohl ihm klargewesen war, dass es genau darauf hinauslaufen musste, wurde ihm abwechselnd heiß und kalt. »Darf ich die Zeitung mal sehen?«

»Ja, Augenblick. Ich habe die Seite schon weggeworfen.« Sie stellte sich auf die Zehenspitzen und flüsterte Karre verschwörerisch ins Ohr: »Ich zensiere alles, damit er nicht auf dumme Gedanken kommt.« Sie deutete ins Wohnzimmer, wo sich der Zugang zur Terrasse befand. »Wenn er etwas über einen Mord in seinem Zuständigkeitsbereich liest, wird ihm das keine Ruhe lassen. Sei so lieb und meide das Thema.«

Karre nickte. »Er wird es mir nicht leicht machen. Du weißt selbst am besten, wie hartnäckig er sein kann.«

»Trotzdem.« Sie drehte sich um und verschwand in Richtung der Küche.

Nach wenigen Augenblicken kehrte sie zurück und hielt ihm eine einzelne Zeitungsseite unter die Nase.

Er schluckte, während er das Foto anstarrte. Nun stand es also endgültig fest: Der geheimnisvolle Informant, dem er das Foto von Danielle Teschner zugeschanzt hatte, arbeitete für die Presse.

»Glaubst du, ihr findet den Täter?« Sie hielt einen Moment inne, bevor sie hinzufügte: »Oder die Täterin. Hältst du es für möglich, dass es eine Frau gewesen ist?«

»Du kennst uns. Wir alle tun unser Bestes.«

»Das weiß ich.« Sie rollte die Zeitung zusammen. »Bitte

sei so gut, und sprich ihn nicht darauf an. In Ordnung?«

»Versprochen. Wie gesagt, es geht um etwas völlig anderes. Auf der Terrasse?«

Leni Hellmann nickte. »Soll ich euch Getränke rausbringen?«

»Danke, aber das ist nicht nötig. Ich werde nicht lange bleiben.«

»Du darfst bleiben, solange du willst. Er wird sich freuen, dich zu sehen. Lasst euch Zeit, ich kümmere mich derweil um meinen Kuchen. Bis später.«

Karre folgte der langgezogenen Diele ins Wohnzimmer des Bungalows. Im Lauf der Jahre war er etliche Male hier gewesen. Jeden Sommer, meistens an einem Wochenende im August, lud Willi sein Team zu einem Grillabend ein. Er legte großen Wert darauf, dass ein Ermittlerteam auch außerhalb der Arbeit funktionierte. So viel Zeit, wie sie im Rahmen ihrer Arbeit miteinander verbrachten, war es unabdingbar, dass alle Beteiligten auch privat einigermaßen gut klarkamen. Und bisher hatte es nie Probleme gegeben. Doch dann war die Sache mit Bonhoff geschehen. Das hieß, geschehen war eigentlich nichts. Er hatte sich einfach, quasi von einem Tag auf den anderen, in ein Schneckenhaus zurückgezogen und begonnen, die Gesellschaft seiner Kollegen mehr und mehr zu meiden.

Karre passierte mehrere Glasvitrinen. In ihnen befanden sich detailverliebte Flugzeugmodelle, die in erster Linie kleineren Propellermaschinen oder Learjets nachempfunden waren. Hellmanns bislang unerfüllter Traum, eines Tages eine private Pilotenlizenz zu erwerben und ein eigenes Flugzeug zu besitzen, war unter den Kollegen ein offenes Geheimnis. Bisher jedoch frönte er seiner Leidenschaft lediglich beim Modellbau und beim Fliegen mit einem auf seinem PC installierten Simulator.

Karre trat durch die Terrassentür nach draußen. Hellmann saß an einem Tisch im Schatten der Markise und war gerade dabei, einen Propeller auf die dafür vorgesehene Antriebswelle zu setzen. Er blickte auf, legte das Bauteil beiseite und wollte sich aus seinem Stuhl erheben, doch Karre hob abwehrend die Hände.

»Bleib sitzen, mach dir wegen mir keine Umstände.«

»Von wegen, komm her mein Freund.« Er ging auf Karre zu und umarmte ihn. »Schön dich zu sehen. Wie geht es dir? Und Hanna? Wie geht es Hanna?«

»Leider gibt es keine Neuigkeiten, was ihren Zustand angeht.«

»Sie liegt also noch im Koma?«

Karre nickte. »Leider.«

»Es tut mir so unendlich leid, was passiert ist. Eine tragische Sache, das mit dem Unfall.«

»Genau deswegen bin ich hier.«

Hellmann forderte Karre mit einer kurzen Geste auf, Platz zu nehmen, und ließ sich ebenfalls wieder auf seinem Stuhl nieder.

Er sah alt aus, befand Karre.

Zum ersten Mal in all den Jahren ihrer Zusammenarbeit konnte er die aufreibenden Jahre bei der Kriminalpolizei überdeutlich am Gesicht seines Chefs ablesen. Die Zahl der Falten hatte zugenommen, die ehemals vor Energie und Kraft funkelnden Augen wirkten müde und blass. Das noch vor zwei oder drei Jahren lediglich von silbrigen Strähnen durchzogene Haar war nahezu vollständig ergraut und erheblich schütterer geworden.

»Wegen des Unfalls?«, fragte Hellmann und beim Anblick seiner eingefallenen Wangen überlegte Karre, wie viel Kilo sein Gegenüber während der letzten Wochen an Körpergewicht verloren haben mochte.

»Das genau ist es, was ich inzwischen bezweifele.«

»Was?« Er nahm den Propeller aus einer durchsichtigen

Kunststoffschale, steckte ihn erneut auf die Welle und nickte zufrieden. Dann gab er einen Tropfen Klebstoff auf die Verbindungsstelle und wartete, bis sich die Oberflächen der zusammengefügten Bauteile anlösten, um sich schließlich unwiderruflich miteinander zu verbinden. Währenddessen inhalierte er mit geschlossenen Augen den scharfen Lösungsmittelgeruch des Spezialklebers, als sei es der Rauch einer Zigarette.

»Ich glaube nicht, dass es ein Unfall war.«

Hellmann blickte überrascht von dem unfertigen Modellflugzeug auf. »Wie kommst du darauf?«

»Zunächst einmal konnte ich mir von Beginn an nicht vorstellen, dass Sandra auf gerader Strecke einfach so die Kontrolle über den Wagen verloren hat. Du hast sie gekannt. Sie war eine gute Fahrerin.«

»Ich verstehe deine Zweifel, aber oft genügt eine Kleinigkeit, um das unmöglich Erscheinende Wirklichkeit werden zu lassen. Ein geplatzter Reifen, ein von einem LKW gefallenes Stück Ladung, ein auf die Straße springendes Tier, eine ruckartige Lenkbewegung. Was auch immer. Es ist tragisch, oh ja. Aber sieh zu, dass du dich nicht in Verschwörungstheorien verrennst. Fängst du erst einmal damit an, wirst du nie wieder zur Ruhe kommen.«

»Ich habe versucht, den Wagen zu finden.«

»Du meinst, Sandras Auto? Wozu?«

»Ich wollte ihn mir ansehen.«

Hellmann sah ihn fragend an.

»Er war verschwunden.«

Karres Chef nahm das Modell und stellte es in den umgedrehten Deckel des Pappkartons, in dem sich die einzelnen Bauteile befunden hatten. »Was meinst du damit, es war verschwunden?«

Mit wenigen Worten berichtete Karre von dem mysteriösen Verschwinden des Fahrzeugwracks. »Aber ich hab´s trotzdem gefunden.«

Die Augen seines Gegenübers wurden groß. »Du hast den Wagen gefunden? Respekt. Ich wusste schon immer, was für ein großartiger Ermittler du bist. Aber wie um alles in der Welt hast du das fertiggebracht?«

Ohne zu sehr in Detail zu gehen, erzählte Karre von dem anonymen Hinweis und seinem nächtlichen Schrottplatzbesuch. »Das einzige Problem ist«, schloss er seinen Bericht, »dass ich einen Durchsuchungsbefehl brauche, um das Fahrzeug zu beschlagnahmen und es kriminaltechnisch untersuchen zu lassen. Allerdings bin ich offiziell nicht für den Fall zuständig. Genau genommen ist es nicht einmal ein Fall. Die Polizei hat die Angelegenheit offiziell als Unfall zu den Akten gelegt.«

»Möchtest du, dass ich mit Staatsanwalt Linnemann spreche? Er ist mir noch einen Gefallen schuldig. Ich kann dir allerdings nichts versprechen.«

»Ich wäre dir ewig dankbar, wenn du es probierst. Ich muss wissen, ob bei der Sache alles mit rechten Dingen zugegangen ist.«

»Also gut, ich rufe ihn an. Aber mehr kann ich nicht für dich tun.«

»Das ist mehr, als ich mir erhofft hatte.« Karres Blick wanderte zu dem Flugzeugmodell. »Was für eine Maschine ist das?«

»Eine Socata TB 10, bekannter unter dem Namen Tobago.«

»Sieht schick aus.«

»Das ist sie auch. Die Reichweite des Originals beträgt 1.210 Kilometer und das Schätzchen bringt es auf eine Reisegeschwindigkeit von 235 Stundenkilometern.«

»Was kostet sowas? In echt, meine ich.«

»Naja, ich schätze, für ne gebrauchte aus den Achtzigern musst du noch so um die vierzigtausend hinblättern.«

»Schöne Stange Geld für einen über dreißig Jahre alten Flieger.«

»Naja, vielleicht wenn ich in Rente gehe.«

»Wie sieht´s denn aus? Ich meine, wie sind deine Pläne? Kommst du zurück?«

»Du hast wohl Angst, dass du deinen Chefposten wieder abgeben musst, was?«

»Du weißt genau, dass ich mir nicht viel aus der Position mache. Und in der augenblicklichen Situation wäre es mir erheblich lieber, als ganz normaler Fußsoldat mitzumarschieren, anstatt den Vorturner zu mimen.«

»Ich weiß. Aber keine Sorge, ich bin früher zurück, als euch allen lieb ist. Wie kommt Bonhoff eigentlich damit zurecht? Kurz, nachdem ich dich zu meinem Stellvertreter gemacht habe, ist er zu mir ins Büro gekommen. Ich will nicht zu viel erzählen, aber er war verflucht wütend.« Er zwinkerte Karre zu, sammelte einige Kunststoffstückchen von der Tischdecke und entsorgte sie in eine Plastiktüte.

»Er hat sich krankgemeldet. Mindestens für eine Woche.«

Hellmann verzog das Gesicht. »Nicht sehr professionell. Aber er war schon immer etwas schwierig. Und ich denke nicht, dass er dir ernsthafte Schwierigkeiten machen wird. Im Grunde ist er ein anständiger Kerl.«

Ohne irgendeine Andeutung zu machen, wechselte er das Thema: »Wie läuft´s mit der Toten vom See? Kommt ihr voran?«

Karre, der gerade im Begriff war, aufzustehen, ließ sich mit einem lauten Seufzen zurück den in Stuhl fallen. »Woher, in Dreiteufelsnamen, weißt du das? Leni ist der Meinung, dich komplett von der kriminellen Außenwelt abgeschottet zu haben.«

»Naja.« Hellmann grinste schelmisch. »Sie zensiert zwar

die Zeitungen und an den Computer darf ich auch nur, wenn ich ihr hoch und heilig verspreche, mir im Internet nicht den Polizeireport durchzulesen. Aber sie hat das hier vergessen.« Triumphierend zog er eines der Abteilungs-Handys aus seiner Hosentasche. »Ich bin immer auf dem Laufenden, was ihr gerade treibt. Eine tolle Erfindung. Und ich bin dir wirklich zu Dank verpflichtet. Wegen der Sache mit der Wolke.«

»Cloud. Es nennt sich Cloud.«

»Meinetwegen. Auf jeden Fall ist eine solche Art der Informationsbereitstellung sensationell. Wenn wir so etwas zwanzig Jahre früher gehabt hätten …«

Karre griff nach dem Gerät, doch Hellmann hatte sein Vorhaben antizipiert und ließ es blitzschnell zurück in seine Hosentasche gleiten. »Untersteh dich. Und wehe, du verrätst mich bei meiner lieben Frau. Dann sage ich ihr, dass es deine Idee war, mir so ein Ding zu besorgen. Du hättest es dir bei ihr bis in die Steinzeit verscherzt.«

»Das kann ich auf keinen Fall riskieren. Aber sieh zu, dass sie es nicht mitbekommt. Sie macht sich wirklich Sorgen.«

»Sprecht ihr über mich?« Leni Hellmann war durch die Terrassentür getreten. Sie trug ein mit Sonnenblumenmuster lackiertes Tablett, auf dem sich eine Flasche Wasser und Gläser befanden. »Ich kann dir auch gerne einen Kaffee bringen, Karre.«

»Nein danke, eigentlich bin ich schon weg.«

»Ich würde einen nehmen«, versuchte Hellmann sein Glück. Doch die Erfahrung der letzten Tage hatte ihn gelehrt, dass von seiner Frau kein Erbarmen zu erwarten war, wenn es um seine Gesundheit ging.

»Vergiss es, Liebling«, bestätigte sie, was er ohnehin gewusst hatte.

»Seid mir nicht böse, aber ich muss los. Wir treffen uns

gleich zur Besprechung im Präsidium.«

»An was arbeitet ihr?«, fragte Hellmann scheinheilig.

»Werd du erst mal gesund. Dann halte ich dich gerne wieder auf dem Laufenden.«

»Siehst du? Jeder außer dir scheint zu wissen, was das Beste für dich ist.«

»Du solltest auf deine Frau hören.« Karre lächelte seinem Chef verschwörerisch zu und verabschiedete sich.

4

Um kurz nach zehn betrat Viktoria das Gebäude, in dem die Büros der Agentur *Your Girl* untergebracht waren. Sie fuhr mit dem Aufzug in die zweite Etage und meldete sich an einem gläsernen Empfangstresen. Ein brünettes Mädel Mitte zwanzig mit schulterlangen Haaren bat sie, auf einer weißen Ledercouch im Foyer Platz zu nehmen.

Viktoria kam der Bitte nach und griff nach einer auf einem runden Glastisch liegenden Modezeitschrift. Gelangweilt blätterte sie durch die Modelaufnahmen auf den großformatigen Hochglanzseiten. Sie hatte nie verstanden, weshalb Frauen Geld für diese Art von Zeitschriften ausgaben. Den Ansammlungen von Werbung unterschiedlichster Kosmetika, Haarpflegeprodukte und Modeaccessoires hatte sie noch nie etwas abgewinnen können. Nach knapp drei Minuten hatte sie die Seiten überflogen, ohne dass sie etwas zu deren Inhalt hätte sagen können.

»Guten Tag, mein Name ist Sabine Humpe, aber nenn mich doch einfach Biene. Alle meine Mädchen machen das.«

Viktoria konnte nicht sagen, wie alt die blonde Frau war, die an sie herangetreten war, ohne dass sie ihr Erscheinen bemerkt hatte. Höchstwahrscheinlich hatte ein Schönheitschirurg im Rahmen eines Dauerabos ganze Arbeit geleistet. Sabine Humpes Gesichtszüge wirkten wie frisch gebügelt, die Lippen eine Nuance zu voll, um natürlich zu sein und das Lächeln eine Spur zu unbeweglich. Zweifelsohne der fragwürdige Erfolg mehrerer Hautstraffungen und Botoxbehandlungen.

»Und du bist bestimmt ...« Ihre Stimme stockte, als Viktoria ihr ihren Dienstausweis unter die Nase hielt.

»Kriminalkommissarin Viktoria von Fürstenfeld. Wir haben telefoniert.«

»Polizei?« Ihre Miene verfinsterte sich. »Davon haben Sie am Telefon nichts gesagt.« Sabine Humpe schob sich eine blonde Strähne aus dem Gesicht. Das kurze Flackern ihrer Augenlider verriet ihre Nervosität. Gerade eben so viel, wie Viktoria sie allzu oft bei Menschen beobachtete, die überraschenden Besuch von der Kripo bekamen. »Was genau führt Sie zu mir? Wie kann ich Ihnen behilflich sein?«, fragte sie, nachdem ihre Züge wieder den geschäftsmäßig kontrollierten Ausdruck angenommen hatten.

»Können wir in Ihr Büro gehen?« Viktoria sah hinüber zu der jungen Frau am Empfangstresen. Auffallend beiläufig wandte sie den Blick von ihrer Chefin und der Kommissarin ab und machte sich an der vor ihr stehenden Computertastatur zu schaffen. »Es muss ja nicht jeder mitbekommen, worüber wir sprechen.«

»Himmel, Sie machen ja ein Geheimnis. Aber bitte. Folgen Sie mir.«

Da war es wieder, das Sie-Phänomen.

Viktoria folgte Sabine Humpe bis ans Ende eines Flurs, dessen Wände gerahmte Fotografien ausnahmslos bildhübscher Mädchen zierten.

Das Büro der Agenturchefin präsentierte sich in bestechend einfacher Eleganz. Ein weißer Teppichboden, der

Viktoria alles andere als zweckmäßig erschien, eine Sitzgruppe aus rotem Samt nebst einem dazugehörigen Tisch. Hinter einem wuchtigen, bis auf ein Telefon und einen Laptop leergeräumten Glastisch, stand ein hochlehniger Drehstuhl aus schwarzem Leder.

Eine etwa zwei Meter hohe, auf Leinwand gedruckte und auf Keilrahmen gezogene Schwarzweißfotografie nahm einen Großteil der dahinterliegenden Wand ein. Das Bild zeigte die Rückenansicht einer vollständig entkleideten Frau, deren dunkles, lockiges Haar in geschmeidigen Wellen über ihre Schultern fiel. Sie lehnte an einem Fenster und blickte hinaus auf die nächtliche Skyline einer Stadt.

Viktoria erkannte den RWE-Turm und das Rathhaus.

Sabine Humpe bot ihr einen Platz auf einem der vor dem Schreibtisch stehenden Stühle an. Sie selbst ließ sich auf dem Drehstuhl auf der anderen Seite des Tisches nieder und schlug ihre langen, in schwarzes Nylon gehüllten Beine übereinander.

»Was führt Sie denn zu mir? Hat eines meiner Mädchen etwas angestellt?«

Viktoria zog das Foto von Danielle Teschner aus ihrer Jackentasche und schob es über die Glasplatte.

Wortlos griff die Agenturchefin danach und betrachtete es eine Weile mit zusammengekniffenen Augen.

»Ich nehme an, Sie kennen die Frau?«, fragte Viktoria. Sie hatte sich mit der Frage viel Zeit gelassen, war jedoch nicht gewillt, weiter auf eine Reaktion der Unternehmerin zu warten.

Sabine Humpe nickte. Langsam und bedächtig. »Danielle Teschner. Sie hat eine Zeit lang für mich gearbeitet. Ein ausgesprochen hübsches und intelligentes Mädchen. Was ist mit ihr?«

»Sie ist tot.«

»Um Gotteswillen. Tot? Ist sie etwa … ich meine, hat sie jemand …«

»Wir gehen davon aus, dass ein Verbrechen vorliegt. Ja.«

»Das ist ja fürchterlich. So ein nettes Kind.« Die bis dato makellose Fassade der Geschäftsfrau fiel so unvermittelt in sich zusammen, dass Viktoria glaubte, einem vollkommen anderen Menschen gegenüberzusitzen.

Um Fassung ringend öffnete Sabine Humpe eine Schublade des unter dem Schreibtisch platzierten Rollcontainers und zog eine Packung Taschentücher heraus. Gekonnt, ohne das perfekte Make-up auch nur geringfügig zu beschädigen, tupfte sie die sich in den Augenwinkeln sammelnden Tränen weg.

»Bitte entschuldigen Sie, aber es ist ein echter Schock. Und Sie sind doch nicht zu mir gekommen, um mich über Danielles Tod zu informieren, oder? Wie kann ich Ihnen helfen?«

»Danielle hat für Sie gearbeitet.«

»Ja. Jedenfalls bis vor ein paar Monaten.«

»Warum hat sie aufgehört? Hat sie gekündigt, oder haben Sie sie entlassen?«

»Entlassen? Herrje, natürlich nicht. Wer entlässt denn freiwillig sein bestes Pferd im Stall?« Sie schien einen Moment lang über den angestellten Vergleich nachzudenken und fügte entschuldigend hinzu: »Also, ich meine, sie war wirklich gut. Alle Kunden, die sie gebucht haben, waren begeistert.«

»Wirklich alle? Es gab keine Ausnahmen?«

»Nicht, dass ich wüsste.«

»Wenn Danielle so begehrt war, gab es Männer, mit denen sie sich regelmäßig getroffen hat?«

»Stammkunden?«

Viktoria nickte.

»Ich denke schon. Aber um Ihnen das genau zu sagen,

müsste ich in den Akten nachsehen.«

»Würden Sie das tun? Vielleicht hilft uns das weiter.«

»Ja, sicher. Glauben Sie denn, dass der Mörder von Danielle einer unserer Kunden ist? Ich meine, ist es möglich, dass die anderen Mädchen ebenfalls in Gefahr sind?«

»Ich weiß es nicht«, gab Viktoria zu. »Aber zum jetzigen Zeitpunkt können wir es nicht mit Sicherheit ausschließen. Auch wenn die Tatsache, dass Danielle schon seit mehreren Monaten nicht mehr für Sie arbeitet, nicht unbedingt für diese Theorie spricht. Aber wir müssen alles versuchen.«

»Natürlich.« Sabine Humpe erhob sich aus ihrem Drehstuhl und wandte sich einem halbhohen Metallregal mit Aktenordnern zu. Nach kurzem Suchen zog sie einen der Ordner heraus, legte ihn auf den Tisch und öffnete ihn zielsicher an einer Stelle, an der eine gelbe Registerkarte hervorschaute. Sie ließ den Metallhebel des Ordners nach oben schnappen und entnahm dem Ordner eine Liste mit Namen und Daten, die sie Viktoria reichte.

»Das sind alle Termine, die Danielle während ihrer Zeit bei uns wahrgenommen hat. Inklusive der dazugehörigen Kontaktdaten der jeweiligen Kunden.«

Viktoria überflog die Liste. »Wow, ganz schön viele.«

»Sag ich ja. Sie war eine unserer Besten.«

»Frau Humpe, könnten Sie mir eine Kopie der Liste anfertigen?«

»Sie können die hier nehmen. Die Daten sind in unserem Buchungssystem hinterlegt. Ich drucke sie später noch einmal aus. Aber bitte nutzen Sie die Unterlagen so vertraulich wie möglich. Diskretion wird in unserer Branche großgeschrieben.«

Viktoria nickte. »Vielen Dank.« Sie faltete die Liste zusammen und steckte sie ein. »Sagen Sie, Frau Humpe, um was für eine Art von Verabredungen handelt es sich bei den durch Sie vermittelten Treffen?«

»Wie bitte?«

»Wozu genau werden Ihre Mitarbeiterinnen gebucht? Geht es um Sex?«

»Nein, das tut es nicht. Wir sind eine seriöse Agentur. Wir begleiten unsere Kunden bei geschäftlichen oder kulturellen Events. Wir legen großen Wert auf die Allgemeinbildung unserer Mädchen. Die meisten sprechen mehrere Sprachen und studieren. Viele nutzen den Job zur Finanzierung ihres Studiums.«

»Es gibt also keine Intimitäten zwischen den Mädchen und Ihren Kunden?«

»Das habe ich nicht gesagt. Aber es liegt einzig im Ermessen der Mädchen, ob und zu welchen Bedingungen sie sich auf ein erotisches Abenteuer einlassen wollen.«

»Das bedeutet, Sie verdienen nichts daran, falls es zu einem gewissen Extraservice kommt?«

»Selbstverständlich nicht.« Sabine Humpe verzog das Gesicht und ihre Entrüstung wirkte auf Viktoria keineswegs gespielt. »Wofür halten Sie mich? Ich bin doch keine Zuhälterin.«

»Ich wollte Ihnen auch nichts unterstellen. Aber mich interessiert, wie so etwas abläuft.«

»Die Mädchen werden zu unterschiedlichsten Anlässen gebucht. Im Regelfall von gut situierten Herren. Mal als Begleitung für die Oper oder für ein geschäftliches Essen. Für eine Wochenendreise oder als Partnerin für ein Tennisdoppel. Sie sehen, wir werden mit den Mädchen in unserer Kartei fast allen Wünschen gerecht. Wir haben sogar Kunden, die nichts weiter suchen, als jemanden zum Reden.«

»Eigentlich ziemlich traurig.«

»Schon, aber umso besser, dass wir diesen Menschen helfen können. Eine klassische Win-Win-Situation. Win-

Win-Win, wenn man es genau nimmt. Der Kunde gewinnt, die Agentur gewinnt, und die Mädchen ebenfalls.«

Mit einem Gesichtsausdruck, der nicht den geringsten Zweifel ließ, dass das Gespräch für sie beendet war, blickte sie demonstrativ auf ihre Armbanduhr. »So, meine Liebe. Kann ich sonst noch etwas für Sie tun? Ich habe gleich den nächsten Termin. Wenn es Ihnen also nichts ausmacht …«

»Nein, ganz und gar nicht. Ich hoffe, die Liste hilft uns weiter. Vielen Dank.«

»Keine Ursache. Und sollten Sie Hinweise finden, dass einer unserer Kunden für Danielles Tod verantwortlich sein könnte, wäre ich Ihnen für einen Hinweis sehr verbunden. Ich versuche alles, um meine Mädchen so gut es geht zu schützen.«

»Ich werde sehen, was sich machen lässt. Also, nochmals vielen Dank für Ihre Unterstützung.«

Viktoria stand auf und verließ die Agentur.

5

»Also, was haben wir?«, fragte Karre in die überschaubare Runde.

Viktoria, Karim und er wirkten an dem langgezogenen, für ein Dutzend Personen geeigneten Tisch in einem der Besprechungsräume des Präsidiums ziemlich verloren.

»Ich schlage vor, jeder erzählt kurz von seinem Vormittag, bevor wir das weitere Vorgehen besprechen. Staatsanwalt Linnemann hat übrigens verlauten lassen, dass er allmählich Ergebnisse erwartet. Insbesondere, nachdem die Sache schon durch die Presse geht.« Ihm fiel auf, dass Viktoria und Karim sich einen kurzen Blick zuwarfen, sagte aber nichts.

»Du warst bei Linnemann?«, fragte Viktoria nach einer

Weile in das noch immer während Schweigen hinein. »Wann?«

»Gerade eben. Ich hatte noch etwas anderes mit ihm zu besprechen. Ich brauche einen Durchsuchungsbeschluss. Für einen Schrottplatz.«

»Wozu? Hat das mit unserem Fall zu tun?«, fragte Karim.

»Nein.« Nach kurzem Überlegen fügte er hinzu: »Ich habe Sandras Wagen gefunden.«

»Den Unfallwagen? Was meinst du damit, du hast ihn gefunden? War er weg?«

Mit knappen Worten berichtete Karre von seinem vergeblichen Versuch, einen Blick auf den Audi zu werfen. Ohne ins Detail zu gehen, erwähnte er auch den anonymen Hinweis, der ihn zu besagtem Schrottplatz geführt hatte.

»Das klingt alles ziemlich abenteuerlich«, konstatierte Karim.

»Karre.« Viktoria sah ihn ernst an. »Der anonyme Hinweis, von dem du gesprochen hast«, fuhr sie zögernd fort. »Der hängt nicht etwa mit dem Foto in der Presse zusammen, oder?«

Karre schluckte. Die beiden hatten es also auch schon gesehen und eins und eins zusammengezählt. »Foto?«

Viktoria zog eine Zeitung unter einem Stapel Papiere hervor. Die aufgeschlagene Seite zeigte den Artikel, den Karre bereits bei Leni Hellmann gesehen hatte.

Viktoria tippte mit dem Zeigefinger auf das Foto. »Das Bild stammt aus der Wohnung von Danielle Teschner. Genau genommen ist es eins der Fotos, die wir mitgenommen haben. Und damit nicht genug. Wie du weißt, haben Karim und ich alle Bilder für unsere elektronische Fallakte digitalisiert. Allerdings ist das Original inzwischen verschwunden. Und ich werde das Gefühl nicht los, dass es da einen Zusammenhang gibt. Hast du nicht erzählt, du wärst gestern Abend noch ins Präsidium gefahren?«

Karre holte Luft, doch Viktoria gebot ihm mit einer abwehrenden Handbewegung Einhalt. »Dir ist klar, dass wir ein echtes Problem haben, wenn das rauskommt. Du musst also einen triftigen Grund gehabt haben.«

»Zum Beispiel«, fuhr Karim fort, »könnte dir jemand Informationen angeboten haben, wenn du ihm das Foto lieferst. Informationen, die den Verbleib von Sandras Wagen betreffen. Und egal woher dieser jemand seine Informationen haben mag, die Sache stinkt gewaltig zum Himmel.«

»Und jetzt?«, fragte Karre. Er kannte seine Kollegen gut und lange genug, um zu wissen, dass es keinen Sinn hatte, ihre Rückschlüsse abzustreiten.

»Jetzt hast du verfluchtes Glück, dass sich die Datei mit dem Foto genauso in Luft aufgelöst hat, wie der Papierabzug.« Karim sah ihn durchdringend an. »Aber beim nächsten Mal, wobei ich davon ausgehe, dass es kein nächstes Mal geben wird, möchte ich, dass du uns über die Sache informierst. Klar? Wäre ziemlich peinlich geworden, wenn uns jemand gefragt hätte, wie ein Foto aus unserer Datenbank unautorisiert bei der Presse landen konnte.«

Karre nickte. Kollegen wie Karim und Viktoria waren durch nichts zu ersetzen. »Danke. Ich bin euch was schuldig.«

»Quatsch«, erwiderte Viktoria. »Aber du kannst uns mitnehmen, wenn du den Beschluss bekommst und den Wagen da rausholst.«

»Einverstanden.«

»Und jetzt? Machen wir weiter?«

»Lasst uns kurz durchgehen, was jeder von uns heute Vormittag rausgefunden hat. Karim, machst du den Anfang?«

»Klar. Also, wie ihr wisst, war ich heute Morgen nochmal bei Schwarz.« Während der nächsten Minuten berichtete Karim von seinem Besuch bei Danielle Teschners
Exfreund.

Nach anfänglichem Hin und Her, habe dieser zugegeben, vom Job seiner damaligen Partnerin gewusst zu haben. Lediglich durch Zufall sei er dahintergekommen,
dass es sich bei den gut bezahlten Aufträgen nicht um
reine Model-Jobs handelte, wie er anfangs geglaubt hatte.
Obwohl er ihr finanzielle Unterstützung angeboten habe,
so Schwarz, habe Danielle sich geweigert, ihren Begleitjob
an den Nagel zu hängen. Somit sei die Trennung unver-
meidbar gewesen.

»Umso seltsamer, dass sie dann für ihren Neuen scheinbar nicht schnell genug aus dem Geschäft aussteigen
konnte«, stellte Karre fest.

»Wohin die Liebe fällt. Wer weiß, was der Kerl ihr alles
versprochen hat.«

»Und? Kannst du dir vorstellen, dass Schwarz sie ermordet hat?«

»Du meinst, aus Eifersucht?« Karim schüttelte den
Kopf. »Warum hätte er nach der Trennung mehrere Monate warten sollen?«

»Vielleicht, weil er geglaubt hat, auf diese Weise würden
wir nicht auf ihn als Täter kommen?«

»Ich glaube nicht, dass er unser Mann ist«, mischte Viktoria sich ein. »Er scheint ja kein besonders großes Problem damit zu haben, eine Neue zu finden.«

»Also stehen wir wieder am Anfang?« Karim lehnte sich
in seinem Stuhl zurück und schloss die Augen.

»Vielleicht auch nicht. Ich war heute Morgen ja in der
Agentur.«

»Your Girl?«

»Genau. Und ich habe etwas Interessantes mitgebracht, das uns eventuell weiterhelfen könnte. Viktoria verteilte Kopien der Kundenliste, die sie von Sabine Humpe erhalten hatte.

Karim schnalzte mit der Zunge und nickte seiner Kollegin anerkennend zu.

Während der nächsten Minuten fasste Viktoria die Ergebnisse der Durchsicht der Unterlagen zusammen. Während ihrer Zeit bei der Agentur hatte Danielle Teschner sich mit beinahe zwei Dutzend unterschiedlichen Kunden getroffen. Mit einem Drittel kam es zu mehreren Treffen, aber lediglich zwei tauchten mit auffallender Regelmäßigkeit auf.

»Florian König und Hartmut Grünwald. Die Namen der beiden stehen ziemlich häufig auf der Liste. Bei ihnen liegen zum Teil nur wenige Tage zwischen den einzelnen Treffen. Wenn ihr mich fragt, sollten wir den Herren mal einen Besuch abstatten. Danach können wir uns immer noch mit den anderen Kandidaten beschäftigen. Karre?«

»Also gut. Ich fahre zu König, ihr nehmt euch Grünwald vor. Anschließend treffen wir uns wieder und sehen, ob uns einer von ihnen auf die richtige Spur bringen könnte.«

6

Der etwa einen Meter neunzig große Mann stand in der Tür und beäugte die Ermittler mit durchdringenden, hellblauen Augen. Er war sonnengebräunt, trug eine schwarze Stoffhose und ein weißes, kurzärmeliges Hemd. Eine goldene Armbanduhr zierte sein linkes Handgelenk, an seinem rechten Ringfinger steckte ein breiter Ring. Sein ergrautes Haar wurde nur noch von wenigen blonden Strähnen durchzogen, doch Viktoria fiel es nicht schwer, sich den Hünen vorzustellen, den Hartmut Grünwald während der Blüte seines Lebens ohne jeden Zweifel dargestellt hatte.

»Herr Grünwald?«

Ihr Gegenüber nickte. »Sie sind von der Polizei?«

Viktoria warf erst ihrem Kollegen, dann Grünwald einen überraschten Blick zu. »Wie kommen Sie darauf?«

»Wissen Sie, selbst ein in die Jahre gekommener Wolf wittert Beutetiere und Artgenossen auf eine Entfernung von mehreren Kilometern.«

»Und als was von beidem bezeichnen Sie uns?«, fragte Karim und tat einen Schritt in Richtung der Eingangstür.

Grünwald lächelte geheimnisvoll, bevor er ausweichend antwortete: »Naja, vielleicht habe ich im Laufe der Zeit einfach ein Gespür für die Anliegen anderer Menschen entwickelt. Dürfte ich Sie dennoch um Ihre Ausweise bitten? Heutzutage kann man nicht vorsichtig genug sein.«

»Aber sicher.« Viktoria zog ihren Dienstausweis aus der Hosentasche und reichte ihn Grünwald. Karim folgte ihrem Beispiel.

Nach eingehender Betrachtung gab Grünwald ihnen die Plastikkarten zurück.

»Treten Sie ein, wir können uns auf die Terrasse setzen.« Er führte sie durch den Flur und das Wohnzimmer zum rückwärtigen Ausgang des Hauses.

Offenbar machte der alte Herr seinem Namen in puncto Gartenarbeit alle Ehre. Jedenfalls schien er über den sprichwörtlichen grünen Daumen zu verfügen, während bei Viktoria binnen weniger Wochen selbst die anspruchslosesten Topfpflanzen elendig vor die Hunde gingen. Ja, sie hatte es sogar geschafft, den aus der Wohnung ihrer Großmutter stammenden Kaktus vertrocknen zu lassen. Vermutlich brächte sie es auch fertig, eine Wasserpflanze zu ertränken.

Nicht so bei Grünwald.

Der sich an die Terrasse anschließende Garten wirkte wie ein Park. Sattgrüner Rasen, der ebenso gut zu einer Golfanlage hätte gehören können, umrahmt von prachtvollen Hortensien und mannshohen Hibiskus-Sträuchern. Das etwa fünfzig Meter tiefe Grundstück endete unmittelbar am Holzzaun einer Pferdekoppel. Dahinter setzte sich die Landschaft als sanft abfallende, kilometerweite Ansammlung von Weiden und Feldern fort, um irgendwo in der Ferne behutsam wieder anzusteigen. Eine Gruppe Windräder am Horizont streckte ihre Rotoren in den seit Tagen zum ersten Mal wolkenlosen Himmel. Auf Viktoria wirkten sie wie eine Familie einbeiniger Riesen während ihres Sonntagsspaziergangs.

Eine japanische Kirsche, deren Blätter im sanften Wind leise raschelten, spendete der auf der Terrasse platzierten Sitzgruppe angenehmen Schatten.

Die Kommissarin betrachtete die mit blau-weiß gestreiften Auflagen ausgestatteten Stühle und den dazugehörigen Tisch. Auf dem weißen Tischtuch stand eine Glaskaraffe mit Mineralwasser, in dem neben einigen Eiswürfeln leuchtend gelbe Zitronenscheiben und ein Zweig frischer Minze schwammen. Daneben befanden sich ein Schachbrett und eine aufgeschlagene Zeitung.

»Ich wusste, dass Sie früher oder später kommen und Fragen stellen würden«, sagte Grünwald und deutete auf den Zeitungsartikel. »Die Tatsache, dass Sie die richtigen Schlüsse offenbar recht schnell gezogen haben, spricht für Sie. Bitte, nehmen Sie doch Platz.« Mit einer einladenden Geste bedeutete er ihnen, sich zu setzen.

»Sie geben zu, die Tote gekannt zu haben?«

Zum ersten Mal seit ihrem Eintreffen zeigte Grünwalds Gesichtsausdruck einen Anflug von Verwunderung. »Aber natürlich.«

»Haben Sie sie regelmäßig getroffen?«, fragte Karim.

»Wenn Sie das nicht längst herausgefunden hätten, wären Sie nicht zu mir gekommen, oder? Darf ich Ihnen etwas zu trinken anbieten?«

»Nein, vielen Dank.« Viktoria warf einen flüchtigen Blick auf Grünwalds Ehering.

»Ich schätze, Sie fragen sich, warum ein alter, verheirateter Mann wie ich es bin, sich mit einer jungen Frau trifft und diese sogar dafür bezahlt, oder?«

»Nein, ich …«, setzte Viktoria an. Sie fühlte sich ertappt und ärgerte sich über sich selbst. Wer auch immer Grünwald war, er war mit allen Wassern gewaschen und sollte er mit Danielle Teschners Tod zu tun haben, würde es alles andere als leicht werden, ihn zu überführen. Davon war sie überzeugt. Und Karims Blick sagte ihr, dass er ähnlich darüber dachte. »Es geht uns nichts an, was Sie …«

Er unterbrach sie. »Ganz recht. Es geht Sie nichts an. Aber ich werde es Ihnen trotzdem verraten. Schon alleine, damit Sie Ihre wertvolle Zeit auf der Suche nach dem Mörder dieses Mädchens nicht mit völlig falschen Schlüssen vergeuden.« Es kostete ihn einige Mühe, den Ehering von seinem Finger zu ziehen. Offensichtlich war er schon länger nicht abgenommen worden. Er hielt ihn Viktoria hin.

»Ich war über dreißig Jahre mit meiner Jungendliebe verheiratet. Maria war eine wundervolle Frau, die beste, die ein Mann sich nur wünschen kann. Und obwohl es uns nicht vergönnt war, Kinder zu bekommen, hatten wir eine wunderbare Zeit. Doch dann wurde sie mir aus den Händen gerissen. Von einer Sekunde zur anderen. Ich möchte nicht näher darauf eingehen und ich hoffe, Sie verstehen das. Aber es gehört nicht hierher. Auf jeden Fall habe ich seitdem keine andere Frau mehr in irgendei-

211

ner Weise begehrt. Und was Danielle Teschner betrifft«, er schluckte und steckte sich den Ring zurück an den Finger, »sie war eine verdammt gute Schachspielerin. Jedenfalls für eine Frau ihres Alters. Ich rechne es ihr hoch an, dass sie mich weiter besucht hat, nachdem sie ihren Job in der Agentur hingeschmissen hatte. Ich habe ohnehin nie verstanden, warum sie sich überhaupt darauf eingelassen hat.«

Viktoria ließ sich gegen die Lehne des Gartenstuhls sinken und schloss für einen Moment die Augen. Ein leichter Anflug von Schwindel überkam sie und bunte Punkte tanzten vor ihr in der Dunkelheit. Als sie die Augen wieder öffnete, ließ das grelle Sonnenlicht sie blinzeln. »Sie haben Schach gespielt?«

Grünwald nickte. »Was dachten Sie denn? Dass ich sie für regelmäßige Schäferstündchen bei Champagner und Kaviar einbestellt habe?« Sein Lachen klang kalt und zynisch.

»Warum um alles in der Welt bezahlen Sie eine Agentur dafür, dass sie Ihnen eine Frau zum Schachspielen schickt?«, fragte Karim, den Grünwalds Antwort nicht minder überraschte, als seine Kollegin.

»Ist das nicht offensichtlich?«, formulierte Grünwald die Gegenfrage und klang regelrecht gelangweilt. »Ich fürchte, ich muss meine anfänglich positive Meinung über Sie noch einmal überdenken. Wenn bei Ihnen im Dezernat alle so schwer von Begriff sind, werden Sie wahrlich Ihre liebe Mühe haben, Danielles Mörder zu fassen.«

»Passen Sie auf, was Sie sagen, sonst …«

Viktoria schnitt ihrem Kollegen mit einer wirschen Handbewegung das Wort ab. »Herr Grünwald, ich verstehe schon, was Sie dazu bewogen hat, aber warum ausgerechnet über eine Agentur?«

»Eigentlich ist es doch ganz einfach. Ich wollte mich darauf verlassen können, dass sie mir jemanden schicken, der meinen Ansprüchen gerecht wird. Und ich hatte keine Lust, mich wochenlang auf die Suche nach einer Partnerin zu begeben. Dass sich am Ende so etwas wie Freundschaft zwischen Danielle und mir entwickelt hat, war nicht abzusehen. Und keiner von uns hat es in irgendeiner Form darauf angelegt. Aber zwischen uns hat es niemals, ich betone, niemals, auch nur den Hauch eines intimes Kontaktes gegeben.«

»War sie denn gut?«, fragte Karim. »Im Schachspielen, meine ich.«

Grünwald nickte. »Sie war eine Gegnerin auf Augenhöhe. So jemanden findet man nicht alle Tage.«

»Sie erwähnten, dass Danielle Teschner ihren Job bei der Agentur aufgegeben hat. Das haben wir auch schon herausgefunden. Können Sie uns Näheres dazu sagen? Hat sie mit Ihnen darüber gesprochen?«

Grünwald überlegte. Er schien seine Worte genau abzuwägen, bevor er antwortete. »Nur, dass sie jemanden kennengelernt hat. Ich habe nicht weiter nachgefragt, denn für mich waren ihre Gründe offensichtlich. Welcher Mann möchte schon, dass sich seine Freundin regelmäßig mit anderen Männern trifft. Ich unterstelle mal, dass es den wenigsten ihrer Kunden ums Schachspielen ging. Umso mehr habe ich mich gefreut, dass sie mich weiterhin besucht hat. Ohne, dass sie dafür etwas verlangt hätte.«

»Wann war sie das letzte Mal bei Ihnen?«

»Lassen Sie mich überlegen.« Er griff nach der Karaffe und füllte das vor ihm stehende Glas zur Hälfte mit Wasser. »Ich denke, vor knapp einer Woche. Sie möchten wirklich nicht?«

»Nein, vielen Dank. Es gab also keinen festen Tag, an dem Sie sich getroffen haben?«

Er schüttelte den Kopf und deutete auf das Schachbrett. »Spielen Sie?«

»Ein wenig.« Viktoria betrachtete die Figuren. Die aufgebaute Partie war schon recht weit fortgeschritten.

Dass außer Grünwald niemand anwesend war, um das Match mit ihm zu bestreiten, schien ihn nicht sonderlich zu stören. »Dann sind Sie am Zug.«

»Welche Farbe?«

»Weiß. Danielle spielte grundsätzlich weiß. Und sie hat die Partien gut entwickelt. Sie zeigte erstaunliche Weitsicht bei ihren Spielzügen. Geben Sie sich Mühe und erweisen Sie sich als ihrer würdig.«

Viktoria sah ihn fragend an. »Sie haben Fernschach gespielt?«

»Nicht nur, aber auch. Per Telefon. Ihren letzten Zug hat sie am Donnerstagabend gemacht. Eine Stunde später habe ich gezogen. Ich habe sie angerufen, aber sie hat das Gespräch nicht angenommen. Seitdem habe ich auf eine Reaktion von ihr gewartet. Als ich bis Samstagabend nichts gehört hatte, befürchtete ich schon, dass etwas nicht in Ordnung sei. Einmal pro Tag hat sie eigentlich immer einen Zug gemacht, egal, wie beschäftigt sie war. Heute Morgen hatte ich dann Gewissheit.« Er deutete auf die Zeitung.

»Und Sie möchten, dass ich ihr Spiel fortsetze?«

Grünwald nickte.

»Ich …«

»Keine falsche Scheu. Versetzen Sie sich in die Partie und versuchen Sie, Danielles Spiel zu spüren. Was war ihr Plan? Was ihr Ziel? Worauf hat sie hingearbeitet?«

Viktoria betrachtete die Figuren. Es war lange her, dass sie zum letzten Mal gespielt hatte, doch ihr Gefühl für das königliche Spiel kehrte schneller zurück, als sie erwartet hatte. Sie ging die möglichen Züge in Gedanken durch und versuchte gleichzeitig, die Reaktionen Grünwalds zu antizipieren. Schließlich griff sie nach ihrer Dame und zog die schwere Specksteinfigur von D2 nach D7, hielt ein, zwei Sekunden inne. Dann ließ sie die Spielfigur los und beendete damit ihren Zug.

»Ich dachte, du kannst spielen«, frotzelte Karim schadenfroh. »Wenn du das machst, ist deine Dame futsch.«

Viktoria sah ihren Kollegen an und lächelte. »Lass mich mal machen.«

Grünwald nickte. »Ja, lassen Sie sie. Sie macht das gut.«

»Aber ...«

»Sagt Ihnen der Begriff Damenopfer etwas?«

Karim schüttelte den Kopf. »Damenopfer? Ich nehme an, es ist nicht das, wonach es sich anhört. Indiana Jones und der geheime Opferkult der Thuggee, oder sowas?«

Grünwald schaute ein wenig gequält drein. »Nein, gewiss nicht. Vielmehr geht es darum, die eigene Dame bewusst zu opfern, um sich dadurch in eine strategisch günstigere Position zu bringen. Das für den Laien«, er warf Karim einen vielsagenden Blick zu, »auf den ersten Blick Unverständliche ist das Opfern der stärksten Spielfigur im Austausch gegen eine materiell minderwertigere. Beispielsweise einen Läufer, oder einen Turm. Was Menschen wie Ihnen als Fehler erscheint, ist in Wahrheit ein äußerst raffinierter und wohl überlegter Zug, um den Gegner in die Enge zu treiben und die eigene Ausgangslage zu verbessern. Verstehen Sie, was ich meine?«

Er deutete auf die weiße Dame. »Wie Sie bemerkt haben, ist es geradezu offensichtlich, dass Ihre Kollegin ihre Figur an meinen Läufer verlieren wird. Wenn ich mich allerdings tatsächlich zu diesem Zug hinreißen lasse, gerät mein König in arge Bedrängnis. Um nicht zu sagen, beim nächsten Zug Ihrer Kollegin geriete er ins Matt. Sie sehen, nicht alles, was auf den ersten Blick nach einem

Nachteil aussieht, muss zwangsläufig zu einem Schaden führen. Im Gegenteil. Eine Tatsache, die sich übrigens nicht nur im Schachspiel immer wieder als bedeutsam erweist. Auch im Rahmen einer Mordermittlung kann es nicht schaden, das Spielbrett aus dem Blickwinkel des Täters zu betrachten und zu versuchen, dessen kommende Züge vorherzusehen.«

Viktoria beobachtete ihren Kollegen aus dem Augenwinkel. Sie wusste, dass er sich nach Grünwalds Belehrung vermutlich vorkam, wie ein nach einer dummen Antwort dem Gelächter der Klasse ausgesetzter Schuljunge. Es überraschte sie daher nicht, dass er über Grünwalds Vortrag hinwegging, ohne etwas drauf zu erwidern.

»Warum haben Sie das Schachbrett hier draußen aufgebaut?«, fragte er stattdessen. »Nachdem Sie in der Zeitung von Danielles Tod gelesen hatten, dürfte Ihnen doch klar gewesen sein, dass sie nicht mehr anrufen würde.«

»Das stimmt«, antwortete Grünwald einsilbig. Ein geheimnisvolles Lächeln umspielte seine Lippen. »Aber ich war mir sicher, dass Sie bei mir auftauchen und Fragen stellen würden. Und nun lassen Sie Ihre Kollegin und mich die Partie in Danielles Sinn zu Ende spielen. Ihre Verspätung nehme ich auf meine Kappe. Wenn Sie nachher ins Präsidium zurückkehren, grüßen Sie Willi Hellmann von mir. Er ist doch noch nicht in Rente gegangen, oder? Während meiner Zeit beim BKA in Düsseldorf hatte ich des Öfteren mit ihm zu tun.«

7

Die Türglocke der modernen Villa klang wie der Gong eines ostasiatischen Zen-Tempels. Der Mann, der nach ihrem Ertönen die Tür öffnete, war in etwa so alt wie Karre. Er trug eine schwarze Anzughose mit einem weißen Hemd, hatte auf eine Krawatte sowie das Schließen der obersten Hemdknöpfe verzichtet. Silberne Manschettenknöpfe verliehen seiner Kleidung das gewisse Etwas. Obwohl sich ihre Outfits auf den ersten Blick durchaus ähnelten, schätzte Karre den Unterschied auf gut und gerne ein Monatsgehalt.

Sein Monatsgehalt, denn der Anblick der Villa ließ vermuten, dass sich sein Gegenüber in dieser Hinsicht in völlig anderen Sphären bewegte.

Schweigend musterte er Karre.

»Herr König? Florian König?« Karre interpretierte das kaum merkliche Nicken seines Gegenübers als Zustimmung.

»Sie wünschen?«

Er zückte seinen Dienstausweis und stellte sich vor.

»Polizei? Was kann ich für Sie tun?«

»Könnten wir das eventuell drinnen besprechen?« Normalerweise argumentierte er an dieser Stelle des Gespräches mit neugierigen Nachbarn, doch der Eingang der Villa lag fernab jeglicher Nachbarschaftsbebauung.

»Dauert es länger?«

»Kommt darauf an, wie viel Sie mir erzählen können.«

»Worum geht es denn?«

Der Kommissar deutete mit einem kurzen Kopfnicken ins Innere des Hauses. »Darf ich?«

»Also gut, kommen Sie.«

König führte ihn durch einen mit weißem Marmor ausgelegten Empfangsbereich, dem die Bezeichnung *Halle* durchaus gerecht wurde. Karre warf einen Blick durch die doppelflügelige Glastür am gegenüberliegenden Ende. Dahinter befand sich das Wohnzimmer. Allein den Teil des Raumes, den er von hier aus einsehen konnte, schätzte er so groß, wie seine gesamte Wohnung. Eine breite Fensterfront eröffnete den Blick in einen parkähnlichen

Garten.

Auf einer auf dem Teppich ausgebreiteten Gymnastikmatte lag eine Frau. Sie wurde von einer zweiten Frau, deren Alter Karre auf Ende zwanzig taxierte, bei der Durchführung von Fitnessübungen angeleitet. Auch aus der Entfernung blieb ihm die Attraktivität beider Frauen nicht verborgen. Während er sie bei ihren Übungen beobachtete, fiel ihm der vor der Terrassentür stehende Rollstuhl ins Auge.

»Nadine hatte einen Sportunfall«, bemerkte König, dem Karres Blicke nicht entgangen waren.

»Das tut mir leid. Ist Ihre ... ich meine, ist sie schon lange ...?«

König schüttelte den Kopf. »Nein. Der Unfall liegt jetzt etwa neun Monate zurück.«

»Die Lähmung Ihrer Frau, ist sie vorübergehend oder endgültig?«

»Wir waren bei unterschiedlichen Spezialisten in der Schweiz und den USA. Die einhellige Meinung ist, dass es sich aller Wahrscheinlichkeit nach um einen irreversiblen Schaden handelt. Zwar ist das Rückenmark bei dem Unfall nicht vollständig durchtrennt, sondern nur gequetscht worden, aber dass die Lähmung sich vollkommen zurückbildet, ist unwahrscheinlich.«

Karre nickte, ohne etwas zu erwidern. Wieder einmal zeigte sich, dass auch das größte Vermögen nicht vor persönlichen Tragödien schützt. Längst nicht alles war käuflich. Auch wenn Königs Wohlstand ihn in die Lage versetzt hatte, mit seiner Frau von einem Spezialisten zum nächsten zu reisen, hatten seine Bemühungen offenbar nicht zum gewünschten Erfolg geführt.

Nadine König schien einige Jahre jünger zu sein als ihr Ehemann. Und wie er, hatte sie den Großteil ihres Lebens noch vor sich. Ein Leben, das von einer Sekunde zur anderen vollkommen auf den Kopf gestellt worden war. Karre verdrängte den aufkommenden Gedanken an Hanna und wandte sich König zu, der an einer vom Flur abzweigenden Tür auf ihn wartete.

»Gehen wir rüber ins Arbeitszimmer. Ich möchte Nadine nicht bei ihren Übungen stören.«

Karre folgte ihm in einen etwa fünfundzwanzig Quadratmeter großen Raum, in dessen Zentrum sich ein wuchtiger Schreibtisch befand. Die dahinterliegende Wand wurde von einem mit Büchern und Aktenordnern gefüllten Regal verdeckt.

»Nehmen Sie Platz.« König deutete auf eine aus zwei schwarzen Ledersesseln und einem Glastisch bestehende Sitzgruppe. »Darf ich Ihnen etwas zu trinken anbieten?«

»Nein, vielen Dank.« Karre ließ sich in einem der beiden Sessel nieder und zog das Foto von Danielle Teschner aus seiner Jacketttasche. »Herr König, ich bin hier, weil ich hoffe, dass Sie mir und meinen Kollegen helfen können. Es geht um den Tod einer jungen Frau.«

König zog die Augenbrauen hoch. Sollte ihn Karres Einleitung nicht überrascht haben, hatte er sich zumindest gut verstellt. »Mord? Ich wüsste wirklich nicht, wie ich Ihnen dabei behilflich sein kann.«

Karre schob das Foto über die Glasplatte des Tisches. »Was können Sie mir über sie erzählen?«

König warf einen flüchtigen Blick auf die Aufnahme. »Wie kommen Sie darauf, dass ich sie kennen könnte?«

Karre nickte in Richtung des auf dem Tisch liegenden Bildes, woraufhin König es in die Hand nahm und eingehend betrachtete.

»Und? Kennen Sie sie?«

»Naja«, er zögerte. »Ich habe sie schon einmal gesehen. Glaube ich. Aber ... Sie ist tot? Aber wie ...«

Karre sah ihn fragend an.

»Hören Sie, ich möchte nicht, dass Nadine etwas davon mitbekommt. Das zwischen mir und ihr ist vorbei. Ich kann mich doch auf Ihre Diskretion verlassen, oder?«

»Im Augenblick spricht nichts dafür, dass wir Ihre Frau in die Angelegenheit hineinziehen müssen.« Er sah die Erleichterung auf Königs Gesicht. »Woher kannten Sie sie?«

»Wir haben uns auf einer Messe kennengelernt. Danielle hat dort als Hostess gearbeitet.«

Das Übliche also, dachte Karre. Junge, hübsche Mädchen, die von den ausstellenden Firmen angeheuert wurden, Kunden zu ködern. Und die selbstverständlich auch auf den abendlichen Messepartys anwesend waren.

Weitere Kontakte nicht ausgeschlossen.

Schon mehrfach hatte er Reportagen über das Gebaren angetrunkener Geschäftsleute im Rahmen solcher *Fachmessen* gesehen. Nicht selten überschritt deren Verhalten jegliche Grenzen von Peinlichkeit und gutem Geschmack. »Um was für eine Messe handelte es sich?«

»Baustoffe. Meine Firma ist in der Baubranche tätig. Danielle hat dort für einen meiner Zulieferer gearbeitet. Wir haben uns auf Anhieb gut verstanden und abends nach Messeschluss noch etwas zusammen getrunken.«

Karre nickte wissend. »Haben Sie sich nach der Messe weiterhin getroffen?«

König schwieg einen Augenblick, bevor er antwortete. Eigentlich musste er nur eins und eins zusammenzählen, um darauf zu kommen, dass Karre über die Kundenliste der Agentur auf ihn gestoßen war. Folglich wäre es alles andere als clever gewesen, weitere Treffen zu leugnen. Und sein Nicken ließ vermuten, dass seine Überlegungen ebenfalls zu diesem Ergebnis geführt hatten.

»Ja, wir haben uns ein paar Mal getroffen. Aber die Sache ist schon seit einigen Monaten vorbei.«

»Könnte man sagen, dass Frau Teschner und Sie eine Affäre hatten?«

»Anfangs habe ich sie ganz offiziell über ihre Agentur gebucht. Als Begleitung für verschiedene Veranstaltungen. Später ...«, er zögerte einen Moment, bevor er weitersprach. »Später haben wir uns auch privat verabredet.«

»Hatten Sie ein Verhältnis mit Frau Teschner?«, wiederholte Karre seine Frage.

»Nennen Sie es, wie Sie wollen. Affäre, Beziehung, Verhältnis.«

»Und Ihre Frau? Wusste sie davon«?

»Wollen Sie mich verarschen? Selbstverständlich nicht. Und wie gesagt, es wäre für alle Beteiligten besser, wenn es dabei bliebe. Ich möchte nicht, dass sie in ihrem Zustand etwas davon erfährt.«

»Natürlich. Wie gesagt, wir werden Ihre Frau aus den Ermittlungen heraushalten, solange wir keine andere Notwendigkeit sehen. Sie sagten, die Sache mit Frau Teschner sei vorbei?«

König nickte.

»Wussten Sie, dass sie ihren Job in der Agentur aufgegeben hat?«

»Nein, das wusste ich nicht. Aber wie gesagt, wir haben uns auch nicht mehr getroffen.«

»Warum denn eigentlich?«

»Danielle wollte mehr.«

»Mehr?«

»Eine richtige Beziehung.«

»Aber das kam für Sie nicht in Frage?«

Er schüttelte langsam den Kopf. »Glauben Sie, ich würde meine Frau in ihrer Situation verlassen? In guten wie in schlechten Zeiten.«

Was dich aber nicht davon abgehalten hat, sie nach Strich und Faden zu hintergehen, dachte Karre.

»Wie lange sind Sie verheiratet?«

»Seit sieben Jahren.«

»Beschreiben Sie Ihre Ehe.«

»Wie bitte?«

»Führen Sie eine glückliche Ehe?«

»Hören Sie, ich weiß, dass es moralisch nicht die feine Art ist, seine Frau zu betrügen. Aber ob Sie es glauben oder nicht, ich liebe Nadine.«

»Darf ich Sie etwas fragen? Etwas Persönliches.«

»Nur zu.«

»Hatte Ihre Affäre mit dem Unfall Ihrer Frau zu tun? Ich meine, hätten Sie sich auf Frau Teschner eingelassen, wenn Ihre Frau nicht im Rollstuhl säße?«

»Um ehrlich zu sein, habe ich mir darüber noch keine Gedanken gemacht.«

»Wann haben Sie Frau Teschner zum letzten Mal getroffen?«

Er überlegte kurz. »Ich weiß es nicht genau. Aber wie gesagt, es ist schon einige Wochen her.«

»Und Sie hatten seitdem keinen Kontakt mehr?«

»Nein.«

»Keine Treffen? Keine Anrufe oder Mails?«

»Nein.« Zum ersten Mal während ihres Gespräches klang König gereizt. Dennoch schien er sich seiner Sache sicher zu sein.

Entweder er sagt tatsächlich die Wahrheit, dachte Karre, oder er weiß, dass wir mit der Handynummer der Toten nichts anfangen konnten. »Besitzen Sie ein Mobiltelefon?«

»Soll das ein Witz sein? Wie viele Menschen in unserem Alter kennen Sie, die *keins* haben?«

»Macht es Ihnen etwas aus, mir Ihre Nummer zu geben?«

»Warum sollte es.« König zog ein schwarzes Lederportemonnaie aus der Gesäßtasche seiner Anzughose,

222

angelte eine Visitenkarte heraus und reichte sie Karre.

Ein einziger Blick genügte, um festzustellen, dass es sich nicht um die Rufnummer handelte, die Danielle Teschner von ihrem Prepaidhandy aus angerufen hatte. »Ihre Firmenadresse?«

»Ja. Wir haben vor vier Jahren neu gebaut. Sofern es Ihre Zeit erlaubt, können Sie gerne vorbeikommen und es sich ansehen. Kann ich sonst noch etwas für Sie tun?«

Karre überlegte einen Augenblick, bevor er den Kopf schüttelte. »Vielen Dank, für´s Erste war´s das.« Er erhob sich aus dem Sessel und spürte einen stechenden Schmerz im Rücken. Vermutlich musste er sich eingestehen, dass der erste Lack mit Ende dreißig allmählich abblätterte. Und die Nächte auf Krankenhausstühlen waren seiner körperlichen Verfassung ebenfalls nicht sonderlich zuträglich. Vielleicht, überlegte er, sollte er sich die Zeit nehmen, seine verbogenen Rückenwirbel von einem Profi sortieren zu lassen.

König entpuppte sich als guter Beobachter und setzte eine betont sorgenvolle Miene auf. »Stimmt etwas nicht?«

»Nein, vielen Dank. Nur der Rücken macht sich ab und an bemerkbar. Vermutlich sollte ich mehr Sport treiben.«

»Und ich dachte immer, die Kollegen unserer Freunde und Helfer wären körperlich in bester Verfassung. Aber Sie haben bestimmt auch nicht mehr Zeit für Sport, als andere Berufstätige.«

»Sagen Sie, die Physiotherapeutin Ihrer Frau ...«

König schnippte mit dem Finger. »Das ist eine gute Idee. Warten Sie, ich gebe Ihnen die Kontaktdaten ihrer Praxis.« Er ging zu seinem Schreibtisch, öffnete eine Schublade und kam nach kurzem Suchen mit einer Visitenkarte zurück. »Lassen Sie sich bei Gelegenheit mal einen Termin geben.«

Karre betrachtete die Karte. »Vielen Dank.«

»Sie ist wirklich gut. Probieren Sie es einfach mal aus. Manchmal wirkt eine Massage Wunder.«

»Ich danke Ihnen für Ihre Zeit, Herr König. Falls ich Fragen habe, melde ich mich bei Ihnen.«

»Kein Problem. Jederzeit.« König geleitete den Kommissar zur Tür.

Karre befand sich bereits auf dem Weg zu seinem Wagen, als er sich noch einmal zu König umdrehte. »Sagen Sie, was haben Sie in der Nacht von Donnerstag auf Freitag gemacht?«

»Brauche ich ein Alibi?«

»Keine Sorge. Reine Routine.«

»Ich denke, ich war zuhause. Aber ich kann das gerne nachprüfen und Ihnen Bescheid geben. Soll ich Sie anrufen?«

»Nicht nötig. Ich komme gegebenenfalls darauf zurück. Vielen Dank.«

Noch bevor Karre in seinem Wagen saß, hatte König die Tür der Villa hinter sich ins Schloss gezogen.

Karres Blick fiel auf den neben ihm parkenden VW Polo. Das auf der Fahrertür prangende Sonnenlogo war mit dem auf der Visitenkarte der Physiotherapeutin identisch. Für einen kurzen Augenblick erwog er, auf die Dame zu warten, um sie zu ihren Eindrücken zum Familienleben von Florian und Nadine König zu befragen. Da er jedoch nicht die geringste Vorstellung hatte, wie lange die Therapiesitzung mit Königs Frau dauerte, entschied er sich dagegen. Vielleicht sollte er sich tatsächlich einen Termin in ihrer Praxis geben lassen und bei der Gelegenheit das Angenehme mit dem Nützlichen verbinden. Mit dem festen Vorsatz sie anzurufen, steckte er die Visitenkarte in den als Zettelbox umfunktionierten Aschenbecher unterhalb des Armaturenbretts. Umständlich friemelte er den Zündschlüssel ins Schloss, startete den Motor und ließ den

Audi langsam vom königlichen Grundstück in Richtung Straße rollen.

<h2 align="center">8</h2>

Staub wirbelte auf, als der Wagen auf den unter der Brücke des Werdener S-Bahnhofs liegenden Park & Ride Parkplatz rollte. Binnen weniger Stunden hatte die intensive Sonne die Feuchtigkeit des Regens der letzten Tage komplett verdunsten lassen.

Karre hatte das Grundstück der Königs noch nicht ganz verlassen, als sein Telefon klingelte. Es war Karim, der ihm mitteilte, dass Kollegen Danielle Teschners Golf an besagter Stelle entdeckt hatten. Anstatt zur Lagebesprechung ins Präsidium oder zu Hanna ins Krankenhaus, fuhr Karre also auf direktem Weg zur Fundstelle des gesuchten Fahrzeugs.

Neben Viktoria und Karim waren auch die Kollegen der Spurensicherung vor Ort. Wie vielbeschäftigte Bienen schwirrten sie in ihren weißen Anzügen um den roten Volkswagen herum. Offensichtlich hatten sie ihre Arbeiten abgeschlossen, denn sie verstauten bereits ihr Equipment in den dafür vorgesehenen Transportkisten.

»Und? Schon was entdeckt?«, fragte Karre und warf die Wagentür hinter sich ins Schloss.

»Die Kollegen vom Erkennungsdienst sind soweit fertig. Viel Neues gibt´s nicht, aber zumindest bestätigt das, was sie sagen, unsere bisherigen Annahmen.« Karim führte seinen Chef zu dem VR6. Auf dem Deckel einer vor dem Wagen stehenden Aluminiumkiste lagen kleine Plastiktütchen, bei deren Inhalt es sich um Fundstücke aus Danielle Teschners Wagen handeln musste. »Typischer Frauenkram: Eyeliner, Lippenstift, Deo. Kaugummi. Das hier ist ganz interessant.« Er deutete auf einen Beutel, in dessen

Innerem Karre einen kreisrunden, roten Plastikchip erkennen konnte.

»Was ist das? Sieht aus, wie so ein Ding von der Kirmes. So ein Chip für die Fahrgeschäfte.«

Karim nickte und nahm den Beutel in die Hand. »So ähnlich. Es ist ein Jeton. Aus einem Spielkasino.«

»Kasino?«

»Ja. Aus einer recht neuen Spielbank in Duisburg. Steht jedenfalls drauf.«

»Können wir damit was anfangen?«

»Im Moment nicht. Vermutlich war Danielle Teschner mal dort. Aber ob uns das weiterbringt? Keine Ahnung.«

»Und sonst? Habt ihr noch was gefunden?«

»Im Kofferraum lagen lange, braune Haare. Außerdem sind dunkle Flecken im Teppich.«

»Blut?« Karre dachte an die Platzwunde an Danielle Teschners Kopf.

»Wir müssen das endgültige Ergebnis abwarten, aber ich denke, wir können davon ausgehen.«

»Also ist der Fundort tatsächlich nicht der Tatort. Der Täter hat sie lediglich dorthin geschafft, um uns genau das weiszumachen. Stattdessen hat der Mörder sie nach der Tat in den Kofferraum ihres Wagens verfrachtet und zu dieser Bar gebracht. Dort hat er sie die Treppe hinuntergestoßen, um es so aussehen zu lassen, als sei sie gestürzt. Anschließend hat er den Wagen hierher gefahren und abgestellt.«

»Und dann?«

»Was meinst du mit *und dann*?«

»Na, irgendwie muss er von hier ja nach Hause gekommen sein. Ich gehe davon aus, dass er den Bahnhof nicht zufällig als Parkplatz ausgewählt hat. Er hätte den Wagen genauso gut an jeder x-beliebigen Straßenecke abstellen können.«

Karre nickte. Dass er darauf nicht gleich gekommen war. Vielleicht sollte er doch noch einmal ernsthaft über eine vorübergehende Beurlaubung nachdenken. Jedenfalls so lange, wie Hannas Zustand ihn daran hinderte, seinem Job mit der gewohnten Konzentration nachzugehen. »Du meinst, er hat die S-Bahn genommen?«

»Oder ein Taxi.« Er deutete auf ein Rondell vor dem Eingang des Bahnhofs, auf dem ein halbes Dutzend Taxen standen, deren Fahrer gelangweilt an ihren Wagen lehnten und auf Fahrgäste lauerten.

»Bitte überprüfe das. Ich will eine Liste aller Taxitouren, die in der Nacht von Donnerstag auf Freitag von hier aus gestartet sind. Außerdem müssen wir rausfinden, ob der Bahnsteig videoüberwacht ist und ob in der Tatnacht Personen aufgezeichnet worden sind. Vielleicht haben wir ja Glück und sehen auf einem der Videos ein bekanntes Gesicht.«

»Zum Beispiel Thomas Schwarz?«

»Wäre doch möglich. Aber nochmal zurück zu dem Wagen. Gibt es Hinweise, wer ihn gefahren hat? Ich meine, haben die Kollegen Spuren gefunden, die nicht von Danielle Teschner stammen?«

»So wie es auf den ersten Blick aussieht, haben zwei unterschiedliche Personen am Steuer gesessen. Jedenfalls deuten die Fingerabdrücke auf Lenkrad und Schaltknauf darauf hin. Eine der beiden war mit an Sicherheit grenzender Wahrscheinlichkeit Danielle Teschner selbst.«

»Logisch. Und die andere? Irgendwelche Hinweise?«

»Die üblichen Hautpartikel. Außerdem haben die Kollegen ein Haar gefunden.«

»Ein Haar?«

»Ja. Vermutlich ebenfalls von einer Frau. Was Länge und Farbe betrifft, könnte es von ihrer Freundin stammen.«

»Melanie Bauer?«

»Ja, genau. Wir überprüfen das.«

»Das bedeutet, der Täter oder die Täterin hat vermutlich Handschuhe getragen. Jedenfalls, sofern es sich nicht um Melanie Bauer handelt.«

»Die können wir höchstwahrscheinlich ausschließen.«

»Wieso das?«

»Wegen der Position des Fahrersitzes. Der Fahrer muss mindestens einsachtzig groß gewesen sein, um an die Pedale zu kommen. Ihre Freundin ist erheblich kleiner. Höchstens einssechzig.«

»Okay, dann gibt es einen dritten Fahrer. Sie hat auch nicht die Statur, ihre tote Freundin erst in den Wagen und dann auf das Grundstück des Beach-Clubs zu hieven. Also sind wir wieder bei Schwarz?«

»Könnte schon eher hinkommen.«

»Was ist mit den Spiegeln?«

»Interessant, dass du danach fragst.«

»Wieso?«

»Ihre Einstellung passt nicht zur Sitzposition.«

»Da hat jemand keine Zeit damit verschwendet, den Wagen auf sich einzustellen.«

»Genau genommen hat er sich nicht einmal die Mühe gemacht, den Sitz nach dem Aussteigen wieder in seine ursprüngliche Position zurückzuschieben.«

»Und was ist das?« Karre deutete auf eine eingedrückte Stelle, etwa in der Mitte der hinteren Stoßstange. Haben die Kollegen sich das angesehen?«

»Die Beule? Karre, der Wagen gehörte einer Frau. Wahrscheinlich ist sie beim Einparken irgendwo angeeckt.«

Karre sah ihn amüsiert an. »Lass das nicht Sila oder Vicky hören. Hat sich das jemand angeschaut?«, wiederholte er seine Frage und ging vor dem Fahrzeug in die Knie. Er betrachtete die halbrunde Delle, die senkrecht über den Stoßfänger verlief. »Was ist das?«

Karim hockte sich neben ihn. »Das Gelbe?«

Karre nickte.

»Sieht aus wie Farbe.«

»Und weiße Putzsplitter. Viel ist nicht mehr zu sehen, vermutlich wegen des Regens. Aber ich will trotzdem, dass das untersucht wird. Vielleicht lässt sich feststellen, wie alt die Delle ist. Ich gehe jede Wette ein, dass es sich um Rückstände von einem Betonpfeiler handelt. Eventuell aus einem Parkhaus. Außerdem sollten wir Melanie Bauer fragen, ob sie etwas von der Blötsche weiß.«

Karre winkte den Kollegen der Spurensicherung heran, der gerade dabei war, den letzten Koffer in seinem Wagen zu verstauen. Mit einem Gesichtsausdruck, der keine Fragen offenließ, packte er seine Sachen wieder aus und widmete sich der Entdeckung des Hauptkommissars.

»Und wir?«, fragte Karim, während er und Karre zu Viktoria hinübergingen, die gerade ein Telefonat beendet hatte und ihr Handy zurück in die Jackentasche gleiten ließ.

»Wir holen uns da drüben an der Bude drei Becher Kaffee und verlegen unsere Teambesprechung nach draußen. Ich bin nämlich ziemlich gespannt, was euer Vormittag sonst noch so ergeben hat. Was ist denn mit dir los?«, fragte er Viktoria, die ihnen auf halbem Weg entgegenkam und ein Gesicht machte, als hätte sie in eine Pampelmuse gebissen.

»Max hat Karten für die Oper. Morgen Abend.«

»Oper?« Karim, der um die Leidenschaft seiner Kollegin für klassische Musik wusste, konnte sich ein schadenfrohes Grinsen kaum verkneifen.

»In Düsseldorf spielen sie die Entführung aus dem Serail. Wir sitzen in der dritten Reihe.«

»Ist doch toll, oder etwa nicht?«

»Ja, ganz große Klasse.«

9

Gegen achtzehn Uhr, eine Stunde, nachdem Karre den Durchsuchungsbeschluss für den Schrottplatz eines Mannes namens Gregor Tholen erhalten hatte, parkte das Team des K3 vor dem Eingangstor, durch das Karre schon in der Nacht zuvor auf das Gelände gelangt war. Über die genauen Umstände, unter denen er die richterliche Erlaubnis erhalten hatte, ohne dabei seine privat motivierten Nachforschungen offenzulegen, schwieg er sich gegenüber seinen Kollegen beharrlich aus. Jedenfalls war mit dem Papier, das er in den Händen hielt, eine Rechnung zwischen langjährigen Weggefährten beglichen worden. Es tilgte eine Schuld, für die Karre zu Beginn seiner Polizeikarriere seinerseits die Grenzen schulbuchmäßiger Ermittlungsmethoden wenn nicht überschritten, so zumindest erheblich gedehnt hatte.

Wie auch immer. Nun, nach gut fünfzehn Jahren, waren sie quitt.

Zwei Streifenwagen parkten vor dem Eisentor. Im Gegensatz zur vorangegangenen Nacht standen die beiden Flügel des Tores weit offen. Sechs uniformierte Beamte warteten neben den Fahrzeugen auf die eintreffenden Kommissare.

»Alles ruhig«, sagte einer der Polizisten zur Begrüßung, während er den Neuankömmlingen nacheinander die Hand reichte.

Karres Begeisterung über die ihm zugeteilte Unterstützung hielt sich in Grenzen. Er kannte Holger Becker seit vielen Jahren und auch beim Kollegen schien sich die Freude über das Wiedersehen auf ein Minimum zu beschränken.

»Falls jemand mitbekommen hat, dass wir hier sind, macht er zumindest keinerlei Anstalten, irgendetwas zu unternehmen.«

»Dann gehen wir rein und sehen uns um. Was ist mit dem Abschleppwagen?«

»Ist unterwegs. Was genau ist denn mit dem Wagen, den wir da rausholen sollen?«

»Kann ich noch nichts zu sagen«, erwiderte Karre und erntete einen abfälligen Blick von Becker.

»Wo steht er denn?«, fragte Karim und trat als erster durch das geöffnete Tor.

»Da hinten in dem Wellblechhangar.« Karre betrachtete die Halle, auf deren Dach sich die tiefstehende Sonne spiegelte, sodass es ihn an eine glühende Herdplatte erinnerte.

»Becker, Sie und Ihre Männer gehen rüber zu den Bürobaracken. Ich möchte mit Tholen reden, wenn er sich hier irgendwo aufhält. Und falls Mitarbeiter vor Ort sind, auch mit denen. Sehen Sie zu, dass sich niemand aus dem Staub macht, bevor wir mit ihm gesprochen haben.«

Becker nickte missmutig und signalisierte seinen Kollegen, ihm auf die andere Seite des Geländes zu folgen.

Karre wartete, bis Becker und sein Team außer Hörweite waren.

»Die sollen sich ruhig so fern wie möglich von uns halten. Auf neugierige Fragen kann ich unter den gegebenen Umständen gut verzichten. Vor allem Becker ist ein Plappermaul. Wenn der was spitzkriegt, weiß es spätestens morgen das gesamte Präsidium.« Karre beobachtete, wie Becker an die Tür der Baracke klopfte, und führte Karim und Viktoria quer über das Gelände zu der Wellblechhalle. Zu seiner Verwunderung war auch dieses Tor nicht verschlossen. Entweder hatte sich nach seinem Eindingen niemand die Mühe gemacht, das Diskusschloss wieder ordnungsgemäß anzubringen, oder im Laufe des Tages war jemand in der Halle gewesen. Und dieser jemand hatte es augenscheinlich nicht für nötig erachtet, die Halle wieder zu verschließen.

Der Anblick des am Boden liegenden, mittels eines Bolzenschneiders zerstörten Schlosses, sprach eher für die zweite Version. Vor allem aber ließ es auf einen Besucher schließen, der sich nicht nur unerlaubt Zutritt verschafft hatte, sondern dem es auch vollkommen egal zu sein schien, bei seinem Eindringen eindeutige Spuren zu hinterlassen.

Ein ungutes Gefühl beschlich Karre, als sie die Halle betraten. Auch wenn es bei seinem ersten Besuch erheblich dunkler gewesen war, erkannte er die Umgebung wieder. Selbst die drei Luxuskarossen standen unverändert an ihren Plätzen.

»Cooler Fuhrpark«, staunte Karim.

»Nicht schlecht, für einen Schrotthändler, oder?«

»Und wo hast du den Wagen von Sandra gefunden?«

Wortlos führte Karre sie zur Rückwand der Halle. Trotz des herrschenden Lichts war der Vorhang kaum als solcher zu erkennen. Er schob ihn an der Stelle beiseite, an der sich die Stoffbahnen überlappten.

Karim blickte an dem meterhohen Stoff empor. »Das ist ja raffiniert. Wenn man es nicht weiß, ist es nicht zu sehen. Wie bei den Kisten, in denen Zauberkünstler ihre Tiere und Jungfrauen verschwinden lassen.«

Zielsicher schweifte Karres Blick durch den hinter der doppelten Wand liegenden Raum. Das Erste, das ihm auffiel, war, dass die Hunde verschwunden waren. Lediglich der penetrante Gestank hing noch in der Luft.

»Wieso stinkt es hier eigentlich so bestialisch?«, fragte Viktoria.

»Hundescheiße.«

»Wie bitte?«

»Siehst du die Kiste? Darin waren Hunde. Vermutlich ist Tholen ein Hobbyzüchter, der illegal Kampfhunde züchtet und sie über sein Netzwerk in einschlägigen Kreisen verhökert.«

»Jemand hat sie entfernt?«

»Sieht so aus. Und ich glaube nicht, dass es die Tierschützer waren. Die dürften nach gestern Nacht erstmal genug haben.«

»Hier wurde also aufgeräumt«, stellte Karim fest.

»Sieht ganz so aus.« Karres Blick blieb an der auf dem Boden liegenden Stoffpersenning hängen. »Scheiße. Das darf doch wohl nicht wahr sein.«

»Was?« Viktoria, die vor der Holzkiste stand und über das Schicksal der Hunde sinnierte, fuhr herum.

»Der Wagen ist weg.«

»Weg?«

»Ja. Hier hat er gestanden. Unter der Plane. So eine verfluchte Scheiße!« Wütend trat Karre gegen einen Schraubenschlüssel, der laut scheppernd über den Betonboden rutschte. »Ich hab doch gewusst, dass es zu lange dauert, bis wir diesen beschissenen Durchsuchungsbeschluss haben.«

»Karrenberg?« Becker war ohne seine Leute von den Bürobaracken zurückgekehrt und Karre und seinen Kollegen in die Halle gefolgt. Vermutlich hatte er sich an ihren Stimmen orientiert, denn er stand ebenfalls auf der anderen Seite der unsichtbaren Trennwand. »Wir haben ein Problem.«

»Allerdings«, bestätigte Karre. »Was ist bei Ihnen los? Ist Tholen ausgebüxt?«

»Kommen Sie, ich zeig´s Ihnen.«

Die drei folgten Becker hinaus ins Freie. Zu Karres Überraschung steuerte der Polizist nicht die Büroräume an, sondern einen Kran am entgegengesetzten Ende des Geländes.

»Was ist da?«, fragte er und wandte sich seinen Kollegen zu, die ebenfalls nur ratlos mit den Schultern zuckten.

»Abwarten.« Ohne sich ein einziges Mal umzudrehen, marschierte Becker durch ein Labyrinth zu gleichmäßigen Quadern gepresster Autos, die sich meterhoch rechts und links von ihnen auftürmten. Als sie den Kran erreichten, dessen Ausleger Karre schon aus der Entfernung gesehen hatte, öffneten sich die engen Gänge des Irrgartens vor ihnen zu einer quadratischen Fläche.

»Und?«

Becker stand vor einer Grube, deren Wände aus dreißig Zentimeter dicken Metallplatten bestanden. Selbst für den Laien war unschwer zu erkennen, um was es sich dabei handelte.

»Was halten Sie davon?« Er deutete auf den Grund der Grube.

Karre, Karim und Viktoria traten an den Rand und blickten hinunter.

Becker räusperte sich. »Sie wollten mir ja nicht verraten, was genau Sie hier gesucht haben, aber wenn es das da ist, haben Sie es gefunden. Da scheint jemand ziemlich sauer gewesen zu sein.«

Ungläubig starrte Karre auf den am Grund der Schrottpresse liegenden Blechquader, bei dem es sich, der Farbe nach zu urteilen, noch vor wenigen Stunden um Sandras A7 gehandelt hatte.

Viel mehr jedoch als die Tatsache, dass ihm mit der Vernichtung des potentiellen Beweisstücks jemand zuvorgekommen war und seinen Recherchen damit weitere Steine in den Weg legte, schockierte ihn der Anblick dessen, was zwischen den zerquetschten Fahrzeugblechen hervorquoll.

Gregor Tholen, der Besitzer des Schrottplatzes, wankt auf ihn zu, wie eine Landratte auf den glitschigen Holzplanken eines schwankenden Schiffes. Obwohl Karre den Eindruck hat, sein Gegenüber könne jeden Augenblick umfallen, kommt dieser beharrlich näher. Das Brecheisen in seiner Hand wie einen Baseballschläger hin und her schwingend.

Der riesige Hund folgt ihm auf Schritt und Tritt. Er gibt ein hässliches Knurren von sich, während Geifer aus seinen Lefzen tropft und mit einem lauten Zischen auf dem staubigen Boden des Schrottplatzes verdampft. In dem schwarzen Schädel leuchten die roten Augen des Tieres wie glühende Kohlen.

Es kostet Karre einige Überwindung, seinen Blick von dem Hund loszureißen und sich voll und ganz auf Tholen zu konzentrieren, der nichts anderes im Sinn zu haben scheint, als ihm das Brecheisen über den Schädel zu ziehen. Sein Mund öffnet sich zu einem schäbigen Grinsen, das einen Kiefer voller schiefstehender, gelb-fauliger Zähne entblößt. Röchelnde Atemgeräusche dringen aus seiner Kehle und erfüllen die Stille des Abends mit einem schaurigen Choral. Mit jedem Atemzug seines Gegenübers vernimmt Karre das monotone Rasseln, das ihn an die Geräusche einer Beatmungsmaschine erinnert. Nur, dass Tholen nach seinem unfreiwilligen Ausflug in die Schrottpresse eine solche nicht mehr benötigt. Überhaupt ist es vollkommen unmöglich, dass er ihm jetzt und hier gegenübersteht. Es kann nicht sein. Nicht, nachdem er mit der Kraft etlicher Meganewton zerquetscht wurde, wie eine Kakerlake vom Absatz eines Schuhs.

In dem Augenblick, als Tholen mit der Brechstange zu

einem vermeintlich tödlichen Schlag ausholt, schreckt Karre hoch.

Das grelle Licht der Neonröhren blendete ihn und er begann, seinen schmerzenden Nacken zu massieren. Vollkommen egal, wie viele Stunden er noch auf diesem Stuhl verbrachte, er würde sich niemals daran gewöhnen. Ebenso wenig wie an die monotonen Pumpgeräusche künstlicher Beatmung und das gleichmäßige Piepen der Überwachungsgeräte.

Sein Blick fiel auf Hanna.

Mit jedem Tag, der verging, wirkte sie in dem riesigen Bett kleiner und zierlicher. Angst überkam ihn bei dem Gedanken, dass Hannas Körper ganz allmählich davon-schrumpfte. Schritt der Verfall ihrer menschlichen Hülle in gleichbleibendem Tempo fort, wäre schon in wenigen Wochen nichts mehr von ihr übrig.

Wut und Verzweiflung stiegen in ihm auf. Das Mindeste, was er in dieser aussichtslosen Situation für sie tun konnte, war diejenigen zu finden, die hierfür die Verant-wortung trugen. Und er war auf einem guten Weg gewe-sen, als er Sandras Wagen, wenn auch nur mit der unverhofften Schützenhilfe eines Unbekannten, aufge-spürt hatte.

Doch irgendjemand hatte ihm einen Strich durch die Rechnung gemacht. Nicht nur, dass er Beweise vernichtet hatte. Er schreckte auch vor Mord nicht zurück, um sich eines Mitwissers zu entledigen.

Vielleicht, spekulierte Karre, weil Tholen den Wagen schon früher hatte vernichten sollen und den Auftrag zum Ärger seiner Auftraggeber nicht erfüllt hatte. Doch wer waren diese Leute, die so skrupellos vorgingen? De-nen ein, zwei oder auch drei Menschenleben, nicht das Geringste bedeuteten?

Die nicht einmal vor einem Teenager haltmachten? Und

welche Verbindung hatte Sandra zu solchen Kreisen gehabt? Fragen über Fragen, von deren Beantwortung er sich weiter entfernt fühlte denn je.

Er fuhr herum, als die Tür des Krankenzimmers einen Spaltbreit geöffnet wurde und Schwester Jennifer ihren Kopf hindurchschob.

»Haben Sie geschlafen? Entschuldigung, ich wollte Sie nicht wecken.«

»Nein, kein Problem. Kommen Sie rein.« Sein Blick fiel auf ihre rechte Hand, die in einen dicken Verband gehüllt war. »Was ist passiert?«

»Ein kleiner Unfall. Nichts Weltbewegendes.«

Ihm entging nicht, dass sie leicht errötete, während sie ihre Hand so unauffällig wie möglich in die Tasche ihres Schwesternkittels schob.

»Wenn Sie das nächste Mal über einen Zaun klettern, sollten Sie besser aufpassen. Vor allem, wenn das Grundstück alarmgesichert ist.« Er konnte nicht mit Bestimmtheit sagen, woher die plötzliche Eingebung gekommen war, doch das heftige Erröten der Krankenschwester ließ keinen Zweifel. Er hatte ins Schwarze getroffen. Sie wandte sich ab, um das Zimmer fluchtartig zu verlassen, aber er kam ihr zuvor. Er erhob sich von seinem Stuhl und erreichte mit wenigen Schritten die Zimmertür, die er leise ins Schloss drückte.

»Was soll das? Lassen Sie mich sofort raus. Oder ich löse den Alarm aus«, zischte Jennifer ihm zu.

»Einen Augenblick. Ich will Ihnen ja nichts. Ich möchte einfach kurz mit Ihnen über gestern Nacht sprechen.«

»Ich weiß nicht, was Sie meinen«, erwiderte sie trotzig, wich seinem Blick aber auf vielsagende Weise aus.

Er griff nach ihrem unverletzten Handgelenk. »Oh doch, das wissen Sie verdammt gut. Und soll ich Ihnen etwas verraten? Ihr nächtlicher Ausflug war mindestens genauso wenig legal, wie meiner. Sie sind eingebrochen und meiner Meinung nach, muss es dafür einen triftigen Grund geben.«

Jennifer schnaubte und sah Karre mit funkelnden Augen an. »Was wollen Sie denn von mir?«

»Ich möchte wissen, warum Sie gestern Nacht ausgerechnet in dieser Halle aufgekreuzt sind und was Sie dort gesucht haben. Waren Sie wirklich nur wegen der Hunde da? Und woher wussten Sie überhaupt davon?«

Seufzend riss sie sich aus seinem Griff los und ließ sich auf den Stuhl neben Hannas Bett sinken. »Also gut. Ich erzähle es Ihnen. Aber nur, wenn Sie versprechen, dass wir deswegen keinen Ärger kriegen.«

»Sie und Ihre Begleiter?«

Sie nickte.

»Versprochen. Mir geht es nicht darum, Ihrer Truppe Probleme zu machen. Ich kann nur nicht glauben, dass unser Aufeinandertreffen rein zufällig war. Also, wie sind Sie auf den Schrottplatz gekommen?«

»Wir haben einen Tipp bekommen.«

»Von wem?«

»Von so einem Typen. Er ist Journalist. Wenigstens behauptet er das.«

»Und hat der Typ auch einen Namen?«

Sie schüttelte den Kopf.

»Was? Keinen Namen?«

»Er wird schon einen haben, aber den kenne ich nicht. Wir kommunizieren nur per E-Mail miteinander.«

»Wie lautet die Adresse?«

Sie nannte sie ihm und Karres Puls beschleunigte sich. So, wie sich die Puzzleteile zusammenfügten, musste weit mehr dahinterstecken, als dummer Zufall.

»Wie genau läuft das ab?«

»Er schickt eine Mail, wenn er Informationen für uns

hat.«

»Wer ist *uns*?«

»F. A.«

»Was ist das?« Er erinnerte sich an die Aufschrift auf dem T-Shirt, das sie am Vorabend bei ihrer Begegnung hier im Krankenhaus getragen hatte.

»Free Animals. Unsere Organisation.«

Karre überlegte einen Augenblick. Allmählich wurde aus der Sache ein Schuh. »Sie brechen in Ihrer Freizeit in fremde Gebäude ein und befreien Tiere?«

»So wie Sie es ausdrücken, klingt das, was wir tun, ja geradezu kriminell.«

»Genau genommen ist es genau das. Einbruch, Diebstahl, Sachbeschädigung. Himmel, haben Sie überhaupt eine Ahnung, auf was Sie sich da einlassen? Dafür können Sie ins Gefängnis gehen.«

Jennifer begann zu schluchzen. »Aber wir wollten doch nur ... Ich meine, die armen Tiere. Und das auf dem Schrottplatz war ja noch harmlos. Sie sollten mal ...«

»Hören Sie auf«, unterbrach Karre sie. »Ich möchte es gar nicht wissen. Schlimm genug, dass ich überhaupt etwas davon mitbekommen habe.«

»Und jetzt?«

»Jetzt vergessen wir die Sache erstmal. Darüber reden wir später. Sie kommunizieren mit diesem Unbekannten per Email?«

Sie nickte und wischte sich ein paar Tränen aus den Augenwinkeln.

»Und wie lange geht das schon so?«

»Zwei Jahre, schätze ich.«

»Er liefert Ihnen regelmäßig Informationen, die Ihnen bei Ihren Tierschutzaktivitäten weiterhelfen?«

»Ja.«

Karre schloss für einen Augenblick die Augen, bevor er

weitersprach. Er war sich nicht sicher, ob er die Frage, die ihm auf der Seele brannte, wirklich stellen wollte. Und ob er die Antwort hören wollte.

»Hat er Ihnen gegenüber jemals die Redewendung *quid pro quo* erwähnt?«

Sie erstarrte und ihre Reaktion reichte ihm als Antwort vollkommen aus. »Was?«, fragte er nur und seine Stimme blieb dabei gefährlich ruhig.

»Wie bitte? Ich weiß nicht, was Sie meinen.«

»Was haben Sie ihm gegeben?«

»Wofür gegeben?«

»Ach kommen Sie. Dafür, dass er Ihnen Informationen liefert?« Er dachte an die Artikel über den Unfall und die erstaunlich präzisen Kenntnisse über Hannas Gesundheitszustand. »Haben Sie ihm Informationen über meine Tochter geliefert?«

Nun brachen bei der jungen Krankenschwester alle Dämme. Tränen strömten über ihr Gesicht und einmal mehr wollte sie von ihrem Stuhl aufspringen und das Zimmer verlassen. Karre legte ihr seine Hand auf die Schulter und drückte sie sanft, aber bestimmt, auf den Stuhl zurück.

»Hören Sie zu, ich möchte Ihnen keine Probleme machen. Ich brauche nur alle Informationen, die Sie über diesen Journalisten haben.«

Aus glasigen Augen sah sie ihn an. Ihre Wangen glühten, als habe sie hohes Fieber. »In einer halben Stunde habe ich Feierabend. Wenn Sie wollen, zeige ich Ihnen etwas.«

Er nickte. »Also gut, in einer halben Stunde. Ich warte draußen vor dem Eingang auf Sie.«

11

Der *Brenner* war gut besucht. Das in unmittelbarer Nähe des Uniklinikums liegende Lokal, das beim ersten Blick eher an eine Kneipe denn an ein ernstzunehmendes Restaurant erinnerte, entpuppte sich bei genauerem Hinsehen als Lokalität mit durchaus ansprechender Speisekarte. Etwa zwei Drittel der Sitzplätze waren besetzt, als Karre und seine Begleitung auf einfachen Holzmöbeln in einer versteckten Nische gegenüber dem Eingang Platz nahmen. Von hier aus hatten sie einen guten Blick auf die meisten Tische sowie auf die hinter einem Vorhang verborgene Eingangstür. Eine rothaarige Mittfünfzigerin kam zu ihnen, reichte jedem eine Speisekarte, nahm die Getränkebestellungen entgegen und verschwand in Richtung der langgezogenen Theke.

»Im Herbst gibt´s hier gute Muscheln, aber die Steaks sollen auch super sein.« Einmal mehr hatte Jennifer die Metamorphose von der attraktiven Krankenschwester hin zu einer noch attraktiveren, sportlich elegant gekleideten Frau mit perfektem Make-up in kürzester Zeit durchlaufen. Sie legte die Karte zur Seite und strich mit den Fingern über die laminierte Oberfläche.

»Schon gewählt?«, fragte Karre, der mit *Himmel und Erde*, einem ebenso einfachen wie klassischen Gericht, liebäugelte. Eigentlich hatte er, wie sooft während der letzten Wochen, keinen besonders großen Appetit verspürt, doch zu seiner eigenen Überraschung ließ der bloße Blick auf die Karte ihm das Wasser im Mund zusammenlaufen.

»Salat des Hauses«, entgegnete Jennifer, ohne ihren Blick von der Eingangstür abzuwenden.

»Kein Fleisch?«

»Nie.«

Karre lächelte. Eigentlich war ihre Haltung nicht nur

nicht verwunderlich, sondern auch logisch. Wer sich dermaßen konsequent für die Befreiung notleidender Tiere einsetzte und dabei nicht einmal vor Gesetzesverstößen zurückschreckte, tat sich mit einem blutigen Steak oder einem zartrosa gebratenen Lammkotelett logischerweise schwer.

Die Kellnerin kehrte zurück und nahm ihre Bestellungen auf.

»Was machen wir hier eigentlich?«, fragte Karre, nachdem sie sich wieder entfernt hatte. »Ich vermute mal, dass Sie nicht einfach nur mit mir Essengehen wollten, oder?«

»Ich habe Ihnen nicht alles erzählt. In Bezug auf diesen Journalisten, meine ich.«

»Sie haben nicht nur über E-Mails mit ihm kommuniziert, oder? Sie haben ihn getroffen. Hier?«

Jennifer nickte und spielte nervös mit einem der auf dem Tischtuch liegenden Bierdeckel. »Vier oder fünf Mal. Ich glaube, der Brenner ist so etwas wie sein Stammlokal. Ab und zu komme ich mit Freunden zum Essen hierher. Er ist fast jedes Mal da.«

»Haben Sie eine Ahnung, warum er Sie in die Halle auf dem Schrottplatz gelotst hat?«

»Sie glauben nicht, dass es nur wegen der Hunde war?«

Karre schüttelte nachdenklich den Kopf. Er hatte dem Mann im Trenchcoat per Email zugesagt, auf sein Angebot einzugehen. Wenige Minuten später teilte ihm dieser die Adresse des Schrottplatzes mit. Vermutlich war er davon ausgegangen, dass Karre noch am Abend aufbrechen und der Sache nachgehen würde. »Wann genau hat er Sie informiert?«

Sie überlegte einen Augenblick. »Er hat mich angerufen. Vielleicht eine, maximal zwei Stunden, bevor wir zu der Halle gefahren sind. Er sagte, es sei dringend, und wenn wir noch etwas für die Tiere tun wollten, müssten wir mehr oder weniger sofort los.«

»Hat er Sie gedrängt, die Aktion unmittelbar nach seinem Hinweis durchzuziehen?«

»Bisher habe ich mir da ehrlich gesagt keine Gedanken zu gemacht, aber wenn ich drüber nachdenke - ja, es schien ihm wichtig zu sein, dass wir direkt hinfahren.«

»Die Chancen standen also gut, dass wir uns dort begegnen.« Er rieb sich das Kinn. Seine Hand erzeugte ein leises Kratzen, während sie über die Bartstoppeln strich. Die Kellnerin kehrte mit einem Salatteller und einer Portion Blutwurst mit Bratkartoffeln zurück. »Aber wozu? Warum wollte er, dass wir uns dort über den Weg laufen?«

»Keine Ahnung.« Sie pikste mit ihrer Gabel eine halbierte Sherrytomate auf und schob sie sich in den Mund.

»Gehen wir davon aus, dass er wusste, dass wir uns kennen.«

»Wieso das?«

»Er hat von Ihnen Informationen über meine Tochter bekommen.«

»Hören Sie, das tut mir wirklich ...«

»Vergessen Sie´s«, unterbrach er sie. »Überlegen Sie lieber, warum er wollte, dass wir uns dort begegnen. Er wusste, dass Hanna die Verbindung zwischen Ihnen und mir darstellt. Also konnte er mit hoher Wahrscheinlichkeit davon ausgehen, dass ich Sie erkennen würde.«

»Und? Haben Sie?«

»Nein, nicht sofort. Aber wissen Sie, was Sie verraten hat?«

Sie blickte auf ihre bandagierte Hand. »Meine Tollpatschigkeit?«

»Ihre Augen.«

Sie sah ihn verwundert an.

»Sie haben wunderschöne Augen und ich war die ganze

Zeit davon überzeugt, sie schon einmal gesehen zu haben. Dass ausgerechnet Sie das waren, fiel mir allerdings erst später ein. Ihre Verletzung hat meine Vermutung dann nur bestätigt. Was ist eigentlich passiert? Nichts Schlimmes, hoffe ich?«

Sie schüttelte den Kopf, wobei eine Strähne ihrer schwarzglänzenden Haare ins Gesicht fiel. »Keine Sorge, ist nur verstaucht.« Offenbar wollte sie noch etwas hinzufügen, hielt aber inne.

Karre folgte ihrem Blick, der hinüber zum Eingang wanderte. Sein Puls beschleunigte sich, als er in dem eintretenden Gast den geheimnisvollen Informanten erkannte. »Columbo«, flüsterte er, mehr zu sich selbst. »Er ist es.«

»Wie nennen Sie ihn? Columbo? Wieso ...?«

Er schüttelte den Kopf und winkte ab. »Später.«

Der vermeintliche Journalist hatte den die Eingangstür verbergenden Vorhang halb beiseitegeschoben und ließ den Blick durch den Gastraum wandern. Als er Karre und Jennifer entdeckte, hielt er inne. Ein paar Sekunden lang stand er wie versteinert da und sah Karre an.

Ihre Blicke trafen sich. Die Musik, die Unterhaltungen der Gäste und das Klappern von Geschirr, vermischten sich zu einem mehr und mehr in den Hintergrund tretenden Klangbrei. Für einen Moment gab es nur Karre und den Unbekannten. Karre nahm ein angedeutetes, ohne jeden Zweifel an ihn adressiertes Nicken des anderen wahr. Sekundenbruchteile, bevor dieser zurück in den Schatten des Vorhanges trat. Es war offensichtlich, was er vorhatte.

Karre sprang auf, um ihm nach draußen zu folgen, doch Jennifer legte ihre Hand auf die seine und schüttelte den Kopf. »Nein.«

»Lassen Sie mich, ich muss hinterher. Ich muss mit ihm

reden.«

»Jetzt nicht. Ich denke, ich weiß, warum er wollte, dass wir uns in der Halle treffen.«

Überrascht sah er sie an und ließ sich wieder auf seinen Stuhl sinken. »Da bin ich aber wirklich gespannt.« Noch einmal glitt sein Blick zur Tür, doch der Journalist war verschwunden. »Also?«

»Ich vermute, dass er Ihnen auf diese Weise eine Chance geben wollte, mit ihm in Kontakt zu treten. Außer über E-Mails, meine ich.«

»Aber warum so kompliziert? Wozu die Spielchen? Könnte er mir nicht einfach eine Telefonnummer geben? Oder auf die besagten Mails reagieren?« Nach dem nächtlichen Ausflug in die Lagerhalle hatte Karre mehrere Nachrichten an den anonymen Mail-Account seines Informanten geschickt und ihn um ein weiteres Treffen gebeten, hatte aber keine Antwort erhalten.

»Sie kennen ihn nicht. Er liebt Geheimniskrämereien. Bis zu unserem ersten persönlichen Kontakt hat es Monate gedauert. Insofern scheint er Ihnen recht schnell vertraut zu haben.« Nach einer kurzen Pause fügte sie hinzu: »Was ist los?«

Ihm fiel auf, dass ihre Hand noch immer auf der seinen lag. Er spürte eine angenehme Wärme, die von ihrer weichen Haut auf ihn abstrahlte. »Ich frage mich, was er über den angeblichen Unfall weiß.«

»Den Ihrer Frau und Ihrer Tochter?«

»Exfrau.« Bisher hatte es keine Veranlassung gegeben, Jennifer über die genauen Familienverhältnisse aufzuklären, doch aus irgendeinem Grund verspürte er das Bedürfnis, seine Verbindung zu Sandra zu erklären. »Wir waren seit einer Ewigkeit geschieden.«

Sie nickte, erwiderte aber nichts.

Sein Blick fiel auf ihre Bierflasche. »Noch eins?« Ohne

eine Antwort abzuwarten, drehte er sich um und rief der Rothaarigen seine Bestellung zu.

FÜNFTER TAG

1

»Das ist so ...« Sandra steht vor ihm, die Arme in die Hüften gestemmt. Obwohl er sie ein gutes Stück überragt, weicht er einen Schritt zurück, stößt dabei gegen den Küchentisch. Eine gläserne Vase kippt um, rollt über die Holzplatte und zerschellt krachend auf dem schwarz gefliesten Boden. Eine eisige Wasserlache breitet sich zu seinen Füßen aus.

Der Raum, in dem sie sich gegenüberstehen, ist ihm fremd. Weder befindet er sich in seiner Wohnung, noch in Sandras Designervilla.

Ihre Augen blitzen gefährlich auf. Er kennt diesen Blick. »Unsere Tochter liegt im Koma und dir fällt nichts Besseres ein, als mit ihrer Krankenschwester in die Kiste zu steigen?«

Er sieht sie an, holt Luft, um etwas zu erwidern. Doch mehr als einen wortlosen Atemstoß bringt er nicht hervor. Er fürchtet, nein, er weiß, dass sie recht hat. Denn tief in sich drin schlägt seine innere Stimme den gleichen vorwurfsvollen Ton an, wie seine Exfrau.

»Hör zu, ich ...« Sein Handy klingelt. Er sieht sich suchend um und entdeckt das Gerät auf einem Stuhl neben einem Stapel Klamotten. Erst jetzt blickt er an sich herab und registriert zum ersten Mal während ihres Streites, dass er Sandra vollkommen nackt gegenübersteht. »Warte, ich muss kurz drangehen. Es ist dienstlich.«

»Natürlich«, schimpft Sandra hinter ihm. »Das ist es ja immer. Stets zu Diensten, vierundzwanzig Stunden am Tag, sieben Tage die Woche. Am liebsten dreihundertfünfundsechzig Tage im Jahr. Und zwischendurch mal ein kleines Techtelmechtel mit einer blutjungen Krankenschwester. Ist es das, was dir an unserer Ehe gefehlt hat?«

Wortlos schüttelt er den Kopf, wendet sich traurig ab und greift nach dem Gerät, während die Melodie des Klingeltons allmählich zu einem unerträglichen Dröhnen anschwillt.

Als er sich wieder umdreht, ist Sandra verschwunden.

»Ja?«, bellte er ins Telefon, nachdem er es schlaftrunken aus dem Klamottenstapel geangelt hatte.

»Karre«, es war Viktoria. Trotz der vermutlich frühen Stunde klang sie hellwach. »Es gibt eine weitere Tote.«

Ruckartig setzte er sich im Bett auf und betrachtete irritiert die fremde Umgebung.

Jennifer lag schlafend neben ihm. Ihre Brüste hoben und senkten sich unter dem enganliegenden T-Shirt mit jedem ihrer gleichmäßigen Atemzüge. Der Saum war hochgerutscht und gab den Blick auf eine Tätowierung frei. Eine sich um den Bauchnabel windende Schlange, die sich in den eigenen Schwanz biss. Blasse Haut schimmerte seiden im zwischen den einzelnen Lamellen der Jalousie hindurchfallenden Licht der Morgensonne. Schon jetzt spürte er ihre Wärme auf seiner Haut, selbst durch das geschlossene Fenster hindurch. Es würde ein heißer Tag werden.

Sandras geträumte Worte schossen ihm durch den Kopf. Wie um alles in der Welt hatte es dazu kommen können? Hatten sie zu viel getrunken und sich einer spontanen Stimmung hingegeben, oder versprach sie sich womöglich wesentlich mehr von der Situation? Und wie stand es um ihn? Hatte er in seiner Niedergeschlagenheit eine tröstende Schulter gesucht, die Jennifer ihm in diesem Augenblick bereit war, anzubieten? Oder war er, wie Sandra es ihm vorgeworfen hatte, auf ein schnelles Abenteuer aus gewesen? Während er die Haltung seines Seelenlebens noch nicht ganz einzusortieren vermochte, hatte sein Kopf die Meinungsbildung längst abgeschlossen.

Er brauchte dringend ein Aspirin.

»Karre? Bist du noch dran?«

»Ja, natürlich. Was sagst du? Noch eine Tote? Scheiße.«

»Du glaubst nicht, wer es ist.«

»Wir kennen sie?«

»*Kennen* wäre vielleicht ein wenig zu viel gesagt ...«

»Dann spann mich nicht auf die Folter. Wer?« Als Karre den Namen des Opfers hörte, war er sofort hellwach. »Ich bin in fünfzehn Minuten da!« Er sprang aus dem Bett, sammelte seine Klamotten vom Fußboden auf und zog sie über. Mist, eigentlich brauchte er dringend eine Dusche. Ganz zu schweigen davon, dass er nicht einmal eine Zahnbürste dabeihatte.

Jennifer gab einen leisen Seufzer von sich, rollte sich auf die andere Seite und zog sich die lilafarbene Satinbettdecke bis unters Kinn. Karre betrachtete sie einen Moment lang, brachte es aber nicht übers Herz, sie zu wecken. Suchend sah er sich nach einem Zettel um. Auf dem kleinen Schreibtisch neben dem Kleiderschrank wurde er fündig. Er gab sich Mühe, eine kurze Nachricht zu verfassen. Verflucht, in so etwas war er nie besonders talentiert gewesen. Nach einem prüfenden Blick auf das Ergebnis platzierte er den gelben Post-it auf seinem zerwühlten Kopfkissen und verließ das Zimmer so leise wie möglich.

Wenige Augenblicke später stand er auf der Straße und überlegte, wo er seinen Wagen abgestellt hatte.

2

»Wie siehst du denn aus? Wieder im Krankenhaus übernachtet?«, fragte Karim mit besorgtem Blick auf die Garderobe seines Chefs.

Karre nuschelte irgendetwas Unverständliches und schob sich an seinem Kollegen vorbei in die Eingangshalle der König-Villa. »Wo?«

»Drüben im Wohnzimmer.«

Da ihm die Räumlichkeiten noch von seinem vorangegangenen Besuch vertraut waren, marschierte er sofort auf die doppelflügelige Glastür zu. Dass sein Kollege ihm nicht folgte, registrierte er nicht einmal.

Eine schlaksige Gestalt mit streng nach hinten gekämmten Haaren und einer Nickelbrille kam ihm entgegen. In seinem weißen Tyvek-Anzug sah der Typ aus wie ein Gespenst, das bei Anbruch des Tages vergessen hatte, sich in sein Spukschloss zurückzuziehen.

»Morgen, Viktor«, begrüßte Karre den Kollegen Vierstein der Spurensicherung.

»Moin Karre. Gut, dass du kommst. Meine Leute sind mit dem Gröbsten durch. Willste ne Führung?«

Karre nickte abwesend. »Ja, lass uns direkt anfangen.«

»Wir haben den Tatort in Sektoren aufgeteilt, die sich …«

»Viktor!«, unterbrach Karre ihn ungeduldig. Vierstein war bekannt für seine ausführlichen Einführungen. »Ich kenne das Procedere. Bitte komm auf den Punkt.«

Vierstein schnaufte. »Also gut. Wir befinden uns derzeit im Flurbereich, markiert als Sektor I.«

Karre betrachtete die an den Wänden hängenden Gemälde. Abstrakte, chaotisch wirkende Malereien, denen er nicht das Geringste abgewinnen konnte. Ganz im Gegensatz zu Sandra, die sich in ihren privaten wie geschäftlichen Räumlichkeiten ebenfalls mit derartigen Werken umgeben hatte. Wie bereits am Vortag erinnerte der Flur eher an ein Museum für moderne Kunst, als an die Diele eines Wohnhauses. Wenngleich die oberhalb der Bilder montierten Halogenstrahler heute nicht in Betrieb waren und die Museumsillusion somit weniger perfekt erschien.

Karre warf einen bewundernden Blick in die nach rechts abzweigende Küche, deren Zentrum eine gigantische Kochinsel mit schwarzer Marmorarbeitsplatte bildete.

»Sektor II, die Küche«, fuhr Vierstein fort. »Für uns aber von untergeordnetem Interesse, soweit ich das bisher beurteilen kann. Genauso wie die Zonen III und IV, Gästebad und Arbeitszimmer. Die spurentragenden Bereiche des Tatortes liegen nach meiner bisherigen Einschätzung in Sektor V.«

»Du meinst das Wohnzimmer?«

»Ja«, entgegnete Vierstein, ohne sich nach Karre umzusehen. »Zu Zone VI, der Terrasse, kann ich zum jetzigen Zeitpunkt noch nicht viel sagen.«

Karre ließ die Umgebung auf sich wirken. Jetzt, da er sich inmitten des weitläufigen Wohnraumes befand, wirkte dessen Größe noch beeindruckender als am Vortag, als er dessen wahre Ausmaße lediglich durch einen Blick durch die Glastür hatte erahnen können. Auch die tatsächlichen Dimensionen des Gartens offenbarten sich ihm erst von hier aus. »Kohle ohne Ende, oder?«

»Jep. Stinkreich. Bauunternehmer müsste man sein.«

Dann fiel sein Blick auf die Tote.

Nadine Königs lebloser Körper lag, halb verdeckt von einem weißen Ledersessel, auf dem hellen Marmorboden. Karre trat an das Opfer heran, wobei er seine Füße ausschließlich auf die von Vierstein und seinen Kollegen ausgelegten Kunststoffplatten setzte.

Die Ehefrau des Unternehmers lag auf dem Rücken. Um sie herum, eine eingetrocknete Blutlache. Das Gesicht mit den offenstehenden Augen der Decke zugewandt. Im Gegensatz zum Vortag, als er sie nur flüchtig aus der Ferne gesehen hatte, trug sie keinen Jogginganzug, sondern eine enganliegende Hose aus schwarzem Stretch. Aufgrund ihres Schnittes und der Wildlederapplikationen an den Innenseiten der Schenkel erinnerte sie Karre an eine Reithose. Dazu trug sie ebenfalls schwarze, mit Strasssteinen besetzte Sneakers.

Karres Blick fiel auf den rot verfärbten Kragen ihrer weißen Bluse. Offensichtlich stammte das Blut aus einer klaffenden Wunde am Hinterkopf, denn das braune Haar war in diesem Bereich verklebt. Einen guten Meter neben der Toten lag ihr umgekippter Rollstuhl. Soweit Karre beurteilen konnte, handelte es sich um ein ausgesprochen sportliches Modell, das mit Sicherheit nicht der preiswertesten Kategorie angehörte.

Karre betrachtete die beachtliche Ansammlung nummerierter gelber Plastikschilder. Sie verteilten sich im Abstand weniger Zentimeter und in einem Umkreis von etwa zweieinhalb Metern rund um die Leiche. Das Schild mit der Nummer sieben stand auf dem gläsernen Couchtisch neben einem leeren Whiskeyglas aus aufwendig gearbeitetem Kristall.

»Spuren gibt´s reichlich, oder?«, stellte Karre beim Anblick der fortgeschrittenen Nummerierung der Schildchen fest.

»Ohne Ende.«

»Und die Tatwaffe? Hast du schon eine Idee?« Wieder fiel sein Blick auf das schwere, dickwandige Glas.

Vierstein schüttelte den Kopf. »Dazu soll sich Paul Grass äußern. Er ist unterwegs. Vermutlich wird er euch aber sagen, dass ihr der Schädel mit einem stumpfen Gegenstand eingeschlagen wurde.«

Karre nickte. Er war es gewohnt, dass Vierstein seine eigene Version des Tatherganges zum Besten gab, auch wenn dies nicht seiner eigentlichen Aufgabe entsprach. Dennoch wollte er dem Kollegen den Spaß nicht verderben. »Hast du etwas gefunden, das potenziell als Tatwaffe in Frage kommt?«

»Ne, aber ich vermute, dass der Täter das Tatwerkzeug mitgenommen hat.«

»Wie kommst du darauf?«

Vierstein deutete mit einem Kopfnicken auf die Schränke auf der anderen Seite des Raumes.

Aufgrund der Weitläufigkeit des Wohnbereichs hatte Karre sie bisher nicht beachtet, doch beim Anblick der offenstehenden Türen und der kreuz und quer auf dem Boden verstreuten Gegenstände wusste er sofort, worauf der Kollege der Spurensicherung hinauswollte. »Du glaubst, es war Raubmord?«

»Wenn du mich fragst, eindeutig. Jemand hat die Schränke durchwühlt. Im Schlafzimmer oben sieht es genauso aus.«

»Wissen wir, ob etwas fehlt?«

»Deine Kollegen haben mit ihrem Mann eine Liste erstellt. Oder sind noch dabei. Nebenan im Arbeitszimmer. Er ist ziemlich neben der Spur.«

»Verständlich. Hat *er* sie gefunden?«

»Ja. So wie ich das mitbekommen habe, ist er wohl erst heute früh nach Hause gekommen. Aber das frag ihn besser selbst.«

»Einbruchspuren?«

»Nein, bisher habe ich nichts gefunden. Aber die Terrassentür stand offen.«

»Okay, halt mich auf dem Laufenden. Ich gehe rüber und rede mit König.«

Ohne etwas zu erwidern, überließ Vierstein Karre sich selbst und ging hinter dem Sessel in Deckung, um weitere nummerierte Schildchen zu verteilen. Der aktuelle Zwischenstand betrug siebzehn, was, wie Karre wusste, noch Lichtjahre von seinem persönlichen Rekord entfernt war. Das wiederum bedeutete, dass er vermutlich noch mindestens eine Stunde in rückenschädigender Haltung über Fußboden kroch. Alles unter dreißig war für den eingefleischten Spürhund nicht akzeptabel.

3

Wie ein Häufchen Elend kauerte König auf dem schwarzen Ledersessel, auf dem Karre am Tag zuvor selbst gesessen hatte. Mit zitternden Fingern umklammerte er ein bis zum Rand gefülltes Whiskeyglas. Aus der vor ihm stehenden Kristallkaraffe fehlte ein gutes Drittel, der dazugehörige Glasdeckel lag neben dem Gefäß auf der Tischplatte.

»Hätten Sie nicht gedacht, dass wir uns so schnell wiedersehen, was?«, fragte er, wobei er Karre lediglich einen flüchtigen Blick zuwarf, bevor er wieder auf die Oberfläche der bernsteinfarbenen Flüssigkeit im Inneren des

Glases starrte.

»Allerdings. Können Sie uns sagen, was passiert ist?«

König schüttelte langsam den Kopf. »Ich hatte gestern Abend einen geschäftlichen Termin. Das Ganze hat sich bis in die frühen Morgenstunden hingezogen.«

»Kommt das öfter vor? Dass Sie erst morgens nach Hause kommen, meine ich.«

»Gelegentlich.«

»Ist Ihnen etwas aufgefallen, als Sie nach Hause kamen?«

König schüttelte den Kopf. »Es schien alles in Ordnung zu sein. Die Rollläden waren runtergezogen, die Tür verschlossen.«

»Verschlossen?«

König nickte. »Meine Frau schließt die Tür grundsätzlich von innen ab. Insbesondere, wenn ich unterwegs bin. Sie ist etwas ängstlich, was das angeht.«

»Und bei Ihrer Rückkehr war das ebenfalls der Fall?«

»Genau. Nichts hat darauf hingedeutet, dass etwas nicht stimmte.«

»Und wie funktioniert das mit den Rollläden? Hat Ihre Frau sie am Abend heruntergelassen?«

König schüttelte den Kopf. »Zeitschaltung. Sie fahren abends automatisch runter und morgens wieder hoch.«

»Wann genau?«

»Zu dieser Jahreszeit schließen sie gegen Mitternacht und öffnen sich morgens um sieben. Im Winter ist die Schaltung anders. Warum fragen Sie? Denken Sie, es könnte Ihnen helfen, den Mörder meiner Frau ...« Er brach den Satz ab und leerte das Whiskeyglas. Anschießend griff der zu der Karaffe und füllte es erneut bis zum Rand.

Karre überlegte. Wenn das Öffnen und Schließen der Rollläden selbständig vonstattenging, musste der Täter das Haus vor dem Herunterfahren durch die Terrassentür verlassen haben. Oder er hatte die Tür von außen verschlossen.

»Kann man die Tür von draußen verschließen, wenn von innen der Schlüssel steckt?«

»Klar. Sonst hätte sie mich ja jedes Mal ausgesperrt, wenn ich unterwegs war.« Er setzte das Glas an, doch gerade, als er es an seine Lippen ansetzen wollte, wurde ihm offenbar bewusst, welche Bedeutung sich hinter seiner Antwort verbarg. »Ich war es nicht«, fauchte er Karre an und warf ihm einen abfälligen Blick zu. »Ich habe sie nicht getötet.«

Karim betrat den Raum und nahm schweigend auf einem freien Sessel Platz.

»Können Sie uns die Namen der Geschäftspartner nennen, mit denen Sie sich heute Nacht getroffen haben?«

»Natürlich. Aber ich würde Sie bitten, zunächst keinen Kontakt herzustellen. Es wäre mir sehr unangenehm und den Geschäften nicht besonders zuträglich, wenn sich herumspricht, dass ich ein Alibi für eine Mordermittlung benötige. Noch dazu, da es sich um meine eigene Frau handelt.«

»Im Augenblick besteht keine Notwendigkeit, mit jemandem zu sprechen. Sollten wir das zu einem späteren Zeitpunkt anders sehen, werden wir Sie vorher informieren.«

»Vielen Dank. Ich werde Ihnen von meiner Assistentin eine Liste zusammenstellen lassen und sie Ihnen zur Verfügung stellen.»

Karre wandte sich seinem Kollegen zu. »Seid ihr mit der Aufstellung der gestohlenen Gegenstände vorangekommen?«

»Wir sind dabei. So wie es aussieht, fehlen vor allem Uhren und Schmuck. Und eine kleine Skulptur.«

»Es ist eine Belinda«, murmelte König.

»Eine was?«

»Belinda. Ein Preis, der mir für den Bau eines Gewerbeobjektes verliehen wurde.«

»Wie sieht das Ding aus?«

»Ein bisschen wie ein silberner Engel auf einem weißen Steinblock. Aber um ehrlich zu sein, habe ich das Teil schon lange nicht mehr so genau angesehen.«

»Trotzdem haben Sie sofort gemerkt, dass es fehlt. Wo stand es denn?«

»Auf dem kleinen Marmorsockel, direkt neben der Couch.«

»Und der gestohlene Schmuck? Haben Sie keinen Safe?«

»Schon, aber darin liegt nur der Schmuck, den meine Frau nicht so häufig trägt. Und ein paar meiner Uhren. Sammlerstücke. Die Alltagsmodelle lagen gemeinsam mit den übrigen Wertsachen in einer Kommode im Schlafzimmer.«

»Die Sachen waren also leicht zugänglich.«

König nickte und blickte geistesabwesend aus dem Fenster hinaus in den Garten. »Wir haben beim Bau des Hauses eine Alarmanlage installieren lassen. Ich dachte, das Haus wäre dadurch sicher.«

»Verfügt Ihr Anwesen zufällig über eine Videoanlage?«

»Nein. Nur die Gegensprechanlage an der Tür hat einen Monitor. Aber die Kamera zeichnet nichts auf.«

»Ich verstehe«, antwortete Karre ein wenig enttäuscht. Für einen kurzen Moment hatte er gehofft, den Mörder per Knopfdruck in Form eines digitalen Videofilms präsentiert zu bekommen.

»Hat schon jemand die Eltern Ihrer Frau informiert?«

»Nein. Oh mein Gott ... Nadine ist ... ich meine, sie war ... ihre einzige Tochter. Ich weiß überhaupt nicht, wie ich ihnen das beibringen soll.«

»Herr König, wenn es Ihnen lieber ist, können wir das übernehmen.«

König blickte Karre schweigend an.

»Wir haben leider Erfahrung mit dem Überbringen derartiger Nachrichten. Außerdem würden wir ohnehin mit ihren Eltern reden.«

»Wieso das?« Er gönnte sich einen weiteren Schluck Whiskey.

»Wissen Sie, bei den meisten Morden finden wir den Täter im unmittelbaren Umfeld des Opfers. Darum ist es für die Ermittlungen immens wichtig, so viel wie möglich über die sozialen Hintergründe und Kontakte zu erfahren. Jeder auf den ersten Blick noch so kleine Anhaltspunkt kann entscheidend sein.«

»Also gut. Sprechen Sie mit ihren Eltern. Aber seien Sie vorsichtig. Ihre Mutter ist ziemlich labil. Ich weiß nicht, ob sie den Tod ihrer Tochter verkraftet.«

»Sie können sicher sein, dass wir unser Möglichstes tun, es den beiden schonend beizubringen. Wären Sie so nett, uns ihre Adresse zu geben?«

Schweigend stand König auf, ging hinüber zu seinem Schreibtisch und notierte etwas auf einen Zettel, den er Karre anschließend überreichte.

»Danke, ich werde gleich hinfahren. Mein Kollege wird Ihnen in der Zwischenzeit noch etwas Gesellschaft leisten und mit Ihnen die Liste der gestohlenen Gegenstände vervollständigen.« Er wartete, bis Karim seine Aussage mit einem knappen Nicken bestätigte, verabschiedete sich von König und verließ den Raum.

Im Flur stieß er auf Viktoria.

»Und? Wie nimmt er es auf?«, fragte sie.

»Natürlich ist er geschockt. Aber trotzdem wirkt er sehr gefasst.«

»Könntest du dir vorstellen, dass er was mit dem Mord

zu tun hat?«

»Frag mich das später noch einmal. Jedenfalls ist es ein seltsamer Zufall: zwei Tote im Umfeld des Mannes innerhalb weniger Tage. Aber ob er selbst Opfer ist, oder doch Täter, ich weiß es nicht. Kommst du mit zu ihren Eltern? Sie wissen noch nichts. Außerdem bin ich gespannt, was sie uns über ihren Schwiegersohn erzählen können. Bist du dabei?«

»Klar, lass uns fahren.«

4

Karre parkte den Wagen am Straßenrand. Eine etwa zwei Meter hohe Mauer verlief parallel zum Bürgersteig. Hinter ihr erhob sich, für Außenstehende kaum sichtbar, die Villa von Nadine Königs Eltern wie eine Trutzburg über den Ufern der Ruhr.

Karre und Viktoria folgten dem Verlauf der mit dichtem Efeu bewachsenen Backsteinwand. Elektronische Spüraugen beobachteten sie aus dem Schutz der Pflanzen heraus und verfolgten jeden ihrer Schritte. Das Summen der Elektromotoren erinnerte an wütend zur Nestverteidigung ausschwärmende Wespen. Unwillkürlich blickte Karre sich um, doch abgesehen von einigen Bienen, die im Bewuchs der Wand nach Nektar suchten und keinerlei Notiz von den vermeintlichen Störenfrieden nahmen, konnte er keine Angreifer ausmachen.

Sie gelangten an ein massives Stahltor. Karre betätigte einen neben dem Tor in die Mauer eingelassenen Knopf. Einen Augenblick später vernahm er eine Stimme.

»Sie wünschen?«

Karre blickte in das Objektiv einer über dem Klingelknopf montierten Kamera. Es glotzte ihn an, wie das Auge eines Zyklopen. »Mein Name ist Karrenberg. Das ist meine Kollegin, Viktoria von Fürstenfeld. Wir sind von der Kriminalpolizei und möchten gerne mit Herrn oder Frau König sprechen.«

Von Florian König hatten Karre und Viktoria erfahren, dass dieser bei seiner Hochzeit den Namen seiner Frau angenommen hatte.

Die Leitung klickte und es dauerte einen Augenblick, ehe die Flügel des Eingangstores wie von Geisterhand auseinanderglitten und den Blick auf eine von Rhododendren gesäumte Auffahrt freigaben. Ihre Schritte knirschten auf dem Kiesweg, der sie bis zum Eingangsportal der Villa führte. Eine Person in grünem Overall fuhr in einiger Entfernung mit einem Aufsitzrasenmäher über die weitläufigen Grünflächen.

»Na, die scheinen ja auch nicht gerade arm zu sein. Was der Vater von Frau König wohl beruflich macht?«

»Scheint in jedem Fall ein lukratives Gewerbe zu sein. Aber wieso unterstellst du, dass *er* das Geld verdient hat? Könnte doch auch von ihr stammen.«

Bevor Karre antwortete, erreichten sie die Eingangstür, an der sie von einem hochgewachsenen, schlanken Mann in Empfang genommen wurden. Karre schätzte ihn auf Ende sechzig. Seine grauen Haare waren penibel zurechtgemacht und die weißen Handschuhe bildeten einen perfekten Kontrast zu seinem schwarzen Anzug.

»Gestatten, die Herrschaften. Sie werden erwartet.«

»Erwartet?«, wunderte sich Karre.

»Ich habe mir erlaubt, Ihr Kommen anzukündigen.«

Sie folgten dem Butler in den Eingangsbereich der Villa. Holzvertäfelungen, dunkle Dielenböden und schwere Teppiche, die jedes Geräusch ihrer Schritte schluckten, ließen das Haus finster und unheimlich erscheinen. Die kleinen, vergitterten Fenster verstärkten die beklemmende Atmosphäre zusätzlich.

Im Wohnraum fiel Karres Blick auf wuchtige Eichenbalken, die sich in regelmäßigen Abständen die Zimmerdecke entlangzogen. Vor einem mehrere Meter hohen Kamin stand eine Gruppe brauner Ohrensessel. In einem der Sessel saß eine Frau. Vergeblich versuchte Karre, ihr Alter zu schätzen, wollte sich aber nur dahingehend festlegen, dass sie mit größter Wahrscheinlichkeit älter aussah, als sie tatsächlich war.

Sie trug ein schwarzes Kleid und ihr Gesicht schien nichts weiter als eine blasse, emotionslose Fläche, aus der nicht einmal die glanzlosen Augen als Kontrast hervorstachen. Ihr strähniges Haar hatte sie zu einem Dutt zusammengerafft. Über einen runden Beistelltisch verteilte sich ein Sammelsurium von Spielkarten mit ungewöhnlichen Motiven. Mit ausdruckslosem Blick musterte sie Karre und Viktoria, ohne dabei die geringsten Anstalten zu machen, aufzustehen oder auch nur zu grüßen.

Ein Mann erhob sich aus dem zweiten Sessel. Er war unwesentlich kleiner als Karre, aber an die zwanzig Kilo schwerer. Dunkle, beinahe schwarze Augen ruhten auf den beiden Ermittlern, bevor er zunächst Viktoria und anschließend Karre seine Hand zur Begrüßung entgegenstreckte.

»Karl-Heinz König. Meine Frau«, sagte er und deutete mit einem kurzen Kopfnicken in Richtung des anderen Sessels. »Mit wem habe ich die Ehre?«

»Guten Tag. Mein Name ist Karrenberg. Und meine Kollegin Viktoria von Fürstenfeld.«

König Seniors Händedruck glich einem Schraubstock.

»Oh, eine echte Adelige in unserem ehrenwerten Haus«, erklang die Stimme der Frau ebenso dünn und ausdruckslos, wie Karre sie sich vorgestellt hatte. Sie wollte noch etwas hinzufügen, doch ein finsterer Blick ihres Mannes genügte, um sie zum Schweigen zu bringen.

»Frau König, Herr König«, begann Viktoria. »Es tut mir leid, aber wir ...« Ihr Blick wanderte zuerst zu Nadine Königs Mutter, die jedoch keinerlei Reaktion zeigte, dann zurück zu ihrem Vater.

»Möchten Sie Platz nehmen?«, bot Karre ihm an, musste allerdings konstatieren, dass seine Frage in Königs eigenem Haus deplatziert wirkte.

»Nadine.«, meldete sich Frau König erneut zu Wort. Sie saß in unveränderter Haltung vor den ausgebreiteten Karten und vermied jeglichen Blickkontakt mit den beiden Polizisten. »Sie sind wegen Nadine gekommen.«

»Jetzt hör endlich mit dem verdammten Schwachsinn auf!«

Königs heftige Reaktion überraschte Karre. Mit einem derartigen Ausbruch hatte er nicht gerechnet.

»Ich will von dem Scheiß nichts mehr hören!« Er ging auf seine Frau zu und wischte mit einer Handbewegung die auf dem Tisch liegenden Spielkarten beiseite. Mit dem Ärmel touchierte er das Glas, das ebenfalls zu Boden fiel und in hunderte winziger Splitter zersprang.

Seine Frau hob die Hände vor ihr Gesicht und begann zu schluchzen.

König wandte sich Karre und Viktoria zu. »Können Sie sich das vorstellen? Seit einer Ewigkeit geht das so. Eine Katastrophe nach der anderen reimt sie sich mit diesen lächerlichen Karten zusammen. Wenn es nach ihr ginge, wäre die gesamte Familie bereits vor Jahren ausgestorben. Und der Rest der Welt wäre einer neuen Eiszeit oder einem Atomkrieg zum Opfer gefallen.«

»Frau König, Sie glauben an die Prophezeiungen der Karten?«, fragte Viktoria, ohne auf die Ausführungen des Hausherrn einzugehen.

»Glauben?«, schimpfte König unbeirrt fort. »Sie ist ihnen komplett hörig. Die Karten bestimmen ihr Leben.

Schlimmer noch. Unser *aller* Leben. Jedes Mal, wenn die Karten ihr die nächste Katastrophe voraussagen, darf niemand das Haus verlassen. Einmal wollte sie, dass wir uns Weihnachten im Keller verkriechen, weil sie überzeugt war, ein Asteroid würde auf unsere Stadt stürzen und uns umbringen.«

»Herr König«, versuchte Viktoria es erneut, doch er ließ sie nicht zu Wort kommen.

»Wir haben einen Kellerraum, in dem sich nichts weiter befindet als Konservendosen und Trinkwasser. Alles wegen ihrer Wahnvorstellungen. Verpflegung für mindestens zwei Jahre. Ich sage Ihnen, sie treibt alle Menschen in ihrem Umfeld in den Wahnsinn. Gestern Nacht, ich hatte mich zurückgezogen, um etwas zu lesen, werde ich von einem Schrei hochgeschreckt. Ich dachte, es sei weiß Gott was geschehen und bin hinunter ins Kaminzimmer gerannt. Und was soll ich Ihnen sagen? Da hockt meine Frau, genau hier, vor ihren verfluchten Karten, schaut mich an wie ihr eigener Geist und sagt nur:«

»Nadine. Sie ist tot. Die Karten haben es mir gesagt.« Es war seine Frau, die die Worte aussprach. »Und erinnerst du dich? Ihren Unfall habe ich auch gesehen. Zwei Tage, bevor es passiert ist.«

»Verdammte Scheiße! Sehen Sie, was ich meine? Sie macht mich verrückt. Etliche Male wollte ich sie zu einem Psychiater schicken. Aber sie weigert sich, Hilfe anzunehmen. Ich weiß nicht, wie ich sie zur Vernunft bringen soll, bevor sie alle Menschen um sich herum in den Wahnsinn treibt.«

Karre schluckte. Der Verlauf des Gespräches machte es ihm nicht gerade leichter, Nadine Königs Eltern mit dem Tod ihrer Tochter zu konfrontieren. Auf der anderen Seite war ihm klar, dass es nie einen perfekten Zeitpunkt für das Überbringen derartiger Neuigkeiten gab. »Herr König, es tut uns sehr, sehr leid, aber Ihre Tochter Nadine ist heute Nacht verstorben.«

In der folgenden Stille konnte man die sprichwörtliche Stecknadel fallen hören. Königs Gesicht nahm binnen weniger Sekunden die Farbe von Beton an. Und auch dessen Züge schienen in selbigen gegossen. Wortlos sank er auf den Sessel.

Was dann folgte, war ein Schrei.

Ein hysterischer, nicht enden wollender Schrei. Frau König hatte ihn ausgestoßen und Karre wunderte sich, woher die zierliche Frau die Luft für einen derartigen stimmlichen Ausbruch nahm.

Erst nach einer gefühlten Ewigkeit verstummte sie, sah ihren Mann an, schüttelte den Kopf und ging zu einem Schrank. Sie nahm eine Cognacflasche heraus und schraubte mit zitternden Fingern den Deckel ab.

»Ich habe es gewusst. Und du wolltest nichts davon wissen!« Sie sah ihren Mann an. »Wir hätten es verhindern können. *Du* hättest es verhindern können. Wenn du nur nicht so unfassbar überheblich wärst und nur ein einziges Mal auf mich gehört hättest, könnte Nadine noch Leben.«

»Das ist Schwachsinn«, entgegnete König monoton. Er ging auf seine Frau zu und streckte eine Hand nach der Flasche aus. Weit kam er nicht. Wie ein Komet schoss die geöffnete Flasche in Kopfhöhe durch den Orbit des Zimmers, einen Schweif brauner Flüssigkeit hinter sich her ziehend. Während der Cognac Königs Hemd braun färbte, verfehlte ihn das Geschoss um einen guten Meter und explodierte in einer Wolke aus Glassplittern und Alkohol am Kaminsims.

Seine Frau stürzte schluchzend aus dem Wohnzimmer und schlug die Tür hinter sich zu.

König ließ sich zurück in den Sessel sinken und bot Karre und Viktoria nun ebenfalls einen Platz an. »Nadine ist tot? Wie ist sie … war es ein Unfall?«

Viktoria setzte sich in den Sessel neben ihm. »Herr König, Ihre Tochter wurde letzte Nacht in ihrem Haus Opfer eines Verbrechens.«

»Sie meinen, sie wurde ermordet?«

Karre und Viktoria nickten bedächtig.

König fasste sich mit der Hand vor den Mund. Die Augen des Familienoberhauptes füllten sich allmählich mit Tränen. »Was ist passiert?«

Karre sah ihn an. »Wir haben noch nicht alle Untersuchungen abschließen können, aber so, wie es bisher aussieht, wurde Ihre Tochter gestern Nacht während eines Einbruchs getötet. Der oder die Täter waren offenbar auf Wertsachen aus. Vermutlich wurden sie von Ihrer Tochter überrascht.«

König hielt den Blick gesenkt. Dann stand er auf, ging zu dem Schrank, aus dem seine Frau zuvor die Cognacflasche geholt hatte, und bediente sich ebenfalls. Mit einem gut gefüllten Glas kehrte er zurück und fiel erneut in den Sessel, wo er es mit einem einzigen Zug leerte. Er legte Kopf in den Nacken und schloss die Augen.

»Herr König«, begann Viktoria. »Auch wenn es jetzt schwer für Sie ist, wir müssen Ihnen ein paar Fragen stellen.«

»Was wollen Sie wissen?«, fragte er, ohne sie anzusehen.

»Bisher wissen wir nicht sehr viel über Ihre Tochter.« Glassplitter knirschten unter Karres Schuhen, als er langsam zwischen den Sesseln auf und ab ging. »Alles was Sie uns über Nadine erzählen, könnte bei der Suche nach ihrem Mörder helfen.«

»Aber sagten Sie nicht, es war ein Einbruch? Glauben Sie etwa, dass es jemand getan hat, den sie kannte?«

»Zum jetzigen Zeitpunkt müssen wir alle möglichen Spuren verfolgen. War Nadine Ihr einziges Kind?«

König nickte abwesend. »Und ich habe von Anfang an befürchtet, dass die Ehe mit diesem Nichtsnutz irgendwann in einer Tragödie endet. Aber Nadine wollte davon nichts wissen. Sie hatte schon immer ihren eigenen Kopf.«

»Nichtsnutz? Aber ihr Mann hat es doch ziemlich weit gebracht. Immerhin hat er offenbar ein beachtliches Vermögen angehäuft.«

König Seniors gequältes Lachen erfüllte den Raum. »Weit gebracht? Dass ich nicht lache. Er hat sich in ein gemachtes Nest gesetzt. Und wenn ich selbst nicht gesundheitliche Probleme hätte, hätte ich niemals zugelassen, dass dieser Tagedieb sich in meinem Unternehmen breitmacht. Aber Nadine selbst hatte ja leider keinerlei Interesse am operativen Geschäft. Auch wenn ich die Firmenanteile natürlich ihr und nicht meinem Schwiegersohn überschrieben habe.«

»Moment mal.« Karre musste die Neuigkeit erst einmal auf sich wirken lassen. Das heißt, die Baufirma König wurde gar nicht von Ihrem Schwiegersohn gegründet, sondern von Ihnen? Und sie gehört auch nicht ihm, sondern Ihrer Tochter?«

König Senior nickte. »So ist es.«

»Und was genau baut Ihre Firma?«, wollte Viktoria wissen.

»Ich habe eines der größten Bauunternehmen in Nordrhein-Westfalen aufgebaut. Wir setzen Bauprojekte im Hoch- und Tiefbau für privatwirtschaftliche und öffentliche Bauherren um. Zum Konzern gehören ein gutes Dutzend Zulieferfirmen, die für die Herstellung und Anlieferung von Baumaterialien verantwortlich sind. Dadurch können wir von externen Partnern weitgehend unabhängig agieren. Verzögerungen wie bei unseren Wettbewerbern gibt es bei uns nicht.«

»Und was ist die Aufgabe Ihres Schwiegersohnes?«

»Er ist noch vor der Hochzeit mit meiner Tochter in das Unternehmen eingestiegen und hat vor mehreren Jahren die Gesamtleitung übernommen. Vor drei Jahren habe ich einen Herzinfarkt überlebt. Ich habe die Warnung verstanden und mein berufliches Leben danach komplett umgekrempelt. Innerhalb weniger Wochen habe ich mich aus dem Unternehmen zurückgezogen und mich zur Ruhe gesetzt.«

»Und Ihren Schwiegersohn haben Sie zu Ihrem Nachfolger gemacht.«

»Was blieb mir anderes übrig. Meine Tochter hatte, wie gesagt, kein Interesse. Florian hatte zu diesem Zeitpunkt schon mehrere Jahre in der Firma hinter sich und kannte sich einigermaßen aus. Jemand von außerhalb hätte das alles nicht so schnell im Griff gehabt.« König zog ein Stofftaschentuch aus seiner Hosentasche und schnäuzte sich.

»Wie lief es nach Ihrem Ausstieg in der Firma?«, fragte Viktoria.

»Ich muss zugeben, dass es zunächst so aussah, als würde er seine Sache überraschend gut machen. Die Auftragslage blieb konstant gut und er schaffte es sogar, die Gewinnmargen der einzelnen Aufträge deutlich zu steigern.«

»Aber Sie haben ihm trotzdem nicht vertraut?«

König musterte Viktoria mit zusammengekniffenen Augen. Schließlich nickte er kaum merklich, bevor er fortfuhr. »Wissen Sie, es ist nicht so leicht, das Steuer von einem Tag auf den anderen aus der Hand zu geben. Ich habe die Firma vor über vierzig Jahren von meinem Vater übernommen und konnte sie zu einem Konzern mit mehr als tausend Mitarbeitern ausbauen.«

»Mehr als tausend? Wow.«

»Natürlich sind dort die Bauarbeiter der einzelnen Tochterfirmen mitgerechnet. Der Kern des Unternehmens ist nach wie vor sehr familiär. Ich bin mir sicher, das macht einen großen Teil unseres Erfolges aus.«

»Gab es denn Probleme, nachdem Ihr Schwiegersohn die Leitung übernommen hatte?«

»Wie meinen Sie das?«

»Sie sagten, es sei Ihnen schwergefallen, loszulassen. Gab es Konflikte zwischen Ihnen und Ihrem Schwiegersohn? Vielleicht wegen seines eigenen Führungsstils? Hat er nie Entscheidungen getroffen, mit denen Sie nicht einverstanden waren?«

»Natürlich hat er das. Aber ich habe versucht, mich nicht einzumischen. Auch wenn es mir manchmal schwerfiel.«

»Können Sie uns ein Beispiel nennen?«

»Das waren eher Kleinigkeiten. Nichts, was grundlegende Dinge betraf. Wir haben uns darüber gestritten, ob er meine langjährige Sekretärin unbedingt in Pension schicken musste. Sie hat dreißig Jahre für mich gearbeitet und kannte das Unternehmen in und auswendig. Sie war meine gute Seele, Sekretärin und Assistentin. Alles in einer Person. Sie war perfekt. Aber mein Schwiegersohn hatte seine eigenen Vorstellungen und stellte eine neue Sekretärin ein. Und dazu noch eine Assistentin. So ein junges, attraktives Ding mit Studium, Auslandsaufenthalten, Fremdsprachen und allem, was heute so dazugehört. Ich war damit anfangs überhaupt nicht einverstanden, muss inzwischen aber zugeben, dass das Mädchen einen brillanten Job macht. Ich habe sie bei meinen gelegentlichen Besuchen in der Firma kennengelernt.«

»Und Ihre Sekretärin? Was hat sie dazu gesagt?«, hakte Viktoria nach.

»Zunächst war sie ziemlich schockiert, als mein Schwiegersohn ihr seine Entscheidung mitgeteilt hat. Er hätte es ihr schonender beibringen oder noch besser, mir die Sache überlassen sollen. Das wäre wohl das Mindeste gewesen, das ich nach all der Zeit hätte tun sollen. Aber soweit ich weiß, hat sie sich inzwischen sehr gut mit ihrem neuen Leben arrangiert.«

»Das wie aussieht?«, fragte Karre.

»Sie reist mit ihrem Mann durch die Welt. Er war Beamter und bekommt eine gute Pension. Ab und an schickt sie mir eine Postkarte. Die letzte kam aus China, glaube ich. Wie gesagt, sie kommt gut zurecht. Irgendwie beneide ich sie sogar.«

»Wie meinen Sie das?« Karre schaute sich demonstrativ um. »Ihnen dürfte es doch auch an nichts fehlen, oder?«

»Es ist schon erstaunlich. Obwohl ich mir materiell alles leisten kann, wünsche ich mir, das Leben meiner Sekretärin zu führen. Nach meinem Herzinfarkt habe ich mir vorgenommen, all das nachzuholen, was ich während meines Arbeitslebens aus Zeitmangel nicht geschafft habe.«

»Und?«

»Was glauben Sie, wie es ist, über so viel Zeit zu verfügen und der Mensch, mit dem Sie Ihr Leben teilen, an absolut nichts Interesse zeigt. Außer an spirituellen Hirngespinsten. Sie glauben ja gar nicht, wie einsam ein Mensch zu zweit sein kann.« Er leerte sein Glas mit einem weiteren Schluck.

»Sie sagten, nachdem ihr Schwiegersohn die Führung des Unternehmens übernommen hatte, habe es *zunächst* so ausgesehen, als mache er seine Sache gut. Was genau meinten Sie damit?«

»Was er gut gemacht hat, habe ich Ihnen ja bereits geschildert. Dennoch stellte sich bei mir mehr und mehr das Gefühl ein, den Bock zum Gärtner gemacht zu haben.«

»Ist etwas vorgefallen?«

»Zunächst hat es nur damit angefangen, dass er sein Geschäftsführergehalt binnen kürzester Zeit mehrfach deutlich erhöht hat. Er hat sich einen ordentlichen Schluck aus der Pulle gegönnt, wie man so sagt.«

»Brauchte er das Geld denn für etwas Bestimmtes?«

König zuckte mit den Schultern. »Keine Ahnung.«

»Haben Sie denn nie mit ihm geredet?«

»Natürlich habe ich das. Insbesondere als er kurz davor stand, den Bogen in der Firma zu überspannen und mich um Geld gebeten hat.«

»Zusätzlich zu dem, was er in der Firma verdient hat, wollte er Geld von Ihnen haben?«

»Ja. Und nicht gerade wenig.«

»Um welche Summe ging es?«

»Beim ersten Mal, als er gefragt hat, waren es fünfzigtausend Euro.«

»Beim ersten Mal? Er wollte also noch mehr? Wie viel?«

»Fünfundsiebzig.«

»Fünfundsiebzigtausend? Nicht schlecht. Haben Sie ihm das Geld gegeben?«

»Beim zweiten Mal nicht mehr. Bis heute hat er mir die ersten fünfzig nicht zurückgezahlt.«

»Und Sie haben keine Idee, wozu er das Geld haben wollte?«

»Nein. Natürlich habe ich ihn danach gefragt, aber er wollte nicht darüber sprechen. Als ich mich beim zweiten Mal geweigert habe, ihm zu helfen, ist er regelrecht ausgerastet. Immer wieder hat er mich angebettelt, dass er das Geld braucht, aber ich habe nicht eingesehen, es ihm zu geben. Nicht, ohne zu wissen, was er damit vorhatte. Außerdem hat die Firma im Laufe der Zeit immer wieder Ausschreibungen verloren. Meistens nur für kleinere Projekte, aber dennoch. Ich hatte ein ums andere Mal das

Gefühl, als drängen interne Informationen über die Preiskalkulationen nach außen, sodass Mitbewerber uns knapp unterbieten konnten.«

»Und Sie verdächtigen ihren Schwiegersohn, etwas damit zu tun zu haben?«

»Ich habe jedenfalls keine bessere Erklärung. Auf der anderen Seite: Warum sollte er das tun? Er schadet sich damit letztendlich selbst.«

»Sie sprachen vorhin darüber, dass die Firmenanteile Ihrer Tochter gehörten. Gab es zwischen ihr und ihrem Mann einen Ehevertrag?«

»Natürlich gab es den. Nadine war dagegen und mein werter Schwiegersohn erst recht, wie Sie sich nach allem, was ich Ihnen erzählt habe, sicherlich vorstellen können. Aber ich habe darauf bestanden. Ich wusste ja, dass ich die Firmenanteile früher oder später an Nadine übertragen würde. Und ich wollte verhindern, dass er sie sich unter den Nagel reißt.«

»Sie meinen, wenn die Ehe zwischen den beiden auf einer Zugewinngemeinschaft basiert hätte?«

»Ganz genau. Sie kennen sich aus mit Eheverträgen?«

Karre schüttelte den Kopf. »Eher mit Scheidungen. Aber bei mir gab´s nicht sonderlich viel zu verteilen. Wie sieht es denn in dem Fall aus, der nun tragischerweise eingetreten ist? Ist das auch vertraglich festgelegt?«

König wurde bleich und schenkte sich ein weiteres Glas ein. »Ich fürchte nicht. Man geht ja nicht davon aus, dass das eigene Kind vor einem stirbt.«

»Ich meinte auch eher den Fall, dass Ihre Tochter vor Ihrem Schwiegersohn verstirbt. Erbt er die Firmenanteile und das Vermögen?«

»Ich kenne das Testament meiner Tochter nicht, obwohl ich natürlich versucht habe, darauf hinzuwirken, gewisse Vorsichtsmaßnahmen einzubauen. Aber die Details sollten Sie mit Dr. Johannes Rummel besprechen.«

»Wer ist das?«

»Unser Anwalt. Und Notar. Schon sein Vater war für die vertraglichen Angelegenheiten des Unternehmens und der Familie verantwortlich. Sein Sohn hat die Kanzlei nach dem Tod seines alten Herrn übernommen. Er kennt sich mit den Details aus und kann Ihnen dazu Genaueres sagen. Nehmen Sie es mir nicht übel, aber ich brauche jetzt etwas Zeit für mich. Außerdem glaube ich, dass ich Ihnen alles gesagt habe, was wichtig für ihre Arbeit sein könnte. Oder was denken Sie?«

Karre und Viktoria tauschten einen kurzen Blick aus, doch bevor einer von ihnen etwas erwidern konnte, fuhr König fort:

»Bitte gehen Sie jetzt. Finden Sie das Schwein, das meine Tochter umgebracht hat. Und lassen Sie sich eines gesagt sein: Sollte mein Schwiegersohn der Mörder sein, und sollte ich es vor Ihnen rausbekommen, bringe ich ihn eigenhändig um.«

»Lassen Sie sich nicht zu unüberlegten Handlungen hinreißen«, erwiderte Karre. Allerdings fürchtete er, dass seine Worte bei einem Mann, der das Schicksal sein Leben lang selbst in die Hand genommen hatte, nicht auf besonders fruchtbaren Boden fielen. »Wir werden alles tun, was in unserer Macht steht«, versicherte er dennoch.

»Ja, das dachte ich mir schon.« Es klang wenig zuversichtlich. »Ich geleite Sie noch zur Tür.«

Bevor sie König Senior und dessen Frau verließen, bat Karre ihn, ihm die Adressen von Rummel und der ehemaligen Sekretärin auszuhändigen. Von beiden wollte er sich gerne ein persönliches Bild machen.

»Da haben wir´s wieder«, sagte Karre, als sie wenige Minuten später in ihren Wagen stiegen.

»Was meinst du?«

»Na, dass Geld alleine nicht glücklich macht. Oder willst du tauschen?«

»Mit König? Oder mit seiner Frau?«

»Egal, such dir einen aus.«

»Ne lass mal. Die eine verkriecht sich ihr Leben lang hinter geheimnisvollen Weissagungen und der andere ist frustriert, weil seine Frau ihr Dasein in einem Paralleluniversum fristet. Und dann wird das einzige Kind ermordet. Ist aber schon seltsam, dass ihre Mutter vorausgesehen haben will, dass ihrer Tochter etwas zugestoßen ist, oder?«

»Glaubst du an so was?«

»Quatsch. Natürlich nicht. Aber manchmal sollen gerade Mütter ja solche Vorahnungen haben.«

In diesem Moment klingelte Karres Handy. Er zog es aus der Tasche und blickte auf das Display. Es war Paul Grass, der Gerichtsmediziner.

»Ja, Paul?«

»Karre, ich hoffe, ich störe nicht.«

»Kein Problem, was gibt´s?«

»Ich habe jetzt die sterblichen Überreste des Typen vom Schrottplatz untersucht. Viel war ja nicht mehr übrig. Wer bitte macht so eine Scheiße? Jemanden mitsamt dem Wagen in die Schrottpresse zu schmeißen. Die Leute werden immer verrückter. Aber egal, auf jeden Fall habe ich DNA-Proben genommen und sie mit Gegenproben aus seiner Wohnung vergleichen lassen. Ich habe dazu ...«

»Paul, mach´s kurz«, unterbrach ihn Karre, obwohl es ihm ein wenig leidtat, den Redefluss seines Kollegen abzuwürgen. »Wir sind in Eile. Was hast du rausgefunden?«

»So wie es aussieht, handelte es sich bei dem Kerl um den Besitzer des Schrottplatzes.«

»Wie hieß der doch gleich?«

»Gregor Tholen. So eine arme Sau. Und mit Talkötter habe ich auch gesprochen. Er ist unglaublich. Irgendwie hat er es fertiggebracht, aus dem Blechklumpen ein Teil rauszuholen, auf dem eine Seriennummer oder sowas Ähnliches eingestanzt ist. So genau kenne ich mich damit nicht aus. Auf jeden Fall hattest du recht. Es war tatsächlich Sandras Wagen.«

Karre schwieg. Er hatte es gewusst. Er hatte es verdammt nochmal gewusst.

»Hey, bist du noch dran?«

»Ja. Sorry, aber das muss ich erstmal sacken lassen. Auf jeden Fall vielen Dank für die Infos.«

»Keine Ursache. Karre?«

»Was?«

»Pass auf, dass du dich da nicht in etwas verrennst.«

»Wie meinst du das? Die Spuren bestätigen doch bisher alles, was ich vermutet habe.«

»Trotzdem. Ich hab da so ein Gefühl, dass die Sache vielleicht etwas zu groß für dich ist. Für uns alle. Sei bitte vorsichtig und wirble nicht mehr Staub auf als unbedingt nötig. Okay?«

»Ja, ist gut.« Er fragte sich, worauf Paul mit seinen Bemerkungen hinauswollte. Eigentlich war er für sein unkonventionelles und unerschrockenes Vorgehen bekannt. Das plötzliche Zögern sah ihm überhaupt nicht ähnlich. Dennoch ließ er des dabei bewenden, da er ihn gut genug kannte, um zu wissen, dass er seine Bedenken hier und jetzt nicht weiter ausführte. Stattdessen wechselte er das Thema. »Kannst du uns schon was zu Nadine König sagen?«

»Nein, nichts das du vermutlich nicht weißt. Dass sie mit einem stumpfen Gegenstand erschlagen wurde, ist ja offensichtlich. Schätze, gestern zwischen zehn Uhr abends und Mitternacht. Morgen früh weiß ich mehr.«

»Erst morgen? Warum so spät? Geht´s nicht etwas früher?«

»Sorry, aber eine vernünftige Obduktion braucht ihre Zeit und ich habe noch ein paar andere Termine heute. Morgen früh bekommt ihr alles, was ihr wissen müsst.«

»Auch den Namen des Mörders?«

»Mal sehen. Ich tue, was ich kann.«

»Na gut. Und nochmal danke.« Er unterbrach die Verbindung und erwiderte Viktorias fragenden Blick, indem er das Gespräch mit wenigen Worten zusammenfasste.

»Da hast du ja scheinbar den richtigen Riecher gehabt, was den Wagen angeht. Allmählich denke ich auch, dass hinter Sandras Unfall mehr steckt, als die meisten glauben.«

»Oder als man uns weismachen will«, antwortete Karre und stieg in ihren Dienstwagen.

6

Die Wohnung von Wiebke Gröber befand sich in einem Komplex mehrstöckiger Flachdachhäuser in Essen Kettwig. Karre parkte den Wagen unter einer Gruppe Ahornbäume. Sie gingen zum Haus mit der Nummer 170 und klingelten. König Seniors ehemalige rechte Hand und ihr Mann wohnten im Erdgeschoss.

Die Frau, die Ihnen öffnete, sah mit ihrem dunkelblauen Kostüm, der schwarzen Strumpfhose und den dazu passenden Pumps aus, als wäre sie gerade auf dem Weg ins Büro. Sie öffnete die Wohnungstür einen Spalt und sah Karre und Viktoria aus wachsamen Augen an.

»Was kann ich für Sie tun? Wir kaufen nichts an der Tür.«

»Frau Gröber?«

Sie nickte.

»Mein Name ist Karrenberg. Das ist meine Kollegin Viktoria von Fürstenfeld.« Er hielt seinen Dienstausweis durch den Türspalt. »Wir würden uns gerne kurz mit Ihnen unterhalten.«

Der Blick der Endfünfzigerin verriet, dass sie beunruhigt war. »Geht es um meinen Mann? Ist ihm was passiert?«

»Wie kommen Sie darauf?«, fragte Karre.

»Er ist heute morgen aus dem Haus gegangen. Er trifft sich einmal im Monat mit seinen Skatfreunden zum Brunch.«

»Keine Sorge«, beruhigte Viktoria die Dame. »Wir würden uns gerne mit Ihnen unterhalten. Es geht um Ihren früheren Arbeitsplatz.«

»Verstehe. Darf ich Ihre Ausweise bitte noch einmal sehen?«

»Selbstverständlich.« Karre hielt ihn ihr erneut hin. Sie nahm ihn an sich, studierte ihn einen Augenblick und gab ihn Karre zurück. Sie sah Viktoria fordernd an, woraufhin die Polizistin ebenfalls ihren Ausweis aus der Tasche zog. Auch diesen betrachtete sie mit stoischer Ruhe und gab ihn schließlich zurück.

Dann schloss sie wortlos die Wohnungstür.

Karre hörte das Rasseln einer Kette, dann öffnete sich die Tür wieder. »Nichts für Ungut, aber man kann heut zu Tage nicht vorsichtig genug sein. Bitte treten Sie ein.«

Karre und Viktoria folgten ihr in die Diele der Wohnung. An den Wänden hingen geschnitzte Masken und Figuren neben gerahmten Fotos weißer Sandstrände und berühmter Bauwerke. Ein Bild zeigte Menschen in schmalen, mit Blumen, Obst und Gemüse beladenen Booten. Karre vermutete in dem bunten Durcheinander einen der schwimmenden Märkte in Asien, über die er vor einiger Zeit eine Fernsehreportage gesehen hatte. Die Aromen exotischer Gewürze stiegen ihm in die Nase, und während er sich in Gedanken in fernen Ländern wähnte, stolperte er über einen aus Holz geschnitzten Elefanten, der neben der Tür zum Wohnzimmer auf dem Fußboden stand. Das Missgeschick beendete seinen kurzen Ausflug in fremde Welten und er war sofort wieder bei der Sache.

»Sie reisen gerne?«

»Oh ja, Reisen waren schon immer die große Leidenschaft von meinem Mann und mir. Wissen Sie, mein Mann und ich, wir haben uns früher sehr wenig gegönnt. Seitdem wir Rentner sind, nutzen wir jede Gelegenheit zum Reisen. Vor zwei Monaten waren wir in China und im September werden wir eine Kreuzfahrt durch die norwegischen Fjorde machen. Morgen fahren wir für eine Woche an den Bodensee.« Sie lächelte. »Die Welt ist einfach viel zu schön, um zu Hause zu sitzen. Verreisen Sie auch viel?«

Karre schüttelte den Kopf.

Über einer braunen Couch hing das Gemälde einer Buddha-Statue. Frau Gröber bat Karre und Viktoria, Platz zu nehmen. »Darf ich Ihnen einen Kaffee anbieten?«, fragte sie.

»Für mich nicht«, lehnte Viktoria ab. »Vielen Dank.«

»Wenn es nicht zu viel Mühe macht, sehr gerne«, erwiderte Karre.

»Kein Problem, ich habe noch frisch aufgebrühten da. Bin gleich wieder da!«, rief sie und verschwand in Richtung der Küche.

Viktoria beugte sich zu Karre. »Auf mich macht sie in der Tat keinen unglücklichen Eindruck. Was meinst du?«

»Warten wir es ab.«

»Trinken Sie Ihren Kaffee mit Milch oder Zucker?«, rief Frau Gröber ihnen aus der Küche zu.

»Schwarz und ohne Zucker. Vielen Dank!« Karre sah sich im Wohnzimmer um. Auch hier waren Souvenirs und fotografische Erinnerungen an diverse Reisen allgegenwärtig. »Ich habe mich immer gefragt, wer all das Zeug in den Souvenirläden kauft«, flüsterte er. »Aber alleine mit dem Sammelsurium hier kann man ja einen eigenen Laden aufmachen.«

Frau Gröber kehrte zurück, stellte den Kaffee auf dem Wohnzimmertisch ab und nahm auf dem Sessel gegenüber der Couch Platz.

»Was führt Sie zu mir? Sie sagten, es geht um meine frühere Anstellung bei König?«

»Sie haben dort über dreißig Jahre gearbeitet?«, fragte Karre.

»Achtunddreißig, acht Monate und vier Tage«, präzisierte sie, ohne eine Sekunde über die Antwort nachzudenken. »Ich war noch ein junges Mädchen und gerade mit der Schule fertig, als ich bei ihm angefangen habe. Mein Vater hatte schon für seinen Vater gearbeitet. Die Firma König besteht bereits in der dritten Generation.«

»Warum haben Sie aufgehört?«

»Aufgehört ist wohl der falsche Ausdruck. Ich wurde ausgemustert. Verfallsdatum überschritten.« Sie lachte zynisch.

»Wie kam das?«

»Herr Kommissar.« Sie holte Luft. »Worauf wollen Sie eigentlich hinaus. Sie kommen doch nicht hierher, um mit mir über mein Rentnerdasein zu plaudern. Geht es um König? Ist was mit ihm?«

»Wie kommen Sie darauf?«

»Ich bitte Sie.« In ihrem Gesichtsausdruck erkannte

Karre die mit allen Wassern gewaschene Chefsekretärin, die sich von nichts und niemandem etwas vormachen ließ.

»Frau Gröber, es geht um Nadine König. Sie wurde letzte Nacht ermordet.«

»Um Gottes willen. Nadine?« Tränen stiegen ihr in die Augen und sie begann laut zu schluchzen. »Was ist ihr zugestoßen?«

»Derzeit deutet vieles auf einen Raubüberfall hin.«

»Mein Gott.« Sie schlug die Hände vor den Mund. »Das ist ja schrecklich.«

»Sie haben Nadine König geduzt?«

»Ich kannte sie seit ihrer Geburt. Als kleines Mädchen hat sie im Büro auf meinem Schoß gesessen und Chef gespielt.«

»Sie meinen, früh übt sich? Aber dennoch wollte sie die Firma ihres Vaters am Ende nicht führen. Stattdessen hat sie es ihrem Mann überlassen.«

»Tja, allerdings. Nachdem dieser Wichtigtuer die Geschäftsleitung übernommen hatte, hat er alles umgekrempelt und neu organisiert.«

»Und Sie sind dabei auf der Strecke geblieben?«
Sie nickte.

»Wie lief das ab?«

»Es war ein Montagmorgen. Ich saß mit meinem Mann beim Frühstück und er hat Zeitung gelesen. Auf einmal fing er an zu Husten und reichte mir die Zeitung. Ich habe gedacht, mich trifft der Schlag.«

Karre und Viktoria blickten sie fragend an, während sie ihren Rock mit beiden Händen glatt strich.

»Wissen Sie, was da vor mir auf dem Tisch lag? Die Neuausschreibungen für meine bisherige Stelle. Florian König suchte eine Assistentin der Geschäftsführung. Und eine neue Sekretärin. Sie können sich vorstellen, wie ich mich in dem Moment gefühlt habe?«

»Allerdings«, sagte Karre nur.

»Wie hat ihr Mann reagiert?«, wollte Viktoria wissen.

»Er hat getobt. Wie ein Tiger im Käfig ist er in der Küche auf und ab gelaufen. Er wollte König sofort anrufen und mit mir ins Büro fahren, um ihm so richtig die Meinung zu sagen. Außerdem wollte er König Senior einschalten.«

»Und dann?«

»Ich habe ihm gesagt, dass das wohl keine besonders gute Idee wäre, und bin alleine in die Firma gefahren. Ich habe meinem neuen Chef die Anzeige unter die Nase gehalten und ihn gefragt, wie ich das verstehen soll.«

»Und? Wie hat er reagiert?«

»Er hat vorgeschlagen, ich könne mich ja bewerben. Allerdings hätte ich sicher gelesen, welche Anforderungen er für die Stelle habe, sodass er mir keine allzu großen Hoffnungen machen wolle.«

»Und dann?« Karre spürte, wie Wut in ihm aufstieg. Die Art und Weise, wie in unserer Gesellschaft mit altgedienten Mitarbeitern umgesprungen wurde, machte ihn zunehmend wütender. Auch sein eigener Vater war nach beinahe vierzig Jahren bei dem gleichen Dienstherren auf ähnliche Weise aus Amt und Würden gekickt worden. Und auch wenn man es seinem alten Herrn heute nicht mehr anmerkte, hatte er damals ziemlich lange gebraucht, darüber hinwegzukommen.

»Letztlich haben wir eine faire Vereinbarung bezüglich meines Ausscheidens aus der Firma getroffen. Ich denke, sein Schwiegervater hat da auch noch ein Wörtchen mitgeredet. Außerdem konnte er mich nach all den Jahren ja auch nicht so einfach rausschmeißen. Jedenfalls trägt die Abfindung erheblich dazu bei, dass wir unseren Traum vom Reisen so intensiv ausleben können.«

»Haben Sie nie selbst mit seinem Schwiegervater gesprochen? Nach über drei Jahrzehnten, die Sie für ihn gearbeitet haben?«

»Damals nicht. Er hatte kurz zuvor ja einen Herzinfarkt und wäre um ein Haar gestorben. Da wollte ich ihn nicht mit geschäftlichen Dingen belästigen. Inzwischen haben wir uns aber das eine oder andere Mal unterhalten. Ich glaube, er ist nicht besonders glücklich mit seinem Leben.«

Karre nickte schweigend. Die ehemalige Sekretärin wusste offenbar eine ganze Menge über ihren früheren Chef.

Viktoria lenkte das Gespräch in eine andere Richtung. »Kennen Sie eigentlich Ihre Nachfolgerin?«

»Yvonne Markward? Ja sicher. Ich habe sie ja noch einen Monat lang eingearbeitet.«

»Und wie war ihr Eindruck?«

»Frau Markward ist eine sehr patente junge Frau. Sie hat BWL studiert, spricht mehrere Sprachen und kennt sich mit dem ganzen neumodischen Kram aus. Sie wissen schon, Präsentationen auf dem PC erstellen, Projektplanungen, Internet und all das moderne Zeugs. Sie hat gleich an ihrem zweiten Tag so einen Kopfhörer bestellt, mit dem sie sogar von der Kaffeeküche aus telefonieren kann. All das hat beim kleinen König«, sie sah verlegen in Richtung des Fensters, »also bei Nadines Mann, ganz schön Eindruck gemacht. Selbst ich muss zugeben, dass sie von Anfang an tolle Arbeit geleistet hat. Wissen Sie, meiner Meinung nach ist Herr König ganz groß darin, den Chef zu spielen. Aber er hat weder die Charakterstärke noch das Gespür für die Führung eines Unternehmens. Und noch viel weniger für die seiner Mitarbeiter. Für ihn zählen zu oft andere Kriterien.«

»Zum Beispiel?«

»Sprechen Sie mit Frau Markward. Sie scheint mir da durchaus repräsentativ. Wie gesagt, sie ist wirklich gut, aber eben auch etwas fürs Auge. Und glauben Sie mir, das ist kein Zufall. König Junior hatte schon immer eine Schwäche für junge, hübsche Frauen. Ich kann einfach nicht verstehen, warum ausgerechnet Nadine auf ihn hereingefallen ist.« Sie erhob sich aus dem Sessel. »Kann ich sonst noch etwas für Sie tun?«

»Ich denke, Sie haben uns alles gesagt, was wir wissen wollten.« Karre gab Frau Gröber eine Visitenkarte mit der Bitte, sich bei Ihnen zu melden, sofern ihr noch irgendetwas einfallen sollte. »Sie sagten, Sie fahren an den Bodensee?«

»Ja, gleich morgen. Ist das ein Problem?«

»Nein, natürlich nicht. Aber vielleicht können Sie uns eine Telefonnummer geben, unter der wir Sie erreichen können. Nur für alle Fälle.«

»Aber natürlich, Sie können meine Mobilnummer haben.« Sie stand auf und ging zu einem Schrank, aus dem sie einen Pappkarton zutage förderte. »Die letzten Reliquien meines Berufslebens«, bemerkte sie zu Karre und Viktoria gewandt. »Mehr ist aus fast vierzig Jahren nicht übriggeblieben.« Sie nahm einen quadratischen Notizblock aus der Schachtel, riss ein Blatt ab und notierte eine Telefonnummer darauf. Anschließend reichte sie es dem Kommissar.

»Vielen Dank.«

»Ich helfe Ihnen gerne, wenn es darum geht, Nadines Mörder zu fassen.«

Sie verabschiedeten sich und standen bereits in der Tür, als Karre noch etwas einfiel. »Sagen Sie, der Unfall. Der Grund, dass Frau König im Rollstuhl sitzt. Wissen Sie, was genau passiert ist? Ihr Mann sprach von einem Sportunfall.«

Wiebke Gröber nickte betroffen. »Ein Reitunfall, um genau zu sein. Jeden zweiten Tag ist sie ausgeritten, immer die gleiche Strecke. Mehrere Feldwege und ein Stückchen durch den an den Stall angrenzenden Wald. Auf einem der Wege kam ihr ein Traktor entgegen und aus irgendeinem Grund muss ihr Pferd sich erschreckt haben. Jedenfalls ist es hochgestiegen und hat Nadine abgeworfen. Vermutlich wäre es nur halb so schlimm gewesen, wenn ihr Pferd nicht unglücklicherweise genau auf sie draufgefallen wäre.«

»War von Anfang an klar, dass Frau König nach dem Unfall gelähmt bleiben würde?«

»Das weiß ich nicht so genau. Ich habe von ihrem Vater zwar noch am selben Tag davon erfahren, aber wie genau die medizinischen Befunde waren, kann ich Ihnen beim besten Willen nicht sagen. Ist das für Ihre Ermittlungen denn von Bedeutung?«

»Nein, vermutlich ist es das nicht. Trotzdem, haben Sie vielen Dank für Ihre Hilfe.«

»Was ist eigentlich aus dem Tier geworden?«, fragte Viktoria.

»Es hat sich bei dem Sturz ein Bein gebrochen. Ihr Mann hat veranlasst, dass es gleich an Ort und Stelle getötet wurde. Kann ich sonst noch etwas für Sie tun?«

»Ich denke, das war's fürs Erste. Und falls wir Sie doch noch brauchen, haben wir ja Ihre Nummer.« Karre hielt den Zettel hoch, den Frau Gröber ihm übergeben hatte.

Wenige Minuten später waren er und Viktoria auf dem Weg zurück ins Präsidium.

7

Als Karre und Viktoria das Vorzimmer des Kommissariats betraten, kam ihre Assistentin Corinna ihnen schon ungeduldig entgegen.

»Was ist denn los?«, fragte Karre und nahm ihr dankbar einen der beiden Kaffeepötte aus der Hand.

»Karim wartet im Besprechungszimmer.« Karre und Viktoria waren schon auf dem Weg zur Tür, als Corinna ihn am Ärmel packte und flüsterte: »Er ist nicht allein.«

»Nicht? Wer ist denn bei ihm?«

»Kriminalrat Schumacher.«

»Schumacher? Was zum Teufel mischt der sich denn jetzt ein?«, sprach er mehr zu sich selbst, bevor er sich wieder Corinna zuwandte. »Wie lange ist er da drin?«

»Ne gute halbe Stunde. Mindestens.«

»Und Karim auch? Die ganze Zeit?«

Corinna zuckte vielsagend mit den Schultern.

»Dann sollten wir unseren Kollegen dringend von seiner anstrengenden Gesellschaft erlösen. Oder was meinst du, Vicky?«

»Unbedingt.«

Als Karre und Viktoria durch die Tür ins Besprechungs-zimmer traten, befand sich Karim auf dem Rückweg vom Fenster in Richtung des ovalen Besprechungstisches. Kriminalrat Schumacher saß vor Kopf, während der vom Zucken seiner Augenlider begleitete Blick in sekündlichem Wechsel zwischen Karim, der aufgeschlagen vor ihm auf der weißen Tischplatte liegenden Akte und seiner Armbanduhr wechselte. Nach dem Betrachten seiner Uhr unterbrach er die vermeintliche Endlosschleife und sah mit zusammengekniffenen Augen über die Ränder seiner Lesebrille in Richtung der beiden Neuankömmlinge.

»Na endlich. Ich hab schon gedacht, ihr kommt über-haupt nicht mehr.« Auch Karim hatte den Teufelskreis seines Auf- und Abwandelns erfolgreich durchbrochen und ließ sich sichtlich erleichtert auf einem dcr Stühle nieder.

»Warum hast du nicht angerufen, wenn es so dringend war?«

»Ich wollte euch nicht stören. Wo wart ihr denn?«

»Nachdem wir bei den Eltern von Nadine König waren, haben wir der ehemaligen Sekretärin ihres Vaters noch einen kurzen Besuch abgestattet.«

»Wie dem auch sei«, ergriff Schumacher das Wort. »Ich finde es ausgesprochen erfreulich, dass Sie sich auch noch die Ehre geben.«

Karre verzog das Gesicht und grüßte mit einem angedeuteten Nicken. Er hatte ihn vom ersten Moment an gehasst. Schon wie er dasaß, stocksteif mit durchgedrücktem Rücken und mit wie immer frisch gestärktem, blütenweißen Kragen, der aussah, als müsse er am Hals insbesondere bei diesen Temperaturen fürchterlichen Juckreiz mit pustelartigen Ekzemen auslösen. Und wie zur Bestätigung von Karres These wanderten Mittel- und Zeigefinger der rechten Hand unter den steifen Stoff und begannen, kräftig zu kratzen. Nicht ohne eine Portion Mitleid betrachtete Karre den bis kurz vor Eintreten des Erstickungstods zugeschnürten Knoten der quergestreiften Seidenkrawatte. Wie konnte man vernünftig denken, wenn man sich die Luftzufuhr zum Gehirn derart abschnürte?

Schumacher nahm einen Schluck Kaffe aus der vor ihm auf dem Tisch stehenden Tasse, wobei sein kleiner Finger klischeehaft in den Raum zeigte. Karre warf einen verächtlichen Blick auf das weiße Porzellangefäß samt der dazugehörigen Untertasse. Das Service war inoffiziell Besuchern des Kriminalkommissariats vorbehalten. Die Kollegen bevorzugten quietschbunte Becher mit den Logos ihrer Lieblingsfußballclubs, Fotos ihrer Familien oder lockeren Sprüchen wie: *Der frühe Vogel kann mich mal.* Letzteren hielt Karim in den Händen, verdeckte besagten

Schriftzug aber so gut es ging mit seiner Hand. Schumacher hatte sich vom ersten Tag an geweigert, einen der Becher zu benutzen.

Vor gut drei Jahren war er von den Düsseldorfer Kollegen nach Essen gewechselt, um die Stelle des scheidenden Kriminalrats zu besetzen. Und noch immer tat sich der piekfeine Rheinländer mit der hemdsärmeligen Mentalität seiner Ruhrpottkollegen schwer.

»Was hat das Gespräch mit Königs Schwiegereltern denn ergeben?«, fragte Karim in die unangenehme Stille hinein.

Karre fasste zunächst ihre Begegnung mit König Senior und seiner Frau, dann die mit der ehemaligen Sekretärin des alten Unternehmers zusammen.

»Wir können also festhalten, dass Wiebke Gröber große Stücke auf Nadine König gehalten hat, wohingegen sie ihren Mann für einen Vollpfosten hielt.« Damit schloss er den zusammenfassenden Bericht, wobei ihm Schumachers giftiger Blick ob der gewählten Ausdrucksweise nicht entging.

»Da scheint sie dann ja mit Königs Schwiegereltern auf einer Wellenlänge zu liegen.«

»Sieht ganz so aus. Auf jeden Fall hat sich gezeigt, dass alles was König Junior zu besitzen vorgibt, in Wirklichkeit seiner Frau gehört.«

»Ja, selbst der Name«, ergänzte Karim.

»Ja, selbst der.«

»Kein schlechtes Mordmotiv, wenn Sie mich fragen«, warf Schumacher ein.

Dich fragt aber keiner, dachte Karre.

»Haben Sie weitere Beweise, die den Ehemann als Mörder seiner Frau überführen?«

»Im Augenblick nicht. Und offen gestanden bin ich auch noch nicht überzeugt davon, dass er es gewesen ist.«

»So? Wieso denn? Für mich klingt das alles *sehr* überzeugend.«

»Zunächst einmal hat er ein Alibi für die Tatnacht.«

»Das Sie noch nicht nachgeprüft haben, richtig?«

»Weil es dazu bisher noch keinen Grund gab. Derzeit deutet vieles, und das ist der zweite Punkt, auf Raubmord hin. Aber Sie können sicher sein, dass wir alle Möglichkeiten in Erwägung ziehen. Auch was ihren Mann betrifft.«

»Meine Herren«, er blickte entschuldigend zu Viktoria. »Und selbstverständlich meine Dame. Damit wir uns hier richtig verstehen. Ich er erwarte, dass Sie dem Mord an Nadine König oberste Priorität einräumen.«

»Wie meinen Sie das?«, fragte Karre, der schon ahnte, worauf Schumacher hinauswollte.

»Es liegt doch wohl nahe, dass der Ermittlung im Todesfall der Tochter eines der bedeutendsten Unternehmers der Stadt ...«

Und Steuerzahlers, ergänzte Karre im Geiste.

»... eine höhere Priorität eingeräumt wird, als einer teilzeitstudierenden Liebesdienerin.«

»Sie wollen also sagen, der Tod einer Nutte interessiert keinen, während ein Verbrechen in der feinen Gesellschaft schnellstmöglich aufgeklärt werden sollte?« Obwohl Karre eine derartige Argumentation erwartet hatte, konnte er es kaum fassen, sie vollkommen unverhüllt um die Ohren gehauen zu bekommen.

»So habe ich es zwar nicht gesagt, aber letztendlich läuft es genau darauf hinaus. Spätestens morgen geht der Fall durch die Presse. Man wird uns gehörig Druck machen. Ihnen, um genau zu sein. Und wenn Sie nicht schnellstens Ergebnisse liefern, die die Öffentlichkeit zufriedenstellen, könnte das hier Ihre letzte eigenverantwortliche Mordermittlung gewesen sein. Ich habe ohnehin keine Ahnung, was Ihren Chef dazu bewogen hat, ausgerechnet Sie zum

Leiter seiner Chaostruppe zu machen. Meiner Ansicht nach hätte Ihr Kollege Bonhoff den Posten besser, oder sagen wir, angemessener, ausgefüllt. Wo steckt der überhaupt?«

»Krank. Die ganze Woche.«

»Ach so. Naja. Dann eben doch Sie. Aber nehmen Sie sich meine Worte zu Herzen und sehen Sie zu, dass Sie beim Mord an Nadine König vorankommen. Um den Rest können Sie sich dann immer noch kümmern.«

»Auch wenn mir die Bezeichnung *Rest* für eine junge Frau wie Danielle Teschner ziemlich despektierlich erscheint, Sie können davon ausgehen, dass wir unsere Arbeitskraft bestmöglich und ganz im Sinne des Steuerzahlers einsetzen. Übrigens ist der Fall Teschner auch schon durch die Presse gegangen.«

»Ja, das ist mir durchaus nicht entgangen. Nur, dass er bei weitem kein so großes Echo erzeugt, wie es der Tod einer im Rollstuhl sitzenden Unternehmertochter hervorrufen wird. Beten Sie also, dass es so schnell nicht dazu kommt. Und halten Sie mich auf dem Laufenden.« Schumacher war inzwischen aufgestanden und hatte bereits die halbe Strecke zur Tür zurückgelegt, als er sich noch einmal umdrehte. »Und Karrenberg: Ich habe zwar keine Ahnung, welche Privatfehde sie da gerade wegen des Unfalls Ihrer Frau und Ihrer Tochter ausfechten. Aber wenn ich das Gefühl habe, dass Sie Ihren Dienststatus für private Ermittlungen missbrauchen, können Sie sich darauf gefasst machen, die längste Zeit in einem meiner Kommissariate tätig gewesen zu sein. Haben wir uns da verstanden?« Ohne eine Antwort abzuwarten, fuhr er fort. »Und was den toten Schrotthändler angeht, den Fall hat das BKA übernommen.«

»Das BKA? Wieso das denn?« Karre sah ihn verdutzt an.

»Keine Ahnung. Vielleicht trauen die uns und Ihnen auch nicht mehr zu, als die Aufklärung irgendwelcher Familienstreitigkeiten mit Todesfolge. Und jetzt entschuldigen Sie mich, ich habe zu tun. Und Sie auch, denke ich.«

Seine letzten Worte waren noch nicht ganz verklungen, als die Tür zum Besprechungszimmer bereits hinter ihm ins Schloss krachte.

»Arschloch«, knurrte Karre und starrte mit finsterem Blick auf die zugeworfene Tür.

»Aber erfolgreich. Nimm's nicht so schwer.« Karim klopfte seinem Chef aufmunternd auf die Schulter.

»Kann der nicht einfach dahin verschwinden, wo er hergekommen ist, und uns in Ruhe unsere Arbeit machen lassen?«

»Ich fürchte, dazu gefällt ihm seine Rolle hier zu gut. Auf jeden Fall habe ich Neuigkeiten von beiden Fronten. Von Nadine König *und* Danielle Teschner.«

Karre und Viktoria sahen ihren Kollegen erwartungsvoll an.

»Dann schieß mal los, wir sind gespannt.«

8

»Also«, begann Karim seine Zusammenfassung. »Reden wir über die Neuigkeiten zu Nadine König und Danielle Teschner.«

»Unfassbar, wie Schumacher sich über sie geäußert hat, oder?« Viktoria fuhr sich mit den Händen durchs Haar und legte den Kopf in den Nacken. »Tut so, als habe sie kein Recht, dass man ihren Mörder findet. Und das nur, weil sie ihr Geld vielleicht mit Dingen verdient hat, die er selbst für verwerflich hält. Und weil sie das Pech hat, dass fast zeitgleich mit ihr eine Dame der feinen Essener Gesellschaft ein ähnliches Schicksal ereilt.«

»Ich sag doch, er ist ein Arschloch.«

»Ist das Zufall? Dass es bei beiden Morden eine Verbindung zu König gibt, meine ich? In einem Punkt muss ich Schumacher recht geben. Ich glaube nicht an die Raubmordgeschichte. Irgendetwas an König stimmt nicht. Er spielt eine bedeutendere Rolle, als wir bisher annehmen. Jede Wette.« Sie zog ein Haargummi aus der Hosentasche und band ihre Haare zu einem Pferdeschwanz zusammen.

»Kann sein. Aber wir haben nichts Konkretes gegen ihn in der Hand. Außer, dass er eine Affäre mit Danielle Teschner hatte und dass sein vermeintliches Vermögen in Wahrheit seiner Frau gehört hat.«

»Dummerweise ist seine Geliebte auch gestorben. Und zwar noch vor der Ehefrau.«

»Und die sitzt im Rollstuhl und scheidet als Mörderin von Danielle Teschner mit Sicherheit aus.«

»Wieso eigentlich?«

»Glaubst du ernsthaft, dass sie Danielle umgebracht, sie anschließend zum Haus am See geschafft und dort die Treppe hinuntergestoßen hat?«

»Nein«, gab Karre zu. »Aber vielleicht hat ihr jemand dabei geholfen?«

»Möglich. Aber wer kommt dafür in Frage? Ihr Mann?«

»Wohl kaum. So wie ich ihn einschätze, hätte er ihr bestimmt nicht geholfen, die Leiche seiner Geliebten wegzuschaffen. Wenn er seine Frau wirklich loswerden wollte, hätte es für ihn doch keinen bequemeren Weg gegeben, als den Mord der Polizei zu melden und sie auf direktem Weg ins Gefängnis zu bringen. Außerdem glaube ich nach wie vor nicht, dass der Fundort der Leiche reiner Zufall war. Es muss eine Verbindung zum Täter geben.«

»Und für den Mord an seiner Frau hat König ein Alibi, richtig?«

»Das behauptet er jedenfalls. Die Namen seiner Geschäftspartner haben wir noch nicht. Ich will, dass er sie uns liefert. Und zwar ohne weitere Verzögerungen. Auf der anderen Seite gibt es aber auch noch keinen Hinweis, der ihn tatsächlich verdächtig macht. Es ist mehr so ein Bauchgefühl. Hast du die üblichen Kandidaten in Sachen Pfandhäusern mal angefragt? Vielleicht ist dort ja etwas von den gestohlenen Wertsachen aufgetaucht.«

»Hab ich gemacht. Fehlanzeige.«

»Hast du sonst noch was in Sachen König rausgefunden?«

»Wir haben die Fingerabdrücke auf dem leeren Whiskeyglas untersucht, das auf dem Wohnzimmertisch stand. Ohne Ergebnis. Sie gehören weder zu Frau König noch zu ihrem Mann. Das haben wir überprüft.«

»Also stammen sie vom Täter?«

»Möglich. Auf jeden Fall können wir festhalten, dass sie kurz vor ihrer Ermordung Besuch hatte.«

»Der offenbar durch die Hintertür verschwunden ist. Ihr erinnert euch? Die Haustür war von innen verschlossen, die Terrassentür stand offen. Ich denke, die Chancen stehen gut, dass ihr Besucher auch der Mörder war. Sonst noch was?«

»In Nadine Königs Zimmer habe ich einen Filofax gefunden.«

»Einen was?«

»Ist im Prinzip ein Kalender. Nur teurer. Den Einträgen nach war sie heute Nachmittag mit einem gewissen J. R. verabredet. Ich hab aber keine Ahnung, wer das sein soll.«

»Wusste König das auch nicht?«

»Ich hab ihn nicht gefragt. Dachte, es wäre besser, ihm erstmal nichts davon zu sagen.«

Karre nickte. »Das glaube ich auch. Aber ich denke, wir können dir bei der Bedeutung der Initialen helfen.«

»Echt? Ihr wisst, wer das ist?«

»Vermutlich Johannes Rummel, ein Anwalt und langjähriger Freund der Familie. Hast du eine Idee, wann und wo sie sich treffen wollten?«

»Wann steht im Kalender. 16:30 Uhr. Das *Wo,* war schon erheblich schwieriger.«

»Aber auch das hast du hinbekommen, oder?«, fragte Viktoria.

»Ich habe König gefragt, ob seine Frau seit ihrem Unfall auch alleine unterwegs war.«

»Und?«

»Allerdings. König hat mir erzählt, dass seine Frau auf die Dienste des ehemaligen Chauffeurs ihres Vaters zurückgegriffen hat.«

»Und ich nehme an, du hast bereits mit ihm gesprochen?«

»Das habe ich. Seit dem Ausstieg des Alten ist er zwar noch in der Firma angestellt, erledigt aber nur noch irgendwelche Hilfsarbeiten. Er war also ziemlich happy, dass er Nadine König dann und wann durch die Gegend kutschieren durfte. Und heute Nachmittag sollte er sie zum Golfplatz unten am Baldeneysee bringen.«

»Wo sie sich mit J. R. treffen wollte«, ergänzte Viktoria.

»Dann werden wir doch an ihrer Stelle hinfahren und ein kleines Pläuschchen mit ihm halten. Hast du sonst noch was?«

»Nichts was den Fall König angeht. Aber während ihr unterwegs ward, ist auf deinem Telefon ein Anruf eingegangen. Und was glaubst du, wer es war?«

»Keine Ahnung.«

»Melanie Bauer.«

»Die Freundin von Danielle Teschner.«

»Genau die.«

»Und was wollte sie?«

»Der Laptop ihrer Freundin ist aufgetaucht.«

»Stimmt«, warf Viktoria ein. »Wir haben uns gewundert, dass wir bei ihr keinen Computer finden konnten. Weder in ihrem Zimmer noch in ihrem Wagen. Wo war er denn?«

»Laut Frau Bauer in einer Schublade im Küchentisch. Sie hat ihn zufällig gefunden, als sie einen Schreibblock oder so was gesucht hat.«

»Das ist doch super. Haben wir den Laptop schon?«

»Ich habe zwei Kollegen vorbeigeschickt, um ihn abzuholen. Sie sollten Frau Bauer auch um eine Haarprobe und ihre Fingerabdrücke bitten. Wegen der Spuren in Danielle Teschners Golf.«

»Und? Hat sie sich quergestellt?«

»Überhaupt nicht. Sie hat auch gleich gesagt, dass sie den Wagen regelmäßig gefahren hat.«

»Na gut, schaden kann es ja nicht. Aber ich denke nicht, dass wir damit weiterkommen. Ich bin davon überzeugt, dass derjenige, der das Fahrzeug zuletzt benutzt hat, deutlich größer gewesen sein muss als sie. Der Laptop ist interessanter. Wo ist er jetzt?«

»Schon in der KTU. Ist mit einem Passwort geschützt, aber Jo wirft mal einen Blick drauf. Er denkt, dass er uns spätestens morgen früh Genaueres sagen kann.«

»Sehr gut. Warum hast du das alles nicht erwähnt, als Schumacher hier war?«

»Er muss ja nicht alles wissen. Außerdem wollte ich, dass er so schnell wie möglich verschwindet.«

Karre grinste. »Gut gemacht. Du bist für heute entlassen. Kümmere dich um Sila. Wie geht es ihr?«

»Alles prima. Ihr geht´s wirklich gut. Keine Übelkeit oder so. Sie kann die Zeit richtig genießen.«

»Das ist gut. Also hau ab.«

»Und ihr?«

»Wir werden uns ein bisschen mit der feinen Gesellschaft auf dem Golfplatz tummeln.«

9

Die Sonnenstrahlen verloren am fortgeschrittenen
Nachmittag allmählich an Kraft, als Karre den Wagen im
Schatten einer alten Lerche parkte und die Uhrzeit auf der
im Armaturenbrett integrierten Digitaluhr ablas.

Kurz vor halb fünf.

»Wenn er pünktlich ist, müsste er eigentlich jeden Moment auftauchen.«

»Zumindest wenn er davon ausgeht, dass seine Verabredung tatsächlich auftaucht.«

»Du meinst, wenn er nicht schon weiß, dass sie tot ist?«

»Könnte doch sein. Zumal, wenn er wirklich so ein en-
ger Freund der Familie ist.«

»Dann können wir ihn immer noch in seiner Kanzlei
oder zuhause besuchen. Jetzt warten wir erstmal ab, was
passiert.«

»Und du glaubst, dass wir ihn erkennen, wenn er auftaucht?«

Karre nickte und betrachtete die zahlreichen Luxuskaros-
rossen, die sich auf dem Parkplatz tummelten. Zu dieser
Uhrzeit herrschte auf dem direkt am Baldeneysee gelegenen Golfplatz Hochkonjunktur. Beinahe im Minutentakt
rollten die Nobelfahrzeuge der Clubmitglieder heran. Ein
Ehepaar, das Karre auf etwa siebzig schätzte, lud gerade
seine Golftauschen aus einem dunkelgrauen Mercedes.

Die Generation rüstiger Rentner des einundzwanzigsten
Jahrhunderts.

Zwei Endfünfziger mit Glatze quälten ihre üppigen
Körper aus einem Porsche Cabrio und wurden von etwa
dreißig Jahre jüngeren Frauen mit überschwänglichen

Wangenküsschen begrüßt, während die piepsige Stimme aus Karres Autoradio *A Material Girl* krähte.

Ein weißer Maserati rollte mit blubberndem Motor über den Parkplatz. Kies knirschte unter den breiten Rädern des Sportwagens, während der Wagen trotz des Überangebotes verfügbarer Parkgelegenheiten eine Ehrenrunde über den gesamten Platz drehte. Schließlich kam er in einer Parkbox direkt neben dem Eingang des Clubhauses zum Stehen.

»Ich wette, das ist unser Mann.«

»Meinst du?« Viktoria betrachtete das Kennzeichen des Wagens. »Die Buchstaben DR sprechen nicht unbedingt für Johannes Rummel, oder?«

»Stimmt. Aber vielleicht für Doktor. Profilneurose soll in solchen Kreisen ein durchaus verbreitetes Phänomen sein. Jede Wette, das ist unser Mann.« Bevor Viktoria etwas erwidern konnte, hatte Karre die Wagentür bereits aufgestoßen und machte sich auf den Weg zum Fahrer des Sportwagens.

Viktoria folgte ihm.

10

Die Krokodillederschuhe, die dem Maserati mit geschmeidigen Bewegungen entstiegen, gehörten nicht etwa irgendeinem Mann. Der wohlgebräunte Mensch war eine Erscheinung. Jedenfalls das, was die eine oder andere Frau für eine solche halten mochte. Wenigstens nach Karres Urteilsvermögen. Er trug eine Jeans, die so weiß war, als sei sie noch vor wenigen Augenblick Hauptdarstellerin in einem Werbespot für Waschmittel gewesen. Gleiches galt für die geblichten Zähne. Der Pullover, sportlich elegant über die Schultern geworfen, bildete eine Symbiose mit dem knitterfreien Polohemd, dass jede

Schwiegermutter wie Butter in der Sonne dahingeschmolzen wäre. Das Sahnehäubchen auf dem Gipfel der Modelkomposition bildete eine makellose Föhnfrisur.

Perfekt, dachte Karre. Wäre da nicht die Nase, die im Licht der tiefstehenden Nachmittagssonne den Rest des Gesichtes im eigentlichen Wortsinn in den Schatten stellte.

Zumindest die eine Hälfte.

Und während Karre schweigend darüber sinnierte, welche Wirkung der vor ihm Stehende wohl auf den weiblichen Teil seiner Mitmenschen haben mochte, kamen ihm Sprichworte in den Sinn, in denen es um die Relationen von Riechorganen und anderen menschlichen Körperteilen ging. Der Name Johannes spielte im Rahmen der besagten Theorie eine nicht unwesentliche Rolle. Johannes, echote es in seinem Kopf. Doktor Johannes Rummel. Karre musste lachen und war von einer Sekunde auf die andere wieder zurück in der Realität.

»Was für ein widerlicher Schleimbolzen«, flüsterte Viktoria ihm zu.

Karre sah sie erstaunt an. »Findest du wirklich? Ich dachte, Frauen stehen darauf.«

»Oh mein Gott, du musst noch einiges lernen«, scherzte sie und angelte ihren Dienstausweis aus ihrer Hosentasche. Auch Karre zückte den seinen und ging, beflügelt von Viktorias vernichtendem Urteil, mit gestärktem Selbstvertrauen auf den vermeintlichen Schwiegermuttertraum zu.

»Dr. Johannes Rummel?«

Der Anwalt nickte und versetzte der Tür seines Sportwagens einen eleganten Stoß. Mit einem schmatzenden Geräusch fiel sie ins Schloss. Er sah demonstrativ auf die goldene Uhr an seinem Handgelenk, wobei das dunkelblaue Zifferblatt mit dem weltbekannten Kronensymbol das Sonnenlicht reflektierte und Karre für einen Moment blendete.

»Was kann ich für Sie tun? Ich habe nicht viel Zeit, aber ich gebe Ihnen gerne meine Karte. Sie können dann einen Termin mit meiner Sekretärin vereinbaren.«

»Danke, aber ich denke, das wird nicht nötig sein. Sind Sie verabredet, oder warum die Eile?«

»Verabredet? Wieso?«

»Wollten Sie sich nicht genau jetzt mit einer Bekannten treffen?« Karre sah demonstrativ auf die Uhr an seinem Handgelenk, deren Wert vermutlich ein Hundertstel des Modells von Rummel betrug. Zu seiner Befriedigung zeigte sie dennoch dieselbe Uhrzeit an.

»Was wollen Sie überhaupt von mir? Entweder, Sie reden Klartext oder ich lasse Sie beide sofort des Clubgeländes verweisen. Obwohl ...«, er sah Viktoria an, »... Sie würde ich gerne zu einem Gläschen Champagner einladen. Wie sieht es aus? Ihren Aufpasser können wir ja so lange ein paar Bälle auf der Driving Range schlagen lassen.« Er wandte sich Karre zu. »Ich nehme nicht an, dass Sie über eine Platzreife verfügen, oder? Dann darf ich Sie leider nicht aufs Grün lassen.«

»Den Champagner müssen Sie wohl alleine trinken, ich bin nämlich im Dienst.« Und bevor Rummel seinerseits dazu kam, etwas zu sagen, hielt sie ihm ihren Dienstausweis unter die Nase. »Und das ist mein Kollege, Hauptkommissar Karrenberg.«

Karre grinste. »Angenehm.«

»Überraschung, Überraschung«, trällerte Rummel, nicht mehr ganz so melodisch und unbekümmert wie zuvor. »Was kann ich für Sie tun?«

»Zunächst können Sie unsere Fragen beantworten. Und zwar ohne große Ausschweifungen und Flirtattacken.«

»Oh, eifersüchtig?« Offenbar merkte er, dass er dabei

war, übers Ziel hinauszuschießen und wurde umgehend handzahm. »Okay, vergessen Sie´s. Worum geht es?«

»Was sagt Ihnen der Name Nadine König?«

Rummel kniff die Augen zusammen und auf seiner bis dato glatten Stirn bildeten sich sichtbare Falten. »Was ist mit ihr?«

»Darüber würden wir uns gerne in Ruhe unterhalten.«

»Gehen wir rüber auf die Terrasse.« Seine Stimme klang mit einem Mal mindestens eine Oktave tiefer und deutlich gedämpfter.

Wenige Minuten später saßen sie an einem Tisch abseits der übrigen Gäste. Die Sonne versteckte sich hinter hochgewachsenen Birken und Karre genoss die angenehme Abkühlung, die die ersten Schatten des Tages mit sich brachten. Vögel sangen in den Bäumen um die Wette und der Duft gemähten Rasens lag in der Luft. Überall auf der weitläufigen Rasenfläche bewegten sich bunt gekleidete Gestalten und prügelten kleine Bälle mit brutalen Schlägen über das perfekt gepflegte Grün.

Vor ihnen auf dem Tisch standen zwei Gläser Apfelschorle, die Viktoria bestellt hatte, während Karre einen Abstecher zu den Örtlichkeiten im Clubhaus unternommen hatte. In offensichtlicher Erwartung schlechter Nachrichten hatte Rummel sich für Bourbon auf Eis und ein Pils entschieden. Wehmütig betrachtete Karre die Tropfen, die an der Außenseite des geeisten Bierglases herunterliefen, und nippte missmutig an seiner Schorle. Er fragte sich, ob und wie er die makellose Fassade des Anwaltes zum Einsturz bringen konnte. Nach kurzem Überlegen entschied er sich für einen Frontalangriff. »Nadine König wurde heute Morgen tot in ihrer Villa aufgefunden.«

In den folgenden Sekunden beobachtete er, wie sich Rummels Casanovalächeln von anfänglichem Unglauben zu schierem Entsetzen wandelte.

»Tot? Nadine ist tot? Aber wie ...? Heute Morgen sagen Sie? Aber das kann doch nicht ... Was ist passiert?«

»Deshalb sind wir hier.«

»Bitte? Ich fürchte, ich verstehe nicht.«

»Wir versuchen herauszufinden, was gestern Abend in der Villa von Frau König und ihrem Mann passiert ist.«

»Und wie kann ich dabei helfen?«

»Soweit wir wissen, haben Sie sich regelmäßig mit ihr getroffen. Ohne ihren Mann.«

Rummel musterte Karre, nachdem er den Bourbon mit einem einzigen Schluck geleht hatte. »Wir sind seit unserer Schulzeit befreundet. Während meines Aufenthaltes in den USA hatten wir uns ein wenig aus den Augen verloren. Wie das eben so ist. Aber nach meiner Rückkehr wurde der Kontakt wieder intensiver. Und Florian hatte kein Problem damit.«

»Wie lange kennen Sie ihren Mann?«

»Sehr lange. Genau genommen habe ich ihn Nadine vorgestellt. Allerdings hätte ich damals nie geglaubt, dass er bei ihr landen kann. Solange ich ihn kenne, mimt er den Weiberheld, der mehr Schein als Sein ist. Die Hochzeit der beiden war für Nadines Eltern ein Schock. Besonders für ihren Vater. Er hat Florian vom ersten Moment an gehasst.«

»Trotzdem hat er ihn in seinem Unternehmen als Geschäftsführer eingesetzt?«

Rummel nickte und nippte an seinem Bier. »Aber nur, weil Nadine absolut kein Interesse an einem Einstieg in die Firma hatte. Und es gab kein weiteres Mitglied der Familie, das für den Posten in Frage kam. Sie hat ihren Vater so lange bezirzt, bis er zugestimmt hat. Aber erst sein Herzinfarkt hat ihn wohl endgültig umgestimmt. Ist dem Tod damals so gerade eben von der Schippe gesprungen.«

»Wo haben Ihre Treffen stattgefunden? Immer hier? Warum? Mit dem Golfspielen dürfte es seit dem Reitunfall ja vorbei gewesen sein.«

»Nadine hat sich noch nie für Golf interessiert. Seit ihrer Jugend war sie ein Pferdenarr. Aber das Essen ist hier sehr gut. Und die Atmosphäre ist äußerst entspannt.«

»Wie intensiv war der Kontakt zwischen Ihnen?« Karre wehrte mit der Handfläche eine Wespe ab, die sich seinem Glas in halsbrecherischem Sturzflug näherte. Das Insekt verfehlte er, traf aber sein Glas, das gefährlich ins Wanken geriet. In letzter Sekunde konnte er die Katastrophe verhindern und bekam es zu fassen, kurz bevor sich die klebrige Flüssigkeit über Tische und Hosenbeine ergoss.

Rummel, durch das Manöver abgelenkt, hatte den Faden verloren. »Bitte?«

»Wie intensiv haben Sie den Kontakt zu Ihrer Jugendfreundin wiederbelebt?«

»Wir sind Freunde. Nicht mehr und nicht weniger. Außerdem vertrete ich ihre Familie in juristischen Belangen. Privat und geschäftlich. Mein Vater war der Hausanwalt von Nadines Eltern. Sie sehen, die Verbindung hat eine lange Tradition. Seitdem sich mein Vater zur Ruhe gesetzt hat, gibt es keinen Externen, der mehr über die Familie und das Unternehmen König weiß, als ich.« Er genehmigte sich einen weiteren Schluck Bier. »Selbstverständlich unterliege ich der anwaltlichen Schweigepflicht.«

»Würden Sie sagen, dass die Ehe zwischen Nadine König und ihrem Mann intakt war? Wenn Sie so gut befreundet waren, wie Sie sagen, hat Frau König mit Ihnen doch bestimmt sehr offen über die Beziehung zu ihrem Mann gesprochen, oder?«

»Sie haben eine sehr harmonische Ehe geführt. Natürlich gab es hier und da kleinere Reibereien und auch Nadines Unfall hat es den beiden nicht leicht gemacht. Aber wenn Sie wissen wollen, ob sie eine glückliche Ehe geführt haben: ja, das haben sie. Jedenfalls soweit ich das beurteilen kann. Und wenn Sie mich fragen, ob ich Florian zutraue, dass er etwas mit Nadines Tod zu tun hat: nein, das kann ich mir nicht vorstellen. Er hat sie geliebt.«

»Und die Tatsache, dass sie diejenige war, die das Geld hatte? Es gab doch bestimmt einen Ehevertrag oder?«

»Natürlich gab es den. Dafür hat Nadines Vater schon gesorgt, bevor er ihr die Anteile am Unternehmen überschrieben hat.«

»Und? Hatte ihr Mann damit kein Problem?«

»Was hätte er denn dagegen tun sollen?«

»Wissen Sie, was mit dem Vermögen nach dem Tod von Frau König passiert?«

»Selbstverständlich. Schließlich habe ich sämtliche Verträge aufgesetzt.«

»Und?«

»Dazu kann ich Ihnen vor der offiziellen Testamentseröffnung nichts sagen. Aber gehen Sie davon aus, dass Florian nicht mit leeren Händen dastehen wird.«

»Er stellt sich also erheblich besser, als bei einer Scheidung?«

Rummel lächelte vielsagend und blinzelte in die untergehende Sonne. »Finden Sie das Schwein, das sie umgebracht hat«, sagte er schließlich, ohne einen der beiden Polizisten anzusehen.

Karre legte zehn Euro und seine Visitenkarte auf den Tisch, als sie aufstanden. »Stimmt so, der Rest ist für die Bedienung. Und falls Ihnen doch noch etwas einfallen sollte, rufen Sie mich an.«

»Das soll wohl ein Witz sein«, hörte er den Anwalt lachen. Der hatte den Geldschein vom Tisch aufgelesen und betrachtete ihn demonstrativ von allen Seiten. »Herr Kommissar, Sie sind hier in einem Golfclub und nicht in einer Vorstadtkaschemme. Aber lassen Sie mal. Ich übernehme das.«

Wortlos knallte Karre einen weiteren Zehner auf den Tisch und folgte Viktoria zum Parkplatz.

»Ist dir was aufgefallen?«, fragte er, als er sie eingeholt hatte.

»Dass er von Mord gesprochen hat, ohne dass wir etwas in der Richtung erwähnt haben?«

»Und dass er nicht ein einziges Mal nachgefragt hat, was genau passiert ist.«

»Du meinst, er wusste Bescheid?«

»Keine Ahnung. König könnte ihn informiert haben.«

»Dann hat er bei seiner Reaktion auf die Nachricht von ihrem Tod eine verdammt gute Vorstellung abgeliefert. Aber es gäbe noch eine andere Möglichkeit.«

»Was glaubst du? Was sagt deine weibliche Intuition?«

»Ob er sie ermordet hat, weiß ich nicht. Aber ich bin mir ziemlich sicher, dass er uns nicht alles erzählt hat, was er weiß.« Als Sie auf ihre Armbanduhr sah, blitzte auf dem perlmuttfarbenen Zifferblatt das gleiche Symbol auf, wie auf Rummels Modell. »Komm, steig ein. Ich habe noch eine Verabredung für die Oper.«

»Ja, lass uns aufbrechen. Du solltest Max nicht warten lassen.« Nachdenklich blickte er zurück zu Rummel, der es nicht besonders eilig zu haben schien. Anstatt zu bezahlen, ließ er sich von der Kellnerin einen weiteren Bourbon servieren. »Ich denke, wir sehen uns wieder, Herr Anwalt«, murmelte Karre.

11

Nach einer kurzen Stippvisite verließ Karre das Krankenhaus und fiel erschöpft auf den Fahrersitz. Er hatte Hanna von den neuesten Entwicklungen bei den schleppend vorankommenden Ermittlungen in den Fällen Teschner und König berichtet. Ein nur wenige Worte umfassendes Gespräch mit dem Stationsarzt hatte keinerlei Neuigkeiten ergeben. Auch bei den studierten Medizinern herrschte vollkommene Unwissenheit darüber, ob oder wann und in welchem Zustand Hanna das Bewusstsein wiedererlangen würde. Nach seinem Zwiegespräch mit ihr hatte er noch eine ganze Weile dagesessen und ihre Hand gehalten, als sich plötzlich die Tür hinter ihm öffnete.

Es war Jennifer.

Sofort spürte Karre das schlechte Gewissen, das sein plötzliches Verschwinden am Morgen ausgelöst, und das sich bisher noch nicht wieder gelegt hatte. »Du, das mit heute früh ...«

Sie legte ihren Zeigefinger auf die Lippen. »Du bist mir keine Rechenschaft schuldig. Es ist okay.«

Aber in ihren Augen glaubte er, Enttäuschung zu lesen. Darüber, dass sie alleine in ihrem Bett aufgewacht war. Darüber, dass er sich im Verlauf des Tages kein einziges Mal bei ihr gemeldet hatte. Kein Anruf. Keine SMS. Ihr Blick war der Grund, weshalb er flüchtige Abenteuer, und erst recht ernsthafte Beziehungen, während der letzten Jahre weitgehend vermieden hatte. Er wusste nur zu gut, wie schwierig es war, die ungeregelten Arbeitszeiten eines Kriminalbeamten mit den Gefühlen und Bedürfnissen einer Lebenspartnerin zu vereinbaren.

»Hör zu«, seine Stimme zitterte wie die eines Teenagers bei seiner ersten Liebeserklärung. »Es hatte nichts mit dir zu tun.«

»Du musst mir das nicht erklären«, unterbrach sie ihn.

»Es gab eine weitere Tote. Ich habe einen Anruf bekommen, aber ich wollte dich nicht wecken.« Noch während er es aussprach, fragte er sich, ob sie an seinem Blick erkannte, dass dies nur die halbe Wahrheit war.

»Noch eine? Ach du Scheiße. Und hat sie etwas mit der Ersten zu tun?«

»Das wissen wir noch nicht, aber wir können es zumindest nicht ausschließen. Es gibt gewisse Verbindungen.« Eigentlich hatte er schon zu viel gesagt. Doch irgendwie hatte er das Gefühl, ihr wenigstens diese Erklärung schuldig zu sein.

»Ich hab Feierabend.« Noch immer stand sie in der halb geöffneten Tür. »Sehen wir uns? Außer hier drinnen, meine ich.«

Er nickte, doch sein »Ja, sicher.« klang unangenehm heiser und wenig überzeugend.

»Gut.« Sie rang sich ein Lächeln ab und war einen Moment später verschwunden.

Karre stand da und lauschte, wie sich ihre Schritte mit den Geräuschen der Überwachungsgeräte vermischten, bis sie nicht mehr zu hören waren.

Auch als er Minuten darauf in seinem Wagen saß, spürte er noch immer den in seinem Hals festsitzenden Kloß, doch seine Gedanken drehten sich bereits um die ungelösten Mordfälle der letzten Tage. Gab es vielleicht doch einen weiteren Anhaltspunkt? Etwas, das sie übersehen hatten? Wo konnten sie noch ansetzen, um mehr über die Toten und deren mögliche Verbindung zueinander in Erfahrung zu bringen?

Die Untersuchung von Danielle Teschners Laptop war noch nicht abgeschlossen. Er hoffte, dass Talkötter spätestens morgen mit Ergebnissen aufwartete, die sie in irgendeiner Form voranbrachten.

Noch einmal wanderten seine Gedanken zurück zum Fundort von Danielle Teschners Wagen. Hatte es etwas zu bedeuten, dass der vermeintliche Täter ihn ausgerechnet dort abgestellt hatte? Die Nachforschungen bei den Taxiunternehmen, deren Mitarbeiter in der Mordnacht Stellung am Bahnhof bezogen hatten, war ergebnislos geblieben. Ebenso die Auswertung des Videomaterials der Bahnsteige. Hatten sie etwas in dem Fahrzeug gefunden, das sie weiterbrachte? Im Geiste ging er noch einmal die Liste der sichergestellten Gegenstände durch.

Und plötzlich kam ihm eine Idee. Es war nichts Bedeutendes und vermutlich nichts, das den langersehnten Durchbruch brachte, doch es war allemal besser, als den Abend sinnlos auf der Couch zu vertrödeln. Außerdem konnte er seiner Kollegin möglicherweise sogar einen Gefallen tun. Er griff zum Telefon und wählte Viktorias Nummer. Zu seiner Überraschung nahm sie das Gespräch gleich nach dem ersten Klingeln an. »Ja?«

»Hast du auf meinen Anruf gewartet, oder wieso bist du so schnell? Ich hatte befürchtet, ihr wäret schon längst auf dem Weg in die Oper.«

»Max ist noch nicht da. Hat wieder mal eine wichtige Sitzung.«

»Täusche ich mich, oder bist du gar nicht böse über die Verspätung?«

»Vielleicht hab ich ja Glück, und die Oper fällt ins Wasser.«

»Möglicherweise kann ich dir da ein Angebot machen, das du nicht ablehnen kannst.« Mit knappen Worten berichtete er ihr von seinem Vorhaben.

»Ich bin dabei«, sagte sie, ohne eine Sekunde zu zögern. »Holst du mich ab? Aber beeil dich. Ich möchte das nicht vorher mit Max ausdiskutieren.«

»Meinst du nicht, du solltest ihm wenigstens Bescheid geben?«

»Ich schicke ihm eine SMS. Ist ja nicht die erste Verabredung, die wegen unserer beruflichen Verpflichtungen platzt. Außerdem ist überhaupt nicht gesagt, dass er es pünktlich schafft. Seine Meetings dauern manchmal bis in die Nacht. Und bevor ich hier den ganzen Abend fertig aufgebrezelt hocke und auf ihn warte, komme ich lieber mit. Also, wie lange brauchst du?«

»Bin schon unterwegs«, antwortete Karre und jagte den Wagen mit quietschenden Reifen vom Parkplatz des Krankenhauses.

12

»Wie bist du darauf gekommen? Nur wegen des Jetons?«

»Keine Ahnung. War nur so ein Gefühl. Vielleicht täusche ich mich ja auch.« Karres Blick wanderte durch den mit etwa einem Dutzend Roulettetischen bestückten Raum. Um jeden der Spieltische drängelten sich Menschentrauben, die meisten in Anzügen und schicken Abendkleidern. Niemals hätte er erwartet, mitten in der Woche einen solchen Andrang in einem Spielkasino zu erleben.

Er sah Viktoria an, die sich bei ihm untergehakt hatte und das Geschehen nicht minder interessiert beobachtete. »Warst du schon mal hier?«

Sie schüttelte den Kopf, wobei das blonde Haar über die karamellfarbene Haut ihres Rückens fiel, den das tief ausgeschnittene Kleid nur allzu verführerisch in Szene setze. »Aber ich war mal in Vegas. Dagegen ist das hier ziemlich überschaubar.«

»War ja klar, dass du gleich wieder einen draufsetzen musst.«

»Sorry, du hast mich doch gefragt.«

Er lächelte versöhnlich und betrachtete ihre im Licht der Deckenbeleuchtung glitzernde Halskette. Vermutlich ein Stück aus den seit vielen Generationen in ihrer Familie weitergegebenen Erbstücken, die sie ihm gegenüber zwar schon einmal erwähnt, aber noch nie getragen hatte. Wieder einmal schien es ihm, als lägen Welten zwischen der ihm bekannten Kollegin Viktoria und der geheimnisumwobenen Tochter einer Adelsdynastie, deren Leben so gar nichts mit dem der Polizeibeamtin gemein hatte, als die sie den Großteil ihrer Zeit verbrachte.

Welches Ereignis hatte sie dazu bewogen, entgegen dem Willen ihrer Eltern eine kriminalistische Laufbahn einzuschlagen? War es nur der Kontrast zwischen dem, was Karre und sein Team beinahe täglich als das reale Leben erlebten und der Glitzerwelt alteingesessenen Adels? Oder gab es, wie er nach ihren dezenten Andeutungen vermutete, irgendein Schlüsselerlebnis, das sie in diese andere Welt gezogen hatte und das die Welt aus Mord und Totschlag zu ihrer Bestimmung hatte werden lassen? Die Dame der feinen Gesellschaft, die ausgezogen war, das wahre Leben kennenzulernen. Er wusste es nicht und wie sooft seit dem Beginn ihrer Zusammenarbeit, stellte er sich im Stillen die Frage, ob er es jemals erfahren sollte. Und, ob er es überhaupt wissen und damit womöglich riskieren wollte, dass die faszinierende und gleichermaßen geheimnisvolle Aura seiner Kollegin Risse bekam.

»Wollen wir auch ein paar Euro tauschen und unser Glück herausfordern?«, fragte sie ihn, ohne seinen Arm loszulassen.

»Du kannst gerne, wenn du magst. Aber ich halte mich da raus.«

»Wieso?«

»Hab gerade keine besonders gute Glückssträhne, glaube ich.«

»Naja, Glück im Spiel ...«

Sie brach den Satz ab und machte ein betretenes Gesicht. »Sorry, ich wollte nicht ... Also wegen Sandra und

Hanna, meine ich.«

Karre schüttelte den Kopf. »Kein Ding. Sandra war die Mutter meiner Tochter und inzwischen eine wirklich gute Freundin.« Er räusperte sich, um den Kloß in seinem Hals zu entfernen. »Ich hätte nie gedacht, dass ich das jemals sagen würde, aber nach all den Jahren andauernden Streitens sind wir am Ende gut miteinander ausgekommen.« Nur dass niemand von uns damit gerechnet hat, dass es tatsächlich das Ende war, fügte er in Gedanken hinzu. »Zumindest solange wir uns nicht zu sehr auf die Pelle gerückt sind.«

»Glaubst du, es hätte noch eine Chance gegeben, dass ihr es noch einmal miteinander versucht?«

»Nein, der Zug war abgefahren. Und dazu waren wir trotz allem auch zu verschieden. Sie in ihrer Welt, ich in meiner. Es war okay, wie es war. Aber ein solches Ende hatte sie nicht verdient.«

»Natürlich nicht. Aber das haben die wenigsten.«

Während der nächsten Minuten standen sie schweigend nebeneinander und beobachteten das Geschehen um sie herum. Karre fragte sich, ob seine letzten Worte die Zweifel an ihrer Beziehung zu Max weiter angefacht hatten. Denn trotz ihres äußerst vermögenden Hintergrundes legte die junge Kommissarin keinen Wert auf ihren angestammten Platz an der Seite der oberen Zehntausend. Vielmehr schien die Erfüllung ihrer Rolle als Mitglied der Oberschicht für sie kaum mehr als eine anstrengende Pflichtübung zu sein, der sie sich von Zeit zu Zeit trotz aller Bemühungen nicht entziehen konnte.

»Woran denkst du?«, fragte er sie nach einer Weile.

»Ich versuche, mir selbst die Frage zu beantworten, was wir hier zu entdecken hoffen.«

Karre musterte sie eingehend. Sagte sie die Wahrheit, oder dachte sie an Max? Daran, ob und wie es zwischen ihnen weitergehen konnte? In Momenten wie diesem war sie für ihn noch immer ein Buch mit sieben Siegeln. Ihre tiefblauen Augen funkelten, wie ein Ozean voller Geheimnisse. Und er fragte sich, ob es genau diese Unergründlichkeit war, die auf ihn eine dermaßen anziehende Wirkung erzeugte. Sie war eine bildhübsche Frau, keine Frage. Aufwendig zurechtgemacht in exklusiver Abendgarderobe ebenso wie im beruflichen Alltag in Jeans und T-Shirt. Aber sie war auch eine interessante Frau. Und je länger er sie kannte, desto schwerer wog dieses Gewicht auf der Waage ihrer Persönlichkeit.

»Hast du eine Idee?«, fuhr sie fort und riss ihn aus seinen Gedanken.

»Eine Idee?«

»Was wir hier suchen.«

»Nein, nicht genau. Es war nur so ein Gefühl.« Und dann entdeckte er ihn. »Bingo.«

»Was denn?«

Er deutete in Richtung des Eingangs, wo Florian König der Angestellten seinen Personalausweis vorlegte und wenige Sekunden später das Kasino betrat.

»Woher hast du das gewusst?«

»Ich wusste es nicht. Aber ich habe mich gefragt, mit wem eine Frau wie Danielle Teschner wohl in ein Kasino gehen würde. Komm, lass uns mal sehen, wo er hingeht.«

Sie folgten König quer durch die Roulettehalle, ohne dass dieser auch nur einem einzigen der Tische seine Aufmerksamkeit schenkte. Er steuerte eine der Bars an und wandte sich schließlich einer etwas abseits liegen Spiegeltür zu. Er drückte einen Knopf und die Tür öffnete sich. Ein Mann im schwarzen Anzug erschien. König grüßte ihn, offenbar sahen sich die beiden nicht zum ersten Mal, und trat durch die Tür, die hinter ihm ins Schloss fiel.

»Was war das denn?«, fragte Viktoria.

»Keine Ahnung, lass uns nachsehen.«

Nach wenigen Schritten fanden sie sich vor der Tür wieder, durch die König verschwunden war. Auf einem Schild neben einem silbernen Klingelknopf las Karre: Royal Club. Eintritt nur für Mitglieder.

Fragend wandte er sich Viktoria zu, die ratlos mit den Schultern zuckte.

»Sollen wir´s probieren?« Sie legte einen Finger auf die Klingel.

»Nein, warte. Lass uns erstmal einen der Barkeeper fragen.«

Sie kehrten zurück zur Bar und nahmen auf zwei mit weißem Leder bezogenen Edelstahlhockern platz. Karre bestellte ein Königs Pilsener, was ihm dem Anlass ihres Besuches irgendwie angemessen erschien, und einen Tequila Sunrise für seine Kollegin. Dann schob er dem Barkeeper, einem Mann Ende zwanzig, ein großzügiges Trinkgeld zu und nickte in Richtung der geheimnisvollen Spiegeltür.

»Was ist das? Der Club?«

»Ach, eigentlich nichts Besonderes. Die Clubmitglieder können separiert vom Rest der Gäste spielen. Außerdem gibt es ein kostenfreies Buffet.«

Karre wurde bewusst, dass er seit Stunden nichts gegessen hatte, und spürte ein leichtes Grummeln in der Magengegend, als er das vom Barmann erwähnte Buffet in seiner Fantasie bildlich vor sich sah.

»Und?«, fragte er weiter? »Kann da jeder rein?«

»Man muss ein Aufnahmeformular ausfüllen und bekommt dann die Unterlagen zugeschickt. Allerdings sind die Mindesteinsätze im Club erheblich höher als an den öffentlichen Tischen. Und die Limits entsprechend auch.«

Karre wurde hellhörig. »Das heißt, die Clubmitglieder

machen ordentlich Umsatz, oder?«

Der junge Mann nickte.

»Was bedeutet das? Wie viel Geld bringt ein Clubmitglied für einen Abend denn so mit?«

»Naja, im Extremfall können es schon mal ein paar zehntausend Euro sein. Aber bei den meisten sind es eher fünfhundert bis tausend.«

»Ein paar zehntausend? Wow. Und wissen Sie, ob das Kasino darüber Buch führt, welches Clubmitglied wie viel Geld mitbringt? Und wie viel davon jeder Gast wieder mit nach Hause nimmt?«

»Nein, die Einsätze und Gewinne der Spieler werden nicht dokumentiert.«

»Und die Verluste vermutlich auch nicht.«

»Selbstverständlich nicht. Warum fragen Sie?«

»Nur so«, erwiderte Karre und nippte an seinem Bier. »Reine Neugierde.«

13

Nachdem sie über eine Stunde vergeblich auf König gewartet hatten, beschlossen Karre und Viktoria, den Abend zu beenden und zurück nach Essen zu fahren. Sie schlenderten über den Parkplatz zu ihrem Wagen. Die Nacht war angenehm warm, und ein leichter Wind strich über das Gelände der erst 2012 abgerissenen und durch das CityPalais ersetzten Mercatorhalle.

»Glaubst du, er ist spielsüchtig?«, fragte Viktoria und hakte sich bei Karre unter. Trotz der Wärme der Nacht spürte er die leichte Gänsehaut auf ihren Unterarmen.

»Ich weiß es nicht, aber es würde mich nicht überraschen. Irgendwie passt es zu seinem Typ, oder?«

»Könnte ich mir auch vorstellen. Und wenn er in diesem Club regelmäßig um hohe Summen gespielt hat, hatte er

311

deshalb vielleicht auch Stress mit seiner Frau. Immerhin geht es ja um das Geld ihrer Familie.«

Sie beschlossen, am nächsten Tag noch einmal bei Nadine Königs Eltern vorbeizufahren und sie zu den Spielgewohnheiten ihres Schwiegersohnes zu befragen. Möglicherweise steckte hinter Königs Besuch im Kasino tatsächlich mehr als ein gelegentlicher Zeitvertreib. Zumindest kam es den beiden Ermittlern seltsam vor, dass König der Sinn so kurz nach dem gewaltsamen Tod seiner Frau nach Roulette, Poker und Black Jack stand.

Sie hatten ihren Wagen beinahe erreicht, als Karre wie angewurzelt stehenblieb. »Leck mich doch am Arsch«, entfuhr es ihm, während er auf ein in einer der Parkboxen abgestelltes Fahrzeug zuging, bei dem es sich um einen dunkelblauen Opel Signum handelte, dessen Kennzeichen mit den Buchstaben E - GB begann.

»Aber das ist doch ...« Viktoria war Karre zu dem Wagen gefolgt und warf einen Blick ins Innere. Während sie den am Innenspiegel hängenden Wunderbaum betrachtete, fügte sie hinzu: »Was treibt der hier? Ich dachte, er ist ...«

»Ja, das habe ich bis eben auch angenommen.«

»Und jetzt?«

»Wir lassen ihn ausrufen.«

Viktoria lächelte. »Du bist echt fies. Was genau hast du vor?«

»Wir gehen zurück zum Empfang und sagen, wir hätten einen Wagen beschädigt und sie möchten bitte das Kennzeichen für uns durchgeben. Dann wird er schon kommen.«

Keine zehn Minuten, nachdem sie ihr Vorhaben umgesetzt hatten, tauchte Hauptkommissar Götz Bonhoff auf dem Parkplatz auf. Er trug einen schwarzen Anzug mit weißem Hemd und einer dunklen Krawatte. Als er Karre

und Viktoria erkannte, verflüchtigten sich die unüberseh-
baren Anzeichen von Ärger aus seinem Gesicht. Vielmehr erinnerte der ertappte Krankfeierer an ein Kind,
dem Mutters geerbtes Familienporzellan zu Bruch gegangen war und das, wie ein begossener Pudel, inmitten des
aus dem Missgeschick resultierenden Scherbenhaufens
stand. In Erwartung einer ordentlichen Tracht Prügel und
mit gesenktem Haupt die Schimpftiraden seiner tobenden
Eltern über sich ergehen lassend.

»Sieh an«, eröffnete Karre das für alle Beteiligten unangenehme, beinahe peinliche Gespräch. »Da müssen wir
eine ganze Woche auf einen unserer erfahrensten Ermittler verzichten, während uns gleich zwei Mordermittlun-
gen auf Trapp halten. Und während wir dich zu Hause in
deinem Bett wähnen und uns für den Mist hier sogar die
Abende um die Ohren schlagen, vertreibst du dir die
Langeweile bei Roulette und Black Jack.« Obwohl ihm
eher danach zumute war, seinen Kollegen nach allen Regeln der Kunst lautstark zusammenzustauchen, senkte er
seine Stimme. »Götz. Verdammte Scheiße, was ist los mit
dir?«

Bonhoffs Augen verengten sich zu Schlitzen, aus denen
sie Karre angriffslustig anfunkelten. »Du hast ja keine
Ahnung«, zischte er und wische sich mit dem Ärmel seines Sakkos glitzernde Schweißtropfen von der Stirn.

»Dann klär mich auf.« Er deutete auf Viktoria. »Uns.
Schließlich müssen wir alle deine Abwesenheit ausbaden.
Also, was ist los? Hast du ein Problem? Geht es ums
Spielen? Wir haben Profis dafür bei der Polizei. Mit de-
nen kannst du reden, wenn du ...«

Bonhoff machte eine abwertende Handbewegung.
»Quatsch. Du glaubst doch nicht im Ernst, dass ich spielsüchtig bin, oder?« Er musterte seinen Interimsvorgesetz-
ten abschätzend. »Doch«, fügte er schließlich hinzu.

»Genau das denkst du. Du hältst mich für einen dieser Suchtkrüppel, die hier Haus und Hof verzocken, während sie vom schnellen Geld träumen.« Umständlich fingerte er eine Zigarette aus seinem Sakko und zündete sie an. Karre entging nicht, wie seine Finger zitterten, als er sie zu seinen Lippen führte. »Mein Gott Karrenberg, was bist du für ein Arschloch.«

»Jetzt mach aber mal halblang«, fuhr Karre ihn an. »Was bitte soll ich denn von der Situation hier halten? Verfluchte Scheiße, wenn du schon nicht vorher mit uns über deine Probleme redest, dann tu es wenigstens, nachdem wir dich ertappt haben. Was treibst du hier? Warum hast du dich krankgemeldet?«

»Die Frage, wer hier was treibt, könnte ich umgekehrt vermutlich auch stellen, oder?«

»Hey, es reicht. Wir machen hier unseren verdammten Job. Ganz im Gegensatz zu dir. Und wenn du zwischendurch mal dein Diensthandy eingeschaltet und die E-Mails der letzten Tage gelesen hättest, wärst du vielleicht selbst darauf gekommen.«

»Ihr wisst also, dass König sich ständig hier herumtreibt und hohe Summen an den Exklusivtischen verspielt?«

»Natürlich.« Karre hatte keine Lust, Bonhoff en détail zu erläutern, was sie wussten und worüber sie zum jetzigen Zeitpunkt lediglich Vermutungen anstellten.

»Aber woher zum Teufel weißt *du* das?«

»Weil ich mir seit Wochen fast jede Nacht in diesem Scheißladen um die Ohren schlage und inzwischen so ziemlich jeden kenne, der hier regelmäßig ein und aus geht. Und weil ich meine E-Mails sehr wohl lese, wusste ich in der Tat auch, dass es sich bei einem der Stammgäste um König handelt.«

Karre schüttelte den Kopf. Er konnte seinem Kollegen nicht folgen. »Und wieso in Herrgotts Namen hast du uns das nicht früher gesagt?«

»Was bitte hätte ich dir denn sagen sollen? Komm doch mal im Kasino vorbei? Ich bin fast jeden Abend hier und euer Freund Florian König übrigens auch?

Karre überlegte, ob ihn die Antwort seines Kollegen besänftigen oder noch wütender machen sollte. Er entschied, es darauf beruhen zu lassen. Vorerst. »Dann erklär uns wenigstens, was du hier treibst. Spielst du?«

»Himmel! Nein!«

»Was dann? Sprich mit uns, verflucht noch eins.«

»Isabell«, sagte er nur und sah Karre und Viktoria abwechselnd an. Sein Blick verriet, dass es ihm schwerfiel, über das Thema zu sprechen.

»Deine Tochter? Was ist mit ihr?« Karre wusste, dass Isabell ein Jahr älter war als Hanna. Zudem hatte er zwei jüngere Söhne. Eineiige Zwillinge.

»Sie ist krank.«

Karre nickte. Er erinnerte sich an die letzten Wochen und Monate. Immer wieder war Bonhoff mit seiner Tochter bei verschiedenen Ärzten gewesen, da sie seit längerem mit übermäßiger Müdigkeit, Schwindel und immer wiederkehrenden Ohnmachtsanfällen zu kämpfen hatte. Nun, da man möglicherweise eine ernsthafte Diagnose gestellt hatte, schämte Karre sich für die heimlichen Kommentare im Kollegenkreis. Mehr als einmal war im Präsidium hinter vorgehaltener Hand gemunkelt worden, das Mädchen sei mit hoher Wahrscheinlichkeit schwanger und er solle mit ihr doch lieber gleich zu einem Gynäkologen gehen oder in der Apotheke einen Schwangerschaftstest besorgen, anstatt sie von einem Facharzt zum nächsten zu schleppen.

»Schlimm?«, fragte Viktoria.

»Sie hat eine Herzmuskelentzündung. Die genaue Ursache ist noch unklar. Aber ihr Zustand verschlechtert sich

315

von Tag zu Tag.«

»Oh Gott, das ist ja furchtbar.«

»Scheiße.« Karre fühlte sich sofort an seine eigene Situation erinnert und seine Wut auf den Kollegen verflog zusehends. »Wie lange wisst ihr das schon?«

»Der Verdacht kam auf, als sie während der letzten Klassenfahrt wieder einen Ohnmachtsanfall hatte. Kurz nach ihrer Rückkehr hatten wir Gewissheit.«

»Was bedeutet das?«

»Dass sie möglicherweise schon bald einen Rollstuhl benötigen wird, weil ihr Herz beinahe täglich schwächer wird. Vermutlich wird sie früher oder später ein Spenderherz brauchen, um zu überleben.«

Karre schloss die Augen und atmete aus. Einmal mehr sah er Hanna vor sich und suchte nach tröstenden Worten für seinen Kollegen, die ihm jedoch ums Verrecken nicht einfallen wollten.

»Das bedeutet, wir werden das Haus rollstuhlgerecht umbauen müssen. Eine ziemlich kostspielige Angelegenheit, denn die Krankenkasse hält sich schön zurück. Diese verfluchten Scheißer. Du glaubst gar nicht, wie viele Antragsformulare ich in den letzten Wochen ausgefüllt habe. Und bisher alles ohne Ergebnis.

Am liebsten würde ich hinfahren und die Sesselfurzer windelweich prügeln.

Da es im Augenblick aber so aussieht, dass wir die anfallenden Kosten für die nötigen Umbauten weitgehend alleine stemmen müssen, habe ich mir einen Nebenjob gesucht.«

Nun fiel es Karre wie Schuppen von den Augen. Natürlich hielt sich Götz Bonhoff nicht zum Spielen hier im Kasino auf. Er hatte sich ohnehin gewundert, dass ausgerechnet er dem Glücksspiel anheimgefallen sein sollte. Ein solches Laster wollte einfach nicht zu der rationalen und bisweilen geradezu dröge anmutenden Art seines Kollegen passen. »Und was machst du?«

»Ich arbeite in der Sicherheitszentrale.«

»Was macht man da so? Mimst du etwa den Türsteher?«

Zum ersten Mal seit ihrem Zusammentreffen konnte Karre auf Bonhoffs Gesicht den Ansatz eines Lächelns erkennen. »Wohl kaum.« Er deutete auf seinen leichten Bauchansatz. »Dafür musst du schon andere Qualitäten aufweisen. Wenn du es genau wissen willst, hocke ich die ganze Nacht vor einem halben Dutzend Monitoren und sehe zu, wie die ganzen Deppen ihre Kohle verzocken.«

»Und dabei hast du auch König gesehen?«

»Genau. Als ich seine Fotos in den Unterlagen entdeckt habe, die du rumgeschickt hast, kam er mir gleich bekannt vor. Irgendwann fiel mir dann ein, dass er immer wieder im Royal Club rumhängt und richtig viel Geld verzockt hat.«

»So wie in der Nacht, in der Danielle Teschner ermordet wurde?«

»Genau. Ich habe mir, übrigens verbotenerweise, die Videobänder von besagtem Abend rausgesucht und durchgesehen. Er war bis drei Uhr morgens hier. Ich schätze, er hat mindestens fünfzehntausend Euro verzockt.«

»An einem einzigen Abend?«

»Ja. Und das kam bei ihm durchaus öfter vor.«

»Wow. Ich denke nicht, dass seine Frau davon wusste. Aber auf jeden Fall hat er damit ein Alibi für den ersten Mord. Und ehrlichgesagt weiß ich nicht, ob ich mich darüber freuen soll. Ich habe das Gefühl, wir stehen wieder ganz am Anfang. Jedenfalls, was den Fall Danielle Teschner angeht. Bei dem Mord an seiner Frau bin ich mir noch nicht so sicher, ob er tatsächlich nichts damit zu tun hat.«

»Und was jetzt?«, fragte Bonhoff. »Schwärzt ihr mich beim Alten an?«

»Wieso? Ich war den ganzen Abend im Krankenhaus bei Hanna und Vicky war nicht davon abzubringen, mit ihrem Schatz in die Oper zu gehen.« Karre sah Viktoria an und zwinkerte ihr zu. »Und morgen fahren wir zu Königs Schwiegereltern und hören mal, ob die uns nichts zur Spielleidenschaft ihres Schwiegersohnes zu erzählen haben. Und aus König selbst werden wir das Alibi auch herausbekommen. Spätestens, wenn wir ihm ein bisschen Feuer unterm Hintern machen. Komm, lass uns gehen. Und dir eine ruhige Schicht. Aber damit wir uns nicht missverstehen: Wir reden darüber. Das mit den Nachtschichten ist keine Dauerlösung.«

Bonhoff nickte betreten, und als die Kollegen sich auf den Weg zu ihrem Wagen machten, zündete er eine weitere Zigarette an. Er inhalierte den Rauch und spürte, wie sein Pulsschlag sich allmählich beruhigte. Leise, für die Kollegen unmöglich hörbar, murmelte er: »Danke.«

SECHSTER TAG

1

Er umklammerte den Becher mit heißem Kaffee wie ein Schiffbrüchiger einen ihm in letzter Sekunde zugeworfenen Rettungsring. Unmittelbar, bevor ihn der Sog des sinkenden Schiffes mit sich in die Tiefe reißt.

Schon wieder zu wenig Schlaf.

Nach dem Besuch im Kasino hatte er Viktoria zu Hause abgesetzt. Obwohl es weit nach Mitternacht war, war Max noch immer nicht da. Das Haus lag im Dunklen und der Stellplatz vor der Doppelgarage, auf dem er seinen Firmenwagen abstellte, war verwaist. Viktoria hatte ihm angeboten, auf einen Absacker mitzukommen, doch er hatte abgelehnt. Stattdessen war er in seine Wohnung gefahren.

Hatte sich mit einer Flasche Bier auf die Couch fallen lassen, während die Wiederholungen geistloser Reality-Soaps des vergangenen Tages, von deren Inhalt er nicht das Geringste aufnahm, über die Mattscheibe flimmerten.

Karim wedelte mit einer dunkelgrünen Pappkladde und der entstehende Luftzug holte Karre zurück ins Hier und Jetzt.

»Grass hat uns das Ergebnis der Obduktion zukommen lassen. Wie er bereits vermutet hat, starb Nadine König an den Einwirkungen stumpfer Schläge auf den Hinterkopf. Er vermutet, dass es sich bei der Tatwaffe um die verschwundene Trophäe handelt, von der König uns erzählt hat.«

»Plural? Schläge?«, fragte Viktoria. »Der Täter hat also mehr als einmal zugeschlagen?«

»Ja. Es sieht ganz so aus, als habe er sichergehen wollen, dass sie auch wirklich stirbt.«

»Ein überraschter Einbrecher in Panik, der nicht wollte, dass sie ihn bei einer möglichen Gegenüberstellung wiedererkennt?«

»Oder jemand, der saumäßig wütend auf sie war und die Beherrschung verloren hat, nachdem er zum ersten Mal auf sie eingeschlagen hatte«, mutmaßte Karre.

»Du denkst wieder an König?«

»Möglich. Haben wir inzwischen die Namen der Leute, die er angeblich in der Mordnacht getroffen hat?«

»Nein.«

»Dann fahren wir nachher hin und machen ihm Beine. Ich will jetzt wissen, ob er potentiell als Täter in Frage kommt oder nicht. Es reicht schon, dass er für den ersten Mord offenbar ausfällt.«

»Wieso das? Gibt es etwas Neues?«

Mit wenigen Worten fasste Karre ihren abendlichen Kasinobesuch inklusive der überraschenden Begegnung mit

Bonhoff zusammen.

»Ein Polizist als Alibi. Nicht schlecht. Für den ersten Mord kommt er damit wohl tatsächlich nicht in Frage«, sinnierte Karim.

»Was angeblich auch für den Zweiten zutrifft, von uns aber noch überprüft werden muss«, sagte Viktoria.

»Trotzdem erscheint mir seine Verbindung zu beiden Opfern mehr als nur Zufall zu sein. Irgendwo gibt es einen roten Faden. Karim, mach mal weiter mit dem Ergebnis der Obduktion. Gibt´s noch mehr?«

»Der Todeszeitpunkt liegt zwischen 22:00 und Mitternacht. Das ist also die Zeit, die König uns erklären muss. Aber der eigentliche Hammer kommt noch.« Er sah seine Kollegen an, deren erwartungsvoll angespannte Blicke sichtlich genießend.

»Na sag schon.« Viktoria rutschte ungeduldig auf ihrem Stuhl hin und her. »Was ist es?«

»Sie war schwanger.«

»Bitte?«, entfuhr es Karre und Viktoria wie aus einem Munde. »Schwanger?«

»Ja. Ich war zunächst auch ziemlich verwundert. Ich bin davon ausgegangen, dass eine querschnittsgelähmte Frau keine Kinder bekommen kann. Aber Paul hat mir erklärt, dass das sehr wohl möglich ist. Es hängt von mehreren Faktoren ab. Unter anderem, in welchem Bereich der Wirbelsäule sich die Verletzung befindet. Paul hat mir einen endlosen Vortag zu dem Thema gehalten, aber den erspare ich euch jetzt mal.«

»In der wievielten Woche war sie denn?«

»In der zehnten. Aber wisst ihr, was ich mich frage?«

»Wieso König es uns nicht gesagt hat?«

»Ganz genau. Wie kann es sein, dass ein werdender Vater, der den gewaltsamen Tod seiner Frau zu beklagen hat, mit keiner einzigen Silbe erwähnt, dass sie schwanger war? Zumal er sich doch denken konnte, dass wir es sowieso rauskriegen.«

»Eigentlich lässt das nur einen Schluss zu.«

»Dass er es selbst nicht wusste.«

»Und darum nützt es alles nichts«, sagte Karre. »Wir müssen noch einmal mit ihm reden.«

»Das ist schon alles, was ich euch zu Nadine König sagen kann. Allerdings gibt es auch Neuigkeiten in unserem zweiten Fall. Beziehungsweise, im Ersten, wenn ihr so wollt.« Er grinste, als könne er die Bekanntmachung einer sensationellen Entdeckung keine Sekunde länger zurückhalten. Und ohne Zwischenfragen seiner Kollegen abzuwarten, fuhr er fort. »Jo hat den Laptop von Danielle Teschner untersucht.»

»Ich nehme an, das Passwort war keine besonders große Herausforderung für ihn?«

»Ich denke nicht. Nein. Jedenfalls hat er sich unter anderem ihren E-Mail-Account angesehen. Etwa drei Stunden vor ihrem Tod hat sie eine Nachricht erhalten. Von einem gewissen *BigKing*.«

»Das ist ein Witz, oder? BigKing?«

»Na, wer das wohl sein könnte.« Karre konnte sich das Lachen kaum verkneifen. Die Wahl seines E-Mail-Pseudonyms sprach Bände und passte wie die sprichwörtliche Faust aufs Auge zu seiner Einschätzung bezüglich Königs Charakter.

Karim schüttelte den Kopf. »Nein, kein Witz. Aber das Beste kommt noch.« Er nahm zwei bedruckte Zettel aus der vor ihm auf dem Tisch liegenden Kladde und reichte sie seinen beiden Kollegen.

Karre überflog die Zeilen und konnte kaum glauben, was er dort zu lesen bekam.

»*BigKing*, ich vermute mal, dass es sich um König handelt, aber beweisen können wir es noch nicht, hat sich also für den Mordabend mit ihr verabredet. Gute drei Stunden vor ihrem Tod. Und was bedeutet *Treffpunkt wie immer*? Hast du dazu schon was rausgefunden?«

»Nein, bis jetzt nicht. Vielleicht ein Hotelzimmer? Oder König hatte ein heimliches Liebesnest eingerichtet, wo er sich mit seinen Eroberungen getroffen hat. Wissen wir, ob das erwähnte Treffen stattgefunden hat?«

»Danielle Teschner hat die Mail kurz nach dem Eingang beantwortet und zugesagt. Auf jeden Fall war ihre Antwort die letzte Aktualisierung des E-Mail-Kontos, die auf dem Rechner gespeichert war.« Er blickte in die kleine Runde, und als er am Gesichtsausdruck seiner Kollegen ablas, dass diese nicht zu verstehen schienen, worauf er hinauswollte, fuhr er fort. »Jo hat den Computer ans Netz angeschlossen und den Mail-Account aktualisiert. Und siehe da: Jemand hat die betreffende Mail samt der dazugehörigen Antwort gelöscht. Allerdings nicht über das Mailprogramm des Laptops, sondern übers Internet.«

»Wow.« Karre ließ sich gegen die Lehne seines Stuhls sinken.

»Besaß Danielle ein Smartphone? Ich meine, könnte die Mail über ihr Mobiltelefon entfernt worden sein? Ohne dass derjenige die Passwörter für den Mail-Account kannte?«

»Soweit wir wissen, hatte sie nur ein normales Telefon. Das Prepaid-Gerät. Für eine Studentin heute fast ein bisschen ungewöhnlich, aber was soll's. Vielleicht war sie in der Hinsicht einfach etwas altmodisch.«

»Wir können also davon ausgehen, dass derjenige, der die Mails gelöscht hat, Zugang zu ihren Passwörtern hatte. Richtig?«

»Oder, dass er gewusst hat, wie er sie herausbekommt«, fügte Karim der Schlussfolgerung seiner Kollegin hinzu.

»Und? Fällt euch jemand ein, der sich ziemlich gut mit

323

dem IT-Kram auskennt?«, fragte Viktoria und sah die beiden Männer abwechselnd.

»Du denkst an Schwarz? Ihren Exfreund?«

»Genau an den. Vielleicht war er doch eifersüchtiger, als er zugeben wollte, dass Danielle einen Neuen hatte. Und wenn er ihre Mails mitgelesen hat, könnte er gewusst haben, dass sie sich mit ihm treffen möchte.«

»Und dann hat er sie abgefangen. Sie haben sich gestritten, dabei ist sie gestürzt und schon war´s passiert. Er hat ihre Leiche weggeschafft und die E-Mails gelöscht. Vielleicht so?«

»Klingt ganz gut. Auf jeden Fall erinnern wir uns: Er hat kein Alibi. Allerdings haben wir auch keine Beweise für unsere Theorie, dass er derjenige war, der die E-Mails gelöscht hat. Theoretisch könnte es auch König gewesen sein, der sein Treffen mit Danielle vertuschen wollte. Und wer weiß, eventuell hatte er ja Zugang zu ihren Passwörtern.«

»Auf jeden Fall sollten wir mit beiden reden. Allerdings möchte ich vorher noch einmal mit Nadine Königs Eltern sprechen. Insbesondere mit ihrem Vater. Ich will wissen, ob er uns etwas über Königs Leidenschaft für Glücksspiele erzählen kann. Vielleicht haben wir dann ein weiteres Mordmotiv.«

»Du meinst, Nadine König wollte sich von ihm trennen, weil sie von seiner Spielsucht wusste und fürchtete, er könne mit dem Laster das Familienvermögen durchbringen? Vergiss nicht, sie war schwanger. Da trennt man sich nicht so schnell.«

»Vielleicht hat sie ihm ja gerade deswegen die Pistole auf die Brust gesetzt. Sie wollte, dass er mit dem Spielen aufhört. Und zwar nicht nur wegen des Kindes. Das könnte auch bedeuten, dass König tatsächlich nichts von der Schwangerschaft gewusst hat. Dass sie es ihm bisher noch nicht erzählt hatte.«

»Und als sie ihm mit dem Ende ihrer Ehe gedroht hat, bei dem er alles verloren hätte, sind bei ihm die Sicherungen durchgebrannt.«

»Jedenfalls wurden schon Menschen für erheblich weniger ermordet, als für ein millionenschweres Familienvermögen.«

2

Der darauffolgende Besuch bei Nadine Königs Eltern bestätigte den Verdacht des Ermittlertrios. Nachdem er sich anfangs noch ein wenig geziert hatte, gab König Senior die Leidenschaft seines Schwiegersohns für Glücksspiele aller Art zu. Insbesondere Poker, Roulette und Black Jack hatten es ihm angetan, zuweilen traf man ihn aber auch auf den Pferderennbahnen der umliegenden Städte an.

Auf die Frage, wie erfolgreich der Mann ihrer Tochter dieses Hobby betrieb, seufzte König, stand auf und sah eine Weile schweigend hinaus in den Garten. Dann wandte er sich wieder Karre zu und erklärte entgegen seiner früheren Ausführungen, seinem Schwiegersohn bereits dreimal mit größeren Summen ausgeholfen zu haben. Das Geld brauchte er angeblich, um Probleme mit Konkurrenten zu lösen. Er aber habe gewusst, worum es in Wahrheit ging: Spielschulden zu begleichen oder Ausflüge in Kasinos zu finanzieren, die einzig dazu dienen sollten, zuvor angehäufte Verluste wettzumachen.

Dass Florian König möglicherweise ein Problem mit Glücksspielen hatte, habe sich bereits angedeutet, als Nadine ihn kennenlernte. Schon damals habe er mehr Zeit mit Pferderennen verbracht, als gut für ihn war. Ständig faselte er etwas von todsicheren Insidertipps und dem schnellen Geld. Anfangs, als sie noch frisch verliebt waren, habe seine Tochter ihn das eine oder andere Mal begleitet. Da sie selbst eine große Leidenschaft für Pferde hegte, genoss sie die Nachmittage auf den Rennbahnen, interessierte sich allerdings eher für die Tiere, als für den Ausgang der Rennen.

Natürlich dauerte es nicht lange, bis sie erkannte, dass es Florian in erster Linie um die Wetten ging. In kürzester Zeit verzockte er Beträge, die er sich als Student eigentlich überhaupt nicht hätte leisten können. Jahre später stellte sie fest, dass Florian, der ja inzwischen ihr Ehemann war, unglaublich viel Fantasie entwickelte, wenn es darum ging, Freunde, Bekannte und Verwandte davon zu überzeugen, seine Eskapaden zu finanzieren.

Ja, gab der Seniorchef schließlich seufzend zu, auch ihm habe sein Schwiegersohn das eine oder andere Mal Geld aus den Rippen geleiert. Im Laufe der Zeit habe er von ihm fast einhunderttausend Euro erhalten, die er natürlich nie zurückzahlte. Aus dem Grund habe er ihm vor einigen Monaten zum letzten Mal Geld gegeben. Verbunden mit der unverhandelbaren Auflage, nie wieder ein Kasino, eine Pferderennbahn oder einen ähnlich gearteten Ort zu betreten.

Sollte er selbst dahinterkommen, es von seiner Tochter erfahren oder anderswie herausfinden, dass sein Schwiegersohn sich nicht an ihre Abmachung hielt, würde er ihn, ohne zu zögern und ohne weitere Warnung, aus der Firma werfen. Und mehr noch: Er würde alles dransetzen, dass er niemals auch nur einen einzigen Euro aus dem Familienvermögen erhielte.

3

»Wenigstens wissen wir jetzt, warum er uns bisher verschwiegen hat, dass er sich in der Nacht, als Danielle Teschner starb, im Kasino rumgetrieben hat«, fasste Viktoria das Gespräch zusammen.

Sie hatten den Wagen auf dem Besucherparkplatz von Königs Firmenzentrale abgestellt. Der gläserne Bau funkelte in der Morgensonne wie ein geschliffener Diamant. Eiskalte Luft schlug ihnen entgegen, als sie das Gebäude durch die automatische Drehtür betraten. Sie meldeten sich am Empfang bei einer jungen Frau in knappem Kostüm, die sich perfekt in Florian Königs Beuteschema einfügte.

Sie nannten ihre Namen, ohne zu erwähnen, dass sie von der Polizei kamen, und baten um ein Gespräch mit König.

»Nehmen Sie bitte einen Augenblick Platz«, bot sie an und deutete auf eine Gruppe bunter Designersessel. Karre ließ seinen Blick durch die Empfangshalle schweifen und ließ die Fotografien moderner Architektur sowie die in Glasvitrinen ausgestellten Gebäudemodelle auf sich wirken. Er trat an eine der Vitrinen und betrachtete die detailverliebte Nachbildung des neuen Stadions von Rot-Weiß Essen. Nach jahrelangem Hin und Her war das Projekt inzwischen verwirklicht worden. Für einen Verein, dessen Niedergang seit dem Höhepunkt mit der deutschen Meisterschaft 1958 dem zahlreicher Ruhrpottstädte glich, die den Strukturwandel von einer Industrie- zur Dienstleistungsstadt verpasst hatten. Das ewige Theater um das immer wieder verworfene Projekt hatte in der Vergangenheit für reichlich Schlagzeilen in der lokalen Presse gesorgt.

»Frau von Fürstenfeld, Herr Karrenberg? Ich bin Yvonne Markward«, nahm er eine Stimme in seinem Rücken wahr. Er drehte sich um und blickte in ein lächelndes Pfannkuchengesicht mit zwei leicht auseinanderstehenden

Schneidezähnen. Abgesehen von ihren wohlproportionierten Kurven fand Karre Königs Assistentin bei weitem nicht so attraktiv, wie er sie sich nach den Schilderungen von Wiebke Gröber vorgestellt hatte. Er reichte der blonden Frau die Hand.

»Herr König ist noch in einer Besprechung, er wird sich aber gleich um Sie kümmern. Wenn Sie so nett wären, mir zu folgen? Sie können in seinem Büro auf ihn warten.«

Wir werden noch sehen, wer sich hier um wen kümmert, dachte Karre und folgte ihr gemeinsam mit Viktoria zu einem der gläsernen Aufzüge, der sie Sekunden später in den vierten Stock beförderte.

»Herr König wird gleich für Sie da sein«, sagte Frau Markward und deutete in Königs weitläufiges Büro. Eine moderne Ledergarnitur war unmittelbar vor einer der bodentiefen Fensterscheiben platziert worden. Die Größe des Raumes war vergleichbar mit der des Gemeinschaftsbüros des K3. Nur, dass in diesem hier drei Schreibtische weniger Platz finden mussten. Mit einem großzügigen Glastisch, einem Sideboard für Akten und der Sitzecke, wirkte die perfekt aufeinander abgestimmte Einrichtung zwar minimalistisch, aber ohne jeden Zweifel geschmackvoll. Den größten Blickfang allerdings bot ein genau in der Raummitte stehendes Aquarium.

»Darf ich Ihnen einen Kaffee oder ein Wasser anbieten?«, fragte Yvonne Markward, die in der Tür stehengeblieben war.

»Nein, vielen Dank«, lehnte Karre ab. Und während er aus dem Fenster hinaus in Richtung Innenstadt blickte, hörte er, wie auch Viktoria verneinte. Er wandte sich um, um Königs Assistentin etwas zu fragen, aber sie hatte sich bereits zurückgezogen und die Tür hinter sich ins Schloss gezogen. Sein Blick wanderte umher und blieb schließlich an dem Aquarium hängen. In dem würfelförmigen Becken stand ein Schwarm grau-roter Fische mit beachtlichen Zähnen bewegungslos im Wasser. Neugierig näherte er sich den Tieren. »Erstaunlich, mit welchem Viehzeug sich manche Menschen umgeben. Es gibt Leute, die behaupten, man könne von der Wahl des Haustieres auf den Charakter seines Besitzers schließen.«

»Piranhas.«

Karre fuhr herum. Ohne das geringste Geräusch zu verursachen, hatte König die Tür geöffnet und war in sein Büro getreten.

»In Südamerika werden sie Caribe oder Caribito genannt. Und wissen Sie, was der Name bedeutet?« Ohne eine Antwort abzuwarten, fuhr er fort. »Kannibale. Aber wie sooft neigt der Mensch auch in diesem Fall dazu, das Verhalten von Tieren zu dramatisieren. Noch Anfang der Siebziger beschrieb die Wissenschaft sie als eine Spezies blutrünstiger Menschenfresser. Zu Hunderten, so sagte man ihnen nach, sollten sie über chancenlose Opfer herfallen und sie innerhalb von Sekunden bis auf ihr Skelett auffressen. Das ist natürlich Schwachsinn. Genau wie die Hollywood-Märchen um den weißen Hai.« Er deutete auf das Becken. Noch immer standen die Tiere vollkommen reglos im Wasser und schienen sie durch die dicken Scheiben hindurch anzustarren. »Piranhas sind Schwarmtiere. Einzelne Exemplare sind ängstlich und zurückhaltend. Aber im Kreis ihrer Artgenossen begegnen sie jedem Feind ohne Anzeichen von Furcht.« Er schob eine Kunstpause ein, bevor er seinen Vortrag fortsetzte. »Wissen Sie, was das wirklich Faszinierende an ihnen ist? Ihr Organismus verfügt über beachtliche Selbstheilungskräfte. Angebissene Flossen, zum Beispiel, wachsen binnen kürzester Zeit nach. Stellen Sie sich einen Soldaten vor, der einen Unterarm verliert. Wäre es nicht unglaublich, wenn er innerhalb weniger Tage vollständig nachwachsen könnte? Beeindruckend, oder?«

Oder eine Frau im Rollstuhl, die wieder gehen kann, dachte Karre und fragte sich, ob König gerade eine ähnliche Vision durchlebte.

»Aber ich denke nicht«, unterbrach dieser seinen Gedanken, »dass Sie wegen meiner Piranhas zu mir gekommen sind. Gibt es Neuigkeiten bei der Suche nach Nadines Mörder?« Er bedeutete ihnen, auf der Couch Platz zu nehmen.

Viktoria warf ihrem Kollegen einen kurzen Blick zu. Als der mit einem beinahe unmerklichen Nicken reagierte, fragte sie König geradeheraus: »Wussten Sie, dass Ihre Frau schwanger war?«

Er starrte sie entgeistert an und hätte Viktoria ihn nicht für einen durchaus begabten Schauspieler gehalten, sie hätte nicht im Geringsten daran gezweifelt, dass er die Wahrheit sagte.

»Schwanger?« Er ließ sich gegen die Rückenlehne der Couch sinken. »Das ... das kann nicht sein.«

»Sie haben also nichts davon gewusst? Ihre Frau hat Ihnen nichts von der Schwangerschaft gesagt?«

Noch immer saß König den beiden Polizisten wie versteinert gegenüber. Obwohl er deutlich sichtbar dagegen ankämpfte, wandelte sich das Entsetzen aus seinem Gesicht in einer unendlich langsamen und kaum wahrnehmbaren Metamorphose zu Wut. »Nein. Ich ... ich habe es nicht gewusst.« Ein Ruck ging durch den sichtlich um Fassung ringenden Mann, der von einer Sekunde zur nächsten zu seiner gewohnten Nüchternheit zurückkehrte. »Wie weit war sie?«, fragte er, stand auf und ging zu einem der Fenster.

»Ihre Frau war in der zehnten Woche. Herr König, es tut uns wirklich leid.«

»Zehnte Woche«, wiederholte König. Dann wandte er

sich ruckartig den beiden Polizisten zu. »Bitte gehen Sie. Gehen Sie da raus und finden Sie das Schwein. Ich brauche jetzt Zeit für mich.« Er ging zu seinem Schreibtisch, beugte sich über das Telefon und drückte auf einen der zahlreichen Knöpfe. Umgehend ertönte die Stimme seiner Assistentin über den Lautsprecher.

»Ja?«

»Yvonne, sagen Sie für heute alle weiteren Termine ab.«

»Alle? Auch den am Nachmittag? Sie wissen doch, dass ...«

»Alle!«, unterbrach König sie mit einer Stimme, die nicht den geringsten Zweifel daran ließ, was er wollte. »Ich brauche jetzt Zeit für mich. Danke.« Ein kurzes Knacken in der Leitung beendete das Gespräch und er kehrte zurück zu Karre und Viktoria. »Wenn Sie mich bitte entschuldigen.« Sein Blick wanderte unmissverständlich in Richtung der Bürotür.

Während er sich von der Couch erhob, überlegte Karre, König auf dessen Nächte im Kasino anzusprechen, entschied sich aber dagegen. Sollte er ruhig noch ein bisschen in dem Glauben bleiben, dass sie nichts von seinem Laster wussten. Und mit dem Wissen über das Alibi für den Mord an Danielle Teschner, das auf der einen Seite jedoch gleichzeitig ein Motiv für den Mord an seiner Ehefrau bedeuten konnte, würde er ihn zu einem späteren Zeitpunkt konfrontieren. König war noch nicht raus aus der Sache, dessen war sich der Kommissar sicher.

4

»Und Sie haben ihm erzählt, dass Nadine schwanger war?« Rummel lehnte sich in seinem Stuhl zurück und musterte die beiden Polizisten über die penibelst aufgeräumte Platte seines Schreibtisches hinweg. Für einen kurzen Augenblick hätte man eine Stecknadel fallen hören können. »Kein Wunder, dass er Sie quasi rausgeschmissen hat. Das muss er erstmal verdauen.«

Unmittelbar nach ihrem Besuch in Königs Firma waren sie nach Bredeney, einem der teuersten Stadtteile von Essen, gefahren. Die Kanzlei von Dr. Johannes Rummel befand sich in den Räumen einer kernsanierten Gründerzeitvilla.

Karre schwieg und sah Viktoria an, die zustimmend nickte. Wie sooft in letzter Zeit überließ er ihr bei emotionalen Themen gerne den Vortritt.

»Ja, der Mord an einem Mitglied der Familie ist schon fürchterlich genug, aber die Tatsache, dass die beiden ein Baby erwartet haben, macht es natürlich noch viel schlimmer. Allerdings frage ich mich, warum er nichts von der Schwangerschaft seiner Frau gewusst haben will.«

»Weil sie es ihm vermutlich nicht gesagt hat.«

»Darauf sind wir auch schon gekommen«, mischte Karre sich nun doch in die Unterhaltung ein. »Allerdings fragen wir uns, welchen Grund es dafür geben könnte.«

Rummel kratzte sich am Kinn, so als denke er intensiv nach, welchen Teil seines Wissens über Florian und Nadine König er gegenüber seinen beiden Gesprächspartnern offenlegen sollte. Er sah Viktoria lange und durchdringend an, bevor er sich in seinem Stuhl aufrichtete und räusperte. »Also gut. Ich weiß nicht, ob es richtig ist, es Ihnen zu sagen. Aber möglicherweise hilft es ja, Nadines Mörder zu fassen.«

»Machen Sie sich keine Gedanken. Sie tun genau das Richtige. Jede Information kann uns auf der Suche nach dem Täter weiterhelfen.«

»Florian konnte nicht der Vater des Kindes sein. Er kann überhaupt keine Kinder bekommen, wenn Sie verstehen.«

Karre fiel es schwer, seine Überraschung zu verbergen und er registrierte, dass es Viktoria nicht anders erging.

Florian König, der Schürzenjäger, war zeugungsunfähig.

Nachdem sich die erste Verwunderung gelegt hatte, fragte er nach: »Ist das sicher?«

»Nach allem, was ich weiß: ja. Als Jugendlicher hatte er einen Tumor und ein Hoden musste komplett entfernt werden. Eigentlich hätte es nach Aussage der Ärzte kein Problem sein sollen, aber nach den notwendigen Bestrahlungen und der Chemotherapie war der andere auch nicht mehr zu gebrauchen. Nach den genauen medizinischen Erklärungen dürfen Sie mich nicht fragen. Ich bin Jurist, kein Mediziner.«

»Wusste seine Frau davon?«

»Natürlich.«

»Ihr war also klar, dass es auch für ihren Mann sofort offensichtlich sein musste, dass das Kind nicht von ihm stammt.«

»Davon ist auszugehen.«

»Hätten Sie Frau König zugetraut, ihren Mann zu betrügen? Er selbst scheint ja auch kein ein Kind von Traurigkeit zu sein, was den Umgang mit anderen Frauen angeht.«

Rummel überlegte einen Moment, bevor er antwortete. »Nadine war eine sehr attraktive Frau. Daran hat auch der tragische Unfall nichts geändert. Und obwohl sie im Rollstuhl saß, hat sie sich nicht zu Hause eingeigelt, sondern ist weiter ausgegangen. Auch alleine, wenn Florian sich mal wieder rumgetrieben hat. Ich kann also nicht ausschließen, dass sie jemanden kennengelernt hat.«

»Aber Sie haben keine Idee, wer dafür in Frage käme?«

Rummel schüttelte den Kopf. »Nein, leider nicht.«

»Frau König hat Ihnen also nie von einem anderen Mann in ihrem Leben erzählt? Oder von einem Flirt? Von einer Affäre?«

»Nein. Nie«, bestätigte er und wirkte beinahe ein wenig zerknirscht. Die Tatsache, dass seine vermeintlich beste Freundin ihm eine derart schwerwiegende Sache vorenthalten hatte, schien ihn sichtlich zu enttäuschen. Und seine Köpersprache, befand Karre, passte so gar nicht zu dem sonst vor Selbstbewusstsein nur so strotzenden Anwalt, den Viktoria und er von ihrem ersten Treffen auf dem Golfplatz kannten. »Aber ich weiß, dass es in ihrer Ehe nicht besonders gut lief. Sie war alles andere als das Dummchen, das zu Hause sitzt und nicht merkt, dass der Ehemann sich von einer Affäre in die nächste stürzt.«

»Sie wusste also davon?«

»Ja. Und sie hat darüber nachgedacht, sich von Florian zu trennen.«

»Hat sie Ihnen das so erzählt?«

»Vor ein paar Wochen kam sie zu mir. Sie bat mich um Informationen zum Ablauf einer Scheidung und gestand mir, diesen Weg durchaus in Erwägung zu ziehen. Wir haben uns seitdem ein paar Mal getroffen, um über eventuelle Details zu sprechen.«

»Für mich klingt das, als seien Ihre Gespräche schon recht konkret gewesen.«

»Ihr ging es vor allem darum, das Vermögen ihrer Familie im Falle einer Trennung zu schützen. Außerdem wollte sie nicht, dass Florian in diesem Fall Geschäftsführer bleibt.«

»Waren die Gespräche auch der Grund für Ihr geplantes Treffen auf dem Golfplatz?«

»Ganz genau.«

»Als Jurist dürfte Ihnen durchaus klar sein, dass Sie uns eben ein Mordmotiv für Ihren Freund Florian König geliefert haben? Denn wenn ich Sie richtig verstehe, hätte er bei einer Scheidung alles verloren. Trauen Sie ihm zu, dass er von den Absichten seiner Frau Wind bekommen und sie deswegen getötet hat?«

Rummel musterte ihn und atmete in tiefen Zügen langsam ein und aus. »Nein«, sagte er schließlich. »Das traue ich ihm nicht zu. Er ist kein Mörder. Und außerdem ist er nicht der Idiot, für den Sie ihn scheinbar halten.«

»Wie meinen Sie das?«

»Glauben Sie wirklich, dass er sich des Risikos seines Lebenswandels nicht bewusst ist? Dass er nicht weiß, praktisch jeden Tag Gefahr zu laufen, dass Nadine sich von ihm trennt?«

»Und? Was konnte er denn dagegen tun?«, fragte Viktoria.

»Schon seit mehreren Jahren war er dabei, sich ein eigenes Unternehmen aufzubauen. Quasi nebenbei. Immer wieder hat er dem alten König Aufträge für kleine aber feine Projekte abspenstig gemacht. Seine Firma ist auf einem guten Weg.«

»Und vermutlich haben weder sein Schwiegervater noch seine Frau eine Ahnung davon gehabt.«

»Selbstverständlich nicht. Und bevor Sie fragen: Ich habe es ihnen auch nicht verraten. Ich wollte Florian in dieser Hinsicht keine Steine in den Weg legen.«

»Um was für Projekte handelt es sich denn?«

»Sein Königsprojekt«, er schmunzelte über das seiner Ansicht nach gelungene Wortspiel, »ist der Bau mehrerer Luxuswohnungen unmittelbar am Ufer des Baldeneysees. Nur durch den Fußgänger- und Radweg vom Wasser und den eigenen Bootsanlegern getrennt.«

»Und dafür hätte er von der Stadt eine Genehmigung bekommen?«

»Soweit ich weiß, hatte er sogar schon eine informelle Zusage. Bei der ganzen Sache gab es nur ein Problem.«

Karre und Viktoria sahen ihn fragend an.

»Zur Umsetzung seiner Pläne fehlte ihm ein einziges Grundstück. Nicht besonders groß, aber unglücklicherweise genau im Zentrum des geplanten Häuserkomplexes liegend und damit strategisch unverzichtbar. Es war ein bisschen so wie bei Asterix und Obelix. Sie wissen schon, das widerspenstige, gallische Dorf. Himmel, was hat er alles versucht, aber Hanke ist ne wirklich harte Nuss. Der will partout nicht verkaufen.«

»Hanke?«, fragte Karre. »Reden Sie von Michael Hanke, dem das *Haus am See* gehört, bei dem die Leiche von Danielle Teschner gefunden wurde?«

»Ja. Genau der. Komischer Zufall, oder? Dass sie ausgerechnet ...« er verstummte mitten im Satz. »Ach du Scheiße. Sie glauben doch nicht, dass Florian ... ich meine, dass er die Leiche dort ...«

Karre und Viktoria tauschten einen vielsagenden Blick, verabschiedeten sich von Rummel und verließen die Kanzlei.

5

Die rotierenden Blaulichter des davonfahrenden Rettungswagens empfingen sie, als sie zum zweiten Mal an diesem Vormittag vor dem Haupteingang der König-Firma vorfuhren. Karre beschlich das mulmige Gefühl, der Rettungseinsatz habe etwas mit ihrem Fall zu tun und sah im Rückspiegel, wie das Fahrzeug mit eingeschaltetem Martinshorn auf die Hauptstraße einbog und davonfuhr. Er warf Viktoria einen besorgten Blick zu und stellte den Dienstwagen unmittelbar vor dem gläsernen Eingangsportal ab, während seine Kollegin bereits ihren Anschnallgurt gelöst und die Beifahrertür aufgestoßen hatte. Karre sprang aus dem Fahrzeug und folgte ihr durch die Glasschiebetür zum Empfangstresen.

Anstelle der attraktiven Angestellten wartete auf sie ein auf der Theke aufgestelltes Plexiglasschild mit den Worten *»Bin gleich wieder da«*. Ohne zu zögern, stürzten die beiden Ermittler an dem nicht besetzten Empfang vorbei zu den Aufzügen und fuhren in den vierten Stock.

Im Empfangszimmer von Königs Büro, dessen Tür offenstand, trafen sie auf Yvonne Markward. Die junge Frau stand am Fenster, wandte ihnen den Rücken zu und schnäuzte sich mit einem Taschentuch.

Als Karre sie ansprach, fuhr sie herum. Der verlaufene Kajal und ihre geröteten Augen sprachen eine eindeutige Sprache.

»Sie?«, fragte sie und zog die Nase hoch, was für Karres Empfinden so gar nicht zu ihrer ansonsten einhundertprozentig korrekten Art passen wollte. »Haben Sie schon gehört?«

Karre schüttelte den Kopf. »Nein, eigentlich sind wir gekommen, weil wir noch ein paar Fragen ...«

Ein neuerlicher Weinanfall von Yvonne Markward unterbrach seine Ausführungen. Viktoria trat zu der jungen Frau und legte ihr fürsorglich den Arm um die Schulter. »Hey, was ist denn überhaupt passiert? Sollen wir Ihnen ein Wasser holen?«

Königs Assistentin schüttelte den Kopf. »Nein danke. Es geht schon. Bitte entschuldigen Sie. Aber ... es war einfach so schrecklich.« Wieder liefen die Tränen und noch einmal schniefte sie in ihr inzwischen vollkommen durchnässtes Taschentuch.

Als sie kurz darauf in Karres fragendes Gesicht blickte, sprach sie weiter. »König. Er hatte einen Herzinfarkt. Sie wissen noch nicht, ob er es schafft. Es war so schrecklich«, wiederholte sie. »Wie er dagelegen hat. Ich habe gedacht, er wäre tot.«

Karre starrte die junge Frau ungläubig an. »Florian König hatte einen Herzinfarkt? Hier im Büro?«

Sie schüttelte den Kopf. »Nein, nicht Florian. Der Alte.«

»Der Alte? Meinen Sie seinen Schwiegervater?«

Sie nickte. »Ja. Kurz nach ihrem Besuch ist er hier aufgetaucht.«

»Und was ist dann passiert?«, fragte Viktoria.

»Er ist in Florians Büro verschwunden und kurz darauf haben die beiden angefangen, sich fürchterlich zu streiten. Trotz der geschlossenen Tür habe ich jedes Wort gehört.

Zuerst hat er Florian vorgeworfen, dass er trotz ihrer Abmachung noch immer in Spielkasinos geht. Florian hat es zunächst abgestritten, aber als sein Schwiegervater sich nicht beruhigen ließ, hat er es schließlich zugegeben und ihn angebrüllt, dass ihn das überhaupt nichts anginge. Darauf hin fing sein Schwiegervater an, ihn für den Tod seiner Tochter verantwortlich zu machen. Er habe es ja von Anfang an nur auf das Geld der Familie abgesehen, und wenn es nach ihm gegangen wäre, hätte er der verfluchten Hochzeit niemals seinen Segen gegeben.«

»Hat er das so gesagt?«, fragte Viktoria. »Der *verfluchten* Hochzeit?«

Yvonne Markward nickte und erneut liefen dicke Tränen über ihre Wangen. »Ja, genau so.«

»Und wie ging es weiter?«

»Er hat Florian rausgeschmissen.«

»Moment mal.« Karre wurde hellhörig. »Der Seniorchef hat seinen Schwiegersohn rausgeschmissen?«

»Ja. Er hat gesagt, er solle auf der Stelle aus der Firma verschwinden und sich nie wieder blicken lassen. Und die Zeit, dass er für seine Spielschulden aufkäme, sei endgültig vorbei. Außerdem müsse er sich nicht einbilden, nach Nadines Tod einen einzigen Cent zu erben. Sie haben sich gegenseitig angebrüllt. Vor allem Florian ist ziemlich ausgerastet. Ich finde aber, man kann ihm nicht einmal einen Vorwurf machen, schließlich hat er die Firma in den letzten Jahren ...«

»Frau Markward«, unterbrach Karre sie. »Seien Sie bitte so gut und schildern Sie uns so genau wie möglich, was dann passiert ist.«

Wieder schnäuzte sich die junge Frau die Nase. »Also gut. Florian hat getobt wie ein Tier. Er hat geschrien und seinem Schwiegervater ziemlich üble Dinge an den Kopf geworfen. Kurz darauf kam er dann aus dem Büro gestürzt, hat die Tür hinter sich zugeknallt und ist wortlos rausgerannt. Kurz drauf ist er mit seiner Viper aus der Tiefgarage gerast.« Sie blickte zum Fenster. »Von hier oben kann man die Ausfahrt sehen.«

»Sagten Sie, mit einer Viper? Ich dachte, er fährt einen BMW.«

»Ja, auch. Aber manchmal kommt er eben mit seinem Amischlitten. Meistens, wenn er keine Außentermine hat. Ich habe ihm vor einiger Zeit mal gesagt, dass der Wagen für Kundenbesuche nicht besonders gut geeignet ist. Unter uns, ich finde, dass ein solcher Schlitten eher zu einem Zuhälter auf dem Kiez passt, als zu einem seriösen Unternehmer.«

»Frau Markward«, fragte Karre. »Der Wagen, von dem Sie gerade sprechen: Welche Farbe hat der?«

Sie sah ihn überrascht an, bevor sie antwortete: »Rot. Wieso interessiert Sie das?«

»Nicht so wichtig. Erzählen Sie uns lieber, was dann passiert ist.«

»Nachdem Florian weggefahren war, habe ich noch eine Weile abgewartet. Nachdem sein Schwiegervater dann nicht aus dem Büro zurückkam, bin ich schließlich zu ihm rein. Das heißt, ich habe geklopft, und als ich keine Antwort bekam, habe ich die Tür geöffnet.« Sie machte eine kurze Pause, bevor sie weitersprach. »Er saß an Florians

Schreibtisch und ich habe sofort gesehen, dass etwas nicht in Ordnung ist. Er war kreidebleich, total verschwitzt und fasste sich immer wieder an die Brust. Mir fiel ein, dass er damals wohl wegen eines Herzinfarktes aus der Firma ausgestiegen ist. Ich bin zu ihm hin und habe gefragt, ob er in Ordnung ist.« Erneut kämpfte sie gegen die Tränen und es kostete sie sichtlich Mühe, sie herunterzuschlucken. »Bescheuert, oder? Ich meine, es war doch offensichtlich, dass es ihm nicht gut geht. Er hat mich angesehen und geflüstert, ich solle den Notarzt rufen. Das habe ich auch getan. Himmel, wenn er stirbt. Vielleicht hätte ich früher zu ihm reingehen müssen, dann wäre ihm schneller geholfen worden.«

»Sie haben alles richtig gemacht.« Viktoria legte ihr beruhigend die Hand auf den zitternden Arm. »Mehr konnten Sie nicht tun.«

»Haben Sie eine Idee, wohin Florian König gefahren ist?«, wollte Karre wissen.

Sie schüttelte den Kopf. »Nein. Und sein Handy ist ausgeschaltet. Ich habe es ein paar Mal probiert, um ihm zu sagen, was mit seinem Schwiegervater ist.« Sie überlegte einen Moment und sah aus dem Fenster, bevor sie sich wieder den beiden Polizisten zuwandte. »Das heißt, warten Sie. Er könnte zum Flugplatz gefahren sein.«

»Meinen Sie den Sportflugplatz in Mülheim?«

»Ja, genau. Mit dem Auto sind es keine fünf Minuten von hier. Er fährt öfter dorthin. Vor allem, wenn er Ärger hat. Er sagt, das hilft ihm, zu entspannen. Ein bisschen so wie in dem Lied.«

Als Karre sie fragend ansah, fügte sie hinzu: »*Über den Wolken.*«

»Das heißt, er hat ein eigenes Flugzeug?«

»Ja. Die Familie König besitzt auch ein Ferienhaus auf Sylt. Florian und seine Frau sind oft hingeflogen. Jedenfalls bevor sie diesen schrecklichen Unfall hatte.« Sie deutete auf ein auf Leinwand gezogenes Schwarzweißfoto an einer der Wände. Es zeigte einen mit Reet gedeckten Winkelbungalow. Unmittelbar hinter dem schneeweißen Haus lag das Meer.

Bei dem Gedanken an Austern schlürfende Millionäre, die sich die Zeit auf der seiner Meinung nach überkandidelten und vollkommen versnobten Nordseeinsel vertrieben, schüttelte Karre innerlich den Kopf und wandte sich seiner Kollegin zu: »Dann werden wir wohl mal zum Flughafen fahren und nachsehen, ob wir Herrn König dort antreffen.«

6

»Jetzt ist es also amtlich.« Karre lenkte den Wagen an dem weitläufigen Flugplatzgelände vorbei in Richtung des Parkplatzes. »Der Mord an Nadine König war kein Raubmord. Aber die verschwundenen Wertgegenstände sollten uns genau das weismachen.«

Kurz zuvor hatte sich Karim mit Neuigkeiten gemeldet. Kollegen vom Streifendienst hatten ihn verständigt, nachdem ein siebenjähriger Junge mit seiner Mutter im Präsidium aufgetaucht war. Sie habe eine Fundsache abzugeben, erklärte die Frau und stellte eine prall gefüllte Plastiktüte auf den Tisch. Wasser tropfte, sehr zum Missfallen der diensthabenden Beamten, durch kleine Löcher im Boden der Tüte auf den hölzernen Tresen. Ihr Sohn habe beim Spielen im Uferbereich des Baldeneysees einen regelrechten Schatz gefunden. Sie kippte den Inhalt der Tüte auf die Theke und die staunenden Polizisten musterten verwundert die nach ihrer Einschätzung wertvollen Uhren, Ringe und Halsketten. Bei dem Gegenstand aber, der sie letztlich dazu veranlasste, den Fund mit einer bei den Kollegen der Mordkommission laufenden Ermittlung in Verbindung zu bringen, handelte es sich um eine etwa dreißig Zentimeter große Skulptur auf einem kleinen Marmorsockel. Erst am Tag zuvor waren ihnen Fotos der Statue mit der Bitte ausgehändigt worden, die Augen offenzuhalten und auftauchende Fundstücke, auf welche die Beschreibung passte, den Kripokollegen zu melden.

»Ja«, erwiderte Viktoria, während sie aus dem Wagenfenster auf den hinter einem Maschendrahtzaun auf dem Flughafengelände stehenden Zeppelin blickte. Aus der Nähe betrachtet wirkten die Proportionen der fliegenden Riesenwurst noch beeindruckender, als am Himmel. »Sieht so aus, als hätten wir jetzt die Mordwaffe im Fall Nadine König. Paul soll sich das sofort ansehen. Kannst du dir vorstellen, dass es Zufall ist, dass die Gegenstände in unmittelbarer Nähe zum ersten Tatort aufgetaucht sind?«

»Schwer vorstellbar, oder? Ich meine, wie groß ist die Wahrscheinlichkeit, dass sich zwei Täter zufällig denselben Ort aussuchen.«

»Er könnte in der Zeitung über den ersten Mord gelesen und sich ganz bewusst für diese Stelle als Versteck entschieden haben.«

»Schon möglich. Aber ich glaube, dass wir es in beiden Fällen mit demselben Täter zu tun haben. Und wenn König nicht ausgerechnet von unserem Kollegen Götz ein Alibi bekommen hätte, wäre er mit großem Abstand mein Favorit.«

»Jedenfalls passt bei ihm alles zusammen. Die Geliebte, die mehr von ihm wollte, als er zu geben bereit war. Die Ehefrau, die im Rollstuhl sitzt und die er nach Strich und Faden betrügt. Der aber dummerweise das gesamte Vermögen gehört, von dem er bei einer Scheidung keinen Cent sehen würde.«

»Oder er hat es doch irgendwie hinbekommen, Danielle Teschner zu töten und kurz davor oder danach im Kasino aufzutauchen.«

»Vielleicht gibt es ja tatsächlich einen Mittäter, mit dem er das Ganze durchgezogen hat.«

»Oder eine Mittäterin.««

»Bisher hat er von seinem Alibi jedenfalls noch keinen Gebrauch gemacht.«

»Das stimmt. Ich bin mal gespannt, ob er damit rausrückt, wenn wir ihn ein bisschen unter Druck setzen. Für mich bleibt er trotz allem unser Verdächtiger Nummer eins.«

»Er ist hier.«

»Wie bitte?«

»König. Er ist hier.« Viktoria deutete aus dem Wagenfenster zu einer vor dem Flughafengebäude stehenden roten Viper. »Seine Assistentin hat nicht ganz Unrecht. Auf dem Kiez würde so ein Schlitten weniger auffallen.«

»Aber so jemand wie König fährt so einen Wagen ja gerade, um aufzufallen.« Er lenkte den Audi auf den Parkplatz und stellte ihn trotz der auf den Asphalt aufgemalten Sperrflächen unmittelbar vor dem Eingang des Hauptgebäudes ab.

Dem verdutzten Mitarbeiter des Sicherheitsbereichs hielten sie ihre Ausweise unter die Nase. Der ließ sie sprachlos und ohne jede Nachfrage den Durchgang zum hinter dem Gebäude liegenden Rollfeld passieren. Sie liefen an einer Reihe einmotoriger Propellermaschinen vorbei, bis sie König an einem der Flugzeuge entdeckten. Er kontrollierte den Propeller, als er die beiden Polizisten bemerkte und sie mit zusammengekniffenen Augen musterte.

»Schickes Teil«, eröffnete Karre das Gespräch. »Eine Socata TB 10?«

Viktoria sah ihn überrascht an und wurde Zeugin, wie ihr Chef die Gunst der Stunde nutzte, noch mehr seines erst kürzlich erworbenen Wissens preiszugeben. »Besser bekannt unter dem Namen *Tobago*. Hat eine Reichweite von 1.210 Kilometern und schafft immerhin 235 Stundenkilometer. Wirklich sehr schick.«

»Ich sehe, Sie kennen sich aus«, bemerkte König anerkennend. »Fliegen Sie auch?«

Karre schüttelte den Kopf. »Kann ich mir nicht leisten.« Er deutete auf das Flugzeug und legte eine Hand auf die von der Sonne aufgeheizte Außenhaut. »Letzter Check vorm Abheben? Wohin soll´s denn gehen?«

»Nur ein kleiner Rundflug in der Mittagspause. Bietet sich an, bei dem Wetter. Wollen Sie mitkommen? Ihre reizende Kollegin ist natürlich auch eingeladen.«

»Nein, vielen Dank. Und ich fürchte, aus Ihrem Ausflug wird nichts. Wir müssen etwas mit Ihnen besprechen.«

König zog die Augenbrauen hoch. »Geht es um Nadine? Sind Sie weitergekommen?«

»Wir kommen gerade aus Ihrem Büro. Sie haben sich mit Ihrem Schwiegervater gestritten.«

»Der Alte konnte mich doch von Anfang an nicht leiden. Wenn Sie mich fragen, hat er nur auf eine Gelegenheit gewartet, mich endlich aus der Firma schmeißen zu können. Nadine hätte das niemals zugelassen.«

»Ihr Schwiegervater hatte nach Ihrem Streit einen Herzanfall.«

König setzte die Miene eines erfahrenen Pokerspielers auf. »Ist er tot?«, fragte er schließlich, ohne dass auf seinem Gesicht auch nur die Spur einer noch so kleinen Gefühlsregung abzulesen war.

»Nein, ist er nicht«, erwiderte Viktoria. »Aber nach allem was wir wissen, ist sein Zustand kritisch.«

»Der wird schon wieder. Ist ja nicht das erste Mal.« Er

musterte die beiden Polizisten, und als er ihre fragenden Blicke registrierte, fügte er hinzu: »Ich hoffe nicht, dass Sie Mitleid von mir erwarten. Von mir aus kann der Drecksack krepieren.«

»Worum ging es bei Ihrem Streit? Wieso hat er Sie rausgeworfen?«

»Kommen Sie, als ob Sie das nicht längst wüssten. Er wollte mir vorschreiben, wie ich meine Freizeit gestalte.«

»Sie sprechen von der Sache mit den Spielkasinos?«

König nickte. »Aber deswegen sind Sie nicht hier, oder? Das ist ja schließlich nicht verboten.«

»Nein«, antwortete Karre. »Es geht nicht um Ihre Spielleidenschaft. Wir möchten zwei neue Entwicklungen mit Ihnen besprechen. Allerdings halten wir es für besser, wenn Sie uns dazu aufs Präsidium begleiten.«

»Wollen Sie mich festnehmen?« König stieß einen zynischen Lacher aus. »Dann werde ich wohl mal meinen Anwalt anrufen.«

»Sie dürfen gerne einen hinzuziehen. Genauer gesagt würde ich es Ihnen sogar empfehlen.«

»Himmel, Sie machen mir ja regelrecht Angst. Worum geht es denn?«

»Darüber unterhalten wir uns auf dem Präsidium. Aber eine Frage habe ich noch. Die rote Viper auf dem Parkplatz. Ist das Ihre?«

»Ja. Wieso?«

»Wir werden sie von den Kollegen abholen und einer kriminaltechnischen Untersuchung unterziehen lassen.«

»Und was glauben Sie, in dem Wagen zu finden?«

»Das erfahren Sie, wenn wir es gefunden haben. Wären Sie so nett, mir die Wagenschlüssel zu geben?«

König starrte ihn mit zusammengekniffenen Augen an. Jegliche Farbe war aus seinem Gesicht gewichen, als er in die Hosentasche griff und nach dem Schlüssel suchte. Er zögerte einen Moment und Karre rechnete beinahe damit, dass der Hobbypilot sich umdrehen und wegrennen würde. Doch der Fluchtversuch blieb aus. Ob in Anbetracht der Tatsache, dass er nichts zu verbergen hatte, oder weil sie sich inmitten eines vollständig eingezäunten Geländes befanden, vermochte er nicht zu sagen. Jedenfalls händigte er ihm den Wagenschlüssel widerstandslos aus.

7

Eine Dreiviertelstunde später saß König ihnen im Präsidium am Tisch des Verhörraumes gegenüber, während sie auf das Eintreffen seines Anwalts warteten.

Trotz des gekippten Fensters und obwohl die dicken Mauern des Gebäudes die Mittagshitze weitgehend außen vor ließen, war die Luft in dem kleinen Raum warm und stickig. Zum dritten Mal innerhalb weniger Minuten wischte Karre sich mit dem Handrücken die Schweißtropfen von der Stirn und sah anschließend ungeduldig auf die über der Zimmertür angebrachte Uhr. Sein Blick wanderte zurück zu König, dessen aufgesetztes Pokerface er schweigend musterte. Seitdem er am Flugplatz in ihren Wagen gestiegen war, hatte er kein einziges Wort gesprochen.

»Wann bekomme ich meine Viper zurück?«, fragte er so plötzlich, dass Karre innerlich zusammenzuckte.

»Sobald die Kollegen der Spurensicherung den Innenraum auf Spuren von Danielle Teschner untersucht haben«, antwortete Viktoria, die auf einem Stuhl in der Ecke des Raumes saß und das bisherige Stillleben aus der Distanz beobachtet hatte.

»Was soll das? Sie wissen doch, dass ich mich hin und wieder mit Danielle getroffen habe. Natürlich finden Sie Spuren von ihr in meinem Wagen. Sie ist ja oft genug darin mitgefahren.«

Die Zimmertür flog auf und Königs Anwalt betrat den Raum.

»Da sieh mal einer an«, entfuhr es Karre. »Herzlich willkommen in unserer familiären Runde.« Er reichte Johannes Rummel die Hand, doch er Jurist stürzte an ihm vorbei auf seinen Mandanten zu.

»Was ist hier los? Habe ich dir nicht gesagt, du sollst warten, bis ich da bin?«

»Jetzt komm mal runter.« König stand auf und die beiden Jugendfreunde begrüßten sich mit einem kurzen Händeschütteln. »Ich hab nur gefragt, wann ich meinen Wagen wiederkriege.«

»Deinen Wagen? Wieso?« Er wandte sich Karre zu. »Was ist damit? Können Sie mir das erklären?«

»Seit dem Mord an Danielle Teschner sind wir auf der Suche nach einem roten Sportwagen. Laut Zeugenaussagen wurde sie mehrfach in einem solchen gesehen. Zusammen mit einem Mann. Wir gehen davon aus, dass es sich bei ihm um Herrn König handelt.«

»Na und? Was hat das mit meinem Mandanten zu tun?«

»Er besitzt so einen Wagen.«

»Wie vermutlich mehrere hundert andere Menschen in dieser Stadt auch.«

»Die aber keinen amerikanischen Supersportwagen fahren und keine Affäre mit dem Opfer hatten. Außerdem steht ihr Mandant unter dem Verdacht, seine Ehefrau ermordet zu haben.«

»Ach kommen Sie. Florian soll für den Mord an Nadine verantwortlich sein? Das ist doch lächerlich. Es ist offensichtlich, dass es sich bei Nadines Tod um einen Raubmord handelt.«

»Leider nicht.« Karre ging hinüber zu dem Tisch und griff nach einem braunen Papierumschlag, aus dem er mehrere Fotos herauszog. »Die gestohlenen Gegenstände sind heute Vormittag wieder aufgetaucht. Im wahrsten Sinne des Wortes. Jemand hat versucht, sie im Baldeneysee zu entsorgen. Übrigens in unmittelbarer Nähe der Stelle, an der die Leiche von Danielle Teschner gefunden wurde. Ein seltsamer Zufall. Finden Sie nicht auch? Und wissen Sie, was das hier ist?« Er hielt Rummel eine weitere Fotografie hin.

Der Anwalt musterte das Foto einen Augenblick, bevor er antwortete. »Soweit ich weiß, ist es eine Art Pokal, den Florian für besondere Leistungen im Zusammenhang mit einem von ihm durchgeführten Bauprojekt erhalten hat. Und? Was ist damit?«

»In erster Linie handelt es sich um die Tatwaffe, mit der Frau König der Schädel zertrümmert wurde.«

Rummel verzog angewidert das Gesicht. »Nochmal: Was hat das alles mit ihm zu tun?« Er deutete mit einem kurzen Kopfnicken zu König.

Auch Karre sah den Verdächtigen an. Der saß schweigend auf seinem Stuhl, das Kinn auf die Daumen der zusammengefalteten Hände gestützt. Seine Augen wanderten unruhig zwischen den beiden Kripobeamten und seinem Anwalt hin und her.

»Ihr Mandant hat für keinen der Morde ein Alibi«, begann Karre, der hoffte, Rummel oder König auf diese Weise aus der Reserve zu locken. Welchen Grund konnten sie haben, ein entlastendes Alibi, wenigstens für den ersten Mord, trotz der belastenden Indizienlage weiterhin zu verschweigen? »Er hatte eine Affäre mit dem ersten Opfer. Außerdem wissen wir, dass Sie, Herr König, in der Mordnacht mit Danielle Teschner verabredet waren.«

Königs Gesicht nahm eine kalkweiße Farbe an, während der Unternehmer in seinem Stuhl zu einem Bruchteil seiner eigentlichen Größe zusammenschrumpfte. »Woher

...?«

»Ihre E-Mail. Aber es geht noch weiter. Die angeblich aus Ihrer Villa gestohlenen Gegenstände sind wieder aufgetaucht. Beim Mord an Ihrer Frau handelt sich also nicht um einen Überfall mit Todesfolge, sondern um einen kaltblütigen Mord.« Er wandte sich Rummel zu. »Ihr Mandant hat für beide Taten ein Motiv.«

»Einen Augenblick«, unterbrach ihn der Anwalt. »Jetzt machen Sie mich aber neugierig. Was für ein Motiv denn?«

»Im Falle seiner Frau ist es wohl offensichtlich. Erstens hat er sie nach Strich und faden betrogen. Zweitens gehörte ihr das gesamte Vermögen, sodass er bei einer Trennung mit leeren Händen dagestanden hätte. Und drittens war sie schwanger. Da ihr Mandant zeugungsunfähig ist, musste ihm also klar sein, dass das Kind nicht von ihm ist und eine Scheidung damit immer wahrscheinlicher wurde.«

»Stopp!« König sprang so heftig aus seinem Stuhl auf, dass dieser hinten überkippte und polternd auf dem Linoleumboden aufschlug. »Ich hatte keine Ahnung, dass Nadine schwanger war. Das hab ich doch schon gesagt. Und woher wissen Sie überhaupt von meiner ...« Er verstummte. Dann wanderte sein Blick zu Rummel. »Du Arschloch!«, fuhr er ihn an. »Du hast das rausposaunt, stimmt´s? Natürlich. Außer dir und Nadine wusste doch niemand davon.«

Nun hatte auch Karre genug. Mit der flachen Hand schlug er auf den Tisch und schrie König an: »Ruhe. Und jetzt setzen Sie sich gefälligst auf Ihre vier Buchstaben, oder ich lasse Sie in eine Zelle bringen, bis Sie sich wieder im Griff haben.«

König schluckte und ließ sich wortlos zurück auf den Stuhl fallen. Mit hasserfülltem Blick sah er hinüber zu

Rummel, der in dem kleinen Verhörraum wie ein gefangener Tiger auf und ab marschierte. »Hören Sie«, sagte er schließlich und blieb unvermittelt stehen. »Ich gebe zu, einige Indizien sprechen gegen meinen Mandanten. Aber ich versichere Ihnen, er hat nichts mit den Morden zu tun.«

»Was macht Sie da so sicher?«

»Er hat für beide Tatzeiten ein Alibi.«

»Verflucht, halt doch ...«, setzte König an, doch Rummel brachte ihn mit einer eindeutigen Geste zum Schweigen.

»Du hast die Wahl, Florian. Entweder wir spielen ab jetzt mit offenen Karten, oder du wirst so schnell vermutlich nicht aus der U-Haft entlassen werden. Keine Ahnung, wie du da reingeraten bist, aber hier spricht wirklich einiges gegen dich.«

»Aber der Alte ...«, setzte König erneut an.

»Vergiss deinen Schwiegervater. Nach Nadines Tod hast du von dem sowieso nichts mehr zu erwarten. Er hasst dich. Und das nicht erst seit gestern. Also?«

»Ich war im Kasino«, zischte König, wobei er weder Karre noch Rummel direkt ansah, sondern auf die grauglänzende Tischplatte starrte.

Na sieh mal einer an, dachte Karre und setzte sich auf einen der freien Stühle. Er musterte König. »Wo?«

»In Duisburg.«

»Wann waren Sie dort?«

»In der Nacht, in der Danielle ermordet wurde. Ich bin erst morgens gegen halb drei nach Hause gekommen.«

»Gibt es dafür Zeugen?« Karre hatte beschlossen, weiter den Unwissenden zu spielen, um zu sehen, was König ihm von sich aus erzählte.

»Man muss sich am Eingang registrieren. Mit seinem Personalausweis. Außerdem gibt es vielleicht den einen oder anderen Barkeeper oder Croupier, der sich erinnern kann.«

»Okay. Nehmen wir mal an, es stimmt. Welchen Grund könnten Sie gehabt haben, uns das bis hierher zu verschweigen?«

König sah ihn einen Moment schweigend an, bevor er von der Auflage seines Schwiegervaters berichtete, nie wieder einen Fuß in ein Spielkasino zu setzen, sofern er nicht seinen Geschäftsführerposten verlieren wolle.

»Sie hatten also Angst vor den Konsequenzen, falls Nadines Vater von ihren heimlichen Kasinobesuchen etwas mitbekam?«

König saß mit geschlossenen Augen da und atmete die stickige Luft deutlich hörbar ein. Als er die Augen öffnete, glänzten sie feucht im Licht der durch das Fenster fallenden Sonnenstrahlen. »Hören Sie, ich habe Danielle nicht getötet. Ich habe sie geliebt.«

»Und ihre Frau?« Karre hatte bewusst offengelassen, auf welchen Teil von Königs Aussage sich seine Frage bezog und war gespannt, wie dieser darauf antwortete.

»Wir hatten eine schwierige Phase und nach Nadines Unfall wurde es nicht leichter, unsere Probleme in den Griff zu bekommen. Mit Danielle war alles einfacher. Unbeschwerter. Ich weiß, dass Sie mich für ein gefühlskaltes Arschloch halten, aber ich habe Nadine nicht umgebracht. Egal, wie sehr wir uns gestritten haben, ich habe ihr niemals auch nur ein Haar gekrümmt.«

»Wo sind Sie in der Mordnacht gewesen? Sie wollten uns eine Liste der Geschäftspartner geben, mit denen Sie zusammen waren.«

Hilfesuchend blickte König zu seinem Freund und Anwalt.

Eine Polizistin in Uniform betrat den Verhörraum. Sie trug ein Tablett mit gefüllten Wassergläsern, das sie vor Rummel auf dem Tisch abstellte. Er griff nach einem der

Gläser und leerte es mit einem einzigen Zug.

»Mein Mandant wurde erpresst«, sagte er schließlich und nickte König zu.

»Erpresst?«, fragte Karre, dem die plötzliche Wendung ziemlich abenteuerlich erschien.

»Ja. In der Nacht, in der Nadine ermordet wurde, sollte die Geldübergabe stattfinden.«

»Gibt es dafür Zeugen?«

»Mich«, sagte Rummel und grinste. »Ich habe meinen Mandanten begleitet.«

»Na, dann erzählen Sie mal«, erwiderte Karre knapp und ließ sich gegen die Rückenlehne seines Stuhls sinken. Das wurde ja immer besser.

»Einen Tag nach dem Tod von Frau Teschner erhielt mein Mandant eine E-Mail. Jemand forderte ihn auf, fünfundzwanzigtausend Euro zu bezahlen. Andernfalls würde der Absender zur Polizei gehen und Beweise liefern, dass mein Mandant in der Mordnacht eine Verabredung mit Danielle Teschner hatte.«

»Wie konnte der Erpresser davon wissen?«, fragte Karre.

»Das weiß ich doch nicht«, zischte König. »Aber glauben Sie wirklich, dass ich mich mit ihr verabredet habe, um sie umzubringen?«

»Ich glaube Ihnen sogar, dass Sie nicht vorhatten, sie zu töten. Aber irgendetwas ist an diesem Abend nicht nach Plan gelaufen. Aus irgendeinem Grund haben Sie die Kontrolle verloren.«

»Nein! Hören Sie auf!«, schrie König und wurde von Rummel im letzten Moment daran gehindert, von seinem Stuhl aufzuspringen.

»So, jetzt reicht es. Mein Mandant hat ein Alibi für den Mord an Frau Teschner, ob Ihnen das passt oder nicht. Und das können Sie gerne im Kasino überprüfen.«

»Danke, das haben wir schon getan.«

»Sie haben was? Und trotzdem halten Sie meinen Mandanten hier fest? Was soll das?«

»Wir können nicht ausschließen, dass Herr König zwischenzeitlich aus dem Kasino verschwunden ist, den Mord begangen hat und wieder zurückgefahren ist. Und jetzt erzählen Sie weiter. Wieso sind Sie und Ihr Mandant auf den Erpressungsversuch eingegangen, wenn er doch unschuldig war und nichts zu befürchten hatte?«

»Ich wollte wissen, wer dahintersteckt. Ich wollte das Schwein in die Finger kriegen und eigenhändig zur Polizei schleifen.«

»Natürlich. Und woran ist ihr edles Vorhaben gescheitert?«

»Dass der Typ nicht aufgetaucht ist«, übernahm Rummel wieder das Wort. »Wir waren wie verabredet am Übergabeort. Aber er hat sich nicht blicken lassen.«

»Vielleicht hat er gesehen, dass Herr König nicht alleine war?«

»Möglich.«

»Wo sollte die Übergabe stattfinden?«

»Am Wildschweingehege im Heissiwald. Dort gibt es eine Aussichtsplattform, von der aus man die Tiere beobachten kann. Daneben steht eine Futterkiste. In die sollten wir die Tasche mit dem Geld legen und verschwinden.«

»Und das haben Sie gemacht?«

»Ja. Allerdings sind wir nicht gegangen, sondern haben uns im Wald versteckt. Wir wollten sehen, wer die Tasche abholt.«

»In der übrigens kein Geld war«, ergänzte König.

»Das ist richtig. Da mein Mandant in der Angelegenheit nichts zu befürchten hatte, haben wir uns entschieden, die Tasche nur mit Altpapier zu füllen.«

»Aber der Erpresser hat sich nicht blicken lassen?«

»Ganz genau.«

»Und was haben Sie dann getan?«

»Wir haben die Tasche wieder mitgenommen und sind noch einen trinken gegangen«, erklärte König.

»Wo?«

Es entstand eine kurze Pause, in der sich König und Rummel ansahen. Karre sah seine Kollegin an, der das Zögern der beiden ebenfalls nicht entgangen war.

»Zu mir«, sagte Rummel schließlich. »Wir waren in meiner Wohnung und haben etwas getrunken.«

»Wie sind Sie danach nach Hause gekommen, Herr König? Immerhin haben Sie Ihre tote Frau erst gegen Morgen entdeckt. Was haben Sie die ganze Zeit gemacht?«

»Wie gesagt, wir waren bei mir und haben ein paar Flaschen Wein gekillt. So wie es alte Freunde manchmal zu tun pflegen. Gegen vier hat Johannes mir dann ein Taxi gerufen.«

Karre erinnerte sich an ihre Begegnung am Tatort. Schon damals hatte er das Gefühl gehabt, dass Königs Zustand nicht nur auf ein oder zwei Gläser Scotch zurückzuführen gewesen war. Sagte er also die Wahrheit? Oder besser: Entsprach die Geschichte, die ihm die beiden hier aufzutischen versuchten, der Wahrheit? Denn inzwischen war er alles andere als überzeugt davon, dass Rummel nicht irgendwie seine Finger in der Sache hatte.

»Mit welchem Wagen sind Sie an diesem Abend unterwegs gewesen?«, fragte Viktoria, erhob sich von ihrem Stuhl und ging auf König zu. Doch bevor dieser antworten konnte, griff Rummel in die Unterhaltung ein: »Mit meinem.«

»Mit dem Maserati?«

Er schüttelte den Kopf. »Ich besitze auch einen Range Rover. Ich habe meinen Mandanten an dem Abend abgeholt, weil ich nicht wollte, dass er fährt. Er war etwas nervös, verstehen Sie? Schließlich erlebt man nicht jeden Tag eine Geldübergabe.«

Karre stand auf und ging in Richtung der Tür. Unterwegs signalisierte er Viktoria, ihm zu folgen. Kurz bevor er die Tür öffnete, wandte er sich noch einmal Rummel und König zu. »Sie warten hier. Wir sind noch nicht fertig.«

Doch das waren sie. Jedenfalls für den Anfang. Nach einer kurzen Unterhaltung vor dem Verhörzimmer kamen Karre und Viktoria zu dem Schluss, dass sie nichts gegen König, und noch weniger gegen dessen Anwalt, in der Hand hatten, das ein weiteres Festhalten rechtfertigte. Nicht, solange König ihnen zwei Alibis präsentierte, denen sie zum jetzigen Zeitpunkt nichts entgegenzusetzen hatten.

Noch nicht.

Karre stand am Fenster und beobachtete missmutig, wie Rummel in einen dunkelgrünen Geländewagen stieg. Bevor er die Wagentür ins Schloss zog, rief er König etwas zu, das Karre durch das geschlossene Fenster allerdings nicht verstand. Doch König winkte ab und stampfte in Richtung des nächsten Taxistandes davon. Wenig später rollte der Wagen des Anwalts vom Parkplatz des Präsidiums.

Irgendetwas stimmte hier nicht, davon war Karre überzeugt. Nur, dass er noch nicht sicher war, wie sie die aalglatten Typen am Schlafittchen packen konnten. Doch schon sehr bald sollte die Fassade der beiden nachhaltig erschüttert werden.

8

Zwei Stunden nachdem König und Rummel das Präsidium verlassen hatten, stand Karre in der kleinen Gemeinschaftsküche und rührte gedankenversunken in einem Becher Kaffee herum. Gemeinsam mit Viktoria und Karim hatte er überlegt, ob eine der Personen, die ihnen im Laufe der Ermittlungen begegnet waren, für eine Erpressung in Frage kam. Sofern es sich bei dem ins Rennen geschickten Unbekannten nicht um eine von König und Rummel platzierte Nebelkerze handelte. Die beiden waren gerissen und so wie er diesen Anwalt einschätzte, schreckte der nicht davor zurück, einem Mandanten auch mit fragwürdigen Methoden aus der Klemme zu helfen. Insbesondere, wenn es sich um einen alten Jugendfreund und den Ehemann seiner besten Freundin handelte. Und einmal mehr waren sie zu dem Schluss gekommen, dass es im Kreis der ihnen bekannten Personen nur einen gab, der für einen solchen Erpressungsversuch in Frage kam.

Thomas Schwarz.

Der gehörnte Exfreund hatte ein Motiv. Und wie das Ermittlerteam bereits zuvor festgestellt hatte, war es alles andere als unwahrscheinlich, dass er als Programmierer und Computerfreak auch über das entsprechende Wissen sowie die notwendigen Mittel verfügte. Mit Sicherheit wäre es kein Problem für ihn, sich in einen E-Mail-Account zu hacken und anderer Leute E-Mails zu lesen. Und woher sonst sollte der Erpresser sein Wissen über die Verabredung zwischen Danielle Teschner und Florian König bezogen haben?

Warum er das Geld am Ende des Tags nicht an sich genommen hatte? Vielleicht hatte er kalte Füße bekommen und seinen Plan verworfen. Oder es war ihm von Anfang an nie um das Geld gegangen. Schließlich besaß er eine gut laufende Firma und hatte Danielles Liebhaber einfach nur einen Denkzettel verpassen wollen.

»Glaubst du immer noch, dass König unser Mann ist?« Ohne dass Karre es bemerkt hatte, hatte Karim den kleinen Raum betreten. Er ging zur Kaffeemaschine und schenkte sich ebenfalls einen Becher ein.

»Irgendetwas an der Geschichte, die er uns auftischt, ist faul.«

»Was ist mit seinen Alibis?«

»An der Aussage von Götz lässt sich nichts rütteln. Ich fürchte, wir müssen damit leben, dass König zum Todeszeitpunkt von Danielle Teschner unmöglich bei ihr gewesen sein kann. Was die ominöse Erpressung und damit das Alibi für den Mord an seiner Frau angeht ... keine Ahnung. Apropos, hast du noch was über Schwarz rausgekriegt?«

»Allerdings.« Karim grinste. »Und das, was ich herausgefunden habe, spricht nicht gerade für ihn.«

9

Karre saß hinter dem Steuer des Audi und beobachtete seinen Kollegen durch das Seitenfenster. Karim stand unter einer der Kastanien, die lange Schatten auf den Parkplatz des Präsidiums warfen. Er hatte überlegt, ihn nach Hause zu schicken und die werdenden Eltern die letzten Sonnenstrahlen gemeinsam genießen zu lassen. Allerdings wollte er bei dem anstehenden Besuch nur ungern auf seine Gegenwart verzichten. Karim wusste über die Dinge, die er über Danielle Teschners Exfreund herausgefunden hatte, am besten Bescheid. Außerdem wollte er dem Kollegen nicht die Show stehlen, wenn er den vermeintlichen Erpresser mit den neuesten Ermittlungsergebnissen konfrontierte.

Er schaltete das Radio ein und begann, in der Mittelkonsole nach einem Kaugummi zu suchen. Inmitten eines Berges von Zetteln wurde er fündig. Er drückte die türkisfarbene Pastille aus der Packung und schob sie sich in den Mund, wobei sein Blick noch einmal auf das in dem Ablagefach herrschende Durcheinander fiel. Es war schon erstaunlich, wie schnell sich das Zeug dort ansammelte. Schließlich hatte er den Wagen erst vor wenigen Tagen für die Ermittlungen im Fall Danielle Teschner in Empfang genommen. Und Meyer, der für die Wagenausgabe verantwortliche Kollege, achtete peinlich genau darauf, dass die Fahrzeuge in tadellos aufgeräumtem Zustand ausgegeben, aber auch in eben diesem wieder zurückgebracht wurden. Karre griff in die Konsole und nahm eine Handvoll Zettel heraus. Sein erster Blick fiel auf ein von einem Notizblock stammendes Blatt, auf dem König Seniors ehemalige Sekretärin ihre Telefonnummer notiert hatte. In der linken oberen Ecke hatte sich ein Bild befunden, von dem nun nicht mehr viel zu erkennen war, da Wiebke Gröber den Notizzettel nicht sauber entlang der dafür vorgesehenen Klebekante von dem dazugehörigen Block abgerissen hatte. So war Karre der Zusammenhang bis dato auch nicht aufgefallen. Doch das Wenige, das von dem Bild zu sehen war, reichte aus, um ihn erkennen zu lassen, um was es sich dabei handelte. Er überlegte einen Augenblick und schüttelte ungläubig den Kopf, als er die Bedeutung seiner Entdeckung erfasste.

Karim öffnete die Wagentür und steckte seinen Kopf ins Innere des Fahrzeugs. »Hast du ein Gespenst gesehen?«

»Nein, aber so ähnlich. Ich glaube, wir haben etwas Wichtiges übersehen.«

»Jetzt machst du mich aber neugierig«, entgegnete sein Kollege und wollte sich gerade neben seinem Chef auf den Beifahrersitz fallen lassen, als der ihn mit einer abwehrenden Handbewegung davon abhielt.

»Du fährst mit Vicky zu Schwarz. Macht ihm ordentlich Dampf. Ich muss hier noch was überprüfen und melde mich dann bei euch. Wenn ihr mit Schwarz fertig seid, überlegen wir uns, wie wir weitermachen.«

»Ist er unser Mann?«

»Das weiß ich noch nicht. Ganz aus dem Schneider ist er jedenfalls nicht. Auf jeden Fall dürft ihr ihn gerne glauben lassen, dass er sehr weit oben auf unserer Liste steht.«

»Und was machst du in der Zwischenzeit? Den wahren Täter im Alleingang überführen?«

»Keine Sorge. Zum Showdown treffen wir uns wieder. Wie gesagt, ich will nur etwas überprüfen. Vielleicht ist es auch Quatsch.«

»Und wenn nicht?«

»Dann könnte es sein, dass sich ganz neue Horizonte am Ermittlungshimmel auftun.« Er grinste, stieß die Fahrertür auf und stieg aus dem Wagen. »Los, beeil dich. Ich möchte, dass ihr so schnell wie möglich zurück seid. Vielleicht können wir den Fall heute Abend noch aufklären.«

»Teschner oder König?«

Wieder grinste Karre geheimnisvoll. »Beide.«

10

»Sie schon wieder. Und was macht der hier? Trauen Sie sich nicht alleine?« Das gequälte Grinsen des jungen Mannes signalisierte das genaue Gegenteil dessen, was er vermutlich beabsichtigt hatte. Beim erneuten Anblick der Ermittler ließ es ihn nicht selbstbewusst, sondern nervös und fahrig wirken.

»Dürfen wir?«, fragte Karim knapp und schob sich an Schwarz vorbei, ohne eine Antwort abzuwarten.

»Ist Ihr Kollege immer so höflich?«

»Nur, wenn er kurz davor steht, jemanden zu verhaften.« Viktoria trat ebenfalls in die Wohnung. »Sind Sie allein?«

»Ja. Offen gestanden war meine Freundin von Ihren unangemeldeten Besuchen und der ständigen Fragerei nach der Ermordung meiner Exfreundin nicht gerade begeistert.« Nach einer kurzen Pause fügte er hinzu: »Verhaften? Aber wieso ...«

»Dazu kommen wir gleich. Können wir uns irgendwo hinsetzen?«

»Hier entlang.« Er geleitete die beiden Ermittler ins Wohnzimmer, wo er ihnen einen Platz auf der zweisitzigen Couch anbot, während er sich selbst in einen Sessel plumpsen ließ. Sein Blick wechselte von einem zum anderen, wobei Viktoria das zuckende Lid seines rechten Auges auffiel.

Es war offensichtlich, dass er gegenüber ihren ersten Gesprächen einiges an Selbstbewusstsein eingebüßt hatte. Spürte er, dass sich ein unsichtbares Netz um ihn herum allmählich zusammenzog? Dass der erneute Besuch der Polizisten nichts anderes bedeuten mochte, als dass es neue Erkenntnisse gab, die ihn möglicherweise in die Bredouille brachten?

»Also, was kann ich für Sie tun?«, fragte er schließlich in das noch immer währende Schweigen, ohne Viktoria oder Karim dabei direkt in die Augen zu sehen.

»Sie haben uns nicht die Wahrheit gesagt«, begann Karim, verschränkte die Arme vor der Brust und lehnte sich aufreizend entspannt zurück.

»Ich verstehe nicht, was Sie ...«

»Als Sie uns von Ihrer gutlaufenden Firma erzählt haben.«

Schwarz musterte den Polizisten. Der Kehlkopf des Jungunternehmers hüpfte auf und ab, als er schluckte, sein rechter Fuß wippte unruhig. Offensichtlich verstand er genau, worauf Karim hinauswollte.

»Sie sind bei weitem nicht so dick im Programmierge-schäft, wie Sie uns glauben machen wollten. Jedenfalls nicht mehr. Ich habe etwas nachgeforscht. Und siehe da: Sie programmieren sehr wohl Erotikportale. So wie Ihre liebe Nachbarin es uns erzählt hat. Aber das war nicht immer so, oder? Wollen Sie uns erzählen, was damals passiert ist?«

Schwarz starrte Karim mit weit aufgerissenen Augen an. »Sie haben also meine Akte gelesen?«

Karim lächelte, ohne jedoch auf die Frage zu antworten. »Erzählen Sie es uns?«

Schwarz Blick wanderte zu Viktoria. Er schien mit sich zu ringen. Zu überlegen, ob es sinnvoller war, sich weiterhin hinter einer Mauer des Schweigens zu verstecken, oder mit offenen Karten zu spielen. Entschied er sich für Letzteres, davon war die Kommissarin überzeugt, würde er ihnen alles erzählen. Er war durch und durch ein Computermensch. Digital. Null oder eins. Alles oder nichts.

Der junge Mann stieß einen lauten Seufzer aus. »Also gut. Eigentlich habe ich Ihren Kollegen damals gesagt, was ich zu den Vorwürfen zu sagen hatte, aber ich kann die Geschichte gerne noch einmal für Sie wiederholen. Obwohl es schon so lange her ist, kommt es mir vor, als sei es gestern gewesen.«

»Ja, bitte«, antwortete Karim und Viktoria fügte leise hinzu:

»Das wäre ausgesprochen freundlich von Ihnen.«

»Die ganze Sache ist ungefähr drei Jahre her. Ich habe zu der Zeit ebenfalls Webseiten programmiert. Wie Sie richtig bemerkt haben, allerdings eher normale Seiten für kleinere Unternehmen. Meine Aufträge drehten sich weniger um Erotik, sondern eher um alltägliche Themen.«

»Zum Beispiel?«

»Naja, was es da eben alles so gibt. Restaurants, Hotels, Handwerksbetriebe. Und eben auch für das Fitness-Studio, in dem das Miststück als Trainerin gejobbt hat.«

»Ich nehme an, Sie sprechen von Frau Hofmann? Sie hat Sie wegen Körperverletzung und versuchter Vergewaltigung angezeigt.«

»Hören Sie, das war alles gelogen!« Er sprang aus seinem Sessel auf und begann, wie ein Tiger im Käfig im Wohnzimmer auf und ab zu laufen. Karim wollte ihm folgen, doch Viktoria legte ihre Hand auf seinen Unterarm und hielt ihn mit einem kaum wahrnehmbaren Kopfschütteln zurück.

»Nichts von dem, was die Schlampe damals erzählt hat, ist war. Ich habe sie nie angefasst.«

»Aber Sie haben sich mit ihr getroffen, ist das korrekt?«

»Ja, zum Teufel. Als ich die Webseite für dieses Studio programmiert habe, hatte ich mehrere Termine vor Ort.«

»Ist das immer so?«

»Nein, nicht immer. Aber da ich vorher noch nie in einem Fitnessstudio war, wollte ich mir einen Eindruck von der Atmosphäre in so einem Laden verschaffen. Außerdem hatte ich noch etwas mit dem Geschäftsführer zu besprechen. Wegen der für meine Arbeit abzurechnenden Stunden.«

»Und da haben Sie diese Frau kennengelernt?«

»Ja. Wie gesagt, sie hat dort als Trainerin gearbeitet, war mir sympathisch und sah ausgesprochen gut aus. Wir haben ein bisschen geflirtet, unsere Telefonnummern ausgetauscht und uns ein paar Tage später zum Essen verabredet.«

»Und dann? Damals haben Sie zu Protokoll gegeben, dass Sie sich auf Anhieb gut verstanden haben.«

»Das stimmt. Ich fand sie klasse und ich hatte auch

nicht das Gefühl, dass sie mir gegenüber abgeneigt war. Aber ich wollte nichts mit ihr anfangen, solange mein Auftrag für das Fitnessstudio noch nicht abgeschlossen war. Liebesbeziehungen mit Kunden oder Kollegen sind unprofessionell und führen früher oder später fast immer zu Ärger.« Er musterte Viktoria. »Sie mögen Ihren Kollegen, oder? Den anderen, meine ich.«

Viktoria holte gerade Luft, um etwas zu erwidern, als Karim seine Befragung fortsetzte und dem Provokationsversuch ihres Gegenüber den Wind aus den Segeln nahm.

»Sie gaben damals zu Protokoll, Frau Hofmann sei in Sie verliebt gewesen, aber Sie hätten ihr einen Korb gegeben.«

»Aus den eben genannten Gründen. Ja.«

»Sie sagen also nach wie vor, dass Sie einer gut aussehenden, sympathischen Frau, die ganz offensichtliches Interesse an Ihnen bekundet hat, eine Abfuhr erteilt haben? Erlauben Sie mir die Bemerkung, aber es fällt mir schwer, das zu glauben. Insbesondere nachdem wir ja bereits erfahren durften, dass Sie nicht gerade als Kostverächter gelten.«

»Sehen Sie, und genau das war schon damals mein Problem. Die falsche Schlange hat es perfekt verstanden, das unschuldige Opfer zu spielen. Dabei war sie es, die mich wochenlang terrorisiert hat.«

»Terrorisiert?«, fragte Viktoria.

»Ja. Oder wie würden Sie es nennen, wenn Sie jemand vierzig bis fünfzig Mal am Tag anruft, Sie auf Schritt und Tritt verfolgt, und Ihnen sogar das Auto demoliert? Letzteres konnte ich natürlich nicht beweisen, aber ich weiß, dass sie es gewesen ist. Die Krönung war dann die Anzeige wegen angeblich versuchter Vergewaltigung und Körperverletzung. Das Biest hatte alles perfekt geplant. Sie wusste genau, dass ich für den Abend kein Alibi hatte. Bei der ärztlichen Untersuchung hat man Spuren von mir an ihrem Körper gefunden. Haare und sowas. Weiß der Henker, wie sie das angestellt hat. Wahrscheinlich hat sie meine Mülltonnen durchsucht oder ist in meine Wohnung eingebrochen. Ich weiß es nicht.«

»Und beweisen konnten Sie es schon gar nicht.«

Er sah Viktoria eine Weile an, bevor er weitersprach. »Verstehen Sie jetzt, warum mir damals niemand geglaubt hat? Jedenfalls war mein Ruf danach gründlich ruiniert. Sie hat sogar dafür gesorgt, dass meine Kunden Wind von der Sache bekamen. Von dem Moment an habe ich so gut wie keine Aufträge mehr bekommen. Erst nach und nach ist es mir gelungen, neue Auftraggeber zu finden.«

»Aber Sie durften nicht allzu wählerisch sein«, ergänzte Karim.

»Was glauben Sie? Meinen Sie, ich hätte freiwillig angefangen, Pornoseiten zu programmieren? Aber Sie sind doch nicht wegen meiner Webseiten hier, oder?«

»Nein, es geht nicht um Ihre Webseiten. Sie stehen unter dem dringenden Verdacht, einen Unternehmer namens Florian König erpresst zu haben.«

»Ach du Scheiße.« Schwarz starrte Karim mit weit aufgerissenen Augen an und sah sich hilfesuchend nach Viktoria um, die aufgestanden und ans Fenster getreten war. »Wie kommen Sie denn auf das schmale Brett? Ich kenne den Typen ja nicht einmal. Wie sagten Sie doch gleich, ist sein Name?«

»König. Florian König.«

»Etwa der, dessen Frau vor ein paar Tagen ermordet wurde?«

»Genau der. Was wissen Sie über den Mord?«

»Das, was darüber in der Zeitung stand. Und wie um alles in der Welt kommen Sie darauf, dass ich ihn erpresst habe?«

»Herr Schwarz«, Viktoria hatte sich vom Fenster abgewandt und ging langsam auf ihn zu. »Haben Sie Zugang zu den E-Mails Ihrer Exfreundin Danielle Teschner?«

Und mit einem Mal schien Schwarz zu dämmern, woher der unangenehme Wind wehte, der ihm geradewegs ins Gesicht blies. »*BigKing*, richtig? Dass ich darauf nicht selbst gekommen bin. Glauben Sie, dass er Danielle umgebracht hat? Und seine Frau?«

»Im Augenblick glauben wir, dass Sie wussten, dass er in der Nacht, in der Ihre Exfreundin getötet wurde, mit ihr verabredet war. Sie haben eins und eins zusammengezählt, aber anstatt ihn anzuzeigen, haben Sie sich überlegt, ihn lieber etwas zu melken, um Ihre klamme Haushaltskasse ein bisschen aufzufüllen.«

»Das ist doch Schwachsinn!«

»Nun, das sehen wir etwas anders. Allerdings haben wir uns gefragt, warum Sie das Geld nicht wie verabredet abgeholt haben. Haben Sie kalte Füße bekommen?«

»Hören Sie, zum letzten Mal: Ich habe niemanden erpresst. Ja, ich habe mich, nachdem ich von Danielles Tod gehört hatte, in ihren E-Mail-Account eingeloggt. Sie war so leichtsinnig, was sowas angeht. Obwohl ich ihr unzählige Male gesagt habe, sie solle sich ein gescheites Passwort ausdenken. Naja, jedenfalls kannte ich es noch von früher und sie hat es auch nie für nötig gehalten, es zu ändern. Und ja, es war nicht das erste Mal, dass ich ihren Mail-Verkehr mit diesem König mitgelesen habe. Und ja, ich habe die Mail gelöscht. Weil ich wütend war.«

»Wütend oder eifersüchtig?«, hakte Viktoria nach.

»Von mir aus auch das«, gab Schwarz kleinlaut zu.

»Aber wieso haben Sie uns nichts davon erzählt, als wir Sie nach einem neuen Freund Ihrer Exfreundin gefragt haben?«

»Weil ich nicht zugeben wollte, dass ich heimlich in

fremden E-Mail-Konten herumgeschnüffelt habe. Und außerdem hatte ich keinen blassen Schimmer, um wen es sich bei *BigKing* handelt. Erst als Sie mich eben nach einem gewissen König gefragt haben, ist mir klar geworden, dass er derjenige sein muss, mit dem Danielle an dem Abend verabredet war.«

»Sie haben König also nicht erpresst?«

»Nein, wie oft soll ich Ihnen das denn noch sagen.«

»Wo waren Sie Montagabend? So zwischen 20:00 Uhr und Mitternacht.«

»Montag? Da war ich mit ein paar Freunden im Kino. Sie können sie gerne fragen. Warten Sie einen Moment.«

Karim sah Viktoria an, während Schwarz das Wohnzimmer verließ und in der Diele verschwand. »Was glaubst du?«, flüsterte er. »Sackgasse?«

»Wenn er uns jetzt ein Alibi für den zweiten Mord präsentiert, sieht es so aus. Theoretisch kann der Erpressungsversuch aber immer noch auf seine Kappe gehen. Vielleicht wusste er ja doch, wer sich hinter dem Alias *BigKing* verbirgt. Also sagt er König, wohin er das Geld bringen soll, bekommt im letzten Moment aber kalte Füße und besorgt sich stattdessen ein Alibi, indem er mit ein paar Freunden ins Kino geht. Möglicherweise wollte er das Geld auch später aus dem Versteck holen. Er konnte ja nicht davon ausgehen, dass König die Tasche nicht wie verabredet in der Kiste liegenlässt, sondern sie gleich wieder mitnimmt.«

»Beweisen können wir ihm im Moment jedenfalls nichts, oder?«

Schwarz kehrte aus der Diele zurück und reichte Viktoria ein bedrucktes Stück Papier. »Das ist die Kinokarte.«

Viktoria betrachtete den rechteckigen Schnipsel, auf dem neben dem fraglichen Datum in fettgedruckten Buchstaben der Titel des Films zu lesen war:

Das Schloss.

»Sehr geschmackvoll.« Sie gab Schwarz die Karte zurück. »Das war's fürs Erste. Vielen Dank für Ihre Unterstützung. Sollten sich noch Fragen ergeben, melden wir uns noch einmal bei Ihnen.«

»Und falls bei unseren Ermittlungen herauskommt, dass Sie doch etwas mit der Erpressung zu tun haben, werden Sie sich dafür verantworten müssen. Egal, ob Sie das Geld am Ende an sich genommen haben oder nicht.«

Schwarz nickte. Und schwieg.

11

»Du hattest mal wieder den richtigen Riecher. Die Fingerabdrücke auf dem Whiskeyglas und dem Wasserbecher sind identisch.«

Karre nickte zufrieden, was sein Gesprächspartner am anderen Ende der Leitung nicht sehen konnte. »Weißt du, was das bedeutet?«

»Er war am Tatort. Verrätst du mir jetzt auch, wer *er* ist? König ist es jedenfalls nicht, das habe ich anhand meiner Unterlagen schon überprüfen können.«

»Rummel. Sein Anwalt.«

»Ach du Scheiße, aber das heißt ja ...«

»Dass alles, was er uns eben erzählt hat, gelogen war. Die angebliche Erpressung. Entweder, die Geschichte war komplett erfunden, oder König ist in Wahrheit alleine zu der Geldübergabe gefahren.«

»Aber wieso sollte sein Anwalt ihm ein Alibi verschaffen? Sie sind zwar befreundet, aber er riskiert seine Anwaltszulassung, wenn das rauskommt. Warum tut er das?«

»Weil es in Wahrheit nie um König ging.«

»Sondern?«

»Mensch Viktor, manchmal bist du wirklich schwer von

Begriff. Es ging um ihn selbst. Er hat *sich* ein Alibi verschafft, indem er behauptet hat, mit König zu der Geldübergabe gefahren zu sein.«

»Und König?«

»Der glaubt wahrscheinlich immer noch, dass sein feiner Freund ihm damit helfen wollte.«

Wenige Minuten zuvor hatte Karre zugesehen, wie der Wagen seiner Kollegen den Parkplatz des Präsidiums verließ, und war anschließend ins Büro zurückgekehrt. Dort setzte er sich an seinen Schreibtisch und wählte die Nummer von König Seniors ehemaliger Sekretärin Wiebke Gröber. Nachdem sie seine Vermutung bestätigt hatte, wollte er erneut zum Telefon greifen, und Viktoria und Karim darüber informieren, wie sich die Puzzleteile allmählich zusammenfügten. Doch bevor er den Hörer von der Gabel nehmen konnte, gab das Gerät ein schrilles Klingeln von sich und im Display erschien der Name des Kollegen vom Erkennungsdienst.

Viktor Vierstein hatte das Whiskeyglas, das auf dem Wohnzimmertisch in unmittelbarer Nähe der Leiche von Nadine König gestanden hatte, auf Fingerabdrücke untersucht. Und diese hatte er auf Karres Geheiß hin mit den Abdrücken verglichen, die Königs Anwalt während des Verhörs auf dem angebotenen Wasserglas hinterlassen hatte.

»Du weißt aber auch«, fuhr Vierstein fort, »dass du diese Spur nicht offiziell bei deinen Ermittlungen ins Feld führen darfst, oder? Dir gebührt zwar mein ausdrücklicher Respekt, wie du dir die Fingerabdrücke des Anwalts erschlichen hast, aber dir ist schon klar, dass dir das streng genommen nicht weiterhilft.«

»Ja, schon klar. Aber immerhin wissen wir jetzt, dass er kurz vor Nadine Königs Ermordung bei ihr war. Und damit hat er seine Eintrittskarte in den Kreis unserer

Hauptverdächtigen gelöst.«

Nach einer kurzen Phase des Schweigens, während der Karre nur den gleichmäßigen Atem des Kollegen in der Leitung hörte, fragte dieser schließlich: »Glaubst du, er wusste von ihrer Schwangerschaft?«

Karre überlegte, bevor er antwortete. Exakt diese Frage hatte er sich auch gestellt, nachdem er von der Übereinstimmung der Abdrücke erfahren hatte. Allerdings war er mit seinen Annahmen inzwischen einen Schritt weiter. »Ich denke, die Frage ist eher, ob er der Vater war. Vermutlich war nämlich genau das der Grund für seinen Besuch bei Nadine König. Während des Gespräches kam es zu einem Streit, der außer Kontrolle geraten ist. Und so weiter ...«

»Glaubst du, dass er auch was mit dem ersten Mord zu tun hat?«

»Keine Ahnung. Wirklich Sinn macht es nicht. Eigentlich konnte Rummel froh sein, dass König mit Danielle Teschner beschäftigt war, während er mit der Frau seines angeblich besten Freundes in die Kiste gesprungen ist.«

»Was machst du jetzt? Ihn festnehmen?«

»Zumindest werden wir ihm nochmal gründlichst auf den Zahn fühlen müssen. Ich halte dich auf dem Laufenden. Erstmal vielen Dank für deine Hilfe.« Er legte auf und starrte eine Weile auf den Bildschirmschoner seines Monitors. Noch während seine Gedanken um die Neuigkeiten und deren Folgen für die Ermittlungen kreisten, klingelte abermals das Telefon.

12

Keine zwei Minuten später saß Karre in seinem Wagen und war auf dem Weg zu der Adresse, die ihm von den anrufenden Kollegen des Streifendienstes genannt worden war. Diese waren ebenfalls auf dem Weg zu einer Penthousewohnung im Essener Süden, nachdem Nachbarn einen Notruf abgesetzt und gemeldet hatten, in der betreffenden Wohnung seien Schüsse gefallen. Eigentlich gab es für die Kollegen keine Veranlassung, noch vor dem Eintreffen am vermeintlichen Tatort den Chefermittler einer laufenden Mordkommission zu informieren, doch der von dem Anrufer genannte Name des Eigentümers der Luxuswohnung hatte sie hellhörig gemacht. Nachdem Karre Viktoria und Karim ebenfalls zu der angegebenen Adresse beordert hatte, war er auf den Parkplatz gerannt, hatte das Blaulicht aufs Dach gesetzt und war mit quietschenden Reifen vom Gelände des Präsidiums gerauscht.

Keine zehn Minuten später stellte er den Wagen vor einer modernen Mehrfamilienvilla ab, vor deren Eingang bereits zwei Streifenwagen mit rotierenden Blaulichtern standen. Eine Menschentraube, vermutlich die Bewohner des Hauses sowie sensationslüsterne Nachbarn, hatte sich vor der Haustür versammelt. Aufgeregt redeten sie auf die Polizisten ein, die vergeblich versuchten, Ordnung in den Berichtswirrwarr zu bringen. Sekunden nachdem Karre seinen Wagen verlassen hatte, trafen auch Viktoria und Karim ein. Er fragte sich, wie sie es so schnell geschafft hatten, von der auf der anderen Seite der Stadt liegenden Wohnung von Thomas Schwarz hierher zu kommen.

»Weißt du schon was?«, fragte Viktoria und warf die Beifahrertür hinter sich ins Schloss.

Karre schüttelte den Kopf. »Eben erst angekommen. Wieso seid ihr überhaupt schon hier?«

»Hast du nicht gesagt, wir sollen uns becilen? Außerdem waren wir neugierig. Dürfen wir jetzt also auch erfahren, wem die Wohnung gehört?«

Karre sah seine Kollegen schweigend an. Er genoss es,

sie auf die Folter zu spannen.

»Was jetzt?«, bohrte Viktoria ungeduldig nach.

»Florian König.«

»König hat hier eine Wohnung? Keine vier Kilometer von seiner Villa entfernt? Was soll das denn?« Karim blickte mit zusammengekniffenen Augen an der schneeweißen Fassade empor. »Hat er sich da oben ein Liebesnest eingerichtet, oder was?«

»Davon können wir wohl ausgehen. Jedenfalls fällt mir auf die Schnelle kein anderer Grund ein. Übrigens könnte das auch erklären, warum wir keinen Taxifahrer gefunden haben, der den Täter vom Bahnhof weggefahren hat, nachdem er Danielle Teschners Wagen dort abgestellt hat. Von hier aus sind es höchstens fünfzehn Minuten zu Fuß.«

»Der Täter könnte aber auch zu Fuß losgegangen sein und sich unterwegs ein Taxi rangewunken haben. Ein Beweis dafür, dass jetzt doch König unser Mann ist, ist das noch nicht. Aber vielleicht gehen wir einfach mal rein und sehen nach, was eigentlich los ist.«

Sie passierten zwei Reihen sorgfältig zurechtgestutzter Buchsbäume rechts und links der gläsernen Eingangstür und betraten das Gebäude. Weiß gestrichenes Sichtmauerwerk und grauer Granit empfingen sie und verliehen dem Haus in Verbindung mit großen Glasflächen und glänzendem Edelstahl einen modernen, aber gleichfalls kühlen Charakter. Die für Treppenhäuser typischen Blumen, Bilder oder andere Dekorationsartikel, die Wohnhäuser mit einer persönlichen Note ihrer Besitzer anreichern, suchte man hier vergebens. Stattdessen dominierten weitläufige, leere Flächen, die das Objekt in geradezu steriler Sauberkeit präsentierten. Da der gläserne Aufzug nur mittels einer über ein Touchpad einzugebenden Zahlenkombination funktionierte, blieb ihnen nichts anderes übrig, als der Weg über die Treppe.

Oben angekommen wurden sie bereits von einem uniformierten Kollegen erwartet.

»Ah, taucht ihr neuerdings schon auf, bevor wir wissen, ob es überhaupt eine Leiche gibt? Ich hab ja mehrfach läuten hören, dass Kriminalrat Schumacher kein Kind von Traurigkeit ist, aber dass er euch dermaßen Dampf macht ... Respekt!«

»Becker«, zischte Karre, dem der Sinn gerade nicht besonders nach einem Wortgefecht mit dem ungeliebten Kollegen stand. »Naja, die ersten Schmeißfliegen haben sich ja offensichtlich auch schon eingefunden.«

Anstelle einer Antwort gab Becker lediglich ein empörtes Schnaufen von sich und blinzelte Karre aus winzigen Schweinsaugen an.

»War schon jemand drin?«, fragte Karre zwei an der Wohnungstür stehende Kollegen in Uniform, während er Beckers theatralisch vorgetragene Empörung ignorierte und sich an ihm vorbeischob.

»Nein, wir haben geklingelt, aber es öffnet niemand.«

»Dann machen Sie die Tür auf. Und zwar schnell.«

»Augenblick«, mischte sich Becker von der Seite ein. »Wir haben keinen verlässlichen Hinweis auf eine Straftat, sondern lediglich die vage Aussage der Nachbarn. Wenn wir die Tür aufbrechen und sich das Ganze als falscher Alarm entpuppt, nehmen meine Leute und ich das ganz sicher nicht auf unsere Kappe.«

»Ja, meinetwegen schreiben Sie´s auf meinen Deckel, aber sehen Sie zu, dass Sie die vermaledeite Tür öffnen. Ich will wissen, was da drinnen los ist.«

Die an der Tür positionierten Polizisten sahen ihren Chef fragend an.

»Also gut, aber wie gesagt, ich nehme das nicht auf ...«

»Ja, schon klar«, unterbrach Karre ihn. Und seinen Kollegen zugewandt fügte er hinzu: »Los, aufmachen!«

Wenige Augenblicke später standen Karre, Viktoria und Karim im geräumigen Empfangsbereich der Penthousewohnung.

»Sie bleiben hier und warten«, raunte Karre Becker zu, als der Anstalten machte, die Wohnung ebenfalls zu betreten. »Nicht, dass Sie sich doch noch Ärger wegen unbefugten Eindringens in eine Privatwohnung einhandeln.«

Die Einrichtung von Königs vermutlich heimlichem Zweitwohnsitz entpuppte sich als ebenso minimalistisch und nicht weniger geschmackvoll, als die der Villa, die er gemeinsam mit seiner Frau bewohnt hatte. An den weiß getünchten Wänden hingen moderne Kunstdrucke, deren Anschaffung, so vermutete Karre, erheblich größeren finanziellen Aufwands bedurft hatte, als die chaotisch anmutenden Kleckse und Striche auf den ersten Blick vermuten ließen.

Und sie war leer.

Sollte König sich kürzlich in der Wohnung aufgehalten haben, hatte er sie offensichtlich noch vor dem Eintreffen der Polizisten wieder verlassen.

»Astreiner Ausblick. Nicht schlecht«, bemerkte Karim anerkennend und blieb an der weitläufigen Fensterfront stehen, die sich über die gesamte Breite des Wohnzimmers erstreckte und die den Blick auf die riesige Dachterrasse und das dahinterliegende Panorama freigab. »Und du glaubst wirklich, seine Frau hatte keine Ahnung von der Existenz der Wohnung?«

»Alles andere macht für mich keinen Sinn, aber fragen können wir sie ja leider nicht mehr. Für mich sieht es jedenfalls so aus, als wenn sich König hier mit seinen Affären zu heimlichen Schäferstündchen verabredet hätte.«

»Schau mal.« Viktorias Stimme ließ Karre herumfahren. »Die Treppe. Jede Wette, dass da oben das Schlafzimmer ist.«

Karre betrachtete die grau gestrichenen Metallstufen, die steil auf die über dem Wohnbereich liegende Galerie hinaufführten. »Riecht ihr das?«

Viktoria nickte. »Farbe.«

»Vielleicht hat er sie hier umgebracht.«

»Wen?«, fragte Karim. »Du meinst Danielle Teschner?«

»Nehmen wir an, sie war in der Mordnacht bei ihm. Aus irgendeinem Grund kam es zum Streit und er hat sie die Treppe runtergestoßen. Dann war es möglicherweise eine Kurzschlusshandlung und er hatte gar nicht vor, sie umzubringen. Anschließend hat er ihre Leiche weggeschafft und bei jemandem deponiert, mit dem er sowieso eine Rechnung offen hatte.«

»Wegen des Grundstücks am See?«

»Genau deswegen.«

»Es könnte auch ein Unfall gewesen sein«, warf Viktoria ein. »Sie haben gestritten, sie ist gestolpert und unglücklich gefallen. Oder es kam zu einem kleinen Handgemenge.«

»Ja, ihr Tod passt nach wie vor nicht zum Rest der Geschichte und je mehr ich darüber nachdenke, desto eher glaube ich, dass er überhaupt nicht vorhatte, sie zu töten. Karim, ruf bitte die Kollegen vom Erkennungsdienst. Viktor soll jede einzelne Treppenstufe und jeden Winkel der Wohnung auf Blutspuren untersuchen.«

Karim zog sein Handy aus der Hosentasche und verschwand durch die Wohnzimmertür.

»Weißt du, was ich an der Geschichte nicht verstehe?«

Karre sah Viktoria an, überlegte einen Moment und schüttelte den Kopf.

»Wenn er sie tatsächlich nicht vorsätzlich umgebracht hat, warum dann das ganze Theater? Ich meine, warum hat er nicht einfach die Polizei gerufen? Vielleicht hätte er es ja sogar als Unfall darstellen können. Stattdessen fährt er mit der Leiche durch die halbe Stadt und geht das Risiko ein, dabei gesehen zu werden. Nur um Hanke wegen dem Haus am See eins reinzuwürgen? Mir will das nicht in den Kopf. Andererseits gibt es für mich im Moment keine Erklärung dafür, warum er Danielle vorsätzlich umgebracht haben sollte. Und dann noch in seinen eigenen vier Wänden.«

»Vielleicht war sie ihm im Weg. Vielleicht wollte sie ...«

Karims Ruf ließ die beiden Ermittler herumfahren. »Kommt sofort hierhin! Das müsst ihr euch ansehen!«

Sie sahen sich einen Moment an, und rannten los.

Karim wartete in der Küche auf sie und deutete schweigend in Richtung der Kochinsel. Unter dem leblosen Körper breitete sich eine riesige Blutlache aus.

»Kopfschuss. So wie ich das sehe, ist die Kugel durch sein linkes Auge eingetreten und hinten am Schädel wieder raus. Anschließend ist sie in die Wand neben dem Fenster eingeschlagen.«

»Selbstmord?«

»Wohl kaum. Ich bin zwar kein Gerichtsmediziner, aber für mich sieht es nicht so aus, als wäre er aus nächster Nähe erschossen worden. Dafür klebt dann doch zu wenig Zeug an der Wand, wenn du verstehst, was ich meine. Außerdem gibt es noch etwas, das dagegen spricht.«

Karre ließ seinen Blick durch die Küche wandern. »Die Waffe ist nicht da«, stellte er nüchtern fest und fuhr herum, als Beckers sonore Bassstimme in seinem Rücken ertönte.

»Na, da haben Sie ja doch noch Ihre Leiche gefunden. Glückwunsch.« Einen Augenblick später fügte er hinzu: »Scheiße, was ist das denn für eine Sauerei. Wissen Sie, wer das ist?« Mit angewidertem Gesichtsausdruck betrachtete er den Leichnam und das auf dem Steinboden klebende Blut. »Ist das König? Dieser Bauunternehmer, der angeblich seine Frau umgebracht hat?«

»Nein, ist er nicht. Und wenn Sie nicht riesengroßen Ärger mit den Kollegen vom Erkennungsdienst bekommen wollen, sollten Sie Ihren Hintern schleunigst hier rausbewegen. Kollege Vierstein ist ziemlich empfindlich, was Leute angeht, die an einem Tatort rumtrampeln und Spuren vernichten.«

Becker machte ein eingeschnapptes Gesicht. »Ich dachte ja nur, falls das da nicht König ist, interessiert es Sie vielleicht, dass eine Nachbarin beobachtet haben will, wie König mit seinem Wagen abgehauen ist. Wenn wir das mit den Aussagen der anderen Nachbarn kombinieren, sind die Schüsse kurz vorher gefallen. Laut der Nachbarin ist König mit einem silberfarbenen BMW aus der Tiefgarage gerast, als sei der Teufel hinter ihm her und hätte sie beinahe umgefahren. Jedenfalls behauptet sie das.«

»Okay, dann Schreiben Sie ihn umgehend zur Fahndung aus. Das Kennzeichen seines Wagens haben wir. Es ist ein 7er. Schicken Sie jeweils einen Wagen zu seiner Villa und zu seinem Büro. Auch wenn ich nicht glaube, dass er dort auftaucht.« Er sah seine beiden Kollegen an. »Kommt, wir werfen einen Blick in die Tiefgarage.«

Wenige Augenblicke später erreichten sie das Untergeschoss des Hauses.

»Was läuft eigentlich zwischen dir und Becker?«, fragte Karim, während sie durch die weitläufige Garage gingen. »Der scheint dich ja regelrecht zu hassen.«

»Das ist ne lange Geschichte.«

»Und die Kurzform?«

»Wir kennen uns schon seit den Anfängen unserer Zeit bei der Polizei. Irgendwann haben wir uns beide für eine Weiterbildung bei der Kripo beworben. Ich wurde genommen, er nicht. Außerdem war er scharf auf Sandra.

Er ist bis heute der Meinung, ich hätte sie ihm ausgespannt. Dabei wollte sie nie etwas von ihm wissen.«

»Was er aber vollkommen anders sieht.«

»Natürlich.« Karre ließ seinen Blick durch die gut gefüllte Tiefgarage wandern und entdeckte schließlich einen verwaisten Doppelparker.

»Sieht tatsächlich so aus, als hätte unser Freund die Flucht ergriffen.« Karre drehte sich um und beobachtete, wie sein Kollege neben einem der runden Betonpfeiler kniete. »Was ist? Hast du was gefunden?«

Karim winkte ihn mit einer knappen Geste zu sich heran. »Seht ihr das?«

Viktoria war Karre gefolgt und beugte sich ebenfalls über die Stelle, an der Karim kniete und auf die weißgestrichene Säule deutete. »Sieht aus, wie rote Lackspuren.«

»Exakt. Und wenn ihr mich fragt, gehören die nicht zu Königs Sportwagen ...«

»... sondern zu einem Golf VR6, Baujahr 96«, vervollständigte Viktoria den Satz.

Karre ging ebenfalls neben der beschädigten Stelle in die Hocke und betrachtete sie. »Sieht aus, als hätte jemand halbherzig versucht, die Farbspuren zu beseitigen. Entweder hat Danielle ihren Wagen selbst vor den Pfeiler gesetzt, oder König war an dem Abend, als er die Leiche weggeschafft hat, so durch den Wind, dass er beim Zurücksetzen nicht daran gedacht hat.« Nach einer kurzen Pause fügte er hinzu: »Die Spiegel.«

»Wie bitte?« Karim sah seinen Chef fragend an.

»Der Innen- und die Außenspiegel von Danielle Teschners Golf. Erinnert ihr euch, dass ihre Position nicht zur Sitzeinstellung passte? Wir haben vermutet, dass jemand den Wagen benutzt hat, ohne sich die Zeit zu nehmen, die Spiegel auf seine Größe einzustellen. Wenn König am Mordabend die Leiche von hier wegschaffen wollte, könnte das passen. Er hat die Säule beim Zurücksetzen nicht gesehen und in der Hektik auch nicht daran gedacht. Seine neuen Autos verfügen mit Sicherheit über Einparkhilfen. Im Zweifel hat er überhaupt nicht in den Spiegel geschaut, sondern sich aus Gewohnheit darauf verlassen, dass es irgendwann piepst, wenn er auf ein Hindernis zufährt.«

»Klingt plausibel. Nur das Alibi von Götz passt nicht ins Bild.«

»Das finden wir auch noch raus. Verlasst euch drauf. Aber jetzt kassieren wir ihn erstmal ein. Und zwar endgültig. Zumindest der dritte Mord dürfte ihm ja nicht so schwer nachzuweisen sein. Und mindestens für eine der beiden Frauen kriegen wir ihn auch noch dran. Garantiert. Also, los geht´s.«

»Augenblick mal, du weißt, wo er hingefahren ist?«, fragte Karim.

Karre lächelte. »Ich hab da so eine Idee. Und übrigens glaube ich nicht, dass er alleine ist.«

13

Karre lächelte triumphierend, als der den Audi neben Königs Limousine abstellte. Trotz der bohrenden Fragen seiner Kollegen hatte er während der zehnminütigen Autofahrt beharrlich geschwiegen. Sowohl in Bezug auf das Ziel ihrer Fahrt, als auch auf seine Bemerkung, nicht davon auszugehen, König alleine anzutreffen. Und wenigstens der erste Teil seiner Theorie stellte sich in diesem Augenblick als korrekt heraus.

»Glaubst du, er ist noch da?«, fragte Viktoria von der Rückbank aus, während Karre den Motor abstellte.

»Nein, aber wir sollten uns trotzdem beeilen. Vielleicht haben wir ja Glück.«

Doch das hatten sie nicht.

Sie hasteten an dem Sicherheitsposten, der ihnen empört hinterherwinkte, und an den abgestellten Flugzeugen vorbei, über das Rollfeld.

»Ausgeflogen«, keuchte Karim, als sie den leeren Stellplatz erreichten, an dem wenige Stunden zuvor noch Königs einmotorige Maschine gestanden hatte. »Und was jetzt?«

Karre blickte in Richtung des sowohl als Start- als auch als Landebahn fungierenden Asphaltstreifens. Im Licht der tiefstehenden Sonne hatte er einen rötlichen Schimmer angenommen und erinnerte ihn an Indian Summer-Fotos eines Bikerkalenders. Im Gras daneben hockte ein Hase, der seine beachtlichen Löffel aufstellte, als ein noch weit entferntes Motorengeräusch die bevorstehende Landung eines Flugzeugs ankündigte. Als die Maschine in Sichtweite kam, verschwand das Tier hakenschlagend im niedrigen Buschwerk.

Karre sah auf die Uhr.

Kurz nach fünf.

»Lauf rüber zum Tower und frag, ob sie uns sagen können, wohin König geflogen ist. Soweit ich weiß, müssen die Piloten der Flugsicherung vor dem Start das Ziel ihres Fluges nennen.«

Karim nickte und sah hinüber zu dem etwa einhundert Meter entfernten Turm, auf dessen gläsernem Aufbau sich eine Radarantenne pausenlos um die eigene Achse drehte. »Und was macht ihr?«

»Wir rufen uns ein Taxi.«

14

Wenige Minuten später erschien Karim wieder am Rande des Rollfeldes. Sein Gesichtsausdruck verriet, dass der kurze Ausflug nicht von Erfolg gekrönt gewesen sein konnte.

»Und?«

»Sieht so aus, als hätte er tatsächlich die Flucht ergriffen. Im Tower hat er vor dem Start via Funk nur einen kurzen Rundflug angemeldet. Aber schon ein paar Minuten nach dem Abheben war er außer Reichweite der hiesigen Flugsicherung. Offenbar hat er sein Funkgerät ausgeschaltet. Jedenfalls wissen sie derzeit nicht, wo sich die Maschine befindet. Sie haben auch die Kollegen der benachbarten Kontrollstellen angefunkt, aber die haben auch keinen Kontakt. Und für eine Radarortung flog er augenscheinlich zu tief.«

Plötzlich ertönte das Rotorengeräusch eines sich nähernden Hubschraubers. Karims fragenden Blick gen Himmel beantwortete Karre knapp: »Unser Taxi. Wir machen einen Betriebsausflug. Oder habt ihr heute Abend was Besseres vor?«

Kurz drauf senkte sich der Polizeihubschrauber des Typs BK 117 langsam auf die neben dem Rollfeld liegende Rasenfläche.

»Wow«, entfuhr es Karim beim Anblick der Riesenlibelle.

»Ja, der liebe Herr Kriminalrat hat sich auch etwas geziert, aber mit der Aussicht auf ein schnelles Ende der Ermittlungen, hat er zähneknirschend zugestimmt.«

»Das kann ich mir vorstellen. Hast du gut gemacht, Chef.« Er klopfte Karre anerkennend auf die Schulter.

»Wohin geht's denn?«, schrie Viktoria, doch ihre Stimme kam nicht gegen den Lärm der Motoren an.

Mit einem Kopfnicken deutete Karre in Richtung der Maschine, deren Kufen auf dem durch den Rotorenwind plattgedrückten Gras aufsetzten. Er hatte beschlossen, seine Kollegen über das Ziel ihres Ausflugs zu informieren, sobald sie sich im Inneren des Hubschraubers befanden und mit den dort vorhandenen Kopfhörern ausgestattet waren. Über das bordinterne Funksystem war eine Kommunikation trotz des auch im Innenraum herrschenden Motorenlärms mühelos möglich. Ebenso wollte er von dort aus die Kripokollegen am Ziel ihrer Reise über ihr Kommen in Kenntnis setzen. Denn erstens hatte Karre nicht vor, heimlich in fremden Gewässern fischen, und zweitens konnten sie ortskundige Unterstützung durchaus gebrauchen. Jedenfalls dann, wenn die Dinge vor Ort sich so darstellten, wie er vermutete.

15

Erleichtert atmete Karre die frische Nordseeluft ein, als der Helikopter fast zwei Stunden später auf dem Gelände des Sylter Flughafens aufsetzte und er sich durch die Seitentür nach draußen schob. Keine zehn Minuten, und er hätte von einer der weißen Papiertüten Gebrauch gemacht, die der Bordingenieur ihm mit besorgter Miene gereicht hatte. Denn mit fortschreitender Flugdauer war das Wetter zunehmend schlechter geworden und die Naturgeister hatten die übergroße Stahllibelle gehörig durchgeschüttelt.

Dabei hatte ihn das Gespräch mit Viktoria und Karim zunächst noch ganz gut abgelenkt. Unmittelbar nach dem Start hatte er nachgegeben und sie zumindest teilweise in seine Vermutungen eingeweiht.

»Es ist Sylt, oder?«, hatte Viktoria gefragt, kurz bevor der Pilot sie über die bevorstehende Landung informierte. Und obwohl sie ihren Blick aus dem kleinen Seitenfenster auf die unter ihnen vorbeiziehende Landschaft richtete, konnte Karre sie über das an den Bordfunk angeschlossene Headset problemlos verstehen.

»Gut kombiniert, Sherly Holmes.« Er knuffte sie in die Seite. »Wie bist du drauf gekommen?«

»Das Foto in seinem Büro. Gibt es einen besseren Rückzugsort, als ein Haus am Meer, das man binnen zwei Stunden mit dem eigenen Flugzeug erreicht?«

»Ihr habt dieses Haus gar nicht erwähnt«, mischte sich nun auch Karim in das Gespräch ein.

»Ein Familiensitz der Königs. Königs Assistentin hat uns davon erzählt. Danach hatten wir noch gar keine Zeit, uns auszutauschen.«

Viktoria wandte sich vom Fenster ab und richtete ihren Blick auf Karre. »Du hast die Vermutung geäußert, dass er nicht alleine ist. Wer ist bei ihm?«

»Eine junge, äußerst attraktive Dame.«

»Das ist jetzt keine besonders große Überraschung«, warf Karim ein. »Von seinem Beuteschema haben wir uns ja inzwischen ein ganz gutes Bild machen können.«

»Ja«, bestätigte Viktoria. »Aber wer ist es?«

Karre dachte einen Moment nach. »Die ganze Zeit über hatte ich sie nie auf dem Schirm, aber wenn man alle Puzzleteile zusammenlegt, ergeben sie ein recht eindeutiges Bild.«

»Mit dem Namen willst du aber noch nicht rausrücken, oder?«

»Wir haben es gleich es geschafft«, ertönte die knackende Stimme des Piloten in Karres Kopfhörer. »Direkt unter uns liegt der Landeplatz.«

»Ich erzähl´s euch nachher«, antwortete Karre ausweichend und beugte sich über Viktorias Schoß, um einen Blick aus dem Fenster zu werfen.

Wenige Minuten später hatten sie wieder festen Boden unter den Füßen und stiegen aus der Maschine. Am Rand des Flugfeldes stand ein brauner VW-Passat, an dessen Fahrertür ein Pfeife rauchender Mann Anfang fünfzig lehnte. Außerdem machte Karre zwei Streifenwagen aus, deren Insassen es vorzogen, im windgeschützten Innenraum zu warten und der Dinge zu harren. Mit einer schwungvollen Bewegung stieß sich der Wartende von der Tür ab und ging auf das soeben eingetroffene Trio zu. Seine grauen Locken wehten im Wind und mit seiner abgewetzten Jeans und der dunkelblauen Wachsjacke schien er ebenso auf die Insel zu gehören, wie Dünen und Strandhafer.

»Moin! Moin! Ich bin der Hans. Hans Petersen.« Er ging auf Karre zu und streckte die Hand aus. Im letzten Augenblick zog er sie jedoch zurück und wandte sich Viktoria zu. »Zuerst die Dame, dann der Herr.« Nacheinander schüttelte er jedem der Dreien die Hand, und während Karre sich die Seine noch immer rieb, nachdem Petersen sie wie in einem Schraubstock zusammengequetscht hatte, blickte dieser mit besorgter Mine hinauf in den Himmel. Dichte Wolken jagten darüber hinweg und kündigten ein heraufziehendes Gewitter an.

»Das wird ungemütlich!«, rief er ihnen mit unverkennbarer, norddeutscher Mundart zu. »Ich werde mich um ein Hotelzimmer für euch kümmern.«

»Nicht nötig, wir fliegen noch heute wieder zurück.«

»Nee, nicht mit euer Dwasmöhle da.« Er deutete auf den Helikopter. »Nicht bei dem Schietwetter. Das fängt jeden Moment ganz ordentlich zu plästern an. Aber ihr habt Glück. Zurzeit ist die Insel nicht ausgebucht. Im Sommer und in den Ferien ist hier alles dicht.« Er blickte hinauf in den steingrauen Himmel. »Da kumt Riin.«

»Was?«

»Regen. Fängt jeden Augenblick an. In Ruhe schnacken können wir später. Jetzt sehen wir mal zu, dass wir loskommen.« Und bevor Karre etwas erwidern konnte, stapfte Petersen in Richtung seines Wagens. Im Gehen

wandte er sich Karre und seinen Begleitern zu. »Ich hab
zwei von unseren Peterwagen für uns reserviert.« Er deutete auf die beiden Streifenwagen. »Wer weiß, wofür's gut
ist. Und während der Fahrt können wir bekakeln, wie wir
vorgehen wollen, wenn wir da sind. Irgendwelche Ein-
wände?«

Dem einvernehmlichen Kopfschütteln seiner Ermittler-
kollegen fügte er hinzu: »Muss noch einer von euch auf
Tö?«

Einmal mehr sah Karre ihn verständnislos an.

»Auf die Toilette«, ergänzte Petersen in nahezu perfektem Hochdeutsch.

»Nein danke. Nach unserem Flug bin ich erstmal froh,
dass ich alles drinbehalten hab. Wie sieht's mit euch aus?«

Auch Viktoria und Karim schüttelten die Köpfe.

»Na, denn man to!«

16

Gemessen an Karres bisherigen Erfahrungen mit eingefleischten Insulanern, erwies sich Petersen während der
kurzen Autofahrt als ausgesprochen redselig. Seine Eltern, so berichtete er, ohne danach gefragt worden zu
sein, hatten sich kurz vor dem Bau der Mauer aus
Rostock in die Bundesrepublik abgesetzt. Nach einer
wahren Odyssee auf dem Festland, zu der unter anderem
Stationen in Lübeck, Kiel und Hamburg gehörten, waren
sie schließlich auf Sylt gelandet, wo sie sich mit einer eigenen Pension selbständig machten. Diese befand sich bis
heute in Familienbesitz und wurde von Petersens jüngerer
Schwester geführt. Denn sehr zur Freude des kleinen
Hans hatten dessen Eltern frühzeitig eingesehen, dass
sich das gastronomische Interesse ihres Sohnes ausschließlich darauf beschränkte, im Frühstücksraum der

Pension die in den für die Gäste auslegten Tageszeitungen geschilderten Kriminalfälle zu studieren. So gaben sie es schnell auf, in ihrem Erstgeborenen den Nachfolger für das eigene Lebenswerk zu sehen.

Die Reetdachvilla der Familie König lag nur wenige Minuten vom Flugplatz entfernt, unmittelbar am Meer und ein paar Fußminuten abseits des Marine-Golf-Clubs. Eine dichte Hecke und ein mannshoher Metallzaun umgaben das weitläufige Grundstück. Ähnlich dem Haus von Königs Schwiegereltern schlängelte sich auch hier eine Kiesauffahrt an Büschen und Bäumen vorbei. Sie endete vor einem Garagengebäude, dessen Größe die vieler Eigenheime durchschnittlicher Arbeiterfamilien in den Schatten stellte.

Inzwischen hatten auch die uniformierten Beamten die Streifenwagen verlassen. Petersen hatte zwei von ihnen angewiesen, sich auf die dem Strand zugewandte Seite des Grundstücks zu begeben, um eventuelle Fluchtversuche der Verdächtigen jederzeit unterbinden zu können. Die andern beiden Kollegen bat er, neben dem Eingangstor in Deckung zu gehen.

Ein leichter Nieselregen setzte ein und die letzten Sonnenstrahlen verschwanden hinter einer dichten Wolkendecke, die der allmählich hereinbrechenden Dunkelheit eine unheilvolle Stimmung verlieh. Heftige Windböen rissen Laub und dünnes Astwerk von den die Straße säumenden Bäumen, während über dem Wasser auf der Rückseite des Hauses erste Blitze über den schwarzen Himmel zuckten.

Petersen spähte durch die Gitterstäbe des etwa drei Meter breiten Rolltores. »Sieht nicht so aus, als wäre jemand da.« Aufgrund des Windes sprach er so laut wie nötig, aber so leise wie möglich. »Da drin ist´s düster, wie midden mang Moors.« Und nach einer kurzen Pause fügte er erklärend hinzu: »Stockduster.«

»Und jetzt?« Karim rüttelte vorsichtig an den beiden Torflügeln und das Rasseln des Metallschlosses vermischte sich mit dem Heulen des Windes. »Abgeschlossen.«

»Sollen wir klingeln?«, fragte Petersen und legte den Finger auf einen goldfarbenen, in eine aus roten Backsteinen gemauerte Säule eingelassenen Knopf.

Karre schüttelte den Kopf. »Warten Sie.« Er kramte etwas aus seiner Jackentasche hervor und machte sich an dem Schloss zu schaffen.

»Macht ihr das drüben auf dem Festland immer so?«, fragte Petersen und blickte Karre neugierig über die Schulter.

»Eigentlich nicht, aber es ist so eine Art Hobby von unserem Chef. Nicht wahr?« Karim klopfte Karre auf den Rücken.

Der wandte sich zu ihm um und zischte: »Erzähl nicht so einen Mist. Aber was glaubst du, was passiert, wenn wir anklingeln? Dass König uns die Tür öffnet, uns auf einen Tee hereinbittet und sagt, *schön, dass Sie da sind*«?

Mit einem leisen Klicken schnappte das Schloss auf und Karre drückte einen der beiden Flügel nach innen.

»Also gut«, seufzte Petersen. »Wer geht rein?«

»Wir vier. Ihre Kollegen sollen weiter Wache schieben.«

Geduckt und die natürliche Deckung der Büsche und Bäume ausnutzend, näherten sie sich dem Wohngebäude. Wie Petersen zuvor bemerkt hatte, drang kein Lichtstrahl durch die Fenster.

»Entweder es ist tatsächlich niemand da, oder König hat sich dort in der Dunkelheit verschanzt«, flüsterte Viktoria, während sie im Gänsemarsch von einer Schattendeckung zur nächsten huschten.

»Hat er denn Grund zu der Annahme, dass ihr so schnell hier auftaucht?«, fragte Petersen.

»Eigentlich nicht«, erwiderte Karre. »Aber wer vor nichts Angst hat, der wird von der Gefahr überrascht.«

»Oh Mann«, stöhnte Karim hinter ihm. »Woher hast du das denn?«

»Konfuzius hat gesagt ...« Karre drehte sich zu ihm um und grinste.

»Hey, kein Wunder, dass wir kein Licht sehen.« Viktoria hatte sich aufgerichtet und war aus dem schützenden Schatten eines gut zwei Meter hohen Schilfgrases getreten, dessen weiße Puschel vom immer weiter auffrischenden Wind hin und her geworfen wurden.

»Was meinst du?« Karre trat neben sie.

»Die Rollläden sind zu.«

»Petersen«, zischte Karre und sah sich suchend um, als die Antwort ausblieb. »Petersen?« Und zu Karim gewandt rief er: »Wo zum Teufel steckt der Kerl?«

Doch sein Kollege zuckte mit den Schultern. »Keine Ahnung. Eben war er noch direkt hinter mir.«

»Verflucht, das darf doch wohl nicht wahr sein.« Wütend trat er in den Boden, woraufhin sich eine kleine Grasinsel aus der makellos gepflegten Grünfläche löste und am Rand des Kiesweges landete. »So ein verdammter ...«

»Alles in Ordnung?« Petersens Stimme ließ ihn herumfahren.

»Mann, wo waren Sie? Wir haben schon gedacht, Sie wären ...«

»Immer langsam mit den jungen Pferden. Ich habe nur einen Blick auf die Rückseite des Hauses geworfen.«

»Und? Haben Sie was gesehen?«

»Und ob. Die Rollläden sind nur hier vorne runtergezogen. Hinten zum Meer raus steht alles offen. Und euer Kandidat scheint tatsächlich hier zu sein. Jedenfalls brennt Licht. Allerdings war niemand zu sehen, vielleicht hält er sich in einem der oberen Zimmer auf.«

»Na, dann schauen wir uns das doch mal genauer an.« Doch bevor Karre sich auf den Weg zur Rückseite des Hauses machen konnte, hielt Petersen ihn am Ärmel seiner Jacke zurück. »Was ist denn?«

»Kommen Sie mit, ich habe einen Plan.«

Karre sah ihn fragend an.

»Wir gehen rein.«

Ohne etwas zu erwidern, folgten Karre, Viktoria und Karim ihrem neugewonnenen Partner zur Eingangstür des Hauses. Und der tat es seinem Kollegen gleich und machte sich am Schloss der vermutlich über einhundert Jahre alten Eichentür zu schaffen, woraufhin es jeglichen Widerstand binnen weniger Sekunden aufgab.

»Respekt«, staunte Karre. »Den Trick können Sie mir gerne zeigen. Sieht so aus, als könnte ich beim Knacken von Türschlössern noch was bei Ihnen lernen.«

Petersen schüttelte grinsend den Kopf. »Wir haben hier im Norden eine etwas andere Art, die Dinge anzugehen. Die muss aber nicht schlechter sein.« Den Triumph des Augenblicks sichtlich auskostend, hielt er einen etwa sechs Zentimeter langen Gegenstand in die Höhe, an dessen Ende ein inzwischen verblichener, aber ehemals wohl marineblauer, Plastikschnipsel baumelte.

»Das glaub ich jetzt nicht.« Karre starrte auf den Schlüssel in Hand seines Sylter Kollegen. »Woher in Dreiteufelsnamen haben Sie den denn?«

Auf Petersens wettergegerbtem Gesicht bildeten sich kleine bis mittelgroße Lachfältchen. »Fast alle, die hier in der Gegend ein Ferienhaus oder einen Zweitwohnsitz besitzen, hinterlegen einen Schlüssel bei der Polizei oder bei einer der privaten Hausagenturen. Oder auch bei beiden. Für Notfälle. Der Schlüssel zu diesem Haus befindet sich schon seit über zwanzig Jahren auf der Polizeistation.

Vermutlich hat der werte Schwiegersohn nicht den blassesten Schimmer, dass er existiert.« Er wandte sich wieder der Tür zu. »Gehen wir jetzt rein, oder wollt ihr hier draußen weiter schnacken?«

»Halt!« Karre legte seinem Kollegen die Hand auf die Schulter. »Jedem von uns muss klar sein, was uns da drinnen erwarten könnte. Ich möchte, dass wir mit äußerster Vorsicht vorgehen. Vermutlich haben wir mit König einen dreifachen Mörder vor uns. Wir wissen nicht, wie er reagieren wird, wenn plötzlich die Polizei in seinem Haus auftaucht. Er besitzt offensichtlich eine Schusswaffe, und wie er erst vor ein paar Stunden bewiesen hat, ist er durchaus bereit, sie auch zu benutzen. Außerdem müssen wir davon ausgehen, dass er nicht allein ist.«

»Ich finde, es ist höchste Zeit, dass du uns endlich einweihst, mit wem König deiner Meinung nach unterwegs ist. Du hast jetzt lange genug ein Geheimnis daraus gemacht. Also, wer ist es?«

Karre sah Viktoria an und nickte langsam. Sie hatte recht, es war an der Zeit, dass sie alle den gleichen Kenntnisstand hatten. Und schließlich *konnten* seine Kollegen nicht wissen, mit wem der vermeintliche Mörder durchgebrannt war. »König hat ein Verhältnis.«

»Das klingt jetzt nicht gerade nach einer bahnbrechenden Neuigkeit.« Karim schien ein wenig enttäuscht.

»Du meinst, noch eine Geliebte? Neben Danielle Teschner und seiner Ehefrau?«

»Ja, aber das hier ist etwas anderes. Die Beziehung besteht seit mehreren Jahren und vermutlich haben die beiden schon seit längerem darauf hingearbeitet, Nadine König eines Tages aus dem Weg zu räumen und sich das Familienvermögen der Königs unter den Nagel zu reißen. Und dafür musste sie sterben. Schließlich war König ja klar, dass er im Falle einer Trennung leer ausgehen würde.«

»Das heimliche Liebespaar hat also gemeinsame Sache gemacht?«

»Für mich ist das die einzig logische Schlussfolgerung. Und es könnte auch den Mord an Danielle Teschner erklären. König hat ein todsicheres Alibi. Er selbst kann es nicht gewesen sein. Möglicherweise hat seine Geliebte die Tat durchgeführt. Entweder gehörte der Mord zu ihrem gemeinsamen Plan, wobei mir noch nicht klar ist, welche Rolle Danielle innerhalb des Spiels innehatte. Vielleicht ist sie hinter Königs Plan gekommen, seine Frau zu töten, und musste aus dem Weg geräumt werden.«

»Oder jemand hat sich einer störenden Nebenbuhlerin entledigt«, warf Viktoria ein.

»Möglich. Da bin ich mir noch nicht so sicher, aber das können uns die beiden vermutlich sagen, wenn wir drin sind.«

»Und wer ist die geheimnisvolle Langzeitgeliebte?«

»Ich habe sie kurz gesehen, als ich zum ersten Mal bei König war, um mit ihm über den Mord an Danielle Teschner zu sprechen. Sie war zu Besuch bei seiner Frau.«

»Du meinst, er hat seine Frau mit ihrer eigenen Freundin betrogen?«

»Freundin ist übertrieben. Ich meine ihre Physiotherapeutin.«

Viktoria und Karim sahen sich erstaunt an. Schließlich fragte Viktoria: »Und wie bist du darauf gekommen, dass die beiden ein Verhältnis haben?«

»König hat mich angelogen, aber das ist mir erst vorhin durch Zufall aufgefallen.«

»Angelogen? Inwiefern?«

»König hat es so dargestellt, als wenn seine Frau und ihre Therapeutin sich zufällig kennengelernt hätten.«

»Und das entspricht nicht der Wahrheit?«

»Nein. Aber das ist mir erst klar geworden, als ich in meinem Wagen saß und mir die Telefonnummer von Wiebke Gröber in die Hände fiel.«

»Was hat die denn damit zu tun?«

»Eigentlich nichts. Es geht um den Zettel, auf dem sie ihre Nummer für mich notiert hat. Sie hat ihn aus einem Pappkarton genommen und mir erzählt, dass es sich bei dem Krimskrams darin um Dinge handelt, die sie an ihrem letzten Arbeitstag aus dem Büro mitgenommen hat. Und irgendetwas an dem Zettel kam mir von Anfang an seltsam vor. Ich bin nur nicht gleich darauf gekommen.«

»Jetzt sind wir aber gespannt«, unterbrach Karim ihn.

»Dann lass ihn halt mal ausreden.« Viktoria wandte sich von ihrem Kollegen ab und fügte hinzu: »Erzähl weiter.«

»Der Notizzettel stammte von einem Block. So ein Werbeding, wo oben in der Ecke auf den einzelnen Blättern das Logo der Firma angebracht ist. Der Zettel war nicht sauber abgerissen, sodass das Logo nicht komplett zu sehen war. Mir kam es bekannt vor, aber ich konnte es nicht zuordnen. Aber vorhin im Auto ist mir klar geworden, woher ich es kenne.«

»Und?«

»Es handelt sich um das gleiche Bild, das auch auf der Visitenkarte der Physiotherapeutin zu sehen ist. König hatte mir die Karte zugesteckt, als ich ihm von meinen Rückenproblemen erzählt habe.«

Viktoria starrte ihn mit weit aufgerissenen Augen an, während Karim seine Sprache schneller wiederfand. »Aber das bedeutet ja ...«

»... dass sich König und diese Frau schon kannten, bevor Nadine König ihren Unfall hatte«, vervollständigte Viktoria den Satz.

»Ganz genau. Und um sicherzugehen, habe ich die Gröber vorhin angerufen und diesbezüglich befragt. Und in der Tat war es König selbst, der zuerst bei ihr in Behandlung war. Vor gut zwei Jahren war König in einen Auffahrunfall verwickelt. Danach hatte er Nackenprobleme und bekam entsprechende Behandlungen verschrieben. Und weil er in der Firma so eingespannt war, ließ er die Dame einfach zu sich ins Büro kommen.«

»Lass mich raten, es ist nicht lange bei Massagen geblieben.«

»Das zumindest behauptet Wiebke Gröber. Und so wie wir König bisher kennengelernt haben, fällt es mir nicht besonders schwer, das zu glauben. Aber das Beste an der Geschichte kommt noch: Weil Frau Gröber Nadine König praktisch schon seit ihrer Geburt kannte und ihren neuen Chef ohnehin nicht sonderlich gut leiden konnte, hat sie ihr von ihrem Verdacht erzählt, dass ihr Mann sie betrügt.«

»Sie wusste also davon?«

»Sieht ganz so aus. Allerdings sind sich die beiden offenbar nie begegnet. Vermutlich kannte sie noch nicht einmal ihren Namen. Und vielleicht wollte sie ihn auch gar nicht wissen.«

»Und wie hat sie darauf reagiert?«

»Laut der Gröber war sie sehr gefasst. Sie ahnte wohl schon länger, dass ihr Mann kein Kind von Traurigkeit war, und kaum eine Gelegenheit ausließ, sich an die Rockzipfel attraktiver, junger Frauen zu hängen. Allerdings glaube ich, dass mehr dahintersteckt, als Wiebke Gröber mir erzählt hat. Entweder sie weiß tatsächlich nicht mehr, oder aber sie hat es absichtlich für sich behalten, weil sie das Ansehen von Nadine König nicht beschmutzen wollte. Die Alte weiß verdammt viel über das, was in der Familie ihres Seniorchefs abgeht.«

»Nadine König hätte also durchaus ein Motiv gehabt, sich von ihrem Mann zu trennen.«

»Und König hätte mit leeren Händen dagestanden«, ergänzte Karim. »Aber wie passt Königs Anwalt Rummel in die Geschichte?

»Wie gesagt, ich glaube, dass die Gröber mir nicht alles erzählt hat, was sie weiß. Aber meine Theorie lautet wie folgt: Genau zu der Zeit, als Nadine König klar wird, von ihrem Mann betrogen zu werden, kommt ihr ehemaliger Jugendfreund Johannes Rummel aus den USA zurück und startet in seiner alten Heimat als erfolgreicher Anwalt durch. Und mir nichts, dir nichts geht er nicht mehr nur in der Firma der Familie König ein und aus, sondern auch bei Nadine König selbst.«

»Eine aufflammende Jugendliebe?«

»Zumindest hat Rummel ja keinen Hehl daraus gemacht, dass er Nadine König schon immer toll fand.«

»Also gut, die beiden kommen sich also näher und Nadine König sieht die Affäre ihres Mannes quasi als Legitimation, mit ihrem alten Freund in die Kiste zu steigen. Meinst du das?«

»Ganz genau. Aber es kommt noch besser. Sie treffen sich auch nach dem Reitunfall von Nadine weiter. Und während ihr Mann kaum noch zu Hause ist, holt sie sich das, was sie braucht, bei Rummel.«

»Und wird schwanger ...«, warf Viktoria ein.

»Ach du Scheiße.« Karim lehnte sich gegen den Türrahmen und fuhr sich mit der Hand durch das kurzgeschnittene Haar. »Du hältst Rummel also für den Vater von Nadine Königs ungeborenem Kind?«

»Das endgültige Ergebnis des DNA-Tests steht natürlich noch aus, aber ich bin ziemlich sicher, dass ich mit meiner Vermutung richtig liege.

»Und du glaubst, König hat ebenfalls die entsprechenden Schlüsse gezogen?«

»Naja, so wie es aussieht, hat seine Frau ihm ihre

Schwangerschaft tatsächlich verschwiegen. Als er durch uns davon erfahren hat, war ihm sofort klar, dass das Kind nicht von ihm sein konnte.«

»Und wie ist er auf Rummel gekommen? Ausgerechnet sein bester Freund?«

»Ich bin mir nicht sicher, ob er ihn sofort auf dem Radar hatte. Vielleicht hat er erst Verdacht geschöpft, als Rummel ihm während des Verhörs überraschend ein Alibi gegeben hat. Freundschaft hin oder her. Er wusste auch, dass Rummel damit seine gesamte Karriere aufs Spiel setzt. Er musste also einen verdammt triftigen Grund dafür haben.«

»Aber wenn König tatsächlich für den Mord an Nadine König verantwortlich ist, war ihm auch klar, dass Rummel es nicht gewesen sein kann. Was hat König also geglaubt, warum Rummel ihm ein Alibi gibt?«

Karre nickte nachdenklich. »Vermutlich wollte er davon ablenken, dass er selbst kurz vor dem Mord bei ihr gewesen ist. Spätestens, wenn das rausgekommen wäre, hätte König nur eins und eins zusammenzählen müssen. Er hätte gewusst, dass zwischen den beiden etwas läuft, von dem er tunlichst nichts wissen sollte. Und in Kombination mit der Schwangerschaft wäre der Grund für ihre Treffen wohl offensichtlich gewesen. Zumal es mit Sicherheit nicht so viele Männer gab, mit denen sich Nadine König während der letzten Monate regelmäßig getroffen hat.«

»König könnte also nach Hause gekommen sein, kurz nachdem Rummel gegangen war. Er sieht das Whiskeyglas auf dem Tisch, das seine Frau noch nicht weggeräumt hat.«

»Gut kombiniert, Vicky. Aber woher weiß er, dass es nicht ihr Glas ist?«, warf Karim ein.

Karre übernahm die Antwort für seine Kollegin: »Erstens glaube ich nicht, dass eine Frau wie Nadine König Whiskey trinkt. Zweitens stand das Glas auf dem Couchtisch unmittelbar vor einem der Sofas. Sie selbst hätte es vom Rollstuhl aus niemals dort abgestellt.«

»Er stellt sie also zur Rede, es kommt zum Streit. Er greift nach der Skulptur und schlägt ihr den Schädel ein. Mannomann, dafür muss man schon ganz schön kaltblütig sein. Sie saß im Rollstuhl ...« Viktoria schüttelte sich, während Karre den mutmaßlichen Tatverlauf weiter rekonstruierte:

»Anschließend nimmt er die Tatwaffe und rafft ein paar Wertsachen zusammen. Er fährt zum See und entsorgt das Zeug, um es wie einen Raubüberfall aussehen zu lassen. Und weil es schnell gehen soll, fährt er dahin, wo er schon die Leiche von Danielle Teschner entsorgt hat. Er weiß, dass er an der Stelle mit dem Wagen fast bis ans Ufer fahren kann. Er minimiert also die Gefahr, beim Versenken des Schmucks beobachtet zu werden. Aber ihm wird schnell klar, dass er für die Tatzeit kein Alibi hat. Seine Geliebte konnte er schlecht um Unterstützung bitten, ohne uns mit der Nase auf ihr Verhältnis zu stoßen. Wir wären dahintergekommen, wie lange die beiden schon zusammen sind und hätten König – Simsalabim – ein weiteres Motiv für den Mord an seiner Frau präsentieren können. Ihr Tod war seine einzige Chance, an ihr Geld zu kommen. Und da er sich kein Alibi herbeizaubern konnte, kam ihm die Idee mit der Erpressung und der angeblichen Geldübergabe ganz gelegen.« Und zu Karim gewandt fragte er: »Was hat Schwarz eigentlich zu den Erpressungsvorwürfen gesagt?«

»Er bestreitet, etwas damit zu tun zu haben. Er gibt lediglich zu, sich in den E-Mail-Account seiner Exfreundin eingeloggt und die E-Mail von König gelöscht zu haben. Angeblich eine Kurzschlusshandlung aus reiner Wut.

Dass seine Aktion zu Königs Geschichte mit der Erpressung passt, hält er für Zufall.«

»Und damit könnte er sogar richtig liegen. Jedenfalls passt seine Aussage zu unserer Theorie. Nach dem Verhör auf dem Präsidium fährt Rummel ihn nach Hause. König bittet ihn, noch auf einen Drink mit raufzukommen. In seiner Wohnung stellt er ihn zur Rede. Rummel gibt zu, ein Verhältnis mit Königs Frau gehabt zu haben. König rastet aus. Jetzt ist es Rummel, der eins und eins zusammenzählt und König damit konfrontiert, ihn für Nadines Mörder zu halten. Er droht damit, zur Polizei zu gehen und sein Alibi zu widerrufen. König verliert einmal mehr die Kontrolle und erschießt ihn. Aber ihm wird schnell klar, übers Ziel hinausgeschossen zu sein. Er verfällt in Panik. Zusammen mit seiner Geliebten fliegt er hierher, um sich im Ferienhaus seiner Eltern zu verschanzen.«

»Und wenn es doch Rummel war?«

Karre sah seine Kollegin schweigend an. Auch er war sich alles andere als sicher, welchen der beiden er eher für einen Mörder hielt. Und während er darüber nachdachte, verfolgte Viktoria ihre Theorie weiter. »König könnte früh morgens nach Hause gekommen sein, so wie er behauptet hat. Er findet seine tote Frau und ruft die Polizei. Der Verdacht gegen seinen Freund kommt bei ihm erst auf, als der ihm das falsche Alibi gibt. Und die Stelle, an der wir Danielles Leiche gefunden haben, kannte Rummel aus der Zeitung.«

»Meinst du wirklich, dass Rummel so naiv war, zu glauben, dass König ihn nicht sofort als potenziellen Mörder in Erwägung zieht, wenn er ihm mir nichts, dir nichts, ein falsches Alibi verschafft?«

»Also, für mich klingt das beides ziemlich abenteuerlich.« Eine heftige Sturmbö erfasste die Baumwipfel und riss Blätter und kleine Äste mit sich. Viktoria zog den Reißverschluss ihrer Jacke hoch und stellte schützend den Kragen auf. »Vor allem frage ich mich, warum Königs Geliebte bei dem ganzen Theater mitmachen sollte.«

»Vermutlich wusste sie gar nicht, was sich in Königs Wohnung abgespielt hat, bevor er mit ihr zum Flugplatz gefahren ist.«

»Verrätst du uns jetzt endlich ihren Namen?« Viktoria trat von einem Fuß auf den anderen, was Karre jedoch weniger auf Ungeduld, als auf ihre für das aufkommende Unwetter viel zu dünne Kleidung schob. »Und dann sollten wir reingehen und uns König vorknöpfen. Vielleicht bringt er ja endgültig Licht ins Dunkel. Den Mord an Rummel wird er jedenfalls nicht lange leugnen können.«

»Julia Hofmann.«

»Wie bitte?«, fragte Karim und sah Karre ungläubig an.

»Julia Hofmann. So heißt die …«

»Ist das der Name dieser Physiotherapeutin?«

»Ja, wieso?«

»Karre, ich bin mir nicht mehr so sicher, ob wir mit unserer Rekonstruktion der Morde wirklich richtig liegen. Mir kommt da gerade ein ziemlich übler Verdacht.«

»Was ist denn los?«

»Als Viktoria und ich bei Schwarz waren und ihn auf die versuchte Vergewaltigung angesprochen haben, die ihm vor längerer Zeit vorgeworfen wurde, hat er uns eine haarsträubende Geschichte aufgetischt. Er hat beteuert, dass es einen solchen Angriff von seiner Seite nie gegeben hat. Er schwört, dass er von einer Frau beschuldigt und angezeigt wurde, mit der er sich ein paarmal getroffen hat, und von der er sich ziemlich schnell wieder getrennt hat. Sie sei daraufhin völlig ausgeflippt und habe ihn verfolgt, ihn mit Anrufen terrorisiert und dergleichen. Und jetzt ratet mal, wie die Dame hieß.«

»Nachtigall, ick hör dir trapsen. Klingt ja nach einer echten Stalkerin. Ich dachte immer, so etwas gäbe es nur bei Männern, die verrückt nach einer Frau sind.«

Karim nickte zustimmend. »Ich muss auch zugeben, dass ich mir nicht sicher war, was ich davon halten sollte. Aber wenn die beiden Hofmanns tatsächlich ein und dieselbe Person sind, ergibt das doch ein recht rundes Bild.«

»Du meinst, König könnte tatsächlich unschuldig sein und diese Frau steckt hinter den Morden? Eine Verrückte, die eine Nebenbuhlerin nach der anderen aus dem Weg räumt, weil sie König für sich alleine haben will? Wenn dem so wäre, sollten wir uns in der Tat beeilen. Wer weiß, wozu die Dame fähig ist, wenn sie merkt, dass wir ihr auf die Pelle rücken.«

Petersen, der bis hierhin seinen Kollegen vom Festland gespannt gelauscht, selbst aber beharrlich geschwiegen hatte, runzelte nachdenklich die Stirn. »Also, das sind mir eindeutig zu viele Spekulationen. So wie ich das sehe, haben wir nur eine Möglichkeit, die Wahrheit herauszufinden.«

17

Schwarze Holzdielen, die selbst in der Dunkelheit zu glänzen schienen, verströmten den angenehmen Duft von Bohnerwachs. Er vermischte sich mit der muffigen, abgestandenen und in kaum genutzten Ferienhäusern häufig vorzufindenden Luft, die Karre schon beim Betreten des Hauses entgegenschwappte.

Doch seine Sinne registrierten noch etwas anderes. Einen Geruch, der ihm auf Unheil verkündende Weise bekannt vorkam, wenngleich er ihn nicht sofort in die richtige Schublade einzusortieren vermochte.

Irgendetwas stimmte hier nicht.

»Waren Sie schon mal hier drin?«, flüsterte er zu Petersen gewandt. »Kennen Sie sich aus?«

»Nein, aber vom Garten aus konnte ich sehen, dass in einem der oberen Zimmer ebenfalls Licht brennt.«

»Also gut.« Karre deutete in Richtung der in die erste Etage führenden Treppe. Schmale, von einem kunstvoll geschnitzten Geländer flankierte Stufen, führten hinauf in die Dunkelheit.

»Wir gehen rauf.« Er zog seine Waffe aus dem Holster und bewegte sich vorsichtig auf die Treppe zu. Als er seinen Fuß auf die erste Holzstufe setzte, rechnete er damit, dass sie die ungebetenen Besucher mit dem typischen Knarzen und Knacken empfing, das Häusern entsprechenden Alters für gewöhnlich zu eigen ist.

Er wurde nicht enttäuscht.

Einen Moment hielt er den Atem an und lauschte in die im Haus herrschende Stille. Als sich nichts weiter tat und er davon ausgehen konnte, dass ihr Kommen noch nicht bemerkt worden war, bewegten sich die vier Ermittler ganz langsam, Schritt für Schritt, hinauf in die obere Etage.

Ein breiter Lichtspalt fiel aus einem der Räume in den Flur. Möglicherweise handelte es sich um das Schlafzimmer und Karre vernahm die Stimmen zweier sich darin befindender Personen.

»Du bist doch verrückt. Hör auf damit.« Zweifelsohne war es Florian König, der sprach, wenngleich er auf seltsame Weise fremd und ungewöhnlich angestrengt klang.

»Psst. Mein Liebster, spar dir deine Kräfte. Der Weg, der vor uns liegt, wird mühsam und beschwerlich sein. Aber wenn wir am Ziel sind, wird uns niemand mehr trennen können. Dann endlich werden wir vereint sein. Für immer.«

»Du bist verrückt«, wiederholte König. »Eine arme Irre,

die von einer fixen Idee besessen ist. Ich verfluche den Tag, an dem wir uns begegnet sind.«

Karre, der unmittelbar neben dem Türrahmen stand, das Geschehen im Inneren des Zimmers von seiner Position aus aber nicht sehen konnte, lauschte der Unterhaltung.

Doch etwas lenkte ihm ab.

Hier oben stellte sich der seltsame Geruch, der ihm unterschwellig schon beim Betreten des Hauses aufgefallen war, als erheblich intensiver heraus. Gänzlich überlagerte er die muffige Raumluft. Karre schloss für einen Moment die Augen, atmete durch die Nase ein und konzentrierte sich auf die Eindrücke, die ihm sein Geruchssinn übermittelte.

Und dann war er sicher, um was es sich handelte. Es roch wie an einer …

Er spürte den kalten Schauer, den die Erkenntnis ihm über den Rücken jagte. Es war allerhöchste Zeit, das Zimmer zu betreten, um die sich andeutende Katastrophe vielleicht doch noch im letzten Augenblick verhindern zu können.

18

Karre entsicherte seine Waffe, bevor er durch die offenstehende Tür ins Schlafzimmer trat. Die andern folgten ihm mit geringem Abstand, blieben aber im Schutz des im Dunkel liegenden Flurs zurück. Kaum hatte er das Zimmer betreten, starrte er ungläubig auf die sich vor ihm abspielende Szene.

Florian König lag mit abgespreizten Armen und Beinen auf einem dunklen, mit weißer Bettwäsche bezogenen Holzbett. Seine Knöchel und Handgelenke waren mit Handschellen an die Bettpfosten gekettet. Sein nackter

Oberkörper glänzte feucht im flackernden Licht der auf der Fensterbank und den beiden Nachttischen platzierten Kerzen, während der Stoff seiner Jeans durch die aufgenommene Feuchtigkeit eine mitternachtsblaue, beinahe schwarze, Farbe angenommen hatte. Der aufgeschraubte und offenbar leere Kanister zwischen seinen Beinen ließ keinen Zweifel, um welche Art von Flüssigkeit es sich handelte. Zudem tat der intensive Geruch sein Übriges. Schwer hing er in der Luft des Raumes und trieb Karre Tränen in die Augen.

Auf der anderen Seite des Zimmers, durch das Bett von ihnen getrennt, stand eine Frau. Karre schätzte sie auf Ende zwanzig. Ihr dunkles, schulterlanges Haar fiel nass und strähnig zu beiden Seiten des Gesichtes herunter. Es klebte an ihren Wangen, als habe sie sich erst vor wenigen Augenblicken vor einem heftigen Regenguss ins schützende Innere des Hauses gerettet.

Es war kein Regen.

Ihre weiße Bluse war durch das aufgesaugte Benzin durchsichtig geworden und gab den Blick auf den darunter liegenden BH frei. Der Stoff ihrer Jeans hatte sich ebenfalls dunkel verfärbt, wenngleich hier und da noch einige helle Stellen auszumachen waren.

Doch das, was Karre am meisten schockte, war die brennende Kerze, die sie mit zitternden Händen umklammerte.

»Frau Hofmann? Julia Hofmann?«

Die Frau sah ihn an, doch ihr Blick wirkte verschwommen und weit entfernt. Erst jetzt fiel Karres Blick auf die geöffnete und, soweit er erkennen konnte, leere Weinflasche. Sie stand auf dem hinteren der beiden Nachttische. Unmittelbar daneben lag eine Pistole.

»Was wollen Sie? Woher kennen Sie meinen Namen?«, fragte die Frau mit brüchiger, leicht lallender Stimme.

Und bevor Karre antworten konnte, fügte sie hinzu: »Sie müssen gehen. Wir beide haben etwas Wichtiges zu besprechen. Unter vier Augen. Es geht um unsere Beziehung.«

»Wir haben keine Beziehung.« Mit einem Mal kam Leben in Königs bis dahin reglos daliegenden Körper. Er riss an den Handschellen, doch als er nach mehreren vergeblichen Versuchen einsah, sich unmöglich aus eigener Kraft befreien zu können, stellte er seine Bemühungen ein. Stattdessen richtete er seinen Blick auf den noch immer wie angewurzelt in der Tür stehenden Karre. »Sie schickt der Himmel. Diese Verrückte läuft durch die Gegend und tötet Menschen. Sie bildet sich ein, dass wir eine Beziehung haben, aber das ist vollkommener Blödsinn.«

»Sei still!«, zischte die Frau und kam ihm mit der brennenden Kerze gefährlich nah. »Noch eine weitere Lüge und du wirst brennen. Ist das klar?«

König nickte. Seine Augen traten vor Panik aus den Höhlen, wie Karre selbst aus der Entfernung mühelos erkennen konnte. »Frau Hofmann«, versuchte er es erneut. »Bitte seien Sie vernünftig. Machen Sie die Kerze aus. Wir möchten uns nur in Ruhe mit Ihnen unterhalten. Das alles hier führt doch zu nichts.«

Erneut sah sie ihn mit glasigen Augen an. Die hinter ihm auf der anderen Seite der Türschwelle in der Dunkelheit verharrenden Kollegen, schien sie nicht zu bemerken.

»Und das genau ist das Problem. Ich habe alles getan, damit uns seine Frau nicht länger im Weg steht. Damit wir zusammen glücklich werden können. Selbst das kleine Flittchen habe ich erledigt.«

»Sprechen Sie von Danielle Teschner?«, fragte Karre und überlegte, langsam seine Waffe zu heben. Vielleicht hatte er Glück und Frau Hofmann würde es in ihrem Zustand gar nicht bemerken. Doch er irrte sich.

»Legen Sie die Waffe aufs Bett«, sagte sie stattdessen. »Auf die Matratze. So, dass ich sie sehen kann.« Als Karre nicht reagierte, fügte sie hinzu: »Sofort! Oder ich lasse die Kerze fallen. Wissen Sie, was dann passiert?«

Karre vernahm ein leises Kichern, das ihn an das hinterhältige Lachen einer Hyäne erinnerte. Nun war auch er davon überzeugt, es mit einer Verrückten zu tun zu haben, die zu allem fähig war, wenn man sie nur weit genug reizte. Langsam beugte er sich vor und legte seine Waffe auf der Matratze ab.

»WUMM!«, schrie die Hofmann plötzlich ohne Vorwarnung und ihr schrilles Kreischen ließ Karre unwillkürlich zusammenzucken.

Wieder folgte das irre Lachen.

»Oh, das hat er gut gemacht, der Herr Kommissar. Oder?« Sie sah hinunter zu König, der sie aus weit aufgerissenen Augen anstarrte. Vermutlich hatte er die brennende Kerze im Geiste schon auf das mit Benzin getränkte Bettlaken fallen sehen.

Dann, von einer Sekunde zur anderen, war der Ausbruch vorbei und sie sprach mit ruhiger Stimme weiter. »Eigentlich wollte ich nur mit ihr reden. Ich wollte ihr klarmachen, dass sie und Flo nicht füreinander bestimmt sind. Dass es mir vorbehalten ist, an seiner Seite zu sein. Mir allein.«

»Sehen Sie?« Wieder war es König, und während er sprach, zwangen ihn die aufsteigenden Benzindämpfe zu heftigen Hustenattacken. »Ich sage doch, sie ist wahnsinnig.« Doch ihr eiskalter Blick und die damit verbundene Drohung, brennend auf dem Scheiterhaufen zu enden, ließen ihn augenblicklich verstummen.

»Sie sagten«, versuchte Karre, die Situation zu entschärfen, »dass Sie nicht vorhatten, Danielle zu töten. Warum ist es trotzdem dazu gekommen?«

»Weil das Miststück sofort auf mich losgegangen ist, als ich mich mit ihr unterhalten wollte.«

»Wo war das?«

»In Flos Wohnung.«

»Sie meinen das Penthouse?«

»Ja. Den Ort, an dem er es mit dem Flittchen in unserem Bett getrieben hat.«

»Es ist nicht *unser* Bett. Du und ich wir haben darin ein paarmal gevögelt, aber das war's. Wir …«

Wieder unterbrach ihn ein heftiger Hustenanfall.

»Halt den Mund!« Ihre Stimme überschlug sich. »Wir waren glücklich zusammen. Wir wollten eine Familie sein!«

»Nein, du wolltest …«

»Frau Hofmann«, versuchte Karre zu vermitteln. »Erzählen Sie mir, was an jenem Abend passiert ist.«

Sie warf König einen verächtlichen Blick zu, bevor sie weitersprach. »Ich bin zu Flo nach Hause gefahren. Ich wollte ihn überraschen.«

»Wie sind Sie reingekommen? Haben Sie geklingelt?«

»Nein.« Wieder kicherte sie. »Mit einem Schlüssel.«

»Woher haben Sie den, wenn ich fragen darf?«

»Er hat ihn mir selbst gegeben.« Mit einem knappen Kopfnicken deutete sie auf König.

»Das ist gelogen! Sie hat ihn geklaut. Aus meinem Wagen.«

»Schhhhh …« Sie beugte sich über ihn und legte den Zeigefinger ihrer linken Hand auf seine Lippen. »Wirst du wohl mit dem Lügen aufhören. Ich habe doch mehr als deutlich gemacht, welche Strafe du zu erwarten hast, wenn du nicht …«, die letzten Worte schrie sie: »… endlich bei der Wahrheit bleibst!«

Karre hob beschwichtigend die Hände. »Okay, okay.

Bitte erzählen Sie weiter.« Und zu König gewandt sagte er: »Ich glaube, es ist jetzt in unser aller Interesse, wenn Sie sich für einen Moment raushalten.«

Ein zufriedenes Lächeln breitete sich auf Julia Hofmanns Gesicht aus, die ohne weitere Aufforderung mit ihrem Bericht fortfuhr. »Ich bin also in unsere Wohnung gegangen, weil ich meinen Schatz überraschen wollte. Und was muss ich da sehen? Dass es sich dieses Flittchen in unserem Bett bequem gemacht hat.« Sie verzog das Gesicht. »Und Sie hätten ihre Kleidung sehen müssen. Sie sah aus, als käme sie direkt aus einem Bordell.«

»Was ist dann passiert?«

»Ich habe sie zur Rede gestellt, wollte wissen, was sie in unserem Schlafzimmer zu suchen hat. Aber anstatt mir zu antworten, ist sie sofort ausgeflippt. Sie ist aufgesprungen und auf mich losgegangen. Sie hat mich beschimpft und sich wie eine Furie auf mich gestürzt. Irgendwie sind wir dann an der Treppe gelandet, die runter ins Wohnzimmer führt. Ich habe sie nur leicht geschubst, aber plötzlich hat sie das Gleichgewicht verloren und ist runtergestürzt. Erst habe ich gedacht, sie will mich nur verarschen, aber als ich nachgesehen habe, war mir sofort klar, dass da nichts mehr zu machen war.«

»Was haben Sie dann getan?«

»Ich bin abgehauen.«

»Einfach so? Sie haben keinen Notarzt gerufen, oder die Polizei?«

Julia Hofmann schüttelte den Kopf. »Nein, wie hätte ich denen das denn erklären sollen?«

»Sie haben die Wohnung also einfach verlassen?«

»Ja.«

»Und was haben Sie dann gemacht?«

»Ich bin ins Kino gefahren.«

»Ins Kino?«, stöhnte König und versuchte, seinen Kopf

so weit, wie es seine Fesseln zuließen, anzuheben. »Du hast Danielle umgebracht und bist danach ins Kino gefahren? Mein Gott, du bist ja noch viel gestörter, als ich dachte.«

»Und was haben Sie gemacht, als Sie von Ihrem unerwartet langen Kasinobesuch nach Hause gekommen sind? Wieso haben Sie nicht die Polizei verständigt, als Sie Danielles Leiche in Ihrer Wohnung gefunden haben?«

»Können Sie sich das nicht denken? Wie bitte hätte ich das meiner Frau erklären sollen? Das hätte ich doch unmöglich vor ihr verheimlichen können. Sie wusste ja nicht einmal etwas von der Existenz der Wohnung.«

»Also haben Sie beschlossen, ihre Leiche heimlich wegzuschaffen?«

»Ja.« Erneut dauerte es einen Augenblick, bis er den neuerlichen Hustenanfall überwunden hatte und in der Lage war, weiterzusprechen. »Ich habe mir überlegt, wo ich sie hinbringen kann, ohne gesehen zu werden. Und wo ich sie in eine ähnliche Position legen konnte, wie die, in der ich sie gefunden hatte. Ich habe gedacht, vielleicht sieht es ja wie ein Unfall aus.«

»Also haben Sie Ihre tote Freundin in der Tiefgarage in den Kofferraum ihres Wagens verfrachtet und zu dem Haus am See gefahren. Dorthin, wo sie am nächsten Morgen gefunden wurde. Vermutlich hatten Sie gehofft, dass Hanke, der Besitzer des Biergartens, derjenige ist, der sie findet oder? Hanke, mit dem Sie ja ohnehin noch eine Rechnung offen hatten. Oder etwa nicht? Wegen des Grundstücks, das er Ihnen nicht verkaufen wollte.«

»Sie wissen davon?«

Karre nickte, ging aber nicht näher darauf ein. »Anschließend haben Sie Danielles Golf in Werden am S-Bahnhof abgestellt und sind von dort aus zu Ihrem Penthouse gelaufen. Richtig?«

»Ja.« Wieder folgte ein kehliges Husten.

»Und erst morgens früh sind Sie zurück nach Hause zu Ihrer Frau gefahren. Eine Frage habe ich noch: Die Beule in der Stoßstange des Wagens - waren Sie das? In Ihrer Tiefgarage?«

König nickte. »Das verfluchte Teil hatte keine Parksensoren und ich hatte die Spiegel nicht richtig eingestellt. Weil ich wollte, dass Sie sie so vorfinden, wie Danielle sie für sich eingestellt hatte. In der Eile habe ich nicht an die Säule gedacht. Himmel, Sie merken aber auch alles, oder?«

Karre grinste innerlich, obwohl die Situation, in der sie sich befanden, alles andere als komisch war. Dann wandte er sich wieder Julia Hofmann zu, die noch immer dicht neben König stand und die brennende Kerze wie ein Damoklesschwert, langsam wie in Zeitlupe, über ihm kreisen ließ. »Und was war mit Nadine König? Möchten Sie mir erzählen, was an dem Tag passiert ist, als Sie bei ihr waren?«

»Wir hatten einen Termin zur Gymnastik. Nichts Ungewöhnliches.«

»Aber trotzdem war an diesem Tag etwas anders, oder? Es ist etwas passiert. Etwas, das Sie dazu veranlasst hat, am Abend noch einmal zu ihr zu fahren, um mit ihr zu reden.«

»Sie hat mir erzählt, dass sie schwanger ist. Sie wollte wissen, ob wir das bei den Übungen berücksichtigen müssen.«

»Und? Was haben Sie gefühlt, als Sie davon erfuhren? Hat es wehgetan? Fühlten Sie sich verletzt? Hintergangen? Von dem Mann, den Sie über alles liebten? Von dem Sie sich nichts sehnlicher wünschten, als dass er seine Frau endlich für Sie verlassen würde? Natürlich sind Sie davon ausgegangen, dass Florian König der Vater des

407

Kindes ist. Und das hätte unweigerlich das Ende all Ihrer Träume bedeutet.«

»Hören Sie auf!«, zischte Julia Hofmann, wobei die Kerze in ihrer Hand in gefährliche Schieflage geriet. »Seien Sie still. Ja, es hat wehgetan. Und wie. Die ganze Zeit habe ich gehofft, dass er endlich einen Schlussstrich unter seine Ehe zieht. Er war doch schon lange nicht mehr glücklich mit seiner Frau. Aber was hat er gemacht? Selbst nach dem Unfall ist er bei ihr geblieben, obwohl sie nur noch ein Krüppel war. Anstatt sie zu verlassen, hat er es immer wieder mit irgendwelchen Flittchen getrieben. Und mich hat er die ganze Zeit hingehalten.«

»Ich habe dich nicht hingehalten, ich habe …«

Ihr Blick brachte ihn einmal mehr zum Schweigen.

»Also haben Sie beschlossen, noch einmal zu ihr zu fahren, um sie zur Rede zu stellen? Ich nehme nicht an, dass Sie von Anfang an vorhatten, Nadine König umzubringen. Haben Sie König deshalb die Erpressernachricht geschickt und ihn zu der vorgetäuschten Geldübergabe gelockt? Um sicherzugehen, dass er nicht zu Hause ist, und Sie in Ruhe mit seiner Frau reden konnten?«

Die Idee war ihm spontan gekommen. Es war lediglich eine innere Stimme, aber er hatte sich vorgenommen, den Bluff zu Ende zu spielen. Er wollte sehen, wie Julia Hofmann reagierte.

»Was? Du warst das?« Noch einmal riss König vergeblich an seinen Fesseln. Die Handschellen schrammten lautstark über das Holz des Bettgestells, gaben aber keinen Millimeter nach. Erschöpft sank sein Kopf zurück auf die Matratze.

»Es ging Ihnen nicht um das geforderte Geld. Sie hatten nie vor, es abzuholen. Alles, was Sie wollten, war freie Bahn.

Und es gibt noch etwas, was mich interessieren würde:

Warum wurden ausgerechnet Sie Nadine Königs Therapeutin? Sie haben sie nicht zufällig kennengelernt. Nein, Sie haben es gezielt darauf angelegt. Weil Sie mehr über König und seine Frau erfahren wollten. Und während Nadine König bei Ihrem Kennenlernen an einen glücklichen Zufall glaubte, war ihr Mann zum Schweigen verdammt. Er konnte seine Frau ja schlecht darüber aufklären, woher er Sie in Wirklichkeit kannte. Jedenfalls nicht, ohne zu riskieren, dass Sie ihr von Ihrer Affäre erzählen.«

»Es war keine Affäre.« Julia Hofmann sah ihn mit hasserfüllten Augen an.

»Von Ihrer Beziehung. Bitte entschuldigen Sie.« Und scheinbar beiläufig fragte er: »Weiß er eigentlich, dass Sie auch für den Unfall seiner Frau verantwortlich sind?«

In der folgenden Stille hätte man die Trippelschritte einer Fliege auf der Zimmerdecke hören können. »Du bist was?« Noch einmal bäumte König sich auf. »Was hast du gemacht? Du Monster!«

Julia Hofmann starrte Karre entgeistert an. »Es war nicht der Traktor, der das Pferd Ihrer Frau so sehr erschreckt hat, dass es hochgestiegen ist. Ich habe mir den Bericht der Kollegen durchgelesen, die den Vorfall untersucht haben. Sie haben in einem Baumstamm etwas entdeckt. Nur wenige Meter neben der Unfallstelle. Leider gab es damals keine weiteren Anhaltspunkte, sodass die Spur nicht weiter verfolgt werden konnte. Aber allmählich lichtet sich der Nebel. Wissen Sie, was die Kollegen dort gefunden haben?«

Jetzt blickte er wieder Julia Hofmann an.

»Einschusslöcher. Jemand hat mehrere Schüsse in diesen Baumstamm abgefeuert. Ein seltsamer Zufall, oder? Genau neben der Stelle, an der das Pferd von Nadine König sich so sehr erschreckt hat, dass es zu dem folgenschweren Unfall kam. Ich jedenfalls glaube nicht, dass der vorbeifahrende Traktor der Grund für das Unglück war. Und ich halte jede Wette, dass die Patronen, die in dem Stamm sichergestellt wurden, zu ihrer Waffe dort drüben auf dem Nachttisch passen.«

»Du krankes Miststück«, hustete König mehr, als dass er sprach. Doch dieses Mal war es Karre, der seinen Beschimpfungen mit einer unmissverständlichen Geste Einhalt gebot.

»Was ist mit Johannes Rummel? Warum haben Sie ihn erschossen? Ist er Ihnen auf die Schliche gekommen? Hat er etwas gehört, das nicht für seine Ohren bestimmt war? Wusste er, dass Sie es waren, die Danielle Teschner und Nadine König ermordet hat? Vermutlich hatten Sie keine Ahnung, dass er sich ebenfalls in Königs Penthouse aufhielt, als Sie heute Nachmittag zu ihm fuhren, um endlich das einzufordern, auf das Sie schon so lange warten. Nachdem Sie alle Konkurrentinnen ausgeschaltet hatten, wollten Sie, dass er endlich für Sie da ist. Nicht mehr, aber auch nicht weniger.

Wo war Rummel, als Sie König von Ihren Opfertaten berichtet haben? Im Bad? Oder in der Küche, wo Sie ihn schließlich erschossen haben? Und was war mit Sylt? War das Ihre Idee? Ich bin mir ziemlich sicher, dass Sie von diesem Haus hier wussten.

Haben Sie Herrn König gezwungen, mit Ihnen hierher zu fliegen, um sich hier zu verstecken, nachdem die Dinge zuhause aus dem Ruder gelaufen waren?«

Und nach einer kurzen Pause fügte er hinzu: »Ich habe recht, oder? Ja, ich glaube, dass es sich genau so zugetragen hat. Frau Hofmann, haben Sie mir etwas zu sagen? Frau Hofmann?«

Doch anstatt zu antworten, senkte Julia Hofmann schweigend den Blick und nickte kaum merklich.

Dann war es König, der einen folgenschweren Fehler machte.

»Weißt du eigentlich«, krächzte er, »dass du mir im Grunde einen großen Gefallen getan hast? Du hast mir nicht nur geholfen, meine Frau loszuwerden, ohne dass ich mich ihrem verfluchten Ehevertrag unterwerfen muss, den sie auf Drängen ihres Vaters damals zur Bedingung gemacht hat. Wie ein Mühlstein hat mir dieses Pamphlet all die Jahre am Hals gehangen. Keinen Cent hätte ich im Falle einer Scheidung bekommen und meinen Job wäre ich auch los gewesen.

Nein, du hast auch noch ihren Stecher aus dem Weg geräumt. Ja, du hast richtig gehört. Ich war nicht der Vater ihres Kindes. Ich weiß schon seit über zwanzig Jahren, dass ich niemals Kinder zeugen werde. Da staunst du, oder?«

Noch einmal riss er vergeblich an den Handschellen.

»Nein, es war Johannes. Mein feiner Kumpel Johannes. Kaum aus den USA zurück, hatte er nichts Besseres zu tun, als sich in die Angelegenheiten von Nadine und ihrer Familie einzumischen. Und da meine liebe Frau genauso dämlich war, wie ihre Alten, ist sie seinem Gebalze auch ziemlich schnell auf den Leim gegangen. Kein Wunder, dass der alte Charmeur irgendwann dachte, seine Anwaltsvollmachten wären gleichzeitig die Legitimation, sie zu vögeln.

Aber dass er sie gleich schwängern musste. Tja, und sie hat nicht mal die Traute gehabt, es mir selbst zu beichten. Nein, dafür brauchte es erst Sie und Ihre hübsche Kollegin.«

Sein Blick wanderte zu Karre. »Wo ist die eigentlich? Sie haben sie doch bestimmt nicht von Ihrem kleinen Betriebsausflug ausgeschlossen, oder?«

Er versuchte, an Karre vorbei in das jenseits der offenstehenden Schlafzimmertür liegende Dunkel zu sehen, gab den Versuch aber schnell wieder auf. Stattdessen wandte er sich wieder Julia Hofmann zu.

»Jedenfalls müsste ich dir wirklich dankbar sein, dass du die Drecksarbeit für mich erledigt hast. Schade nur, dass du dich dabei am Ende so fürchterlich dämlich angestellt hast. So wie sich die Dinge jetzt darstellen, war alles umsonst. Und dabei wäre es fast zu schön gewesen, um wahr zu sein. Du bist eben doch nur eine arme Irre.«

Im darauffolgenden Moment schien die Zeit stillzustehen und Karre hatte das Gefühl, das erbarmungslose Herunterticken des Zünders einer scharfgeschalteten Bombe zu hören. Julia Hofmann starrte König mit weit aufgerissenen Augen an.

Karre konnte sehen, wie die anschwellende Ader an ihrem Hals im Rhythmus ihres Herzschlags pulsierte.

Sie atmete ein, schloss die Augen und setzte zu einem markerschütternden Schrei an. Dann, wie in Zeitlupe, ließ sie die brennende Kerze auf das Bett fallen.

19

Das Chaos brach augenblicklich los. Binnen weniger Sekunden, die Karre wie Stunden erschienen, schwappte ein tobendes Flammenmeer über das mit Benzin getränkte Fußende des Bettes. Unmittelbar, nachdem die Kerze zwischen Königs gespreizten Beinen auf dem weißen Laken aufgeschlagen war, begannen die Flammen gierig züngelnd nach Nahrung zu suchen. Inzwischen waren auch Petersen, Viktoria und Karim ins Schlafzimmer gestürmt, konnten gegen das sich rasend schnell ausbreitende Feuer aber nichts ausrichten. Und König, noch immer mittels der Handschellen ans Bett gefesselt, war dem sich ausbreitenden Inferno wehrlos ausgeliefert. Bereits wenige Sekunden nach dessen Ausbruch, fraßen sich erste Flammen in den Stoff seiner Jeans. »Wir müssen ihn losmachen«, schrie Viktoria, während Petersen sich seine Wachsjacke vom Körper riss und mit dem Mut der Verzweiflung versuchte, mit ihr die sich immer weiter ausbreitenden Flammen auf Königs Beinen zu ersticken.

»Aber wie?« Karres Stimme vermischte sich mit Königs panischen Schreien. Der hatte seinen Oberkörper so weit wie möglich in die Höhe gewuchtet und starrte auf seine brennenden Gliedmaßen.

»Es muss doch irgendwo einen Schlüssel für die Dinger geben!« Wieder und wieder riss Viktoria an den Handschellen, während Karim sein Glück an dem gegenüberliegenden Bettpfosten versuchte. Doch das massive Bauernbett erwies sich als unbezwingbarer Gegner, der all ihre Bemühungen lediglich mit einem hämischen Knirschen der offenbar sorgfältigst verleimten Holzzapfen kommentierte.

Karre fuhr herum.

Julia Hofmann stand mit dem Rücken zur Tür der Loggia und starrte mit geweiteten Augen auf das tobende Flammenmeer. Das Feuer hatte es sich bis zu Königs Knien hinaufgefressen. Er schrie wie am Spieß und warf seinen Körper im Rahmen der Möglichkeiten auf und ab, was die Erfolgsaussichten von Petersens noch immer andauernden Löschbemühungen nicht gerade steigerte.

»Wo ist der Schlüssel?« Karre griff Julia Hofmann an den Schultern und schüttelte ihren stocksteifen Körper hin und her, während er sie ohne Unterlass anbrüllte. »Wo ist der verdammte Schlüssel?«

Inzwischen stand das Fußende des Bettes lichterloh in Flammen. Dichter Rauch quoll aus der Matratze und das Knistern und Kacken der brennenden Bettpfosten schwoll von Sekunde zu Sekunde weiter an. Binnen weniger Augenblicke würde sich der Zimmerbrand in ein nicht mehr zu kontrollierendes Inferno verwandeln.

Karre ließ von Julia Hofmann ab, als er die aufkommende Hitze an seinen eigenen Oberschenkeln spürte. Er sah an der noch immer reglos dastehenden Frau hinab und musste zu seinem Entsetzen erkennen, dass ihre Jeans, ebenso wie die von König, in Flammen stand. Doch da sie im Gegensatz zu König aufrecht stand, fraß sich das Feuer erheblich schneller in Richtung ihres Oberkörpers. Als Karre ihre brennenden Hosenbeine entdeckte, fing der Saum der benzingetränkten Bluse ebenfalls Feuer.

»Hier!« Viktoria riss Karre an der Schulter herum. »Woher hast du …«, er brach den Satz ab und griff nach dem Schlüssel.

»Auf dem Nachttisch. Los, beeil dich!«

Karre hastete zum Fußende des Bettes und versuchte, die an den Bettpfosten befestigten Handschellen zu erreichen, doch die Flammen reckten sich gierig in Richtung seiner Hände. »Es geht nicht! Es ist zu heiß.«

»Dann seine Füße!«, schrie Viktoria. »Versuch es an den Knöcheln!« Karre stürzte um das Bett herum und griff nach der Handschelle an Königs rechtem Fußknöchel, der von einem dichten Flammenkranz umgeben war. Mit einem lauten Aufschrei zog er die Hand zurück, als er das glühende Metall berührte. »Verdammte Scheiße, es geht nicht. Ich komm nicht dran.«

»Probier die Hände!«

»Was?«

»Versuch es an seinen Händen. Mach die Hände los!«

Zwei Sekunden später stand Karre neben dem Kopfende des Bettes und versuchte mit zitternden Fingern, den Schlüssel in das Schloss der Handschelle zu schieben. Wieder und wieder blickte er hinunter zum Flammenmeer, das sich inzwischen bis zu Königs Oberschenkeln hinaufgefressen hatte. Und mit einem, in dem um sie herum herrschenden Chaos unhör-, aber deutlich spürbaren Klicken, sprang die erste Fessel auf. Karre schrie erleichtert auf, schnellte um das Bett und versuchte sein Glück auf der anderen Seite. Wieder dauerte es nur wenige Sekunden, bis der Metallbügel der Fessel Königs Handgelenk freigab.

»So, jetzt nochmal die Beine!«, schrie Viktoria. »Irgendwie müssen wir ihn doch loskriegen.«

Dann wurde das Bett von einem heftigen Ruck erschüttert. Karres Blick wanderte hinab zum Fußende. Dort hatte sich Karim vor einem der Bettpfosten postiert und trat wieder und wieder mit Leibeskräften dagegen. Beim fünften Versuch brach die auf dem Pfosten sitzende Holzkugel schließlich ab und die darunter befestigte Handschelle rutschte an den brennenden Resten des Pfostens hinunter.

Blitzschnell bewegte Karim sich zu dem zweiten Bein des Bettes und versuchte abermals sein Glück. Und dieses Mal brauchte es lediglich zwei gezielte Tritte, um das durch die Flammen stark in Mitleidenschaft gezogene Holz in die Knie zu zwingen.

»Los, wir müssen ihn hier rausschaffen!«, rief er seinen Kollegen zu. Und während er und Petersen König an je einem Knöchel packten, griffen ihn Karre und Viktoria an den Handgelenken.

Wenige Sekunden später lag König im Flur vor der Schlafzimmertür, wo Petersen mit den Überresten seiner Jacke die letzten Flammen auf Königs Kleidung erstickte.

»Er muss runter. Runter und raus aus dem Haus.« Petersen blickte zurück in das Schlafzimmer. Dichter Rauch quoll durch die Tür zu ihnen nach draußen, während die zuckenden Lichter der Flammen wilde Muster auf die

415

Wände und den Fußboden warfen. »Da drinnen richten wir nichts mehr aus. Wir müssen hier weg. Und zwar schnell.«

»Was ist mit der Frau?«, fragte Viktoria und machte einen Schritt in Richtung der Schlafzimmertür, wobei sie sich schützend die Hand vor Mund und Nase hielt. »Ich kann sie nicht sehen.«

»Keine Chance. Wir können da nicht mehr rein. Bei dem Rauch ist das viel zu gefährlich.« Petersen blickte hinunter zu König. Er hatte die Augen geschlossen und sein Atem ging schnell und flach. »Los jetzt. Er braucht einen Krankenwagen.«

Mit vereinten Kräften schafften sie den Bewusstlosen über die Holztreppe ins Erdgeschoss und auf kürzestem Weg hinaus auf die hinter dem Haus liegende Terrasse.

»Oh mein Gott!«

Es war Viktorias entsetzter Ausruf, der Karre die kurzfristige Erleichterung über die scheinbar geglückte Rettung sofort wieder vergessen ließ. Er drehte sich zu ihr um und wusste sofort, was seine Kollegin entdeckt hatte. Wen.

Julia Hofmanns Körper lag nur wenige Meter von ihnen entfernt, mit dem Gesicht nach unten gerichtet, auf dem Pflaster. Dicke Regentropfen prasselten auf sie herab, während der Sturm an den verkohlten Überresten ihrer Kleidung zerrte.

Karre trat neben sie und ging neben ihrem Kopf in die Knie. Ohne sie zu bewegen, legte er vorsichtig zwei Finger auf ihren Hals und suchte nach ihrem Puls.

»Sie lebt«, sagte er schließlich und blickte an der weiß getünchten Fassade des Hauses empor. Offenbar war Julia Hofmann, während sie damit beschäftigt gewesen waren, König aus dem Zimmer zu schaffen, hinaus auf den Balkon getreten.

Ob sie schließlich in blinder Panik oder in der Hoffnung, mit einem Sprung in die Tiefe ihrer Festnahme und der unweigerlich auf sie zukommenden Strafe entgehen zu können, gesprungen war, vermochte er nicht zu sagen.

EPILOG

Eine knappe Stunde später lauschten Karre und Viktoria dem Tosen der auf den Sand rollenden Wellen. Der noch immer anhaltende Sturm hatte den Regen vertrieben und trieb kräftige Böen über den mit kniehohem Dünengras bewachsenen Sandstrand. Karim und Petersen waren an der noch immer lichterloh brennenden Villa zurückgeblieben und unterhielten sich über die jüngsten Ereignisse. Nachdem sie König aus dem Haus geschafft hatten, rief Petersen umgehend die Feuerwehr und zwei Rettungswagen.

Und während die Verletzten zur Erstversorgung ins Krankenhaus abtransportiert wurden, von wo aus sie mit einem Hubschrauber aufs Festland geflogen werden sollten, kämpfte die Feuerwehr vergeblich gegen das sich rasend schnell ausbreitende und vom Wind immer weiter angefachte Feuer.

Wenige Minuten nach dem Verlassen des Gebäudes war das Reetdach Opfer der Flammen geworden und von da an war alles rasend schnell gegangen. Beim Eintreffen des Löschzuges war bereits absehbar gewesen, dass das Anwesen nicht mehr zu retten war. Stattdessen bemühte sich der Einsatztrupp, ein Übergreifen der Flammen auf die umliegende Vegetation und eine davon ausgehende Gefährdung der Nachbargrundstücke zu verhindern.

»Glaubst du, dass sie durchkommen?«, fragte Viktoria.

»König ganz bestimmt.«

»Und Julia Hofmann?«

»Nach der ersten Einschätzung des Notarztes, ja. Aber ihre Genesung wird mit Sicherheit erheblich mehr Zeit in Anspruch nehmen, als die von König. Dabei hat es ihn schon schlimm genug erwischt. Und sie wird viel Kraft brauchen. Das, was auf sie zukommt, wird kein Zuckerschlecken. Selbst wenn man ihr bei Danielle Teschner keine Absicht nachweisen kann, bleiben noch immer zwei eiskalte Morde, für die sie sich verantworten muss. Dazu kommt dann noch die Sache mit König.«

»Warum tut ein Mensch so etwas? Aus Liebe? Hat sie wirklich geglaubt, König dadurch für sich gewinnen zu können? War sie trotz seiner Zurückweisungen davon überzeugt, mit ihm eine Beziehung zu führen? War sie verrückt, oder einfach nur verzweifelt?«

Karre dachte einen Moment lang nach. »Kennst du Henry Louis Mencken?«

Vitoria schüttelte den Kopf.

»Er war ein amerikanischer Schriftsteller, der einmal gesagt hat, die Liebe sei der Triumph der Einbildungskraft über die Intelligenz. Klingt irgendwie nach Julia Hofmann, oder?« Während er sprach, bückte sich Viktoria und hob etwas aus dem Sand auf.

»Was hast du da?«

Sie betrachtete den Gegenstand und befreite ihn vom nassen Sand.

»Was ist das? Eine Schachfigur?«

»Eine Dame. Eine schwarze Dame. Seltsam.«

»Wieso? Was ist damit? Die wird irgendjemand verloren haben.«

»Als ich mit Karim bei Hartmut Grünwald war, um ihn wegen Danielle Teschner zu befragen, hat er etwas Interessantes gesagt. Es war ein Vergleich, der mir irgendwie passend erschien.« Sie machte eine kurze Pause, doch Karre hakte nicht nach, sondern wartete geduldig, bis sie weitersprach. »Er hatte in seinem Garten ein Schachspiel aufgebaut und bat mich, einen Zug zu machen. Karim hat gelacht, weil ich meine Dame verloren habe, aber schon mit meinem nächsten Zug habe ich Grünwald mattgesetzt.

»Und? Was hat Grünwald dazu gesagt?«

»Außer, dass er mir seinen Respekt gezollt hat?« Sie lächelte müde. »Er bezeichnete meinen Zug als Damenopfer.«

»Damenopfer?«

»Ja. Das absichtliche Opfern einer Dame, um sich selbst in eine strategisch bessere Position zu bringen. Um den entscheidenden Zug vorzubereiten.«

»Und du glaubst, dass Julia Hofmann die Strategie kannte?«

»Das weiß ich nicht. Aber das, was sie getan hat, ist damit durchaus vergleichbar. Sie war hinter König her. Dass sie am Ende gleich zwei Frauen ausstechen musste, und ihn schlussendlich dennoch nicht bekommen würde, hatte sie vermutlich nicht einkalkuliert. Und als sie Rummel erschossen hat, war die Sache ohnehin schon aus dem

Ruder gelaufen.« Dann, vollkommen unvermittelt, wechselte sie das Thema. »Du solltest ihn kennenlernen.«

»Wen? Grünwald?«

»Ja. Er war früher beim BKA. Ich glaube, er verfügt noch immer über ein sehr gutes Netzwerk. Er hat Kontakte. Vielleicht kann er dir irgendwann mal behilflich sein.«

»Behilflich?«

»Du weißt schon, was ich meine.«

Karre lächelte. Ja, er wusste genau, was sie meinte.

Ein Telefon klingelte.

Er zog es aus der Hosentasche und starrte auf das leuchtende Display.

»Willst du nicht rangehen?«

»Es ist das Krankenhaus«, erwiderte Karre tonlos und drückte schließlich doch die Annahmetaste.

»Karre, bist du das? Hier ist Jenny.«

»Jennifer, ich …«, er wandte sich von Viktoria ab und ging einige Schritte am Wasser entlang. »Hör zu, das, was passiert ist … es tut mir wirklich unendlich leid. Wir, ich meine, ich … ich hätte das nicht tun sollen. Nicht in dieser Situation.«

»Häh? Ich glaube, ich kann dir nicht ganz folgen. Wovon redest du?«

Karre schirmte den Lautsprecher mit der Hand ab und flüsterte: »Na, von unserer gemeinsamen Nacht. Bei dir zu Hause. Erinnerst du dich nicht?«

Jennifers Reaktion war ein kurzer, trockener Lacher. »Hey, du glaubst doch nicht im Ernst, dass wir … oh Mann.«

»Was meinst du? Heißt das, wir haben gar nicht?«

»Nein, natürlich nicht. Du warst so besoffen, dass ich dich kaum die Treppe hochgekriegt habe. Du hast es nicht mal alleine geschafft, dir die Schuhe auszuziehen.

421

Ganz zu schweigen von anderen Dingen. Also entspann dich. Kein Grund, ein schlechtes Gewissen zu haben. Und selbst wenn etwas zwischen uns gelaufen wäre, wir beide sind alt genug, um zu wissen, was wir tun, oder?«

»Du glaubst gar nicht, wie froh ich bin, dass wir das geklärt haben.« Karre spürte, wie das schlechte Gewissen von ihm abfiel, wie eine überreife Frucht vom Ast eines Baumes. Doch genauso schnell krampfte sich sein Magen zusammen. Wenn Jennifer nicht angerufen hatte, weil sie mit ihm über ihre gemeinsame Nacht reden wollte, musste es einen anderen Grund geben. »Ist etwas mit Hanna?«, presste er hervor, wobei er das Gefühl hatte, an dem Kloß in seinem Hals ersticken zu müssen. »Rufst du deshalb an? Wie geht es ihr?«

Doch anstatt seine Frage zu beantworten, stellte sie ihm eine Gegenfrage, mit der er zunächst nichts anzufangen wusste: »Wo bist du gerade?«

»Wieso?«

»Wo bist du gerade?«

Als sie die Frage wiederholte, wurde ihm klar, dass es sie nicht im Geringsten interessierte, wo er sich in diesem Augenblick befand. Sie hatte die Formulierung lediglich gewählt, um ihn nicht allzu sehr zu beunruhigen. Doch in Wirklichkeit musste die Frage lauten: »Wie schnell kannst du hier sein?«

»Ich ... auf Sylt ... ich muss ... ich meine, keine Ahnung, ob wir heute noch zurückfliegen können. Jennifer, was ist mit Hanna?«

»Du solltest kommen. So schnell du kannst. Mehr kann ich dir im Augenblick nicht sagen. Aber du solltest dir nicht zu viel Zeit lassen.«

Tausend Fragen und ebenso viele Antworten, die ihn allesamt in den Wahnsinn zu treiben schienen, aber keineswegs dazu geeignet waren, ihn zu beruhigen, schossen ihm durch den Kopf, während er das leise Klicken der sterbenden Leitung vernahm.

»Jennifer! Halt! Warte! Ich …«, er sank auf die Knie und von einer Sekunde zur nächsten rückten die aufgeklärten Morde samt der Welt um ihn herum in weite Ferne. Alles, was er vor sich sah, war das Bild seiner Tochter. Viktoria war neben ihn getreten und reichte ihm ihre Hände.

Er griff danach, ihre Finger waren kalt. Eiskalt. Für einen kurzen Augenblick bildete Karre sich ein, die leblosen Hände seiner toten Tochter auf seiner Haut zu spüren. Dann jedoch fühlte er den angenehm tröstenden Druck, den Viktorias Finger auf seine Hände ausübten und er verwarf den Gedanken, sich gegen ihre Berührung zur Wehr zu setzen.

Sein Blick wanderte hinaus auf das nächtliche Meer. Schwarze Wogen rollten noch immer ohne Unterlass an den Strand, und während ihre Ausläufer seine Schuhe mit schäumendem Wasser umspülten, fasste er einen Entschluss.

»Hanna, du hast mein Versprechen, dass ich diejenigen jagen werde, die dir das angetan haben«, flüsterte er zu sich selbst. »Bis ans Ende der Welt, wenn es nötig ist.«

Er dachte an seinen geheimnisvollen Kontaktmann, der ihn schon auf die Spur von Sandras Unfallwagen gebracht hatte. Vielleicht würde er sich bei der bevorstehenden Suche noch einmal als nützlich erweisen. Und offenbar gab es da draußen auch einen ehemaligen Mitarbeiter des BKA, den er unbedingt kennenlernen sollte.

Wortlos ließ er Viktoria stehen und ging einige Meter den Strand entlang. Als er stehenblieb, blickte er hinaus aufs Wasser, dessen gewaltige Wellen sich noch immer bis weit auf den Strand hinaufkämpften. Der noch immer beißende Geruch des hinter den Dünen allmählich dahinsterbenden Feuers zog zu ihm herüber und vermischte sich mit dem salzigen Duft des Meeres.

»Wenn du stirbst, werde ich diejenigen ebenfalls töten, die dafür verantwortlich sind. Darauf gebe ich dir mein Wort.« Er sprach leise, sodass Viktoria wenige Meter von ihm entfernt unmöglich verstehen konnte, was er sagte.

So kam es, dass niemand seinen Schwur hörte. Niemand, außer ihm selbst und dem sich vor ihm in der Finsternis ausbreitenden Meer.

BISHER ERSCHIENENE BÜCHER DER KRIMI-REIHE UM KARRE UND VIKTORIA:

DAMENOPFER – Karres erster Fall
TRAUERSPIEL – Karres zweiter Fall
TODESSCHMERZ – Karres dritter Fall
BLUTSCHULD – Ein Karre & Viktoria Krimi
Der Weihnachtsmann vom Dachboden (Kurzgeschichte)

WEITERE LIEFERBARE TITEL:

Das Schloss (Horror-Thriller)
Otherside – Jenseits der Grenze (Novelle)
Tödliche Nächte (Kurzgeschichtensammlung)
Musik der Finsternis (Kurzgeschichte)

BEITRÄGE ZU FOLGENDEN ANTHOLOGIE-PROJEKTEN:

Mängelexemplare 2: Dystopia
Kingsport – Ein Reiseführer
Horror-Legionen (Band 1)
Bösartiges Frühstück

Made in the USA
Columbia, SC
20 June 2021

40753818R00255